D1917823

© Marion Koell

*Stefanie Gerstenberger* und *Marta Martin*
sind Mutter und Tochter und legen mit *Muffins und Marzipan. Vom großen Glück auf den zweiten Blick* ihren zweiten gemeinsamen Roman vor.
Stefanie Gerstenberger wurde 1965 in Osnabrück geboren und studierte Deutsch und Sport. Nach Stationen in der Hotelbranche und beim Film und Fernsehen begann sie selbst zu schreiben. Ihre Italienromane sind hoch erfolgreich.
Marta Martin, geboren 1999 in Köln, ist eine junge Nachwuchsschauspielerin und wurde durch ihre Hauptrolle in *Die Vampirschwestern* bekannt.
Die beiden leben in Köln.

*Außerdem von Stefanie Gerstenberger und Marta Martin im Arena Verlag erschienen:*
Zwei wie Zucker und Zimt. Zurück in die süße Zukunft

Stefanie Gerstenberger
Marta Martin

# Muffins & Marzipan

VOM GROSSEN GLÜCK AUF DEN ZWEITEN BLICK

Arena

Für alle Filmteams dieser Welt!
Besonders für das eine …
Ihr wisst schon, wer gemeint ist.

FSC
www.fsc.org
MIX
Papier aus verantwortungsvollen Quellen
FSC® C110508

1. Auflage 2016
© 2016 Arena Verlag GmbH, Würzburg
Alle Rechte vorbehalten
Dieses Werk wurde vermittelt durch die Literarische Agentur
Thomas Schlück GmbH, 30827 Garbsen
Umschlaggestaltung: Petra Hämmerleinova
Gesamtherstellung: Westermann Druck Zwickau GmbH
ISBN 978-3-401-60218-9

Besuche uns unter:
*www.arena-verlag.de*
*www.twitter.com/arenaverlag*
*www.facebook.com/arenaverlagfans*

# 1. Kapitel

Aufstehen. Sobald der Wecker klingelte, war aufstehen angesagt. Ich riss mit einem Ruck die warme Decke weg. Das Mitleid mit meinem schläfrigen Körper sparte ich mir. Wozu sollte das gut sein? Schließlich bereute man jedes Hinauszögern hinterher doch wieder. Spätestens, wenn man nicht pünktlich kam.

Warum wache ich hier auf und nicht da, wo ich hingehöre, fragte ich mich zum hunderttausendsten Mal und haute dem Wecker auf den Kopf. Warum hat Mama das getan?

Es waren drei Schritte vom Bett bis zur Tür meines Zimmers und zwölf Stufen die Treppe runter zu unserem Bad. Mein Zimmer lag direkt unter dem Dach. Perfekt zum Verkriechen.

Warum waren wir hier? Hatte Mama Angst vor den schönen Erinnerungen, die es in Köln an jeder Ecke für uns gab, fragte ich mich, während ich die Stufen zur Sicherheit noch mal zählte. Weil man dort das Gefühl hatte, dass Dad einem mit seinem Saxofonkoffer im nächsten Moment über den Weg laufen würde? Hier in München schlenderte er zumindest nur durch unsere Gedanken.

Der Teppichboden auf den Stufen war angenehm warm unter meinen Füßen. Ich hatte mir zum Geburtstag einen kleinen Handstaubsauger gewünscht, mit dem ich den Teppich regelmäßig absaugen konnte, auch in den Ecken. Ich hasste das Gefühl von Krümeln unter meinen Füßen.

Beim Zähneputzen zählte ich die Kachelreihe über dem Waschbecken. Unter dem Spiegelschrank hindurch, von Wand zu Wand. Vielleicht hatte sich ihre Zahl ja seit gestern verändert. Nein, Spaß! Ich zählte einfach gerne. Zwölf in der Breite, sieben nach unten; ergab 84 Kacheln. Wenn man den Platz, den das Waschbecken brauchte, mal ausnahmsweise außer Acht ließ.

Mama war schon wach, ich hörte, wie sie nebenan in der Küche die Teller fürs Frühstück auf den Tisch stellte. Mama sagte, ich sei besessen von Zahlen, von Routine, von Wiederholungen, dann seufzte sie manchmal vor sich hin, sodass ich es hörte: »Ist das für ein junges Mädchen normal?«

Dabei war sie selbst auch nicht besser. Klack, klack, plock. Teller, Teller, Zuckerdose. Ich kannte die Geräusche. Jetzt die Brotpackung. Leises Knistern. Dann die Teekanne. Ein sattes Plung. Auch alles gleich. Jeden Morgen.

Ich legte die Handflächen wie ein betender Buddhist vor meiner Brust aneinander und presste, so fest ich konnte. Halten! Ich traf im Spiegel auf meine weit aufgerissenen Augen. Länger halten! Die Übung war gut für die Brustmuskulatur. Mein Busen würde dadurch schneller wachsen. *Musste* dadurch schneller wachsen. Mit fünfzehn keinen BH zu brauchen, war einfach unerträglich. Nach sechzig gezählten Sekunden griff ich nach der Haarbürste und fuhr damit zehn Mal durch meine braunen Strähnen. Heute Abend musste ich die Übung wiederholen.

»Guten Morgen.«

»Morgen«, antwortete ich knapp und schaute kurz in ihr Gesicht. »Na, besser geschlafen?« Den Ringen unter ihren Augen nach zu urteilen wohl eher nicht. Meine Mutter konnte schon seit Monaten nachts nicht mehr schlafen. Sie putzte um zwei Uhr morgens die Badewanne oder saß auf dem Sofa und löste Sudoku-Rätsel. Neuerdings backte sie sogar manchmal Brot. Das war super. Die ganze Küche duftete dann morgens danach und es gab nicht dieses abgepackte Zeug zum Frühstück.

»Geschlafen?« Sie schnalzte verneinend mit der Zunge, also ob die Frage allein schon unmöglich war. »Tee?«

»Gerne!«, antwortete ich.

Wir aßen schweigend. Immer dieselben Sätze. Oder einzelne

Worte. Morgens waren es bei uns meistens nur einzelne Worte. Warum erzählte mir ausgerechnet meine Mutter etwas von Gewohnheiten, aus denen ich ausbrechen sollte? Original ihr Wortlaut. Und selber? Sie hatte als Mädchen Ballett getanzt und war nach dem abgebrochenen Psychologiestudium nach England gegangen, wo sie meinen verrückten Dad mit seinem Saxofon im Hyde Park kennenlernte. Ich hatte Fotos von damals gesehen: Meine Mutter Carolin mit ihren Tänzerinnen-Beinen im schwarzen Tütü, er mit Frack und Zylinder. Sie verdienten ihr Geld auf der Straße! Sie sahen cool aus. Ziemlich durchgeknallt und ziemlich abgefahren. Dann war Mama vernünftig und *»Übersetzerin für englische Literatur«* geworden. So stand es zumindest auf ihrer Visitenkarte. Ehrlicherweise hätte da statt Literatur »Kitschromane« stehen müssen, aber okay. Und offenbar trauerte sie dem Studium immer noch nach. Richtig so, dachte ich. Ein bisschen mehr psychologischer Sachverstand hätte sicher nicht geschadet. Oder mutete man etwa seiner dreizehnjährigen Tochter nach dem Tod des Vaters auch noch einen Ortswechsel zu? So geschehen in meinem Fall. Dad tot. Altes Kinderzimmer weg. Liebste, tollste Freundinnen weg und direkt nach der Beerdigung von Köln nach München.

Es wird dir da gefallen, hatten die Leute gesagt. Was soll man einer Dreizehnjährigen auch sonst sagen, die gerade ihren Vater verloren hat? Der Dialekt dort ist gewöhnungsbedürftig und das Oktoberfest besteht aus überquellenden BHs und sinnlosem Saufen?

»Ich hab heute Nachmittag Theater.«

»Ja?« Nur ein kleines Ja, doch ihr Kopfschütteln sagte alles ... Sagte: Dass du da immer noch hingehst ...

»Ja!« Ich knallte meine Teetasse auf den Tisch und stand auf. Vielen Dank, Mama! Ja, ich hatte die letzte Aufführung vermasselt. Ja, ich hatte das selbst geschriebene Stück unserer Theatergruppenleiterin fast ruiniert. Mit meinem völligen Blackout in der ersten Minute. Inklusive bühnenreifes Zusammenklappen und Atemnot. Musste Mama mich daran erinnern? Ich hätte die Rolle wohl nicht richtig gelernt, hatte sie danach nur gesagt, als ich weinend in der U-Bahn saß. Nur weg, weg von dieser Scheißpremierenfeier. Gelernt, gelernt, als ob es beim Spielen nur auf »gelernt« ankam! Mama hatte doch keine Ahnung. Dabei lag alles nur an München! In Köln war mir das nie passiert.

So laut es ging, feuerte ich Teller, Tasse und Besteck in die Spülmaschine und knallte sie krachend zu. In Köln war Dad auch noch da gewesen.

»Tja, die Schauspielerei, die Schauspielerei ... Dein Onkel ist davon ja auch so besessen.« Meine Mutter rührte Zucker in ihren Tee. Selbst das sah bei ihr superangestrengt aus.

Mein Onkel Manfred war Mamas Bruder und das einzig Gute, was es über München zu sagen gab. Er lebte in seiner eigenen Wohnung, ein Stockwerk unter uns, und führte den mit alten Büchern vollgestopften Laden im Erdgeschoss des Hauses. *Antiquariat Ankauf – Verkauf* stand auf dem Schild. Onkel Manfred hatte einen grau flatternden Haarkranz um die Glatze, wie ein alternder Clown, und durchschaute meine Stimmung, kaum dass ich den Laden betrat. Er war schweigsam, wenn ich es war, oder er riss mich mit seinen trockenen Sprüchen aus meiner schlechten Laune. Das Schönste aber: Wir liebten das Theater, wir liebten es, albern zu sein, wir liebten das Improvisieren! Wir hatten schon kichernd nebeneinander auf dem Boden vor den Bücherregalen gelegen, zwei Spiegeleier in einer Pfanne, die sich ihr Leid klagten, wir hatten unsichtbare Frösche und anderes Getier von seiner Hand in meine klettern lassen, ich hatte ihn überzeugt, mich mit meinem verendenden Kamel in der Wüste zurückzulassen, nur um ihm ein paar Minuten später eine teure Versicherung gegen Liebeskummer zu verkaufen. Zu der Aufführung hatte er nicht kommen können, hatte mich also nicht vor Angst zusammenklappen sehen. Er tat, als wäre es gar nicht passiert.

»Drama oder Komödie, Ella Ellerbrake«, sagte er manchmal, während er seine Hände hinter dem Rücken versteckte, »du kannst entscheiden!« Ich fand es immer etwas peinlich, wenn er meinen Namen so theatralisch hervorschmetterte, doch dann wählte ich rechts oder links und bekam eins der Theaterstücke, die er für mich ausgewählt hatte.

»Die Klassiker, die Klassiker, Ella. Die musst du einfach kennen!«, rief er gerne. Meistens waren es uralte Bücher, mit von den Jahren braun gefärbten Seiten. *Emilia Galotti, Der Besuch der alten Dame* und natürlich alles von Shakespeare. Die uralten Wörter darin waren echt heftig ... Gut, dass Dad immer Englisch mit mir gesprochen hatte, so konnte ich mir das meiste zusammenreimen.

Obwohl es ihr nicht besonders anzumerken war, liebte Carolin Ellerbrake ihren Bruder. Kein Wunder, er erlaubte ihr, sich tagelang zwischen den staubigen Büchern im Laden zu vergraben, und ließ zu, dass sie sein dunkles Hinterzimmer zum Hof hinaus als Übersetzungsbüro benutzte. Manchmal beneidete ich sie. Besser konnte man sich vor der Welt nicht verstecken.

Heute wurden die Rollen für den *Sommernachtstraum* vergeben, fiel mir auf dem Weg nach unten ein. Dorothea hatte mich nach dem Desaster nicht aus der Gruppe rausgeschmissen, aber mehr als eine Elfe würde es diesmal nicht werden. Oder ein sprechender Baum. Das hatte sie mir schon angekündigt. Elfen vermasselten mit ein paar ungesagten Sätzen keine Premiere, sodass der Vorhang fällt und eine halbe Stunde später mit der Zweitbesetzung gespielt wird.

Oh fuck, murmelte ich bei der Erinnerung. Der *Sommer-*

*nachtstraum* ohne mich. Und dabei liebte ich dieses Stück mit seinen ganzen Verwechselungen!

Meine Zweitbesetzung Justina war nach ihrem Triumph noch selbstbewusster geworden, wenn das überhaupt machbar war. Sie würde natürlich Titania, die Elfenkönigin, spielen. Oder Helena. Justina mit ihrem breiten Mund und den rotblonden Engelshaaren bekam seitdem die besten Rollen. Sie war keine Miss-Germany-Schönheit oder so, doch alles in ihrem Gesicht und an ihrem Körper schrie: Sieh! Mich! An! Und das tat dann auch jeder. Außerdem: Welches Mädchen sah mit einem Diadem auf dem Kopf nicht irgendwie toll aus?

Eine Elfe. Wie peinlich. Oder sogar ein sprechender Baum! Ich sah mein Spiegelbild im Fenster des Treppenhauses. Vielleicht ganz passend. Elfen hatten keine nennenswerte Oberweite. Bäume auch nicht.

Ich kam an Ewan vorbei. »Morgen, Ewan!«

Na?! Würde er heute gnädigerweise mal mit dem Schwanz wackeln? So, wie normale Hunde das zur Begrüßung taten? Aber dieser Hund war nicht normal. So viel war klar. Denn dieser Hund war kein Hund, dieser Hund war eine Katze. Er benahm sich zumindest so. Wie eine von denen, die dich mit undurchdringlichem Blick anstarren, wenn du ihnen Guten Morgen wünschst; die so lange verächtlich gucken, ohne ein einziges Mal dabei zu plinkern, bis du dich peinlich berührt abwendest.

Ewan lebte in einem flachen Hundekorb auf dem Treppenabsatz zwischen erstem und zweitem Stockwerk. Und war ganz klar gestört. Er wollte nicht mehr zu uns gehören, seit Dad gestorben war. Wie eine Katze ging er alleine durch die Katzenklappe in der Hoftür ein und aus und stromerte durch die Nachbarschaft. Das war auch gut so, denn niemand von uns hatte mehr die Energie, mit ihm Gassi zu gehen. Zwang man ihn, eine Leine zu tragen, kippte er zur Seite und stellte sich tot. Manchmal saß er bei Manfred im Antiquariat auf dem Tresen neben der Kasse. »Er ist ein Freigeist«, sagte mein Onkel über ihn. »Er vermisst seinen Retter. Er vermisst die Musik.«

Sein Retter war mein Vater. Er hatte den Jack-Russell-Terrier eines Tages von einer Orchestertournee aus Schottland mitgebracht und Ewan genannt. Ewan war Schotte, so wie Dad. Er hatte damals Flöhe gehabt, war abgemagert gewesen und seitdem völlig auf ihn fixiert. Drei Jahre begleitete er ihn dann auf allen Orchesterreisen, er hatte sogar einen eigenen Pass. In den Hotels in Montreux, London und Berlin kannte man ihn schon. Nach Dads Tod hatte ich ihn in mein Bett geholt und mich an ihn geklammert. Ich spielte ihm Dads Musik vor. Zwei Trauernde, die sich gegenseitig trösten. Dachte ich zumindest. Aber Ewan wehrte sich, wenn ich ihn auf den Arm nehmen wollte. Er strampelte mit seinen kurzen Beinchen und hielt seinen Kopf starr, als wäre mein Streicheln eine Belästigung, die es zu überstehen galt. Er sprang aus meinem Bett und winselte, bis ich ihn aus dem Zimmer ließ. Er ignorierte meine Zuneigung. Wollte sie nicht. Wollte sie von niemandem von uns.

»Du mich auch, Ewan«, sagte ich und setzte meinen Weg nach unten fort, darum bemüht, jede zweite Stufe auszulassen.

Auf dem Weg zur Straßenbahn zählte ich. Nein, nicht die Steinplatten auf dem Gehweg, so besessen war ich nicht. Ich verband die platt getretenen Kaugummiflecken mit Linien, ich verband gerne alles mit Linien. Und nebenher zählte ich die toten Lebewesen, die ich entdeckte. Jetzt, Mitte Juni, waren es schon sehr viele. Hier und da eine den Erschöpfungstod gestorbene Biene. Verendete Mäuse im Rinnstein. Ja, in Neuhausen, dem Viertel, in dem wir wohnten, gab es Mäuse. Die auch noch öffentlich starben. Am schlimmsten waren die jungen Vögel auf den Bürgersteigen. Es war die Zeit, in der sie mit gelb umrandeten Schnäbeln und geschlossenen Glupschaugen nackt und hilflos aus dem Nest fielen. Es war zum Weinen, aber ich weinte auch im zweiten Sommer nach Dads Tod nicht. Mama hasste weinende Menschen.

Was wäre gewesen, wenn? Was wäre gewesen, wenn ich damals im Krankenhaus geblieben wäre, statt mit meiner Mutter nach Hause zu gehen? Hätte er dann überlebt? Als ich am Rotkreuzplatz die Straße überquerte, geisterte der Gedanke mal wieder durch meinen Kopf.

Der Tag im Krankenhaus stand auf Platz eins der Liste meiner traurigsten Erinnerungen. Und auch meiner am häufigsten wiederkehrenden Gedanken. Ungeschlagen. Gefolgt vom Tag der Urnenbeisetzung. Ich erinnerte mich noch an Onkel Manfred, der meine Hand ganz doll festhielt, und an die Rose in meiner anderen Hand, die mir eine große, dicke Frau gegeben hatte. Ich hatte sie an die Stelle gelegt, an der die Urne in dem runden Loch verschwunden war. Und an Mamas versteinertes Gesicht erinnerte ich mich auch. Sie hatte keine Rose für mich gehabt, für sich selber auch nicht. Nicht traurig, sondern wütend und verzweifelt hatte sie ausgesehen, sah sie auch heute noch aus. Ich konnte das irgendwie verstehen, denn ab und zu war ich auch wütend auf ihn, weil er nicht mehr da war. Aber doch nicht pausenlos.

Er hatte einen Herzinfarkt gehabt, war aber schon wieder ganz mein cooler Dad, als er da in diesem hohen Krankenhausbett lag und mich Pippa Kakadu nannte. Das war sein Name für mich. Seit achtundneunzig Wochen und drei Tagen nannte mich niemand mehr so. Mein Vater machte Witze über den Tropf, an dem er hing, und ich lachte darüber. Ein paar Stunden später hatte er einen weiteren Infarkt, dieses Mal so stark, dass er daran starb. Hätte ich ihn retten können, wenn ich bei ihm geblieben wäre? Wären wir dann noch eine normale Familie mit einem normalen Hund?

In der Tram sah ich Leander und Nikolai aus meiner Klasse. Die waren ganz nett und sahen irgendwie auch gut aus, aber nicht so toll, dass sie sich darauf was einbildeten. Trotzdem hatte ich noch nie mit ihnen geredet. Und da vorne stand Josina. Auch okay. Alle waren irgendwie ganz nett. Die Mädchen, die Jungs, »Bubn« und »Madln« nannte man die hier manchmal. Manche von ihnen trafen sich neuerdings frühabends im Luitpoldpark. Angeblich stand man einfach so rum. Was da genau passierte, wusste ich nicht. Wollte ich mit Bubn und Madln im Park herumstehen? Wohl kaum. Voll idiotisch. Bayerisch war bescheuert.

Die Schule war okay. Sie war besser ausgestattet als meine in Köln. Die Klos waren sauberer, der Pausenhof nicht so zubetoniert. Und in der Klasse war ich nicht gemobbt, ausgeschlossen oder geärgert worden, nur weil ich neu war. Ich hatte einfach keine Lust auf die alle, keine Lust auf München. Zwei Jahre zog ich das jetzt schon durch.

Komödie oder Drama? Was für eine Frage. Mein Leben war beides: ein Drama, in dem nichts passierte, und gleichzeitig eine Komödie, in der nie gelacht wurde. Mein Leben war scheiße und ich wusste nicht, wem ich die Schuld dafür geben sollte oder wie ich daraus entkommen konnte.

Ich ging über den Schulhof zwischen den Schülern hindurch, die meisten trotteten, wie ich, langsam vor sich hin. Manche umarmten sich zur Begrüßung, küssten sich rechts und links. Busserl geben hieß das auf Bayerisch. Hatten wir in Köln auch gemacht. Da hieß es nur nicht so bescheuert. Und hier wollte ich das auch nicht. Egal, wie die es nannten. Mit *denen* nicht. Ein paar Meter weiter stand Justina. Ihr rotblondes Haar fiel in glänzenden Wellen über ihren Rücken und reichte fast bis zu ihrem Hintern. Ihre Freundinnen scharten sich emsig um sie, wie Arbeitsbienen um ihre Königin. Ich drehte mich um, tat so, als ob ich etwas vergessen hätte, nur um nicht so dicht an ihr vorbeigehen zu müssen.

Am Zaun, gleich neben dem Tor, saß ein Hund. Was machte der hier auf dem Schulgelände? Es war ein Jack-Russell-Terrier. Hatte den jemand mitgebracht oder ausgesetzt? Er sah so verlassen, so zurückgelassen aus, fast wie Ewan, der verrückte Hund meines Vaters. Ich stutzte. Es *war* Ewan, der verrückte Hund meines Vaters, denn er starrte auf seine unnachahmliche Weise zu mir hinüber, abschätzend, als ob er die Augenbrauen hochzog.

»Ewan«, sagte ich leise, »was machst *du* denn hier?« Ich ging ein paar Schritte auf ihn zu. Sollte ich mich um ihn kümmern? Ihn nach Hause schicken? Als ob er auf mich hören würde …

*»Wenn Ella Ellerbrake ehrlich wäre, würde sie zugeben, dass sie neidisch auf ihre Klassenkameradin Justina ist. Doch Ella Ellerbrake ist nicht ehrlich …«*

Was?! Ich stoppte mitten im Schritt und schaute mich um. *Doch Ella Ellerbrake ist nicht ehrlich …!* Hä? Wer hatte das denn eben gesagt?! Die hatten sie doch nicht mehr alle … Oder besser gesagt: Der! Denn es war eine männliche Stimme gewesen, ein bisschen müde und rau, aber doch sehr deutlich, als ob jemand direkt neben meinem Ohr gesprochen hätte. Ich drehte den Kopf, aber um mich herum war niemand. Die machten alle einen Bogen um mich, so kam es mir jedenfalls vor.

*»Wäre sie ehrlich, dann würde sie zugeben, dass sie Justina um ihre unglaublichen Haare, ihre Bienenköniginnen-Beliebtheit, um den Triumph bei Dorotheas Stück und ihren Erfolg in der Theatergruppe beneidet. Und heute Nachmittag wird Ella Ellerbrake im Proberaum wieder auf dem dritten Stuhl rechts neben der Tür sitzen, mit dem lachhaften Hoffnungsschimmer, dass ihr Name doch noch für eine der Hauptrollen aufgerufen wird.«*

»Wie? *Lachhafter Hoffnungsschimmer?!«*, brüllte ich und drehte mich einmal um mich selbst. »Woher weißt du das mit dem Stuhl? Und musst du immer meinen vollen Namen sagen? Das nervt!«

Die Leute um mich herum starrten mich an. Manche blieben sogar stehen.

»Was guckt ihr denn so? Meint ihr, ich merk das nicht? Ja, toll, ich hab's gemerkt ... Geht weiter!« Ich schnappte nach Luft, mein Herz hämmerte vor Wut und vor Schreck, dass jemand so viel über mich wusste, als mich erneut ein Blick aus dunklen Hundeknopfaugen traf.

»Ewan«, rief ich, »geh nach Hause! Gehst du wohl! Ab!« Ich zeigte mit dem Finger in Richtung Straße. Mein Gott, wie würde er von hier wieder zum Rotkreuzplatz kommen? Wie war er überhaupt hierhingekommen? War er tatsächlich alleine in die Tram gestiegen? Es klingelte zum zweiten Mal, ich musste rein, ich konnte mich jetzt nicht um diesen neurotischen Hund kümmern! Aber da senkte er auch schon den Kopf und trippelte durch das Schultor hinaus.

Im Klassenraum angekommen, fragte ich mich immer noch, wer mich da draußen auf dem Hof mit diesen dummen Witzen verarscht hatte. Wer hatte sich das erlaubt? Und war da überhaupt jemand gewesen oder war das mein sogenanntes Unterbewusstsein, das einem, laut Mama, durchaus mal Streiche spielen konnte? Bitte nicht! Mit offenen Augen träumen und Selbstgespräche führen sei nicht zwangsläufig pathologisch, hatte sie mal erklärt, weil ich sie auf ihre Selbstgespräche hingewiesen hatte. Na super, Ella, fängst du jetzt auch noch damit an? Und auch noch so, dass es alle hören können? Erst das und dann dieser Hund! Ich ließ mich auf meinen Stuhl fallen, holte meine Hefte und das Buch heraus, schlug im Arbeitsheft die Seite mit den Hausaufgaben auf und überflog nervös meine Zeilen. Zum Wochenbeginn gleich eine Doppelstunde Französisch. Hier herrschten andere Sitten als in Köln. Zuspätkommen wurde ins Klassenbuch eingetragen, fehlende Hausaufgaben wurden umgehend mit einer doppelten Menge Aufgaben bestraft und mit Ausreden wie »die Bahn fuhr nicht« kam hier niemand durch. Die Münchner Bahnen fuhren ja auch immer. Nicht wie in Köln, wo sie jederzeit in jedem Tunnel stecken bleiben konnte und das morgens zwischen sieben Uhr dreißig und sieben Uhr fünfzig auch besonders ausgiebig tat. Ach, unterirdisches Köln, wie gerne würde ich jetzt in einem deiner Tunnel stecken, dachte ich und schaute mich aufmerksam im Klassenraum um. Noch einmal würde es niemand schaffen, sich an mich heranzuschleichen. Wer immer das gerade auf dem Schulhof auch gewesen war, ich würde ihn erwischen!

Justina saß schräg hinter mir am Fenster, natürlich umringt von einigen Mädchen. Sie musterte mich vom Scheitel über die kaum vorhandene Brust bis zu den geballten Fäusten auf meinem Pult und sprach dabei weiter, ohne eine Miene zu verziehen.

Auch jetzt war die Bienenkönigin wieder von ihrem Hofstaat umgeben, der auseinanderfliegen würde, sobald Madame Boutin die Klasse betrat. Doch die strenge Madame B. ließ an diesem Morgen auf sich warten.

»Und jetzt kommt der Hammer!«, sagte Justina in diesem Moment. »Meine Agentin hat gestern einen wahnsinnig geilen Casting-Termin für mich reinbekommen!«

»Echt?!«

»Mei, des is' ja subba!«

Helle Begeisterung unter den gemeinen bayrischen Arbeitsbienen. Ich hatte mich schon längst wieder nach vorne gedreht, verstand jedoch jedes von Justinas Worten.

»Die hatten schon alles besetzt und nun hat sich die Hauptdarstellerin den Arm gebrochen. Und sie casten neu! Wie geil ist das denn? Ich muss da heute um halb eins hin!«

»Aber da haben wir Mathe«, wagte eines der Mädchen einzuwerfen. »Der Behrends lässt dich niemals gehen!«

»Ja und? Ich meine, hallo?! Da geht's um einen Kinofilm! Da werde ich Mathe wohl ausfallen lassen müssen! Da frage ich doch gar nicht!« Justina lachte kurz auf und seufzte dann. »Gedreht wird in den gesamten Sommerferien, sechs Wochen lang. Wisst ihr, was das bedeutet? Damit fällt der Trip nach Kanada für mich aus und den Tauchkurs bei meinem Vater auf Sardinien kann ich auch knicken … Aber es wäre trotzdem so megageil! Ratet, wer als männliche Hauptrolle dabei sein wird!« Die Mädchen hatten keine Ahnung, quietschten aber schon mal im Voraus.

»Leevi Valtteri Mäkinen!«

»Nein!«

»Himmel, mai, der is' so süß!«

»Der ist nicht nur süß, der ist auch echt subba-subba-heiß.«

»Ich komme dich besuchen!« Wildes Gekicher, dann beendete Madame B.s Auftritt die Euphorie in den Reihen hinter mir.

Vielleicht bricht sich der süße, subba-heiße Leevi Valtteri Mäkinen ja *auch* noch den Arm und dann stehst du da, Justina, dachte ich. Oder den Arsch. Sofort schämte ich mich für meine gehässigen Gedanken. Warum hackte ich auf Leevi herum? Er war eigentlich ein ziemlich guter Schauspieler. Dafür, dass alle Mädchen nur über sein Aussehen und seinen wahnsinnig süßen finnischen Akzent redeten und ausrasteten, wenn er irgendwo erschien, konnte er ja nichts.

Ich musste an die Stimme von heute Morgen denken. *Nicht ehrlich* hatte sie mich genannt. Na und? Vielleicht würde Justina ja auch gar nicht genommen. Doch ich wusste, dass sie die Rolle kriegen würde. Ich wusste es einfach. Mädchen wie sie hatten mindestens Körbchengröße B, hatten tolle Haare, hatten eine Agentin, hatten keinen Blackout bei Premieren, hatten einfach immer Glück.

In der zweiten großen Pause stand ich auf dem Schulhof, kaute an meinem Brot und tat, als hörte ich Alexandra, Mia und Britt zu, während ich die Linien der Pflanzenkübel, die unter den Platanen standen, im Kopf nachzeichnete. Eine wunderbare Ablenkung, ganz ohne denken, das permanente Gebrabbel in meinem Hirn wurde in solchen Momenten immer leiser oder verstummte sogar ganz und machte einer angenehmen Leere Platz.

*»Ella Ellerbrake zieht die Schultern hoch, um die Regentropfen davon abzuhalten, in ihren Nacken zu fallen. Ein vergebliches Unterfangen.«*

»Nee! Hör auf!« Ich drehte mich blitzschnell im Kreis und duckte mich.

*»Sie hasst es nämlich, wenn ihre dünnen Haare nass werden, denn dann sehen sie noch mehr nach öligen Vollkornspaghetti aus, als sie es sowieso schon tun.«*

»Nein! Was für ein Mist. Hau ab!«

*»Doch sie hat festgestellt, dass es angenehmer ist, mit ein paar Pseudofreundinnen im Regen zu stehen als alleine im Toreingang.«*

»Was ist denn mit dir los, hast du eine Wespe unter der Jacke?«, fragte Mia, die in den meisten Fächern neben mir saß. Wir waren eine Zwangsgemeinschaft. Mehr nicht. Drei Augenpaare schauten mich an. Ich drehte mich weiter. Zwei kleine Jungs liefen an uns vorbei und lachten unter ihren Kapuzen über meinen Tanz.

Schnell richtete ich mich auf. »Es ist angenehmer, mit ein paar … äh … Freundinnen im Regen zu stehen als alleine im Toreingang. Habt ihr das gehört?«

»Ich stehe auch nicht gerne allein in der Pause herum!« Alexandra, die niemals zum engeren Kreis von Justina gehören würde, nickte. Sie hatte einen Klecks Nutella am Kinn, aber niemand machte sie darauf aufmerksam.

»Nein. Ja. Ich meine, habt ihr den Satz gehört?«

»Welchen Satz?«

»Es ist angenehmer, zu zweit im Regen zu stehen, als alleine zu sein!«

»Äh … Nein.«

»Wer hat das denn gesagt?« Britt sprach durch die Nase. Auch sie keine Justina-Vertraute, weil heuschnupfenverquollen und übergewichtig.

»Vergesst es. Alles gut!« Ich schüttelte den Kopf und versuchte, ein Grinsen für die Mädchen zustande zu bringen. Doch in mir schrillten gleich mehrere Alarmglocken. Er hatte wieder zu mir gesprochen, aber nun wusste ich, dass nur *ich* ihn hören konnte. Er war so real! Er redete *in mein* Ohr. Nicht *in meinem* Ohr. Und das war kein Geplauder, sondern überlegte Sätze. Als ob mir jemand eine Geschichte vorlas. Was sollte ich tun? War das jetzt mein Unterbewusstsein? War das noch normal oder ging das schon ins Pathologische? Sollte ich meine Mutter fragen? Pff, die würde mich sofort zu dem Psychodoktor schleppen, zu dem sie selber jeden Mittwoch ging, oder mir Medikamente einflößen, anstatt mir richtig zuzuhören. Und auch wenn sie es täte, würde sie mir niemals glauben. Vielleicht lieber zu Onkel Manfred? Kritisch ... Bei ihm wusste man nie, welche seiner zahlreichen Seiten man erwischte. Die politische? Ella, merkst du es nicht, in dir spricht die Stimme des Kapitals, wir sind alle immer noch Opfer des Imperialismus! Oder die des belesenen Buchhändlers: Du hast doch *Die Buddenbrooks* gelesen. Da hört der junge Christian auch Stimmen und gilt dann irgendwann als geisteskrank. Oder aber auch ganz banal, die des besorgten Onkels: Sag mal, Ella, meinst du nicht langsam auch, dass du Hilfe brauchst?

Ja, ich brauchte Hilfe, denn jetzt war klar: Ich wurde wahnsinnig!

Bevor ich mir weiter den Kopf über Onkel Manfred und Geisteskranke zerbrechen konnte, sah ich ihn! Wieder saß er an derselben Stelle neben dem Zaun und guckte zu uns herüber.

Oh Mann! Mein Gehirn drehte fröhlich durch und dann noch dieser durchgeknallte Hund! Den letzten Teil des Satzes hatte ich anscheinend laut gesagt, denn Britt fragte: »Was für ein Hund? Erst eine Wespe, dann ...« Sie unterbrach sich mitten im

Satz und auch Mia und Alexandra folgten nun meinem Blick. »Ach, ist der süß!«

»Nee, lass man, der ist nicht süß! Der ist leider nur gestört«, sagte ich, während wir auf Ewan zugingen. Ich seufzte. »Das ist Ewan. Er ist mir anscheinend nachgelaufen. Soll ich ihn jetzt etwa nach Hause bringen und Mathe verpassen?«

»So einen hatte ich auch mal, allerdings als Stofftier, der hatte rote Räder statt Pfoten und ganz steife Beine und man konnte ihn überallhin ziehen«, sagte Britt.

»Räder statt Pfoten wären jetzt ziemlich praktisch«, murmelte ich.

Mia kniete sich vor Ewan und streichelte ihm über den Kopf. »Oh, du süßer Ewan!« Sie sprach den Namen sogar richtig aus. »I-wenn«. »Was für einen lustigen Namen du hast. Wie dieser Schauspieler Ewan McGregor!«

»Ja! Der ist so toll!« Mia bekam ganz leuchtende Augen.

Ach, ehrlich?, dachte ich. Genau nach *dem* I-wenn hat mein Vater ihn ja benannt. Der ist in Schottland geboren, in Perth, genau dort, wo er Ewan gefunden hat und wo er selber von seiner Mutter im Heim abgegeben worden war. Aber ich hatte keine Lust, das den Mädchen jetzt zu erzählen.

»Vorsicht. Er hat's nicht so mit Menschen. Manchmal schnappt er«, warnte ich sie.

»Ach, der ist so süß ... der schnappt doch nicht!«

»Kann er irgendetwas? Er sieht aus, als ob er irgendwelche Kunststücke draufhat.« Alexandra hielt ihm ihr Nutellabrot hin. Ewan lehnte eindeutig ab.

»Nimm ihn doch mit in den Unterricht! Er kann unter unserem Tisch liegen.« Mia tätschelte den Hundekopf immer noch.

»Keine gute Idee, glaub mir. Der Hund hört nicht und kann nichts, außer schlecht gelaunt sein. Er hasst alle Menschen, seit mein Vater tot ist.«

»Oh.« Betretenes Schweigen. Die Mädchen schauten mich mit aufgerissenen Augen an.

»Tut mir leid«, hauchte Alexandra.

»Davon … also von deinem Vater … darüber hast du noch nie erzählt.« Britt legte sogar eine Hand auf meinen Arm.

Ich senkte schnell den Blick. »Ist schon zwei Jahre her. Los, ab nach Hause, Ewan.« Mein Zeigefinger wies ihm die Richtung. »Na, geh schon. Stell dich nicht so an!«

Es klingelte. Alexandra und Britt schulterten ihre Taschen. Mathe hatten wir nicht in unserem Klassenzimmer, sondern drüben im B-Trakt, Raum 207.

»Willst du ihn nicht lieber wegbringen? Nachher kommt er noch unter ein Auto! Wir sagen Herrn Behrends, dass du später kommst.« Mia ließ endlich von Ewan ab, richtete sich auf und klopfte sich den Dreck von den Knien ihrer Jeans. »Ist doch quasi ein Notfall!«

»Nö. Womöglich muss ich dann noch nachsitzen. Der findet schon allein nach Haus.«

Wir setzten uns in Bewegung, doch in diesem Moment sah ich aus den Augenwinkeln, wie Justina sich mit ihrem Rucksack in Richtung Schultor verdrückte. Die hatte ja Nerven! Wir schrieben in den nächsten Wochen eine Arbeit nach der anderen. Und sie schwänzte einfach. Offensichtlich nur wegen dem blöden Casting! Ich blieb ein wenig zurück. Da schwebte sie wie in Slow Motion über den nassen Asphalt, die rotgoldenen Haare kräuselten sich filmreif in der feuchten Luft. Moment mal! Wenn sie heute wegen des Castings nicht in der Theatergruppe erschien, würde Dorothea mir eventuell *doch* die Rolle der Titania … Vergiss es, Ella! Du liebst es zu spielen, vielleicht kannst du es auch ganz gut, doch da gibt es ein winzig kleines Problem: das Publikum! Fast erwartete ich, wieder die Stimme zu hören. Doch die schwieg. Ich sah mich in unserem Proberaum auf dem dritten Stuhl rechts neben der Tür sitzen, die Beine wie eine Kletterpflanze um die Stuhlbeine gewunden. »Und dann haben wir noch den Baum: Wie wär's, wenn du das machst, Ella? Sind nur zwei Sätze, das schaffst du!« Genau so würde es ablaufen.

*»Korrekt. Ella Ellerbrake weiß, dass sie recht hat!«*, meldete sich die Stimme plötzlich wieder zu Wort und das kleine Biest vor dem Zaun schaute mir dabei tief in die Augen.

»Nein! Nein, nein, ich fasse es nicht, das … das kommt von *ihm!«*, rief ich. »*Du* bist das, Ewan! Du … aber wie …?! Hä?«

Die Mädchen waren stehen geblieben und hatten sich zu mir umgedreht. Spätestens ab diesem Moment mussten sie mich für völlig durchgeknallt halten. Ich *war* durchgeknallt, denn ich hörte nicht nur eine Stimme, sie kam auch noch von einem Hund! Das kann nicht sein, sagte ich mir. Wo ist der Trick? Das kann doch nicht *sein!*

»Das verrückte Tier will, dass ich es nach Hause bringe.« Ich lachte heiser, obwohl ich am liebsten geschrien hätte.

»Siehst du, er mag dich doch! Jetzt wedelt er sogar mit seinem Schwänzchen!«

»Großartig«, sagte ich mit zusammengepressten Zähnen. »Das hat er seit achtundneunzig Wochen und drei Tagen nicht mehr gemacht. Was ist los mit dem?«

Ewan hob den Kopf und lief auf seinen kurzen Beinen davon, Richtung Schultor.

»Ewan! He!« Ich rannte los. »Sagt dem Behrends, dass mir schlecht geworden ist.« Das stimmte sogar. Mir war ganz flau im Magen.

»Ewan! Warte! Du bleibst sofort stehen!« Ich strauchelte, meine Tasche fiel auf den Asphalt, ich hob sie auf, lief schneller. Raus aus dem Tor, rechts oder links? Rechts, denn ich sah, wie Ewan auf die Treppen der U-Bahn-Station zulief, auf denen noch der letzte Glanz von Justinas rötlichem Haar zu sehen war, bevor er mitsamt Hund in der Tiefe verschwand.

# 2. Kapitel

Ich nahm zwei Stufen auf einmal, als ich die letzte Rolltreppe hinuntersprang. Keuchend kam ich unten an. Was für ein Wahnsinn! Dads Hund konnte sprechen! Ewan, der traurige Ewan, der seit zwei Jahren auf dem Treppenabsatz hockte und sich selbst Gassi führte, hatte mit mir geredet. Oder, na ja, über mich.

Ich suchte den Bahnsteig ab. Nur wenige Menschen warteten an diesem Montagmittag um halb zwölf am U-Bahnhof Scheidplatz. Dahinten war er! Brav, die Vorderpfoten ordentlich nebeneinandergestellt, saß er vor einer Bank und schaute zu jemandem hoch, als ob er ein Stück Hundekuchen erwartete. Komm! Hier! Hin! Sofort! Nach Hause geht's mit der Straßenbahn viel schneller!, versuchte ich ihm mit der Kraft meiner Gedanken zu befehlen, doch er zuckte nicht mal mit den Ohren, sondern beobachtete weiterhin die Person auf der Bank, von der ich nur die Beine sah. Beim Näherkommen erkannte ich die teuren Turnschuhe.

Justina beachtete den Hund nicht, sondern guckte auf einige Papiere, die sie im Schoß hielt. Ihre Lippen bewegten sich, vermutlich ging sie ihren Text für das Casting noch mal durch.

»Ewan!«, zischte ich. Keiner von beiden zeigte eine Reaktion. Niemals hätte ich mich so dicht neben Justina gestellt, doch ich wollte Ewan unbedingt in die Augen schauen. »Was machst du denn! Ja, komm her! Komm her zu mir!« Ich klopfte auf meine Oberschenkel und beugte mich zu ihm hinunter.

Justina sah mich völlig genervt an. Der Blick aus ihren schräg stehenden Augen sagte so etwas wie: Hallo?! Ich würde mich ganz gerne konzentrieren.

»Hallo, Justina!« Meine Stimme wie immer zu leise.

Jetzt erst schien sie mich zu erkennen. »Hey! Auch nicht bei Mathe?«

»Nein, äh, mein Hund!«, stotterte ich und zeigte auf Ewan. »Er ist in der Schule aufgetaucht und hier heruntergelaufen. Komm, Ewan, wir müssen hoch zur Tram!«

Doch Ewan machte keinerlei Anstalten, sich in Bewegung zu setzen.

»Na los!«

Er wollte nicht. Ich ließ mich neben Justina auf die Bank fallen und überlegte, was ich zu ihr sagen sollte, doch Justina hatte sich schon wieder ihren Seiten zugewandt. Ich hätte kotzen können, dass ich keinen vernünftigen Satz herausbekam, und blickte in Ewans Augen. Sie waren blank und undurchsichtig wie Murmeln aus schwarzem Glas. Sag jetzt nichts von Ella Ellerbrakes unterwürfiger Art, die sie bei Justina an den Tag legt!, warnte ich ihn in Gedanken.

Er schaute zu Boden.

Sprich zu mir!

Nichts.

»Du sagst jetzt sofort, was das soll und woher du das kannst«, raunte ich ihm zu. Pff. Keine Antwort. Er sah mich nicht mal an!

»Sprich! Mit! Mir!«

Es war wirklich toll. Ich flüsterte einen Hund an, damit er mit mir redete, während der reglos wie ein Stofftier durch mich hindurchstarrte. Fehlten nur noch die Rollen unter seinen Pfoten. Was tat ich hier? Fünf Minuten, sagte die Anzeige, bis die Bahn Richtung Olympiazentrum kam. Ich konnte keinen klaren Gedanken fassen, also zählte ich die Sekunden. Vier Minuten. Ich erhielt Nachrichten von einem Hund! Ich hatte sie laut und deutlich gehört! Das konnte doch alles nicht wirklich passieren. Die harten Metallgitterkästchen der Bank, auf der ich saß, arbeiteten daran, ein Muster in meinen Hintern zu drücken. Jedes Kästchen zwei mal zwei Zentimeter. Ich starrte wütend auf Ewan. Ja! Jetzt hältst du die Klappe, du komisches Wesen!

»Wie bitte?«, sagte Justina. Oh Gott, hatte ich den letzten Satz etwa laut gesagt? Doch man konnte Justina gar nicht beleidigen, weil sie nie zuhörte.

»Ey, Mist, so 'ne geniale Chance und ich kann mir diesen Scheißtext nicht merken!« Sie seufzte und faltete die Seiten zusammen. »Hast du ja vielleicht schon mitbekommen, ich muss gleich zum Vorsprechen für 'ne Hauptrolle. Peggy Licht war dafür besetzt, bis sie sich vorgestern beim Reiten den Arm gebrochen hat. Ey? Hallo?! Die *darf* gar nicht reiten, wenn die so 'ne Rolle hat! Aber *anyway*. Ich sehe besser aus als Peggy Licht, ich spiele besser als Peggy Licht! Und ich meine, wer soll das in Deutschland sonst spielen? Außer mir?«

Ich wollte schon nicken, fühlte mich aber von Ewan beobachtet, der in diesem Moment gähnte. Ich hatte mal gelesen, dass Hunde gähnen, wenn ihnen etwas peinlich ist.

Ob Fremdschämen dazugehörte?

Auf jeden Fall war Justinas Ego-Geschwafel mehr als peinlich. Ich nickte also nicht, sondern zog mit den Augen die Linien der Bodenkacheln nach. Ewan saß akkurat in der Mitte einer dieser Kacheln. Braver Hund. Sprechender Hund?!

»Dann verpasst du heute Nachmittag wahrscheinlich die Theaterprobe?«

»Keine Ahnung, kann sein. Weiß nicht, wie lange das dauert. Das ist Kino! 'ne Riesenproduktion. Und die Rolle der Titania habe ich ja sowieso. Aber wenn ich drehe? Kann ich die nächsten Proben knicken. Ich werde nämlich fast jeden Nachmittag bei Kostüm- und Maskenproben sein, hat meine Agentin mir schon gesagt. Weil das so knapp ist. Tja, dann sehe ich schwarz für unseren *Sommernachtstraum*. Denn ich meine, echt jetzt, wer aus der Gruppe soll das spielen?«

Ich zuckte mit den Schultern. Nein, nach dem Desaster bei der Premiere war Ella Ellerbrake nicht mutig genug, um ihrer ungeliebten Klassenkameradin ein lautes »Ich!« entgegenzuschleudern, dachte ich, nicht einmal mutig genug, um ihr zu sagen, dass es in Deutschland vermutlich an die hundert wunderbare, begabte Nachwuchsschauspielerinnen ihres Alters gab.

Am liebsten hätte ich mir Ewan geschnappt, um ihn durchzuschütteln und ihn für immer vom Reden abzuhalten. Doch die Leute fanden es nicht gut, wenn man kleine Hunde schüttelte. Quengelnde Kinder schon, da mischten sie sich nicht ein, aber Hunde? Ich räusperte mich: »Worum geht's denn in dem Drehbuch?«

»Ach, irgend so eine Zeitsprunggeschichte. Tochter gerät in die Vergangenheit und steht auf einmal vor ihrer eigenen Mutter, die da noch Jugendliche ist, oder so.«

»Aber nicht etwa *Muffins & Marzipan!*«

»Doch, ich glaube, so heißt das.«

»Echt? Das wird verfilmt? Ich hab's gelesen, das ist echt super.«

»Ich nicht. Ich lese keine Bücher.«

Oh Gott, sie las keine Bücher. Gut, dass Onkel Manfred sie nicht hören konnte!

»Ich schaue nur Serien, da lernt man auch 'ne Menge von.«

Genau. Deswegen sprichst du auch so ein fantastisches Deutsch …

»Ich muss zum Rotkreuzplatz, diese Casting-Firma ist dort irgendwo. *Und bitte!* heißen die, oh Gott, ich hoffe, ich finde das! Ich verlauf mich doch immer.« Plötzlich war Frau Bienenkönigin gar nicht mehr so selbstsicher.

»Ich weiß, wo die sind.«

*Und bitte!* war eine Besetzungsagentur bei uns in der Nibelungenstraße, das stand jedenfalls auf dem Schild, an dem ich jeden Morgen auf dem Weg zur Straßenbahn vorbeikam. Im Hinterhof war eine Tür mit dem gleichen Schild und dem Hinweis, die Agentur auf keinen Fall ohne Termin zu betreten. Was machten die dadrinnen, wie sah es da wohl aus, hatte ich mich schon oft gefragt und mich durch die Tür marschieren sehen. Ausgerechnet ich, die Schauspielerin, die bei ihrem ersten großen Auftritt vor Publikum kein Wort herausbrachte.

»Komischer Name, oder? Na ja, die heißen so, weil Regisseure immer ›und bitte!‹ sagen, wenn …« Die U-Bahn fuhr ein und verschluckte den Rest ihrer dämlichen Erklärung. Als ob ich nicht wüsste, dass der Schauspieler auf dieses Kommando hin anfangen sollte zu spielen …

»Um in die Nibelungenstraße zu kommen, kannst du viel einfacher die Straßenbahn nehmen!«, rief ich über den Lärm. »Die hier fährt zum Olympiazentrum, das wäre sowieso die falsche Richtung.«

Wir begaben uns nach oben. Ewan folgte uns wie selbstverständlich. Seine Pfoten klickten auf den Bodenfliesen, berührten aber nie die Linien. Zufall? Ich konnte es nicht erwarten, nach Hause zu kommen und mich mit ihm in meinem Zimmer einzuschließen. Ich würde diesen Hund vom Kopf bis zur Schwanzspitze, von oben, unten und innen durchchecken! Die Tram kam gerade, wir stiegen ein.

»Boah, jetzt wäre ich doch echt falsch gefahren. Du kannst aber nicht mitkommen!« Justina warf sich auf einen Platz und stellte ihren Rucksack wie eine Barriere zwischen uns. Ihre Stimme klang so arrogant wie eh und je. Meine Augen trafen die von Ewan. Was für eine Zicke, oder? Denkt die, ich will mitkommen, um mich in ihr zukünftiges Hollywoodstar-Leben einzuschleichen? Als ob!

Ewan sagte nichts. Ha! Ich war auf seine Hilfe nicht angewiesen, ich konnte mich auch ohne ihn wehren. »Ich wohne da, gleich um die Ecke. Muss jetzt den Hund nach Hause bringen.«

Die Fahrt bis zum Rotkreuzplatz verbrachten wir schweigend. Schweigend stiegen wir aus und schweigend gingen wir auch nebeneinander über die Straße. Es regnete jetzt stärker. Meine

Haare waren nun richtig nass. Als wir vor der Agentur standen, sagte ich: »Da geht's rein! Ciao.«

Justina verschwand ohne ein Wort in der Toreinfahrt. Unglaublich. Die sagte nicht mal Tschüs, geschweige denn Danke! Ich ging weiter. Warum glauben solche Mädchen wie Justina, alles würde sich um sie drehen?, dachte ich. Und warum dreht sich die Welt tatsächlich meistens um sie? Weil sie diese Haltung ausstrahlen?

»Und ich meine, wer soll das in Deutschland sonst spielen?!«, äffte ich sie nach und beugte mich zu Ewan. »Außer mir?« Mein Lachen klang bitter. »Oh Mann. Ich habe keine Lust auf die Theatergruppe heute. Ich kann die alle nicht mehr sehen, schon beim Reinkommen stolzieren sie herum und sagen ihren Text auf oder springen wie gedopte Häschen auf und ab!« Ewan blieb wie auf Kommando stehen. »Dabei weiß Dorothea doch auch, dass ich Talent habe. Hat sie neulich noch gesagt, nachdem sie mich überredet hat, einen Pfeiler zu verführen.« Ich kicherte. »Ich habe den Pfeiler total angemacht. Weil sie diesen wahnsinnig zuversichtlichen Blick hatte, genau wie Dad früher, wenn er mir zusah. Wenn er im Publikum gesessen hätte statt Mama, hätte ich keinen Blackout gehabt. Na komm, wir gehen nach Hause!«

Ewan schien das Gehörte erst verarbeiten zu müssen, denn er blieb sitzen. Wir waren ungefähr sechsundsechzig Bodenplatten von der Toreinfahrt entfernt. Was sollte die Nummer denn jetzt? »Nein, Ewan, das ist nicht dein Ernst. Du willst nicht, dass ich da hinterhergehe.« Ich schnaubte durch die Nase. Was bildete sich dieser durchgedrehte Glatthaar-Jack-Russell-Terrier ein? Dass ich eine Chance auf die Rolle habe, auf die Justina scharf ist? Haha. Sehr lustig. Wollte er uns etwas vergleichen? Ihre tollen Haare mit meinen dünnen Strähnen? Meine knabenhafte Figur mit ihrem Hingucke-Körper und den Kurven an der richtigen Stelle?

»Obwohl: Spielen kann ich ebenso gut wie sie! Glaubst du nicht? Oh doch, mein Lieber. Hast du mich *jemals* spielen sehen? Na also. Und es fühlt sich so toll an, Ewan. So ... keine Ahnung ... Wie ein Rausch. Wenn wir proben, kann ich zwischen vielen Figuren wechseln, die ich oft sehr spontan erfinde. Ich bin dabei selber voller Spannung, was als Nächstes wohl aus mir herauskommt, verstehst du? Für diese paar Stunden kann ich die Ella in mir vergessen. Danach bin ich dann echt ausgepowert, aber auch stolz und glücklich. Meistens zumindest. Tja. So geht's mir ungefähr, wenn ich gespielt habe. Aber nicht vor einer Kamera und tausend Casting-Leuten, die mich anstarren. Also, vergiss den Scheiß einfach!«

Eine alte Frau lief vorbei und schaute mich böse an, nur weil ich Scheiß gesagt hatte ... sollte sie doch, Spießerin. Ich ging weiter, ohne mich noch mal umzudrehen. Irgendwann würde Ewan schon wieder lostrotten, sich durch die Katzenklappe der Hinterhoftür zwängen und sein Lager im Zwischenstock einnehmen.

An der Tür zum Laden hatte er mich eingeholt. Ich drückte die Klinke hinunter und freute mich über das leise Bimmeln der Glocken, die jeden Kunden ankündigten. Nicht allzu oft am Tag, aber das war meinem Onkel ganz recht. Genießerisch saugte ich den Geruch nach staubigem Papier, Holz und schwarzem Tee ein. Ewan witschte hinter mir durch die Tür.

»Tach, Onkelchen!«

Manfreds grauer Haarkranz tauchte hinter der Kasse auf. »Oh, guten Tag, ihr holden Eindringlinge!«

Manchmal unterhielt ich mich mit Onkel Manfred ausschließlich mit Zitaten aus bekannten Büchern. Das ging wunderbar mit ihm, wenn man welche las ... Nein, ich wollte jetzt nicht an Justina denken.

Ewan trippelte über die Holzdielen und verschwand hinter dem Tresen, auf dem die Registrierkasse neben dem gut sichtbaren Schild *Heute kein Ankauf!* stand. Dort, im Schutze der halbrunden Kanzel aus schweren Holzbalken, las Onkel Manfred viele ungestörte Stunden lang in seinen Büchern. Innen war der Boden etwas erhöht, an der Öffnung, durch die man eintreten konnte, ließ sich ein dickes Brett hinunterklappen, dann war man rundherum eingeschlossen. Onkel Manfred liebte es, in seinem Sessel hinter der Kanzel fast unsichtbar zu sein, doch wenn er sich erhob, hatte er die Kontrolle über die vollgestopften Regale und überladenen Tische. Ich mochte den Laden, das Durcheinander machte mich komischerweise ruhig. Hier gab es keine geraden Linien, die man miteinander verbinden konnte, nur Zickzack, schiefe Bücherstapel und Chaos. Auch der Staub und die vielen Krümel störten mich nicht. Onkel Manfred ernährte sich fast ausschließlich von Tee und Zuckerzwieback. Vegan nannte er das.

Ewan war nicht mehr zu sehen. Ich wusste, er würde gleich auf den Sessel und von da aus auf den Tresen springen. Neben der Kasse lag sein platt gelegenes Kissen, auf dem er sich manchmal niederließ.

Freundchen, wir sprechen uns noch, dachte ich und musste fast lachen, weil sich der Spruch, an einen Hund gerichtet, einfach komisch anhörte.

Mama dadrin?, fragten meine Augen, während mein Kopf eine Bewegung nach hinten durch die Bücherregale machte.

Wo sonst?, antworteten Onkel Manfreds zuckende Schultern.

Ich holte tief Luft. Sollte ich meinem Onkel von meinem verrückten Erlebnis mit Ewan berichten? Oder sollte ich lieber mutig in das kleine Hinterzimmer eindringen, in dem meine Mutter sich hinter ihrem Laptop zwischen Wörterbüchern und ausgedruckten Seitenstapeln verschanzte, und ihr von dem sprechenden Hund erzählen, mit dem wir zusammenlebten?

Ich überlegte … Zuerst Mama! Wenn nicht ihr, wem dann? Sie hatte über achtzehn Jahre mit meinem Vater verbracht, und soweit ich das beurteilen konnte, waren sie bis zu seinem Tod ziemlich glücklich gewesen. Früher hatten sie dauernd zusammen im Bett gelegen oder am Küchentisch gesessen und Mama hatte leise und zärtlich auf ihn eingeredet, als ob sie lauter Geheimnisse mit ihm zu besprechen hätte. Sie will ihm ganz nahe sein, sie will ihn nicht mit mir teilen, hatte ich als Kind manchmal gedacht. Sogar Akkordeon spielen hatte sie gelernt, als ich Stunden bekam. Ich könnte wetten, sie hatte da nie wirklich Lust darauf gehabt, sondern nur mitgemacht, damit sie nicht ausgeschlossen war, wenn Dad mit mir Musik machte.

Wenn Dad irgendetwas über Ewans Fähigkeiten gewusst haben sollte, hatte er ihr garantiert darüber erzählt. Vielleicht hatte Ewan auch mit ihm gesprochen!

Aufgeregtes Kribbeln schoss durch meinen Magen. Ich atmete tief ein, hielt die Luft an und klopfte.

»Ja?«

Mist, ich stieß die Luft wieder aus. Sie klang, wie sie fast immer klang, wenn sie arbeitete. Abwesend. Ungeduldig. Genervt.

»Mama?« Ich öffnete die Tür. Mann, wie konnte sie es in diesem engen dunklen Kabuff nur aushalten? Oben hatte sie eine geräumige Wohnung mit einem hellen Wohnzimmer und einem wunderschönen Schlafzimmer, in das sie locker drei Schreibtische hätte stellen können, und was tat sie? Verkroch sich im allerkleinsten Raum des Hauses. Pardon, ich hatte unsere Gästetoilette vergessen, die war noch kleiner.

»Was ist denn?« Sie hob ihren Blick vom Bildschirm und schaute mich an, während sie in Wirklichkeit durch mich hindurchsah. Einundzwanzig, zweiundzwanzig, das war's. Schon kehrte sie wieder zu ihrem Text zurück. Ich überkreuzte die Arme vor der Brust und hielt mich fest umarmt, während ich sie beobachtete. Mit ihrem geraden Rücken saß sie dort ein bisschen nach vorne gebeugt auf ihrem klapprigen Schreibtischstuhl. Ihr Haar war wie immer lieblos zu einem Pferdeschwanz zurückgebunden. Ich glaube, sie hatte es seit zwei Jahren nicht mehr offen getragen. Was für eine Verschwendung. Warum hatte ich diese Haare nicht geerbt? Daddy hatte ihr immer Komplimente deswegen gemacht und sie »mein Mahagoni-Mädchen« genannt.

Tja, wenn sie es mal regelmäßig waschen würde, würde es auch heute noch glänzen wie poliertes Mahagoni. Sie hielt ihre Augen auf den Bildschirm gerichtet. Das Hellblau der Iris bildete einen krassen Gegensatz zu ihrem Haar, den langen Wimpern und den ebenso dunklen Augenbrauen. Leider hatte ich all das auch nicht geerbt. Ich sah eher wie mein Vater Paul aus. Blasse Haut, braune Augen, gerade Nase und dazu diese viel zu dünnen Haare. Dafür hatte ich aber einen schönen Mund. Nicht so wie deiner, Mama, dachte ich, der wird jedes Jahr schmaler, deine Lippen sind ja kaum noch vorhanden …

»Kommst du voran?« Ich ging näher und linste auf die Stelle, an der der Curser auf dem Bildschirm blinkte. Ich erwartete, einen Satz zu lesen, in dem die Wangen der Heldin rosig erglühten oder die Arme des Helden sie leidenschaftlich an sich rissen, doch ich las etwas anderes: *Paul ist gegangen und ich habe es nicht mal gemerkt. Ich hasse ihn dafür … Hätte ich es merken müssen? Heute würde ich so vieles anders machen!*

»Was *ist* denn?« Sie schaute ärgerlich auf und ließ mit einem Wischer die Seite verschwinden. Ihr Computer war heilig, da durfte ich nicht dran, ich glaube, sie wechselte jeden Tag das Passwort. Schnell! Jetzt musste ich sofort eine interessante Bemerkung in das schmale Zeitfenster zwischen ihrer geistigen Anwesenheit und ihrem erneuten Abtauchen werfen. Gab es nicht bald wieder eine ihrer grottenlangweiligen Lesungen, zu denen sie mich so gerne schleppte? Habe ich das noch nicht erwähnt? Meine Mutter hatte seit einiger Zeit damit begonnen, mich in kahle Volkshochschulsäle zu entführen, um dort irgendwelchen No-Name-Autoren zu lauschen, wie sie aus ihren meist unveröffentlichten Manuskripten vorlasen. Währenddessen hörte sie so gebannt zu, als würde sie den spannendsten Krimi verfolgen, und auf dem Heimweg ließ sie sich dann detailliert über die Texte und die Vortragsweise aus. Eine merkwürdige Beschäftigung, aber egal, wenn es sie ein bisschen glücklicher machte, war auch ich happy. Ich beschloss, nicht drum herumzureden: »Ich mache mir Sorgen um Ewan! Er ist so seltsam.«

»Ja und? Das war er doch schon immer.«

»Aber als Dad noch lebte, war er doch ein ganz normaler Hund.«

»Als Dad noch lebte, als Dad noch lebte …« Ein leises, wohlbekanntes Schnauben kam aus ihren Nasenlöchern, während sie schon wieder auf die Tastatur hämmerte. »Wenn dir die Haare so nass an der Kopfhaut kleben, ähnelst du ihm noch mehr.« Oh, das war ja ein richtig langer Satz gewesen, doch der Ton ihrer Stimme versetzte mir einen Stich. Sie schaute auf und lächelte dünn: »Vielleicht gehst du schnell nach oben, nimmst dir ein Handtuch und machst sie trocken!«

Seit wann kümmerte sie sich um meine Gesundheit? Vermutlich wollte sie mich ganz einfach loswerden. Ich blieb stehen. Es fühlte sich an wie früher, wenn ich vor dem breiten Ehebett meiner Eltern oder unserem Küchentisch stand und überlegte, was ich tun konnte, um ihr Interesse zu erlangen. Mit dem einzigen Unterschied, dass Mama heute verkniffen statt fröhlich guckte und Dad nicht mehr neben ihr lag. Stand. Saß. Und mir die Aufmerksamkeit gab, die ich in dem Moment brauchte.

»Da gibt es heute ein Casting für einen großen Kinofilm. Justina aus meiner Klasse ist eingeladen. Und ich dachte, ich geh vielleicht auch hin.« Ich hatte überhaupt nichts dergleichen vor.

»Ja, schön.«

Genauso gut hätte ich sagen können: Justina spritzt sich seit Neustem Heroin und ich werde es heute auch mal versuchen. »Ja, schön.«

Oder: Justina hat mich zu einer Orgie eingeladen und ich werde vielleicht hingehen! »Ja, schön.«

Ich ging rückwärts hinaus und schloss die Tür hinter mir. Sie hat gar nicht gefragt, warum ich so früh zu Hause bin, dachte ich. Es interessiert sie auch nicht, ob ich Hunger habe. Etwas Weiches berührte die Sohle meines rechten Schuhs, im selben Moment jaulte es leise auf. Ich hob sofort den Fuß und kniete mich hin. »Ewan! Sorry. Was stehst du denn auch hinter mir?«

Er schaute mich mit seinen schwarzen Augen nur an. Immerhin lief er nicht weg.

»Tja, Mama scheint sich immer noch Vorwürfe zu machen, zu früh aus dem Krankenhaus weggegangen zu sein«, flüsterte ich ihm zu. »Sie hat geschrieben, sie würde so vieles anders machen. Und dass sie ihn hasst. Wie kann sie ihn für seinen frühen Tod hassen? Pfff. Was kann *er* denn dafür? Wahrscheinlich wünscht sie sich, die Zeit zurückdrehen zu können.« Ich zuckte mit den Schultern. »Eins steht fest: Seit Dads Tod ist sie total neben der Rolle.« Ewan ließ den Kopf hängen. »Und sie benimmt sich oft, als ob sie keine Mutter mehr sein will …« Ich streichelte ihn nachdenklich, er ließ es gnädig zu. Nach einem Moment erhob ich mich wieder.

»Hey, Manfred«, rief ich laut, während ich durch die engen Regalwände ging, »wenn du die Zeit zurückdrehen könntest, was in deinem Leben würdest du dann ändern?«

»Die Zeit zurückdrehen? Oh, welch Frage!« Er lachte mich an, als er sich hinter seiner Kasse aufrichtete. »Zweifelsfrei würde ich vieles von dem machen, was ich nicht getan habe! Und warum habe ich es nicht getan? Weil ich mich nicht getraut habe oder weil jemand behauptete, es sei nicht gut für mich. Weißt du, es ist ja so …«

Ich wappnete mich, denn wenn ich Pech hatte, kam jetzt ein langer Vortrag über das Leben im Allgemeinen und über sein Leben im Speziellen.

»Eigentlich wissen wir ja genau, was wir wollen und was gut für uns ist. Wenn nur dieser Hanswurst in uns nicht immer so laut schreien würde, sodass wir unsere eigene innere Stimme kaum verstehen können.« Er wedelte mit dem Buch in seiner Hand. »Steht hier drin.«

»Aha.« Ich hasste das Wort Hanswurst, lächelte aber.

»Das da zum Beispiel.« Er zeigte auf die Plakate an den Wänden und auf die alten Schwarz-Weiß-Fotos. Seine Auftritte bei der Kabarett-Gruppe *Die Kellerasseln.* »Wenn ich früher auf Bertold Rauschenberger, den arrogantesten Lackaffen der Schule, gehört hätte, hätte ich die schönste Zeit meines Lebens niemals dort auf diesen Bühnenbrettern verbracht!«

»Okay?«, antwortete ich. Erfreulicherweise schien die Ratgeberstunde damit beendet, denn er sank wieder in seinen Sessel zurück. Auf arrogante Lackaffen aus der Schule, sicher galt das auch für weibliche Lackaffen, sollte man also niemals hören. Danke für diesen Input, Onkel. Und nun?

*»Wenn Ella Ellerbrake in der Lage wäre, ihren eigenen Hanswurst mal zum Schweigen zu bringen, dann würde sie ihre innere Stimme laut und vernehmlich hören, die ihr sagt, dass sie sich unverzüglich zu* Und bitte! *begeben sollte.«*

»Weißt du, was, Ewan McGregor?«, flüsterte ich. »Du hast sie ja nicht mehr alle.«

# 3. Kapitel

Wenn die Tür zu ist, gehe ich sofort wieder. Soll ich da etwa klingeln und dann rumstammeln? Nee.« Mit jedem Schritt kam mir Ewans Idee noch absurder vor. Was tat ich hier? Wie kam ich dazu, auf einen durchgeknallten Hund zu hören? Viel zu schnell standen wir vor der Tür von *Und bitte!*. Mein Herz klopfte bis in meinen Hals vor Aufregung. Ich tippte gegen die Tür. Sie war nur angelehnt, ich hatte also keine Ausrede. Vielleicht würden sie mich auch sofort hinausschmeißen, ich hatte nicht die Spur von einem Plan. »Na gut«, sagte ich leise zu Ewan, »schauen wir mal, wie weit man mit dir als Souffleur kommt.«

»Hallo!« Ein Mädchen mit einem Klemmbrett unter dem Arm kam uns entgegen, sie war höchstens zwanzig. »Da bist du ja! Die Letzte für heute ... Gut hergefunden? Deine Eltern sind nicht dabei?«

»Ich ...« Ich schaute Ewan an, doch natürlich hatte er keinen hilfreichen Kommentar für mich vorbereitet.

»Ach, stattdessen hast du deinen Hund mitgebracht. Ist der goldig!«

Ewan umrundete das Mädchen mit seinen hastigen Trippelschritten und tat alles, um besonders goldig auszusehen.

»Kommt mit, ihr beiden! Hier vorne könnt ihr warten. Dann hake ich dich gleich mal in der Liste ab.« Sie fuhr mit dem Zeigefinger über ihr Klemmbrett. »Genehmigung von deinen Eltern haben wir ja schon ...« Jetzt musste ich etwas sagen, sonst wurde es peinlich. Ewan rannte auf eine offene Tür zu.

»Oh, er will in mein Büro.« Sie kicherte und lief hinter ihm her. »Vielleicht sucht er was zu trinken?«

»Wahrscheinlich«, murmelte ich.

Als der goldige Ewan mit Wasser versorgt war, nahm er auf einem der Stühle im Flur Platz; ich setzte mich neben ihn und schaute mich um. Weiße Wände. Gerade Linien. Zwei Türen. Jede Menge Filmplakate. Ein kleiner Tisch mit einer Flasche Wasser und einigen Plastikbechern. Eine Schale mit Gummibärchen-Tütchen. Ich schüttelte den Kopf und verschränkte die Arme vor der Brust. So sah es also in einer Casting-Agentur aus. Wahnsinn. Mcin Gott, was tat ich hier? Dachte ich tatsächlich, ich könnte mich hier unter falschem Namen einschleichen?

Ich stand auf. »Komm, Ewan, wir gehen, das bringt's doch nicht!« Aber Ewan rührte sich nicht, er saß mit steifen Beinen da und guckte starr geradeaus. Okay, dann nicht. Ich setzte mich wieder und seufzte laut. »Na ja, gelogen haben wir ja nicht. Ich habe ja nicht behauptet, irgendwer zu sein.«

Nervös riss ich eine der kleinen Gummibärchen-Tüten auf und kaute hastig vor mich hin. Mein Hund sprach mit mir. Genauer gesagt, er sprach über mich in der dritten Person. Aber nicht nur das, erst durch seine Kommentare war ich hierhergeraten! Das bildete ich mir doch nicht ein! Als der Inhalt der dritten Tüte in meinem Mund verschwunden war, hatte ich mich langsam wieder beruhigt. Ich war nicht verrückt, warum also nicht mal schauen, wohin das alles führte? »Tja, ist noch nicht Hollywood, aber irgendwie doch spannender als Schule«, sagte ich zu Ewan, der daraufhin seine starre Haltung aufgab, den Kopf schief legte und das Mädchen fixierte, dem wir durch die offene Tür hinter ihrem Schreibtisch beim Telefonieren zusehen konnten. Eine Weile passierte nichts, doch dann öffnete sich auf einmal eine der Türen hinten im Flur und Justina kam heraus.

»Tschühüüs!«, hauchte sic durch den Türspalt, bevor sie sich zum Gehen wandte. In diesem Moment klingelte ihr Handy, sie wühlte in ihrem Rucksack danach. Ich ließ meine immer noch feuchten Haare vor das Gesicht fallen und starrte auf meine Beine. Abhauen? Noch hatte sie mich nicht gesehen.

»Hey! Ja. Nee. Nicht so gut«, hörte ich sie. »Ey, die sind total komisch drauf gewesen! Die wollten mich nicht für die Charles casten, sondern für irgendeine Dagmar! Hää? Ach, Mama, das weiß ich selber!«

Wie bitte? Fast hätte ich aufgelacht. Justina sollte DDD sein? Die Doofe Dagmar? Das war im Buch die große Schwester, ständig mies gelaunt, nicht besonders hübsch, ultranervig.

»Jedenfalls habe ich komplett die falsche Rolle gelernt und stand da rum wie der letzte Idiot! Nein!« Hinter meinem Haarvorhang konnte ich sie wütend auf das Handy tippen sehen, die Seiten, die sie in der anderen Hand hielt, flogen in einen Papierkorb. Sie kam auf uns zu und presste die Lippen zusammen, sie war offenbar den Tränen nahe. Ich schloss die Augen. Scheiße. Und da kam es auch schon ... »Ey, fuck, was machst *du* denn hier?!« Sie wischte sich mit der Hand unter der Nase entlang und fixierte mich mit ihrem hellblauen Killerblick. »Sag mal, du Opfer, verfolgst du mich?«

»Nö«, sagte ich, doch ich spürte, wie die Röte in meine Wangen stieg. Ich hatte hier wirklich nichts zu suchen. War ich jetzt zur Stalkerin geworden? Wieder ihr Handy. Manchmal hatten nervende Mütter auch was Gutes.

»Alter!«, knurrte sie, ging aber ran. »Was?« Mit einem bitterbösen Seitenblick auf mich lief sie zur Ausgangstür. Keine Frage, sie würde eine grandiose Dagmar abgeben.

»Keine Ahnung. Die haben was von Perücke gelabert, und weil ich so reif aussehe, könnte ich doch ...« Den Rest verstand ich nicht mehr, denn sie war schon auf dem Hof.

In diesem Moment öffnete sich erneut die Tür und drei Leute kamen laut redend durch den Flur auf uns zu.

»... zumindest hätten wir dann eine super Besetzung ...«

»Wenn diese verdammten Sperrtermine bei der kleinen Weisskopf nicht wären ...«

»Ich frag noch mal bei der Agentur an.«

»Vergiss es. Die dreht den ganzen August in Prag.«

»Was für eine blöde Überschneidung!«

Von der anderen Seite kam das Mädchen mit ihrem Klemmbrett aus dem Büro geschossen und machte mir lächelnd ein Zeichen. Du bist dran! Mist, Mist, Mist!, dachte ich und wünschte mir ganz dringend, die Zeit zurückdrehen zu können. Ein Viertelstündchen würde schon reichen ...

»Guck mal, und wenn wir den Hund 'ne Nummer kleiner machen, so klein wie den hier ...? Würde Kosten sparen!« Die drei blieben vor Ewan stehen und lachten. Ich starrte zu ihnen hoch. Ein mittelalter Typ mit Bart, ein mittelalter Typ ohne Bart, dafür mit einem frechen Grinsen auf dem Gesicht, und eine Frau mit straffen, zu einem Zopf gebundenen blonden Haaren, die eine riesige schwarze Nerdbrille trug und trotzdem wunderschön aussah.

»Wie bitte? Du kannst doch einen Golden Retriever nicht ...«

»War Spaß, Tim, du raffst auch gar nichts mehr!« Der Typ ohne Bart verdrehte grinsend die Augen, dann entdeckte er Justina, die mit ihrem Handy am Ohr gerade rechtzeitig wieder hineingekommen war, um meiner oberpeinlichen Enttarnung beizuwohnen. »Du, wie gesagt, wir überlegen uns das und melden uns dann bei deiner Agentur.« Er zwinkerte ihr zu. Justina knipste ihr Lächeln für ihn an und nickte.

»Und wen haben wir hier noch?« Die schöne Nerdfrau streckte mir die Hand hin. »Hallo!«

Ich lächelte und schüttelte den Kopf.

»Ich dachte, wir wären für heute durch?« Der mit dem Bart rieb sich die Augen.

»Nein, also das ist ...« Das Mädchen mit dem Klemmbrett suchte nach meinem angeblichen Namen.

»Nee, ich kann das erklären ...« Ich griff nach der Hand, die immer noch vor mir schwebte. »Hallo.« Oh Gott. Nur Hallo?!

»Ich bin Ulli, die Producerin. Schau doch mal, Tim! Für die kleine Weisskopf?« Ulli-die-Producerin ließ meine Hand nicht los. »Sieh sie dir an! Vergiss die Haare mal ... aber du weißt, was ich meine, oder?« Sie scannte meinen Körper mit ihrem Blick ab. Die beiden anderen auch. Ich wurde wieder rot. Na toll, jetzt sahen alle, wie schmal, knochig und flachbrüstig ich war.

»Das ist …«, setzte das Klemmbrettmädchen an, doch ich unterbrach sie: »Ich stehe nicht so richtig auf der Liste.«

»Egal.« Die Frau mit der großen Brille hatte nur Augen für mich. »Hast du schon Dreherfahrung?«

Ich versuchte, meine angeklatschten Haare mit der freien Hand etwas aufzulockern, und schüttelte den Kopf. »Nein. Aber ich spiele Theater …«

Aus Justinas Richtung kam ein verächtliches Schnauben.

»Na ja. Ich versuche es …« In diesem Moment sprang Ewan neben mir auf, streckte die Vorderbeine aus wie eine Katze, zitterte vor Anspannung am ganzen Körper und gähnte. Alle, sogar Justina, guckten ihm dabei zu. Die Erwachsenen lachten. Nur ich wusste, was das heißen sollte. Es war ihm peinlich. *Ich* war ihm peinlich. Er erwartete, dass ich verdammt noch mal die Kurve kriegte und etwas Vernünftiges von mir gab. Also gut, ich musste etwas sagen, aber was?

»Ich bin Ella Ellerbrake und das da ist mein Hund: Ewan McGregor.« Wieder lachten alle und sahen zu Ewan herab.

»Ella Ellerbrake, wow, das ist doch mal ein Name.« Endlich ließ die Producerin meine Hand los. »Ella, würdest du für uns noch eben schnell eine kleine Szene spielen? Vor der Kamera? Wir improvisieren ein bisschen? Wo doch unser Regisseur gerade hier ist.«

Der mit dem Bart schaute besorgt auf sein Handy. Justina schickte einen eiskalten Blick aus ihrer Ecke an der Tür herüber.

»Deinen Flug bekommst du noch, Tim. Der Fahrer steht schon vor der Tür! Hast du Zeit?« Der letzte Satz war wieder für mich bestimmt. Sie lächelte mich an, sie hatte auch fantastische Zähne, die Frau Producerin.

»Ja klar.« Ich stand auf und vermied es, Justinas Augen noch einmal zu begegnen. Oh Gott, schrie es in mir, ich hab Schiss, das schaffe ich nicht, ich kann doch nur Shakespeare auswendig … und das auch nur, wenn Onkel Manfred im Laden von der Kanzel die Julia gibt.

*»Ella Ellerbrake weiß instinktiv, dass die Frau Producerin in ihr jetzt schon etwas ganz Besonderes sieht und sie unbedingt dabeihaben will.«*

Etwas ganz Besonderes? Wieso das denn …? Echt? Ich stieß den Atem aus, den ich unwillkürlich angehalten hatte. Lag es an seinem Kommentar? Egal, plötzlich spürte ich keine Angst mehr, nichts, ich wollte nur noch spielen, ganz egal, was. »Darf Ewan mit? Er ist auch ganz leise.«

»Na klar.« Die drei hatten sich schon in Bewegung gesetzt und auch Ewan sprang vom Stuhl. Ich warf Justina nun doch einen Blick zu. Halb offener Mund. Fassungslose Augen, aus denen sie mit giftigen Wutpfeilen auf mich schoss. Pff. Sollte sie doch. Ich musste jetzt spielen! Schnell folgte ich den dreien über den Flur.

Der Raum, den wir betraten, war groß und spärlich eingerichtet. Vier weiße Wände, Parkett auf dem Boden, ein grüner Vorhang vor dem Fenster zum Hof. Ein paar im Raum verteilte Stühle und ein kleines Sofa, auf das Ewan gleich sprang und sich in seine unwiderstehlich niedliche Stofftierpositur setzte. Es schien okay, dass er da saß, niemand protestierte. Eine kleine Videokamera stand auf einem Stativ, auf einem Tisch war ein Monitor aufgebaut. Alles sah nach Arbeit und nicht wirklich gemütlich aus. Die Angst arbeitete sich langsam wieder hervor, sie ließ mein Herz von innen gegen meinen Hals klopfen und meinen Mund austrocknen. Der mit dem frechen Grinsen fummelte an der Kamera herum, während die schöne Producerin sich einen Stuhl heranzog und sich vor den Monitor setzte. Erst jetzt bemerkte ich die Rosenranke, die auf ihrem gut trainierten Oberarm wuchs. Eine Producerin mit einem Tattoo, Ewan! Er wedelte mit dem Schwanz. Ich musste lächeln.

»Kennst du zufällig das Buch, das wir verfilmen wollen?«, fragte der Regisseur.

»*Muffins & Marzipan*? Ich liebe es! Habe es gleich mehrmals gelesen.«

»Oh echt? Ich lese Bücher auch mehrmals!« Er rieb sich seinen Bart.

»Und wenn es traurig wird, hoffe ich immer, es könnte sich ja beim Lesen doch noch was ändern …«, sagte ich, viel lauter als beabsichtigt.

Er zeigte mit dem Finger auf mich: »Das ist ja witzig, das kenne ich auch von mir. Ich dachte, nur ich bin so verrückt …« Er hob die Hand, und ich befürchtete schon, er wolle mich High-Five-mäßig abklatschen, was bei einem älteren Mann wie ihm peinlich gewesen wäre, doch er gab nur dem Typen hinter der Videokamera ein Zeichen, während er mich fragte: »Wir zeichnen das jetzt mal auf, okay? Welche Rolle siehst du denn für dich?«

»Na ja.« Ich überlegte kurz, versuchte, nicht auf den rot blinkenden Punkt der Kamera zu achten und meine nervösen Hände still zu halten, und obwohl sich etwas in mir dagegen sträubte, sah ich der Producerin, die hinter ihm saß, direkt in die Augen und lachte. Auf einmal war alles so leicht: »Also Charles ist natürlich cool, aber … ich denke nicht so wie sie. Und ich *bin* nicht so wie sie.« Ich zuckte mit den Schultern. »Dagmar ist echt daneben und gemein. Ich glaube, ich würde gerne Marion spielen. Die ist auch ganz cool und gleichzeitig schüchtern, sie macht die größte Veränderung durch und darf den ganzen Tag voll die leckeren Pralinen herstellen.«

»Okay. Wunderbar, an die dachten wir auch. Stell dir vor, du bist Marion und ein fremdes Mädchen, die Charles nämlich, hat dir gerade erzählt, dass sie deine Tochter ist und aus der Zukunft kommt.«

»Also genau wie im Buch, oder?«

»Richtig. Aber du musst nicht am Originaltext bleiben. Spiel, was dir einfällt, egal, was im Buch steht. Ich bin Charles.« Er zeigte auf sich und lächelte unter seinem Bart. Ich lächelte zurück. Pff, na klar, die totale Ähnlichkeit. Aber er hatte gesagt, er wäre Charles, also legte ich los. Besser, jetzt zu spielen, als vor Nervosität zu sterben. »Charlotte? Charles? Ha. Was ist denn das überhaupt für ein alberner Name? Soll *ich* dir den gegeben haben? Na wohl kaum! Und wann soll das gewesen sein? Und wie kommst du hier eigentlich rein?« Sein Bart und die Lederjacke waren verschwunden, statt Tim, dem Regisseur, sah ich Charles vor mir, die mit ihren rotblonden Locken frisch aus der Zukunft in mein kleines spießiges Zimmer im Jahr 1980 geplatzt war. Ich ging näher an sie heran und stützte die Hände in die Hüften. »Und außerdem: Kannst du mal Deutsch reden? Ich verstehe nichts von dem, was du mir da erzählst. Warum sagst du alles auf Englisch, was ist posten und was ist googeln?« Ich nahm wieder Abstand von ihr und musterte sie. »Entschuldigung, aber trägt man solche komischen Jeans mit so viel Stoff am Hintern jetzt bei euch? Da finde ich meine Hose ja um einiges besser!« Ich umklammerte die Träger meiner imaginären Latzhose und ging auf und ab.

»Danke! Danke! Das reicht.« Ulli löste ihre Augen vom Monitor und drehte sich zu mir um. Ihre Augen strahlten. »Wie gefällt dir unser Tim als Charles?«

»Er macht das super ...«, sagte ich.

»Naturtalent.« Tim hob die Hände gegen die Decke.

»Wunderbar. Vielleicht kurz noch die Szene, wo Charles dir den finnischen Jungen weggenommen hat, den Matti.« Ulli wandte sich wieder dem Monitor zu, auf dem ich immer noch zu sehen war.

»Okay.« Ich überlegte. Die Sache mit Matti, das war die Szene nach der Nacht am Baggersee.

»Also fangen wir an. Sorry, Ulli, aber mein Flieger wartet nicht.«

»Moment«, meldete sich der Typ an der Kamera, »ich komme mal 'n Stück ran. Ich bin übrigens Dirk, ich besetze den Film, also, falls die beiden mir von meiner Arbeit noch was übrig lassen ...« Er schleppte das Stativ ein Stück näher und gab mir mit einem breiten Lächeln die Hand, dann dirigierte er mich vor eine Wand. »Tim, ich brauch dich hinter der Kamera zum Anspielen, ich mach 'ne Nahe von ihr.«

»Du weißt, worum es geht?«, fragte die Producerin. »Charles hat mit dem Jungen geknutscht und du bist verletzt, traurig, sauer. Alles, was dir einfällt. Hast du einen Freund?«

»Nein. Noch nicht.« Es klang verdammt trostlos. Ich warf einen Blick auf Ewan, der aufmerksam mit den Ohren wackelte. »Aber mein Hund versucht ständig, mir einen zu vermitteln.«

Na also, jetzt lachten sie. Erleichtert lachte ich mit.

»Und bitte! ...«

Ich schaute in Tims Augen. Er wurde zu Charles, Charles, die gerade den Jungen geküsst hatte, den ich schon lange toll fand, der auf der Party noch mit mir getanzt hatte, aber jetzt ... Ich presste die Lippen zusammen. Wie fühlte es sich an? Eifersucht. Verlassenheit. Das Gefühl, nicht zurückgeliebt zu werden. Meine Eltern in schöner Zweisamkeit flüsternd am Küchentisch. Ich, das kleine Mädchen davor, das keiner sieht. Das Gefühl plumpste in meinen Magen, ließ ihn schwer nach unten sacken, stieg gleichzeitig nach oben, breitete sich in meinen Lungen aus, machte sie eng. »Ich habe euch gesehen ...« Meine Stimme war belegt. »Ich hätte das nie von dir gedacht. Wie kannst du so was machen? Du bist doch meine ... meine ...« Ich schaute kurz nach unten. Meine Güte, mir stiegen tatsächlich Tränen in die Augen. Dann wurde ich wütend. Die hatten mich manchmal einfach stehen lassen, sich nicht um mich gekümmert! »Ich habe keine Ahnung, Charles«, rief ich, »aber wenn *du* verliebt wärst, würde ich doch niemals ... so gemein sein, so unfair ...« Ich schnappte nach Luft, wusste nicht mehr, was ich sagen sollte.

»Danke! Sehr schön, ich habe genug gesehen!«, unterbrach Ulli meine Suche nach Worten. »Was ist mit dir, Tim? Brauchst du noch eine?«

»Nein! Wirklich gut, Ella! Wir hatten zwar schon jemanden für die Marion, aber die hat Sperrtermine, die uns die ganze Drehzeit sprengen. Und jetzt kommst du von irgendwoher und bist fast noch besser!« Er zupfte an seinem Bart herum, während er mich unverwandt anschaute. »Fast? Nee, du *bist* besser! Tolle Präsenz vor der Kamera. Doch, wirklich!«

Ich spürte, wie ich rot wurde.

»Wir überlegen uns das, aber so viel kann ich schon mal sagen, die Entscheidung wird schnell fallen müssen. Dirk, du klärst das Weitere mit ihr? Ulli, wir telefonieren, ich muss los!« Er gab mir die Hand und stürzte aus dem Raum.

»Hast du eine Agentin, Ella?«, fragte mich Dirk, dem *Und bitte!* offenbar gehörte.

»Nein.«

»Bist du eigentlich schon sechzehn, Ella?« Ulli schaute mich über ihre Brille an.

»Nein. Im Oktober erst.«

»Wissen deine Eltern, dass du hier bist?«

»Ja. Also fast.«

»Tja, deren Einverständnis brauchen wir natürlich. Eigentlich auch schon für das Casting hier …« Sie runzelte die Stirn.

Oh Gott, was würde Mama dazu sagen? Geh und mach dir die Haare trocken … Pff.

»Und falls wir uns für dich entscheiden, bräuchten wir auch eine Erlaubnis von der Schule und vom Jugendamt, von denen muss jemand bei dir zu Hause vorbeikommen, wir brauchen auch eine Untersuchung vom Vertrauensarzt, für die Ausfallversicherung. Und das alles möglichst vorgestern, wir sind schon sehr knapp dran.« Nun lachte sie und zeigte all ihre Zähne. »Kriegen wir hin, oder?« Da war er wieder, dieser zuversichtliche Blick, mit dem sie mich von Anfang an bedacht hatte.

Ich nickte, doch meine Lippen waren wie eingefroren. Jugendamt, Schule, Vertrauensarzt? Das bekam ich alleine *nie* hin, denn Mama würde keine große Hilfe sein, das wusste ich jetzt schon.

Verdammt, warum hatte ich nicht eine normale Mutter zu Hause, auf die man zählen konnte, wenn man sie brauchte? Nein. Ich hatte niemanden, nur einen verrückten Hund ... Mann, Ewan, das ist doch alles viel zu kompliziert, dachte ich.

»Also, wir hören voneinander!« Ein letzter fester Händedruck von Ulli. »Aber was auch immer daraus wird, eins ist schon klar: Du gehörst vor die Kamera!« Ich lächelte benommen. So viele Komplimente ... Ewan sprang vom Sofa und drängelte sich als Erster durch die Tür. Dirk führte mich hinaus und über den langen Flur. »Ich kann natürlich noch nicht sagen, ob du die Rolle wirklich bekommst, aber so knapp wie wir dran sind ... Könnten deine Eltern dann möglichst schnell vorbeikommen, damit wir alles besprechen? Oder du suchst dir einen Agenten, der dich vertritt. Vielleicht kann Justina dir ja ihre Agentur empfehlen. Meiner Meinung nach sind die sehr gut!« Wir waren vor der Stuhlreihe angekommen. Ewan saß schon wieder auf seinem Platz und schaute ruhig zu mir hoch. Justina ließ den Zettel sinken, den sie gerade ausfüllte, auch sie schaute mich an. Allerdings pressten sich ihre Lippen aufeinander und machten komische Bewegungen.

»Einverstanden?« Dirk klopfte mir auf die Schulter. »Sandra nimmt gleich mal deine Kontaktdaten auf.«

»Hää?« Justinas Lippen hatten sich zu einem verzerrten Rechteck geöffnet, ihr Blick sprang zwischen uns hin und her.

»Dirk, kommst du mal? Der Regisseur von *Sieben Schneiderlein* am Telefon!« Sandra winkte Dirk in ihr Büro.

»Sag bloß, du sollst da jetzt auch mitmachen?«, fauchte Justina.

»Sieht so aus.«

»Welche Rolle?!«

»Marion. Vielleicht. Steht noch nicht fest.« Ich wandte mein Gesicht ab, wahrscheinlich war es immer noch freudenrot.

»Nicht dein Ernst?!« Sie sprang auf und stand mir nun im Weg. Nicht nur, dass sie einen halben Kopf größer als ich war, auch ihre Haarmähne und Oberweite nahmen beängstigend viel Raum ein. »Du bist ’ne echte Bitch, weißt du das?! Du warst ja nicht mal eingeladen! Du bist nur wegen mir hier! Hinter mir hergelaufen bist du, mehr kannst du ja nicht!«

*»Hier täuscht sich Justina. Ella Ellerbrake ist lediglich ihrem Hund hinterhergelaufen.«*

Ich presste die Lippen zusammen, prustete aber dennoch versehentlich los. Justina wich zurück, wahrscheinlich hatte ihr noch nie jemand einfach so ins Gesicht gelacht.

»Ey. Wenn du zu meiner Agentur gehst, erzähle ich in der Schule, was für eine Bitch du bist, wie du dich überall einschleimst!«

Meine Güte, sah die böse aus! »Komm, Ewan, wir müssen los.« Ewan gehorchte tatsächlich und sprang vom Stuhl. Justina machte keinen Zentimeter Platz. »Wie willst du das eigentlich schaffen, wenn du am Set keinen Ton rausbekommst, hä?«, zischte sie dicht an meinem Ohr, als ich mich an ihr vorbeidrückte, und kam mir hinterher. »Tja. Stell ich mir nicht einfach vor. Nnnhggghh.« Sie imitierte jemanden, der keine Zunge mehr hatte und nur noch schrecklich würgende Geräusche hervorbrachte.

Oh Gott, natürlich war das ein Megaspaß für sie, mich daran zu erinnern. Sie hatte mich auf der Bühne zusammenbrechen sehen, sie hatte meine Rolle übernommen, sie würde recht behalten. Plötzlich wollte ich so schnell wie möglich aus diesem Hinterhofladen hinaus, nur weg von Justina. Es war mir auch egal, wo die meine *Kontaktdaten* herbekamen.

»Keinen Tag gebe ich dir, dann bist du draußen!«, sagte sie leise, aber sehr deutlich, immer noch dicht hinter mir. »Dafür sorge ich!«

Als wir schon fast an der Tür waren, hörte ich die hohen Absätze der Producerin hinter mir klackern: »Ella, Justina? Alles in Ordnung bei euch? Haben wir deine Telefonnummer, Ella?«

Wie ertappt blieb ich stehen und drehte mich um. Fast wäre Justina mit mir zusammengestoßen.

»Und was mir gerade einfällt. Eine Sache wäre da noch ...« Ulli schaute mit einem bedauernden Gesichtsausdruck auf meinen Scheitel. »Die müssten natürlich kurz ... Sehr kurz! Wäre das ein Problem für dich?«

»Bestimmt nicht, oder?«, sagte Justina und lächelte mich mit ihren eiskalten Augen an.

# 4. Kapitel

Mein Auftritt, endlich! Ich werde wieder spielen! Ich gehe ein paar Schritte auf den Bühnenrand zu. Die Scheinwerfer blenden mich, doch ich weiß, der Zuschauerraum liegt im Dunkeln einen Meter vor mir. Ich weiß, dort unten sitzen sie und schauen zu mir hoch. Es fühlt sich toll an. Einatmen, ausatmen, einatmen und dann beginnen … doch mein Kopf ist leer. Wie war das erste Wort? Was war das überhaupt für eine Rolle? Mit einem Mal legt sich etwas Schweres auf meine Lunge und presst sie zusammen, sodass mir das Atmen schwerfällt, und plötzlich weiß ich wieder, was ich bis zu dieser Sekunde komplett vergessen hatte: Ich kann das nicht. Ich werde keinen Ton hervorbringen! Und nun steigt alles wieder in mir hoch, die Beschämung, die Blamage, das hohle Gefühl im Herzen. War ich denn wahnsinnig, wieder eine Rolle anzunehmen?! Ich halte eine Hand gegen das Scheinwerferlicht vor die Augen und versuche, unter mir etwas zu erkennen. Wenn mein Vater da ist, kann alles noch gut werden … bei den Proben habe ich ihn doch manchmal entdeckt, die Arme rechts und links auf den Rückenlehnen, die langen Beine wie immer lässig übereinandergeschlagen und dieser Blick … so vertrauensvoll, so beglückt, weil *ich* es bin, die da oben steht … doch dann erkenne ich, dass die Zuschauerreihen leer sind. Niemand ist überhaupt erst gekommen. Und er? Er *kann* gar nicht kommen, er ist ja tot. Wie hatte ich das vergessen können? Nun kommen die Tränen. Ich schluchze trocken, lasse mich auf die Knie fallen und will mich in meinem Schmerz wie ein kleines Kind zusammenrollen, doch der Holzboden gibt unter mir nach, ich reiße die Arme nach vorne und falle ins Bodenlose …

Mit einem Ruck erwachte ich. Mein Herz klopfte wie wild.

Luft! Ich brauchte Luft! Ich setzte mich auf und machte ein paar tiefe Atemzüge, doch das beklemmende Gefühl der Angst wollte nicht weggehen.

Der Wecker zeigte sechs Uhr dreißig. Ich schleppte mich ins Bad. Nein. Nein. Nein. Ich kann die Rolle auf keinen Fall annehmen, dachte ich, während ich mir eiskaltes Wasser ins Gesicht warf. Das gestern war ein absoluter Zufall gewesen. Ich würde mich gleich am ersten Tag vor der laufenden Kamera blamieren, wie Justina es prophezeit hatte … Hoffentlich, hoffentlich nahmen die mich nicht! Oh Gott. Und wenn doch?

Während unseres gewohnt wortkargen Frühstücks kniff ich die Augen zusammen und beobachtete Mama. Was hatte die Producerin gestern gesagt? Vom Jugendamt würde jemand zu mir nach Hause kommen? Warum machst du dir eigentlich Sorgen?, fragte ich mich. Wenn eine von diesen Sozialarbeiterinnen sieht, dass du hier als Halbwaise mit einer ewig traurig verpeilten Mutter aufwächst, werden die sowieso niemals zulassen, dass du die Rolle bekommst.

Zum Glück war Ewan nicht an seinem Platz. Erleichtert sprang ich die Stufen hinunter, wenigstens würde er mich auf dem Weg zur Schule nicht mit seinen stummen Botschaften malträtieren. Dann wurde ich langsamer. Sein leeres Kissen und die verwaisten Futternäpfe sahen komisch aus. Wo war er so früh am Morgen? Ob ihm etwas passiert war?

In der Nibelungenstraße lief ich, ohne hinzuschauen, an der Toreinfahrt von *Und bitte!* vorbei, doch die Erinnerung an das Casting ploppte in meinem Hirn hoch, wie ein großer Schwimmreif, den man vergeblich unter Wasser halten will. Der bärtige Tim in der Rolle der Charles … Dirk hinter der Kamera, Ullis tätowierte Rose und ihre Begeisterung und ich, die »Marion«

war, die spielte, die dreißig Sekunden lang einfach unbefangen spielte … und zwar richtig gut. Das hatten sie gesagt. Besser als das andere Mädchen sogar! »Wenn ihr wüsstet, dass das Zufall war«, murmelte ich. »Wenn es drauf ankommt, versagt meine Stimme.« Ein Angstblitz zuckte durch meinen Magen. Wie sollte ich der netten Producerin erklären, dass ich die Rolle nicht annehmen konnte? Dass ich *nichts* konnte! Die hatten meine E-Mail-Adresse. Und unsere Telefonnummer. Allerdings nur die vom Laden. *So what?* Sollten sie doch anrufen! Manfred ging sowieso nie dran.

Auf dem Schulhof drückte ich mich so lange wie möglich herum, um nicht hineingehen zu müssen. Ewan war nirgends zu sehen. Kurz vor dem Klingeln huschte ich in die Klasse und ließ meinen Blick über die Köpfe schweifen. Hatte Justina ihrem Fanklub bereits erzählt, dass ich sie bis in die Agentur verfolgt und mich »überall eingeschleimt« hatte? Bis jetzt offenbar noch nicht. Ihr Gesicht war hinter ihrer Lockenmähne verschwunden, sie schrieb irgendwas aus einem Heft ab.

Die erste Stunde verlief wie gewohnt. Herr Langhut erzählte mal wieder von seinen Abenteuern in Guatemala, statt Erdkunde zu unterrichten. Doch in der Pause, während wir auf den Beginn der Deutschstunde warteten, legte Justina hinter mir im Kreis ihrer Bewunderinnen wieder über den Film los. Ich zog den Kopf ein und hörte zu.

Sie sprach von einer superteuren Produktion, drei Millionen!, mit einem ganz bekannten Regisseur, der schon in den USA erfolgreich gewesen wäre. Echt? Der kleine Tim mit dem Bart? Nicht nur Leevi Valtteri Mäkinen sei als Star dabei, sondern auch Dietmar Berg und Eva-Maria Dohse als Eltern. Ach nee, dachte ich, woher weiß sie das alles? Ein Gefühl von Eifersucht nagte an mir. Justina würde spielen dürfen! Sie würde Dagmar spielen und die beiden großartigen Schauspieler und auch Leevi kennenlernen …

Schon drei Wochen vor den Sommerferien sollten die Dreharbeiten beginnen, redete Justina weiter.

»Also haben sie dich genommen! Sag das doch!«, jubelte Kiki, die neben Justina saß und sie in allen Fächern abschreiben ließ. Ich hielt die Luft an. Wann würde sie anfangen, über mich herzuziehen?

»Mei, Kiki! Beim Casting wird dir *nie* sofort gesagt, ob du die Rolle hast.« Justinas Stimme klang überheblich, wie immer. »Die rufen deine Agentur dann irgendwann an. Wenn man denn eine hat, oder, Ella?«

Schon war es so weit ... Ich merkte, dass meine Nackenmuskeln sich verkrampften, drehte mich aber zu ihr um. Wenigstens nach außen hin durfte ich vor dieser blöden Kuh keine Schwäche zeigen. »Ich habe seit gestern so viele Agentur-Angebote, ich kann mich gar nicht entscheiden ...«

»Nnnhggghh«, machte sie mit weit aufgerissenem Mund und blinzelte mir zu. »Kleiner Insider zwischen unserem gefeierten Bühnenstar und mir«, sagte sie in die Runde, denn mittlerweile hörte ihr die halbe Klasse zu.

»Gut. Wo war ich?« Bedächtig, ohne meinen erhobenen Mittelfinger zu beachten, strich sie eine lange Strähne aus ihrem Gesicht. »Ach ja: Natürlich gehe ich davon aus, dass ich die Rolle habe. Logo.«

Nun verlor sich Justina in der Beschreibung der Besetzungsagentur, wie wahnsinnig aufregend es gewesen war, vor der Kamera zu stehen, und wie grandios sie verschiedene Rollen ausprobiert hatte. Es klang, als hätte eine ganze Filmcrew in einem riesigen Studio vor ihr auf den Knien gelegen. *Gefeierter Bühnenstar*. Die beiden Worte lagen wie verdorbene Würstchen in meinem Magen und gammelten vor sich hin.

»Und das Geilste: Wenn alles klappt, spiele ich jetzt eine ganz andere Rolle. Ich werde eine Perücke tragen, ihr werdet mich nicht wiedererkennen! Ist so 'ne richtige Charakterrolle. Ich meine, das ist echt der Ritterschlag. Schaut mal bei den

*Oscar*-Verleihungen der letzten Jahre: Da haben die Stars mit Mut zur Hässlichkeit gewonnen. Charlize Theron zum Beispiel, und auch Christian Bale. Das ist schon echt 'ne andere Dimension.«

Das Wort »Dimension« sprach sie auch noch englisch aus. Ging's noch? Ich hing über meiner Bank und hätte kotzen können. Sie war aber noch nicht fertig. Allen, die es hören wollten, erzählte sie, dass sie unheimlich viel am Tag verdienen würde, dass sie einen eigenen Fahrer haben würde und ein eigenes Wohnmobil als Aufenthaltsraum für die Drehpausen, dass sie am Set jederzeit anderes Essen bestellen konnte, wenn ihr das vom Catering nicht schmecken sollte. Ich schnaubte nach jedem Satz leise durch die Nase. Wer's glaubt, dachte ich. Als ob du das alles bekommst. Ich wäre schon froh, wenn ich nur spielen könnte. Einfach nur richtig gut spielen, ohne Blackout.

»Und ich werde zum Drehen eingeflogen, ich bin doch nicht blöd und fahre mit der Bahn. Köln ist doch damisch weit weg!«

Köln! Na klar, das Buch spielte ja auch in der Umgebung von Köln. Es gab mir einen Stich zwischen die Rippen. Ich vermisste plötzlich den Brüsseler Platz mit seinen hohen Bäumen und den Dom! Ich wollte so gerne den Dom wiedersehen. Zum Glück klingelte es und im nächsten Moment stand Madame Boutin vor der Tafel und wedelte mit Blättern in ihrer Hand. *»Mesdames et messieurs,* wir schreiben eine Ex.« Eine Ex war ein unangekündigter Test. Ex, was für ein doofes Wort, das würde in Köln keine Sau verstehen ... Na klasse. Und das kurz vor der Klassenarbeit! Ich wühlte in meinem Mäppchen nach einem Stift.

In der großen Pause stand ich alleine herum. Es war mir egal, ich hatte genug in meinem Kopf, worüber ich nicht nachdenken wollte, wozu brauchte ich auch noch Leute, die redeten, worüber ich nicht reden wollte? Ich setzte mich auf einen der Betonklötze unter den Platanen, zog meine Linien kreuz und quer über den Schulhof und verband Punkte in geometrischen Konstruktionen miteinander, bis ich innerlich ganz leer war und mein Atem ruhig in mich hineinfloss und ebenso ruhig wieder hinaus. Plötzlich stand Mia neben mir. »Stimmt das, was Justina da erzählt?«

»Was?«

»Dass du sie gestern verfolgt hast?« Sie setzte sich auf die Kante des Betonklotzes gegenüber. »Sie hat gesagt, dass du ihr alles nachmachst und zum Beispiel auch nur wegen ihr in die Theatergruppe gekommen bist.«

»Nee, das ist absolut gelogen! Ich bin in die Theatergruppe gegangen, weil ich gerne Theater spiele. Ich war in Köln auch schon in einer!«

»Aber du bist gestern bei diesem Besetzungsdings gewesen, oder?«

Ich zuckte mit den Schultern. »Ja. Na und?«

»Sie … sie hat da was behauptet.« Mia scharrte mit ihren Schuhen auf dem Asphalt herum. Komisch, meine Banknachbarin war doch sonst nicht so schüchtern. Sie liebte *Gossip* und erzählte unheimlich gerne alles weiter, manchmal mit einem supercoolen schwarzen Humor. Fast mochte ich sie, denn sie fand Justina genauso blöd wie ich. »Na ja. Sie hat da noch was anderes behauptet und ich wollte dich fragen … ob das stimmt.«

»Frag!«

»Sie sagte, du würdest dir bald die Haare abschneiden, weil du lesbisch bist und das jetzt alle wissen sollten.«

Was?! Ich merkte erst nach ein paar Sekunden, dass mein Mund offen stand, während ich sie anstarrte. Die Bienenkönigin war echt nicht dumm. Angenommen, ich bekäme die Rolle und würde mir dafür tatsächlich die Haare abschneiden, dann hätte ich nicht nur furchtbare Stoppeln auf dem Kopf, sondern wäre dank Justina in der Klasse auch gleich als Lesbe bekannt. Ich schüttelte den Kopf. Niemals würde ich die Rolle annehmen. »Justina ist echt 'ne Ratte.«

»Klar. Aber was stimmt denn nun? Bist du ihr gestern hinterhergelaufen?«

»Ja!«, sagte ich. »Na und?«

*»Ella Ellerbrakes beschränktes Vorstellungsvermögen reicht eben nicht, sich einen Pixie-Cut à la Audrey Hepburn vorzustellen.«*

Ewan! Du Genie, du lebst? Wo bist du? Ich sprang auf und schaute mich unauffällig um. Und woher kennt ein arroganter Hund wie du Ausdrücke wie *Pixie-Cut?* Da saß der kleine Terrier am Zaun, zog seine nicht vorhandenen Augenbrauen hoch und schaute angriffslustig zu mir herüber.

»Weißt du, was«, sagte ich zu Mia. »Wie idiotisch ist das denn bitte? Sind Frauen mit kurzen Haaren neuerdings automatisch lesbisch? Ist Audrey Hepburn vielleicht lesbisch gewesen? Und was ist mit Emma Watson? Oder mit Ann Hathaway?« Ich hob die Hände in die Luft und ließ sie einen Moment dort. »Und selbst wenn? Was ist an lesbisch schlimm? Ich finde, jeder sollte entscheiden können, in wen er sich verlieben möchte, und dafür nicht blöd angemacht werden.« Hände wieder runter. »Wenn Justina sich morgen in einen Ziegenbock verlieben will, würde ich ja auch nichts sagen. Ich verliebe mich übrigens in Jungs.«

»Okay, okay. Soll ich Justina das mit dem Ziegenbock mal stecken?«, fragte Mia mit glänzenden Augen. Sie würde Justina mit Freuden alles ausrichten, von dem sie annehmen konnte, dass es sie wütend machte.

»Nee. Lass mal.« Anscheinend musste ich Mia jetzt die Wahrheit erzählen. »Sie ist nur sauer, weil ich vielleicht auch eine Rolle in dem Film habe.«

»Nein! Echt? Wie geil ist das denn? Und deswegen disst sie dich etwa?«

»Aber erzähl das bitte noch nicht rum!«

»Warum nicht?«

»Ich weiß noch gar nicht, ob ich die Rolle bekomme, geschweige denn, ob ich sie annehme. Justina ist nämlich jetzt schon total wütend auf mich und deswegen …«

*»Ein Mädchen wie Justina würde immer weiter versuchen, Ella Ellerbrake zu drangsalieren. Ob Ella Ellerbrake die Rolle annehmen wird oder nicht, hat damit jedoch nur am Rande zu tun …«*

Was?! Mit was hat es denn dann zu tun, Ewan?! Als ich zum Schultor schaute, sah ich, wie er mit hocherhobenem Kopf hinaustrippelte, ohne mich eines Blickes zu würdigen.

»Du bist einfach 'ne Konkurrenz für sie«, sagte Mia in diesem Moment.

»Echt? Wieso *das* denn?« Nach meinem Breakdown auf der Bühne ganz bestimmt nicht mehr.

Doch Mia zuckte nur mit den Schultern. »Bist du eben.«

Es klingelte.

Justina hatte ein gutes Netzwerk. In der Klasse hatte sich das mit meinem Outing und den kurzen Haaren schon herumgesprochen. Die meisten sagten nichts, aber alle guckten. Die Blicke kannte ich noch von vor zwei Jahren, als ich zu Beginn des Schuljahrs in die Klasse gekommen war. Ein Scheißgefühl. Auch dass da hinter uns in der Bank anscheinend irgendetwas total lustig war. Mia stieß mich an und schüttelte nur den Kopf. *Konkurrenz!* las ich in ihren Augen.

Dennoch überstand ich den Rest des Schultages ohne größere Zwischenfälle und war froh, als ich Ewan zu Hause auf seinem Treppenabsatz vorfand. Ich ließ mich auf die Knie fallen, um ihn zu begrüßen. Er hielt seinen Kopf wie gewohnt starr, als ich ihn streichelte. Es war mir egal. Er musste sich eben wieder an etwas Liebe gewöhnen, der Arme.

Warum hatten wir eigentlich aufgegeben, mit ihm spazieren zu gehen? Ich sah zu der ledernen Leine, die – zusammengerollt und ewig nicht benutzt – auf der Fensterbank des kleinen Flurfensters lag. Vielleicht vermisste er einfach die verfilzte, knotige Leine aus einem alten Sprungseil, an der mein Vater ihn immer ausgeführt hatte?

»Komm, die suchen wir jetzt«, sagte ich zu ihm.

*»Ella Ellerbrakes Ablenkungsmanöver kann als recht erbärmlich bezeichnet werden.«*

»Ja, du hast ja recht«, rief ich und stampfte mit dem Fuß auf wie ein kleines Kind. »Ich muss immer nur daran denken, wie ich die Rolle annehmen soll, wenn ich so eine beschissene Angst habe, wieder zu versagen. Und ich hab keinen blassen Schimmer, wie ich diese Angst abschaffen soll! Ist ja kein Auto, das man mal eben beim Straßenverkehrsamt abmeldet. Oder ein Hund, den man ins Tierheim gibt ...« Ich hielt seinem empörten Blick stand. Jawohl, so etwas machen Menschen! »Außerdem hilft mir ja keiner! Mama hat nur ihre Arbeit im Kopf, die kapiert sowieso nicht, um was es geht. Dad ist tot. Und du?«

*»Wer hat Ella Ellerbrake erfolgreich durch das Casting geführt?«*

»Ach! *Du* warst das?!« Doch kaum hatte ich den Satz ausgesprochen, bereute ich ihn. »Sorry«, sagte ich leise. »Es stimmt. Ohne dich wäre ich gar nicht hingegangen. Aber hast du schon mal auf der Bühne gestanden und keinen Ton herausbekommen? Es ist das grässlichste Gefühl, das du dir vorstellen kannst. Das du nie vergisst.« Ich seufzte. »Ich gehe jetzt ein bisschen Dads Sachen anschauen. Kommst du mit?«

Ewan schien kurz zu überlegen, dann folgte er mir.

In den vergangenen zwei Jahren war ich sehr oft auf dem Dachboden gewesen. Weit hinten in einer Ecke lagen die Sachen meines Vaters in drei übereinandergestapelten Umzugskartons. Das wenige, was meine Mutter von ihm mitgenommen hatte.

»Warum hat Mama so viel weggeschmissen – oder in Köln gelassen –, obwohl sie Dad doch liebte?« Ich legte die Bücher, Hefte und Bilderrahmen zurück und klappte den ersten der Kartons dann wieder zu. »Und das tat sie doch! Sie liebte ihn doch. Ich versteh das nicht. Verstehst du das?« Ich nahm mir die nächste Kiste vor und packte sie immer weiter aus. Ewan schnupperte lange an einer kleinen Figur aus Holz, die ich auf den Boden gestellt hatte. »Tut mir leid! Es gibt keine Klamotten mehr von ihm, an denen du ihn erkennen könntest, außer dem blauen Pullover, den ich unten in meinem Zimmer von ihm habe, doch ich glaube, da habe ich alles herausgeschnuppert, was jemals von ihm drinsteckte …«

Mein Hals wurde eng und schon stiegen mir die Tränen in die Augen. Er war weg. Für immer. So ein unerträglicher Scheiß! Warum? Gerade jetzt brauchte ich ihn so sehr! Er war zwar ständig mit seinem Saxofon-Orchester unterwegs gewesen, aber wenn er zu Hause war, hatte er immer viel Zeit für mich gehabt. Wir hatten mein Zimmer umgeräumt, zusammen Mathe gemacht und er hatte mir unser Sonnensystem an die Wand über meinem Bett gezeichnet. Sein Karteikartensystem für Englisch war genial, ich benutzte es heute noch. Als ich im dritten Schuljahr war, hatte er mich gegen meinen ungerechten Trainer beim Hockeyverein verteidigt und mich sofort aus dem Team genommen und stattdessen bei der Theatergruppe in der *Alten Feuerwache* angemeldet, obwohl ich erst neun war und man erst ab zehn da reindurfte … Das war super. *Er* war super. Auch für den Film würde er mit mir überallhin gehen. Zur Schulleitung, zum Jugendamt, eben der ganze Kram, der von den Eltern erledigt werden musste.

»Ich glaube, sie hat deswegen alles hier oben versteckt, weil es ihr unglaublich wehtut, durch die Sachen an ihn erinnert zu werden.« So weh, so weh, so weh. Ich wischte mir die Tränen am Ärmel ab. Es kamen neue. Ich ließ sie laufen, bis sie von selber aufhörten. Ich kannte mich mit dem Weinen gut aus, Hauptsache, Mama sah mich nicht dabei. Ich kramte in meiner Jeans nach einem Taschentuch und putzte mir die Nase.

»Sie rastet ja immer aus, wenn ich von den Sachen etwas runter in mein Zimmer bringe. Sie bemerkt es sofort. Ist dir das mal aufgefallen? Sie kann die Erinnerung einfach nicht ertragen.« Ich nahm die Holzfigur an mich und betrachtete sie. Es war ein stehendes Pärchen, so hoch wie meine Hand. Die beiden verschmolzen miteinander, waren nur grob angedeutet, doch das dunkle Holz war ganz glatt und glänzend poliert. Dad hatte die Skulptur im Werkunterricht gemacht, damals in seinem Heim in England. Früher hatte sie in einem seiner Notenregale gestanden. Als Kind hatte ich mit ihr gespielt. Ich würde sie mit in mein Zimmer nehmen. Ich zögerte. »Was passiert, wenn ich die jetzt mitnehme und unten auf meinen Schreibtisch stelle? Flippt sie dann wieder aus, wie damals am Anfang, als es so richtig schlimm mit ihr war?« Ewan begann ungeduldig zwischen den Kartons hin und her zu laufen. »Okay. Verstanden. Deine Leine kann jetzt höchstens noch in der dritten Kiste sein. Aber ich bin mir fast sicher, sie dort noch nie gesehen zu haben.« Auch diesen Karton räumte ich gründlich aus. Da waren ein paar von Dads Noten. Warum hatte Mama ausgerechnet *die* mitgenommen? Er hatte ein ganzes Zimmer voller Noten gehabt. Ein kleinerer Packen war mit einer hellblauen Schleife versehen. Notenhefte mit schwarzem Umschlag, zum Selber-Reinschreiben. Hatte er darin etwa was Eigenes komponiert? Ich löste vorsichtig die Schleife, zog eines der Hefte mitten aus dem Stapel und schaute hinein. Es war leer. Alle waren leer! Doch, stopp, hier vorne, im allerersten stand etwas, mit Bleistift:

*Für meine C.*

*Leeres Seiten gebrauchen Mut. Vieler Mut, wenn man will beginnen etwas Neues. Fang an, füll die leere Seiten! Love, Dein P.*

Wenn »Dein P.« Paul war, war »meine C.« natürlich Mama. Carolin. Carolyne. Er hatte ihren Namen englisch ausgesprochen. Mein Vater hatte Deutsch für meine Mutter gelernt. Es hatte immer sehr lustig geklungen, wenn er sprach. C. hatte aber anscheinend nie »vieler Mut« besessen, um die Hefte mit ihren Ideen zu füllen. Sie waren leer geblieben. Ich band die Schleife wieder sorgfältig um den Heftstapel und legte ihn beiseite. Niemals würde ich Mama fragen, ob ich diese Hefte benutzen durfte. Niemals. Es gab eine Zensur in meinem Kopf, bestimmte Dinge vor ihr nicht anzusprechen. Damit es ihr nicht noch schlechter ging, beantwortete ich mir seit zwei Jahren die Fragen über meinen Vater selbst.

Wo war eigentlich Dads Saxofon? Komisch ... Darüber hatte ich noch nie nachgedacht. Ich schaute mich um. Hier oben jedenfalls nicht. Aber vor mir lag das Fotoalbum aus seiner Kindheit! Ewans Augen blickten noch strenger als sonst.

»Keine Angst, das gucke ich mir jetzt nicht an«, sagte ich und legte das Album neben den Karton.

Ich wühlte weiter. Ein paar Programmhefte von Konzerten, einige Zeitschriften, in denen wahrscheinlich Artikel über meinen Vater standen. Drei Umzugskartons und ein Grab in Köln, so verdammt weit weg, dass ich noch nicht mal Blumen darauf pflanzen konnte. War das alles, was von einem Leben übrig blieb? Dads Mutter hatte ihn kurz nach seiner Geburt ins Heim gegeben. Sein Vater war unbekannt. Er hatte keine Schwestern, keine Brüder. Niemand lebte mehr in London, der ihn kannte.

»Was hat Mama wirklich gemeint mit ›Paul ist gegangen und ich habe es nicht gemerkt‹?«, fragte ich Ewan, bevor ich tief auf den Boden des Umzugskartons tauchte, um nach den letzten Notenbüchern zu angeln. »Denkt sie etwa, sie hätte es spüren müssen, dass er an dem Abend sterben würde?«, fragte ich weiter, als ich wieder hochkam. Ewan sah mich aufmerksam an. »Er war ihre große Liebe. Sie lebt gar nicht mehr, schau dir nur an, wie sie rumläuft: nebelgraue Jogginghosen und verwaschene Sweatshirts. Als ob wir es nicht wert sind, sich für uns mal vernünftig anzuziehen.« Ich zuckte mit den Schultern. »Als

Dad noch lebte, hatte sie ziemlich oft diese engen Hosen mit den coolen Jacketts drüber an. Und ich weiß noch, dass meine Freundinnen vom Humboldt immer sagten: Deine Mutter hat die besten Beine und die höchsten Schuhe von allen … So, das war's.«

Ich schaute auf den leeren Boden des Kartons. Nein halt, da unter der einen Lasche ragte etwas hervor … ein Stück Seil.

»Deine Leine, deine schöne alte Leine!«, rief ich. »Hier, erkennst du sie?« Ich hockte mich hin und hielt das ehemalige, an einigen Stellen zerfaserte Springseil vor Ewans kleine schwarze Nase. Er schnüffelte, dann leckte er es ab und erwischte dabei versehentlich auch meine Hand.

»Ich bin so froh, sie für dich gefunden zu haben«, murmelte ich. »Ich bin so froh, *dich* gefunden zu haben!« Ich nahm ihn auf den Arm. Diesmal wehrte er sich nicht, sondern verharrte ganz ruhig. Sein Körper war warm und fest und sein Herz schlug rasend schnell, ich konnte es unter seinen Rippen fühlen. »Keine Panik! Ich will ja nur, dass du mir sagst, was ich tun soll!«

Er schaute mich mit seinem skeptischen Augenbrauenblick an. »Und zwar möglichst schnell!« Ich musste grinsen. Nein, ich bin nicht verrückt, dachte ich und wunderte mich, wie schnell ich mich daran gewöhnt hatte, mit einem kleinen Hund zu reden. Nun zappelte er doch. Ich ließ ihn von meinem Arm, er lief ein paar Meter über die Bodenplanken, schüttelte sich und setzte sich mit dem Rücken zu mir an die Dachbodentür. »Okay, sorry für diesen Gefühlsausbruch, aber ich war gerade einfach glücklich.« Ich räumte die Kisten ordentlich ein, stellte sie wieder übereinander und schnappte mir den Stapel mit den leeren Notenheften. Ich würde sie in meinem Zimmer gut verstecken, damit Mama sie nicht fand.

»Was soll ich also tun, du kleiner Sturkopf?«, fragte ich ihn, als wir zusammen die schmale Treppe vom Dachboden hinunterstiegen. Doch ich bekam keine Antwort.

Kurz darauf hielt ich es wirklich nicht mehr aus, ich fuhr meinen Laptop hoch und checkte alle drei Sekunden mein Postfach. Nichts. Außer einer Aufforderung, endlich eine Stoffwechselkur zu machen, um Gewicht zu verlieren, und der Bitte, Greenpeace beizutreten, gab es keine Mails.

Um nicht völlig durchzudrehen, nahm ich meine Schulsachen und ging die zwei Stockwerke hinunter in den Laden. Ewan schloss sich mir an. Onkel Manfred nickte nur, als wir das rote Samtsofa in Beschlag nahmen – Ewan aufrecht wie ein Wachhund auf der Lehne sitzend – und ich meine Englischbücher zwischen uns ausbreitend. Ich machte Englisch, arbeitete meinen Wochenplan in Französisch ab, strich diverse Punkte auf diversen Listen durch. Ich liebte meine To-do-Listen.

Später rannte ich mit Ewan durch den Regen und kaufte im Laden an der Ecke Zuckerzwieback. Dann trank ich mit Manfred Tee und beobachtete die Tür von Mamas Schreib-Hinterzimmer, die trotz meines extralauten Teetassengeklappers nicht aufging. Ich schnalzte ärgerlich mit der Zunge, die ich mir am heißen Tee verbrannt hatte. Hier saß ihre Tochter und hatte Angst vor einem blöden Anruf. Und sie wusste von nichts und übersetzte einfach ihre blöden Kitschromane weiter.

Irgendwann, draußen nieselte es immer noch, konnte ich mich nicht mehr zurückhalten und erzählte Onkel Manfred mit gedämpfter Stimme alles von dem Casting und Justinas Ausraster in der Agentur. Die Sache mit Ewan ließ ich aus.

Manfred hielt es nicht auf seinem Sessel. »Nicht zu fassen! Meine Nichte! Sieh an, ich habe es doch geahnt! Wir können uns nicht erwehren! Das Schauspiel-Gen liegt uns Ellerbrakes nun mal im Blute!« Er stand hinter der Kasse mit ausgebreiteten Armen wie ein Pfarrer, der seine Schäfchen segnete.

»Schauspieler-Gen? Ja, toll. Du warst ja bei dieser verdammten Aufführung nicht dabei.«

Mein Onkel räusperte sich und ließ die Arme sinken. »Ich bin immer noch untröstlich, dass der gemeine Hexenschuss mich ausgerechnet an diesem Tage ans Bett fesselte!«

»Ich weiß! Aber verstehst du nicht, warum ich da nicht mitspielen kann? Justina hasst mich und wird mich in der Klasse als Lesbe oder Angeberin darstellen!« Justinas ersticktes Nnnhggghh-Geräusch tönte erneut in meinen Ohren.

»Justina *who?*«

Ich musste unwillkürlich lachen. Onkel Manfreds Ton klang so erstaunt, ihr Name plötzlich so belanglos ... Doch sofort bewies er, dass er ein hervorragender Zuhörer war: »Die gute Justina ist vermutlich dein ganz persönlicher Bertold Rauschenberger.« Er zeigte auf seine Theaterfotos. »Aber! Lassen wir unser Leben etwa von arroganten Lackaffen und den Bertold Rauschenbergers dieser Welt beherrschen?«

»Nein. Nicht wenn es sich vermeiden lässt.« Ich lächelte schwach. »Aber schlimmer als Justina ist ja auch die Angst, dass das wieder passiert ... Es war so grässlich, da oben auf der Bühne! Mein Kopf war so leer. Es gab keine Verbindung mehr zu meiner Stimme. Einfach weg!«

Onkel Manfred strich mit der Hand über die runde kahle Platte auf seinem Kopf, wie immer, wenn er nachdachte. »Die Angst ... Ein gutes Stichwort! Lass uns dies näher untersuchen.«

Oh Mann, Manfred, ich will meine Angst nicht näher untersuchen. Wozu soll das gut sein? Angst ist Angst.

»Wann ist dir das zuletzt passiert?«

»Na, bei der Premiere. Vor einem Jahr.«

»Seitdem nicht mehr?«

Ich verdrehte die Augen. Heute war er echt anstrengend. »Nein, seitdem nicht mehr.«

»Siehst du!«

»Vielleicht auch deswegen, weil ich seitdem keine Premiere mehr *hatte?*« Ich schrie fast.

Er wiegte seinen Clownskopf hin und her, als könne er diese

Tatsache nicht recht glauben. »Und bis dahin? Wie war das Gefühl bei den Proben, auf der Bühne zu stehen?«

»Ach, das weißt du doch selber, Onkel!« Warum nervte er mich damit?

»Lass dennoch hören!«

»Pff. Keine Ahnung. Wie immer beim Spielen. Total cool eben, die Dorothea hat das Stück aber auch megageil geschrieben!« Bei der Erinnerung gingen meine Mundwinkel wie von selbst nach oben. »Es war irgendwie genial, da mal rumschreien zu können, grölend zu lachen, zu toben, zu schluchzen.« Alles, was ich oben bei Mama eben nicht machen kann, dachte ich.

»Nun gut. Nehmen wir an, am Tag X geht wieder alles schief. Wir sind sicher, dass er kommen wird, dieser Tag X, aber wir wissen nicht, wann. Richtig?«

Ich zuckte mit den Schultern. Spätestens am ersten Drehtag, wenn es nach Justina ginge.

»Dann würdest du doch bis zu diesem besagten Tag immerhin das Drehbuch lesen können, proben dürfen, Kostüme anprobieren und spielen! Dir die Seele aus dem Leib spielen!«

»Na ja …«

»Denn genau darum geht es im Leben, Ella. Wer immer nur den Tag X vor Augen hat, der riskiert nichts, dem passiert nichts. Der wird allerdings auch nie glücklich sein!«

Ich warf Ewan einen Blick zu. Er legte den Kopf schief, blieb aber still. »Ich will das aber nicht alleine machen! Kannst du nicht mitkommen? Ich brauche jemanden, der mir …«

Im nächsten Moment passierten mehrere Dinge gleichzeitig. Meine Mutter trat aus ihrem Hinterzimmerchen, sah uns an und blieb stocksteif stehen. Mein Onkel zeigte mit beiden Händen und einem strahlenden Lächeln auf sie, tataaa, als ob ausgerechnet *sie* mir helfen könnte. Und: Das Telefon läutete!

Es läutete so laut, dass ich zusammenzuckte, meine Tasse auf dem Sofa umwarf und mein Englischbuch mit Tee überflutete. Ewan jaulte auf. Manfred ließ seine Hand einige Sekunden über dem altmodischen Hörer schweben. Ich hielt die Klingelei nicht aus und sprang auf. »Hör auf zu jaulen, Ewan ... Das ist wichtig!«

Endlich nahm er ab: »Ellerbrake?« Pause. »Das ist korrekt. Nein. Der Onkel. Ja. Das können Sie!«

»Nur bis Tag X«, sagte er und hielt mir leise lächelnd den Hörer hin. Aus den Augenwinkeln sah ich, wie Mama mit steiler Falte auf der Stirn zwischen uns hin und her schaute. Meine Hand zitterte, als ich den Hörer nahm.

# 5. Kapitel

Immerhin hatte Mama ihr schlabbriges Jogginghosen-Schreib-Outfit gegen Jeans und Sommerpullover getauscht, bevor die dürre Frau vom Jugendamt in unser Wohnzimmer platzte. Sie hieß Silvia, hatte eine Frisur wie ein Besen und war auch genauso dürr. Ihr Lippenstift war viel zu grell und sie betonte fast jedes Wort, was sehr seltsam klang.

»Ich bin die MPF, die *medienpädagogische Fachkraft* für diesen *Film*. Ich passe auf, dass Ihre *Tochter* nicht mehr *Zeit* am *Set* verbringt, als das Jugendschutzgesetz *erlaubt.«*

»MPF«, murmelte Mama. »Was es alles gibt.«

Sonst sagte sie nicht viel und sie fragte auch kaum was. Immerhin versuchte sie, irgendwie zuversichtlich auszusehen, während Onkel Manfred beruhigend ihre Hand tätschelte. Doch den größten Teil der Unterhaltung bestritten er und ich. Über die Schule und meine Hobbys und wer die Blumen auf dem Balkon gepflanzt hatte … Wir bemühten uns, eine ganz normale Familie darzustellen.

Am Ende, die dünne Silvia hatte drei Stück Käsekuchen und ein paar Zuckerzwiebäcke an einem geheimen Ort innerhalb ihres mageren Körpers verstaut, stellte ihr abgeschmierter Lippenstiftmund Mama noch eine wichtige Frage: »Werden *Sie* Ihre *Tochter* denn *immer* begleiten können?«

Wow, was sagt sie jetzt?, fragte ich mich und wechselte einen Blick mit Onkel Manfred. Er hatte mir geholfen, die Anträge für die Schule und das Jugendamt auszufüllen, hatte eine seriöse Agentur für mich herausgesucht und die endlos langen Verträge in unverständlichem Deutsch, inklusive dem Kleingedruckten, gegengelesen.

Und was hatte Mama getan? Kaum etwas.

Halten wir sie da so gut wie möglich raus, war unser heimliches Motto gewesen. Sie hatte immer nur kurz unterschreiben müssen, Onkel Manfreds knappe Erläuterungen genügten ihr völlig. Doch leider wollte er den Laden nicht für sechs Wochen schließen, um mich zu begleiten. Das hatten wir schon ausgiebig bei Tee und Zuckerzwieback diskutiert. Deiner Mutter tut das sicher sehr gut, hier mal herauszukommen, hatte er argumentiert. Und eurer Mutter-Tochter-Beziehung wird es recht dienlich sein, mehr Zeit in einem engeren Umfeld miteinander zu verbringen.

Ich würde also »recht dienlich« mehr Zeit mit Mama in einem engen Hotelzimmer verbringen. Womöglich noch nebeneinander, in einem Doppelbett? Würde ich für ihre gute Laune sorgen müssen und mir am Tag X wieder anhören dürfen, ich hätte wohl nicht richtig gelernt? Manfred nickte mir zu.

»Ich denke kaum, dass ich sie begleiten kann«, nuschelte meine Mutter in diesem Moment. »Ich bin ja berufstätig und Ella ist ja sehr selbstständig.«

Ich spürte, wie mein Hals eng wurde. Da machte ich mir Sorgen, wie ich sie aufmuntern konnte, dabei *wollte* sie gar nicht mit mir in einem Doppelbett liegen …

»Ich bin total selbstständig, ich schaff das schon alleine!« Meine Stimme klang belegt, doch ich versuchte, erwachsen und vernünftig dabei auszusehen.

»Na ja, *das* glaube ich *dir*. Aber du bist ja noch *minderjährig* und auch noch *unter sechzehn*. Ich *werde* Ella *Tag und Nacht* betreuen, wenn *Sie* es als Erziehungsberechtigte *wünschen.«*

Oh nein. Mama kam nicht mit, dafür hatte ich *die* am Hals! Besser gesagt: im Doppelbett. Ganz kurz bekam ich Angst vor meinem eigenen Mut, seitdem ich vor ein paar Tagen »Ja, cool! Ich bin dabei!« in den Hörer gerufen hatte. Doch dann sah ich Onkel Manfreds leuchtende Augen und las darin unser gemeinsam erfundenes Mantra für mich: Wenigstens versuchen, dabei zu sein, und dann spielen! Einfach nur noch spielen!

Am Wochenende kam ich vor zwölf nie aus dem Bett, doch heute hatte ich mir den Wecker gestellt und saß bereits um acht am Frühstückstisch.

»Mama? Ewan und ich gehen gleich!«

»Okay.«

»Heute ist große Maskenprobe. Der große Tag …«

»Großer Tag?« Sie schaute irritiert von ihrem Tee auf.

»Ja, heute ist das Haarefärben und …« Nein, ich wollte es nicht aussprechen. »Und du musst mir das noch unterschreiben.«

Mama nahm den Kugelschreiber, den ich neben ihren Frühstücksteller gelegt hatte, und setzte blind ihren Namenszug auf den Zettel.

»Danke.« Vielleicht sollte ich es doch aussprechen. »Na ja, vielleicht schneiden sie mir die Haare auch. Dazu hast du deine Zustimmung ja schon gegeben. Weißt du noch, oder?«

»Jaja. Wenn es dir Freude macht …« Sie klang wieder so zerschlagen, dass mir ganz elend zumute wurde. In Köln hatte sie mich immer zum Haareschneiden begleitet, obwohl der Laden nur zwei Straßen weiter war. Seit Dads Tod hatte ich sie mit solchen Kleinigkeiten verschont, indem ich meine Haare einfach wachsen ließ. Aber heute! Heute war doch ein besonderer Tag! In ein paar Stunden wäre ich total verwandelt. In was auch immer, oh Gott … Sollte sie da als meine Mutter nicht dabei sein? »Könntest du nicht doch mitkommen? Die Werkstatt der Maskenbildner ist echt weit weg. In Pasing.«

»Ach, Schätzchen.« Ihr Lächeln kam langsam wie die Sonne an einem nebligen Tag hervor und mein Herz fing freudig an zu klopfen. Sie konnte es noch!

»Ich hatte das wirklich vor … aber jetzt … Du kennst dich doch mit der Münchner U-Bahn gut aus. Und ich mache ja nun samstags immer den Großeinkauf für uns …« Zack!, war der Nebel wieder da, die Mundwinkel sanken nach unten.

Für uns! Welch Opfer, ich bin begeistert, dachte ich.

»… und ich muss mich gleich noch mal an den Computer setzen. Bin mit meinem Auftrag in den letzten Tagen nicht gerade gut vorangekommen.«

»Oh. Wieder nicht schlafen können?«

Sie nickte.

Ach, Mama, dachte ich, an *mir* liegt deine Schlaflosigkeit jedenfalls nicht. Um mich machst du dir keine großen Sorgen. Doch sie tat mir leid, wie sie da so klein und alleine im Schneidersitz auf dem Küchenstuhl saß und mit beiden Händen den Becher Tee umklammerte. Ihrem geraden Rücken sah man den jahrelangen Ballettunterricht immer noch an. Sie ging auch sehr aufrecht, dabei setzte sie die Füße nach außen. Das sah ein bisschen nach Charlie Chaplin aus, allerdings nicht mutig und zielstrebig wie bei ihm, sondern schüchtern und irgendwie verhalten. Als würde ihr etwas im Weg stehen. Was konnte ich nur tun, um ihr Mut zu machen? Ich wusste es nicht. Mit fünfzehn, als sie so alt war wie ich, hatte sie aufgehört mit dem Tanzen, aber ihre Balance hatte sie trotzdem immer gehalten. Erst seit zwei Jahren hatte Mama sie verloren und keine Ballettstange war in Sicht, an der sie sich festhalten konnte.

»Gehen wir heute Abend zu der Krimi-Lesung? Die Romane dieses Autors spielen hier in München, das kann doch ganz interessant werden.« Sie schaute jetzt wacher.

Natürlich, *das* konnte ich machen, um sie zu trösten. Auch wenn sie mich mal wieder alleine ließ, hätte ich es nie übers Herz gebracht, ihr abzusagen. »Ja klar, ich denke nicht, dass der Maskentermin länger als bis fünf dauert.«

Ich gab ihr einen kleinen Kuss auf den Scheitel, nahm die Springseil-Leine und rief nach Ewan, der mal wieder nicht kam.

»Hallo?« Die Tür war aufgeschnappt, bevor ich auch nur geklingelt hatte, und nun standen wir hier. Anscheinend war bei *MakeUp & Prosthetics* keiner zu Hause. Nur die langhaarigen Masken und die von blutigen Wunden entstellten Zombiegesichter grinsten von den Wänden auf uns herab. Der Raum war sehr groß und hoch, ein paar Türöffnungen gingen davon ab, die Neonröhren an der Decke leuchteten alles hell aus. Auf den Regalen reihten sich Styroporköpfe mit Perücken in verschiedenen Haarlängen und Farben. Dazwischen Messbecher, Spraydosen, Plastikflaschen und halb durchsichtige Kunststoffkisten, die meisten davon beschriftet.

*»Bärte – lang«*, las ich Ewan vor, *»Bärte – kurz. Bärte – Frauen.«* Ich musste grinsen. Wann durfte man schon mal in der größten Maskenbildner-Werkstatt von ganz Deutschland stehen und in aller Ruhe hinter die Kulissen schauen? Wie zum Beispiel auf diese fleckigen, krampfadrigen Unterschenkel, inklusive Behaarung und ekelig aussehenden Füßen, die aus einer blauen Tonne ragten. Bei denen konnte auch keine Pediküre mehr helfen.

Hastige Schritte kamen näher.

»Hallo, Ella! Hallo, Ewan! Schön, dass ihr da seid!« Da war sie endlich: Esther, meine Maskenbildnerin, meine *persönliche* Maskenbildnerin. Wie cool sich das anhörte! Wir kannten uns schon von einer kurzen Begegnung im Produktionsbüro.

Sie begrüßte mich mit einer kleinen Umarmung und führte mich noch ein Stück tiefer in das Horrorkabinett.

»Habt's ihr guat herg'fundn?« Manchmal sprach sie Bayerisch, bei ihr klang das aber nett.

Esther führte mich in einen abgetrennten Raum ohne Fenster, in dem zwei Friseurstühle vor einer verspiegelten Wand standen. Es roch nach Haarspray, Lösungsmitteln und Theaterschminke. Ich gähnte verstohlen.

»Müde? Tut mir leid für diesen frühen Termin, noch dazu an einem Samstag, aber wir sind schon echt knapp in der Zeit. In zehn Tagen fangen wir ja schon an zu drehen!«

Ich nickte. Seit dem Tee-und-Zwieback-Nachmittag mit Onkel Manfred vor zwei Wochen stand mein Leben völlig auf dem Kopf. In der vergangenen Woche hatten wir in der Schule drei Arbeiten geschrieben und jede Menge unangekündigte Tests.

An den Nachmittagen war ich zu den Kostümproben und den Besprechungen mit Tim zu *Nuovo-Film* in der Isarvorstadt gefahren. Dazu noch das ganze Theater mit den Anträgen für die Schule, dem Jugendamt und der Vertrauensärztin, die mich maß, wog und mir hundert komische Fragen stellte, während Manfred die Patienten im Wartezimmer in philosophische Gespräche verstrickte.

»Ist schon anstrengend. Aber ich find's einfach nur cool!«

»Hast du denn eine gute Agentur, die das mit den Verträgen für dich erledigt«, fragte Esther, während sie mich sanft auf einen der Friseurstühle drückte.

»Ja!« Ich hatte nicht nur eine *persönliche* Maskenbildnerin, ich hatte auch eine eigene Agentin mit dem Namen und Aussehen einer Fee. Lilli. Lilli, die Fee, hatte lange mit mir und Manfred gesprochen. Dabei ging es zunächst gar nicht um Geld, sondern um Bedingungen. Ich hatte nicht gewusst, dass man beim Film so viele Bedingungen stellen konnte. Sollte ein Drehtag ausfallen, ich aber bereits in meinen Filmklamotten stecken und in der Maske gewesen sein, würde ich ihn zu hundert Prozent bezahlt bekommen. An drehfreien Tagen hatte ich ein Anrecht auf Frühstück im Hotel, meine Adresse und privaten Daten mussten geheim gehalten werden, kein Foto vom Set durfte ohne meine Zustimmung veröffentlicht werden und vieles mehr. Dann hatte sie mit der Produktion meine Gage ausgehandelt. Gage, ich bekam eine Tagesgage!

»Legen wir los?«

Ich nickte. »Komm her, Ewan. Damit ich dich sehen kann!« Ich zeigte auf den Platz vor dem Stuhl. Er reagierte nicht. »Du kleine beleidigte Wurst, was ist jetzt wieder los?« Ich beugte mich vor und blinzelte ihm zu. Er verzog keine Miene. Auch egal. Inzwischen wusste ich, dass dann, wenn es wirklich zählte, immer Verlass auf ihn war.

Esther legte mir einen schwarzen Umhang um.

War das *mein* kleines Gesicht mit den ängstlichen Augen da im Spiegel?

Sie befeuchtete mein Haar mit einer Sprühflasche, bis ich aussah wie nass geregnet, dann begann sie, es in einzelne Strähnen abzuteilen und hochzustecken.

Ich seufzte. Jetzt bloß nicht an die Schule am Montag und das von Justina perfekt vorbereitete *Gossip*-Getuschele denken, was mit Sicherheit einsetzen würde, wenn ich in die Klasse trat. Ich warf Ewan einen schnellen Blick zu. Immer noch kein Einspruch von seiner Seite gegen den Marion-Haarschnitt. Dann sollte es wohl so sein … Noch ein Seufzer.

»Keine Angst, du wirst toll aussehen! Du hast das perfekte Gesicht für kurze Haare, so symmetrisch, so klar, man sieht es nur noch nicht …« Esther lächelte mir im Spiegel zu. »Bereit?« Sie hob die Schere.

»Denke schon.« Ich zuckte mit den Schultern. »Ist ja für die Rolle.« Letzte Chance für dich, kleiner, missgelaunter Hund! Nichts.

»Ist für die Rolle«, wiederholte Esther. Es machte ein komisches Geräusch, als sich die Schere durch meine Haare fraß, und zwar verdammt nah an meiner Kopfhaut. So nah? *So* kurz?! Oh Gott, ich schloss die Augen, lieber gar nicht hinschauen. Esther spürte meine Panik offenbar, denn sie versuchte, mich abzulenken: »Bestimmt hattest du in den letzten Tagen auch oft Kostümprobe?«

»Oh ja, weiß gar nicht mehr, wie oft. Dreimal, viermal.«

»Tim kann ganz schön pingelig sein, ich kenn den schon ein bisschen länger …« Esther schnitt und schnitt auf meinem gesenkten Kopf herum. Ich blinzelte und sah eine lange Strähne zu den toten braunen Haaren auf den Boden fallen.

»Wenn ich das wirklich anziehen soll, was die Kostümfrau sich da vorgestellt hat …«

»Anke? Ist ’ne tolle Kostümbildnerin!« Genau, Anke hieß sie. Ich konnte mir die ganzen Namen nicht merken. Denn außer ihr waren da noch ihre Assistentin herumgelaufen und mindestens zwei Garderoben-Unterassistentinnen oder wie man die nannte, die aber anscheinend nur bügeln durften. Ich hatte den ganzen Marion-Kleiderständer durchprobiert. Auch ein Foto von mir hing an der Wand. Marion Zimt. Für die war ich ab jetzt Marion statt Ella. Die Assistentin hatte unheimlich viele Fotos von Marion in den verschiedenen Outfits gemacht. Von vorne, von hinten, von der Seite. Bevor Tim zur Endauswahl kam. Und alles ablehnte ... Die Latzhosen waren ihm nicht »peppig« genug. Die vorgeschlagenen Partykleider kamen ihm nicht authentisch vor, die Strickjacken seien alle opahaft. Mal sehen, was Anke beim nächsten Mal für Marion bereithalten würde.

»Was sagt denn deine Mutter überhaupt dazu? Die ist doch bestimmt total stolz, oder?«

»Mmmh.« War Mama stolz? Wenn ja, hatte sie es sich bis jetzt noch nicht anmerken lassen.

Kritsch, kritsch, die letzten Strähnen. Nun hing nichts mehr um meinen Kopf, meinen Nacken, meine Ohren, alles weg. Ich hob die Schultern hoch und spürte, wie Esther meine verbliebenen Haare sanft durch ihre Finger zog und munter weiter an ihnen herumschnipselte. »Du willst da partout nicht hingucken, oder?« Sie lachte. Ich schüttelte den Kopf, die Augenlider fest zusammengepresst.

»Verstehe ... Vorne lasse ich sie ein bisschen länger, für die Party machen wir dich ja noch mal anders zurecht!«

»Meinst du die Party, vor der sich Marion den Pony abschneidet?«

»Genau, dafür brauchen wir ja noch ein bisschen Material in der Stirn. Laut jetzigem Drehplan liegt die Party auch tatsächlich ganz am Schluss. Da haben wir Glück.«

»Und die Monobraue? Wie wird die gemacht?«

»Die schminke ich. Aber auch nicht jeden Morgen. Wir drehen ja nicht chronologisch. Mal hast du sie noch, mal nicht mehr. Das dauert, weil ich jedes einzelne Härchen in Kleber tupfen und dann aufkleben muss. Das siehst du gleich, ich mache dich so fertig, wie du am Set aussehen wirst. Dann schieße ich ein paar Star-Fotos von dir und zeige die noch mal Tim.«

»Oha. Jedes einzelne Härchen? Das dauert bestimmt lange, oder?«

»Sei froh, dass du keine Perücke tragen musst …«

»Wieso? Ich dachte, die setzt man eben mal auf.«

»Nee! Das Haar darunter muss festgeschneckelt werden, na ja, bei dir wäre da jetzt nicht mehr wirklich viel zu schneckeln.« Wieder lachte sie. »Man dreht die einzelnen Strähnen ein, damit sie schön platt anliegen. Denn wenn man – wie bei Dagmar – vorne den Haaransatz sieht, muss der Übergang zwischen der Perückeneinfassung und der Haut natürlich unsichtbar sein. Das wird geklebt und überschminkt. Schau mal, dahinten auf dem Styroporkopf steckt sie ja, Dagmars Haarpracht!«

Ich drehte mich vom Spiegel weg und öffnete dann erst die Augen. Wow! »Genauso mausgrau habe ich mir Dagmars Haare vorgestellt! Nur ungewaschener.«

»Kommt noch. Da gibt Katrin noch Fettspray rein …«

Ich kicherte in mich hinein. Fettspray! Du wirst es lieben, Justina …

»Ich drehe dich mal mit dem Stuhl um, damit du nicht dauernd die Augen zusammenpressen musst!« Esther schnitt und schnitt und erzählte mir von ihren Erfahrungen beim Drehen. Von dreckigen Ohren, fest eingeschlafenen Schauspielern auf ihrem Maskenstuhl, von Leuten, die sich weigerten, hässlich geschminkt zu werden, und anderen, die dauernd mit besseren Vorschlägen daherkamen. Manchmal musste ich so lachen, dass sie nicht weiterschneiden konnte.

Dann wurden mir die Haare gefärbt.

»Willst du mal einen Moment aufstehen?«, fragte Esther, während sie meinen Kopf wie einen Salat in Frischhaltefolie wickelte. »Da hängen Fotos, auf denen kannst du dir anschauen, wie Justina aussehen wird.«

Ich erhob mich, streckte meine steifen Beine unter dem Umhang und ging auf die Wand zu. Justina! Oh Gott, was haben sie mit dir gemacht …? Von vorne, rechts, links hinten hatte man sie fotografiert. Ihr Mund stand offen, als ob sie gerade redete. Die Perückenhaare hingen schlaff bis zu den Schultern hinab. Ihre Haut war bleich, die schrägen Augen wirkten noch schräger und sie sah tatsächlich noch gemeiner aus als sonst, obwohl sie auf einem der Fotos sogar lachte. Sie hatten aus Justina eine Dagmar gemacht! Dagmar, wie sie im Buche stand!

Der kleine Zeiger der Uhr zeigte bereits auf die Zwölf, als Esther die Kur herausgespült und das wenige, was sich noch auf meinem Kopf befand, zurechtgezupft hatte. »Ich schminke dich jetzt wie Marion, aber bevor ich mit der Frida-Kahlo-Monobraue anfange, schaust du dich an. Einverstanden?«

»Okay.«

»Du hast zwar eine tolle, feinporige Haut, aber für das Kunstlicht beim Film braucht es immer Make-up.« Esther mischte etwas auf ihrem Handrücken an, verglich es mit meiner Haut, mischte weiter. »Nein, du bist nicht der rote, sondern eher der Olive-Typ.«

Aha, ich war also der Olive-Typ, aber musste es wirklich so grünlich sein, was sie da zusammenmixte? Augen zu, ein Schwämmchen tupfte auf meinem Gesicht herum, meine Augenbrauen wurden bemalt, irgendwas strichelte rund um meine Augen.

Irgendwann nach einer gefühlten Ewigkeit legte Esther ihre Hände rechts und links auf meine Schultern und sah mich prüfend an. Gefiel ihr das, was sie sah? Ich konnte aus ihrer Miene nichts herauslesen. »So. Ich drehe dich jetzt wieder um. Und du sagst mir, ob du dir Marion in etwa so vorgestellt hast.«

Ich schluckte und blinzelte vorsichtig. Es dauerte einen Augenblick, bis ich mich wieder an das Licht gewöhnt hatte. Und dann sah ich sie. Das Erste, was mir auffiel, waren ihr langer Hals und die hohe Stirn. Dann ihre Augen. Riesige, tolle Augen übrigens, die nicht mal wirklich geschminkt aussahen. Und der Mund … Ich sah nichts mehr, alles verschwamm. Ich konnte es nicht fassen. Nach Ewans Kommentar auf dem Schulhof hatte ich gehofft, ein bisschen wie Audrey Hepburn auszusehen. Hatte mir eingebildet, es wäre möglich, so wie sie zu werden … wie in diesem Film, in dem sie als Prinzessin in Rom abhaut. Oder vielleicht Emma Watson zu ähneln oder der zierlichen hübschen Marion aus *Muffins & Marzipan,* die beim Lesen des Buches durch meine Gedanken spaziert war. Und jetzt?

Ich schniefte. Jetzt war ich eine Mischung aus allen dreien …

»Bin ich das, oh Gott!« Ich versuchte, unauffällig die Tränen abzutupfen, ohne das Augenmake-up zu verwischen.

»Oh Gott – wie schlimm, oder …?«

»Oh Gott, wie … Keine Ahnung. Ich sehe aus wie eine, wie eine …«

»… wie eine wunderschöne Prinzessin!«, unterbrach Esther mich. Und dann packte sie mich plötzlich an der Schulter: »Genau! Jetzt weiß ich endlich, an wen du mich die ganze Zeit schon erinnerst: an Audrey Hepburn!«

Während ich abwechselnd sie und dann mich anstarrte, hatte ich Gänsehaut am ganzen Körper.

Schließlich wagte ich einen Seitenblick auf Ewan und fing seinen altklugen Blick auf.

*»Warum hat Ella Ellerbrake überhaupt gezögert, wichtigen Ratgebern in ihrem Leben Gehör zu schenken?«*

# 6. Kapitel

Du hast es doch getan, wie geil«, sagte Mia, als wir zusammen in die Klasse gingen. »Es sieht hammermäßig aus – und kein bisschen lesbisch!«

Ein paar andere Mädchen blieben einfach stehen, als sie mich entdeckten, und umringten mich, noch bevor ich an meinem Platz war. »Du siehst cool aus!«

»Echt toll!

»Ey, voll mutig!«

»Machst du heimlich bei *Germany's Next Topmodel* mit und hattest ein Umstyling?«

»Nö.«

Worum geht es eigentlich im Leben?, dachte ich, als ich an meinen Platz kam und Onkel Manfreds großen verschlissenen Tennisrucksack vorsichtig auf den Boden legte. Darum, vor Unterrichtsbeginn den großen Auftritt zu haben, so wie an diesem Montagmorgen? Darum, von wildfremden jüngeren Mädchen auf dem Schulhof angesprochen zu werden, ob man Emma Watson sei? Oder vielleicht ihre Schwester? In der U-Bahn zwölf Minuten ohne Unterbrechung von der Seite angeglotzt zu werden? So wie auf dem Rückweg vom Maskentermin am Samstag geschehen. Oder Pfiffe von irgendwelchen Deppen auf der Straße zu bekommen?

Seit dem brutalen Kahlschlag auf meinem Kopf war ich aus der Masse aufgetaucht, war sichtbar geworden für Jungs, für Männer, für Idioten, die am Kiosk standen und Bier tranken. Meine nun fast schwarzen, fünf Zentimeter kurzen Haare (ich hatte zu Hause sofort nachgemessen) und die neue Art, meine Augen zu schminken, die Esther mir nach dem großen Abschminken gezeigt hatte, bescherten mir seit dem Wochenende ständig neue Fans.

»Sag's nicht weiter, aber ich habe Ewan dabei!« Ich öffnete den Reißverschluss ein wenig, damit der Terrier frische Luft bekam. »Mach Platz.« Ewan robbte ein wenig vor, bis sein Kopf hinausschaute, lag dann aber ganz still.

Mia kicherte. »Süß, der Kleine. Aber sag mal, war das mit den Haaren 'ne Trotzreaktion, nur weil Justina dich outen wollte?«

»Nee.« Ich grinste.

»Oder ist das etwa für die Rolle in dem Film?«, flüsterte sie.

Ich nickte. »Ich muss gleich nach der zweiten Stunde zu einer Drehbuchlesung und kann Ewan vorher nicht mehr zu Hause abholen.«

»OMG!«, rief Mia laut. »Das ist so super!« Sie freute sich wirklich für mich, das sah ich an ihren Augen.

»Ey, seid doch mal leiser, ich kann so nicht arbeiten!« Justina stöhnte und wiederholte, dass sie bei dem Lärmpegel in der Klasse ihren Text nicht lernen könne.

Mia drehte sich zu ihr um. »Oh, ich glaub's ja nicht!« Hastig wandte sie sich wieder nach vorne. »Die bringt allen Ernstes das Drehbuch mit in die Schule und tut so, als ob sie ausgerechnet jetzt vor Mathe Text lernen müsste!«

Ich schaute kurz hinter mich. Justina hatte ihr Drehbuch zwischen zwei graue Pappdeckel geklemmt und mit vielen Herzen und einem verschnörkelten »Justina« verziert. Damit nicht genug, sie hatte auch noch Fotos von sich draufgeklebt, die von ihrer Agentur stammten. Tolle Fotos, selbst von Weitem konnte ich das sehen. Die aktuellen Verbrecherfotos rechts, links, vorne, hinten, mit Dagmar-Perücke und ordentlich Glanz im käsigen Gesicht, hatte sie allerdings weggelassen. Warum bloß? Ts, ts, ts, Justina. Da rückt der *Oscar* für den Mut zur abgrundtiefen Hässlichkeit aber in weite Ferne. Ich drehte mich wieder nach vorne: »Jetzt reicht sie auch noch den Drehplan in der Klasse herum!«

»Und wen spielst du? Sag doch mal, das ist ja voll spannend!«

Doch bevor Mia mich weiter ausfragen konnte, kamen auf

den hinteren Bänken lautstarke Fragen über den Drehplan auf. »Was bedeuten die Zahlen? Was heißt Vorstopp? Was soll denn I/T und A/T sein? VFX? SFX?« Ich zog den Kopf zwischen die Schultern und begann die Tafel mit Linien zu umranden. Das hatte mir Produktionsassistentin Jenny neulich erst alles erklärt. Und Justina wahrscheinlich auch, denn sie konnte jede Frage beantworten. »Das da heißt Special Effects und das andere Visual Effects, da machen sie was mit dem Computer. Und die Zahlen? Also, das ist ja so: Jede Rolle hat eine Nummer. Ich bin die Sechs, siehst du, da in der Szene in der Küche I/T, das heißt Innen/Tag, da stehe ich.«

»Und warum bist du Nummer sechs und nicht eins oder zwei? Wo du doch die Hauptrolle spielst?«

»Keine Ahnung, das ist eben durchnummeriert, wahrscheinlich weil mein Nachname mit H anfängt und nicht mit A, was weiß denn ich? Und Leevi Valtteri Mäkinen hat auch nur die Sieben!«

Ich schüttelte den Kopf. Machte sie absichtlich auf dumm? Mia stupste mich fragend an.

»Stimmt nicht«, sagte ich nur.

»Welche Nummer hast du?«, bohrte sie nach. Ich zeigte es mit meinen Fingern. Darauf drehte sie sich zu Justina um. »Frag doch mal Ella, die spielt ja auch mit!«

»Was?!« Der Staat der Bienenkönigin summte erstaunt und wurde lauter.

»Echt?!«

»Als was denn!?«

»Als Kabelträgerin?« Allgemeines Kichern. So, das reichte! Ich drehte mich nach hinten und lächelte Justina ins Gesicht: »Als ihre Schwester.«

Alle lachten. Och nee, ausgerechnet, das passte ja nun gar nicht …

»Echt, Justina? Wusstest du das?!«

»Na, und wennschon.« Justina schaute konzentriert in ihr

Drehbuch. »Kann sich schnell ändern, so etwas«, sagte sie beiläufig.

»Immerhin ist sie die Nummer zwei!« Mia kreuzte triumphierend die Arme vor ihrer Brust. Sie würde eine geniale Schauspieleragentin abgeben. »Und weißt du, warum?«

»Ja, warum eigentlich?«, fragte Justina und richtete ihre zusammengekniffenen Dagmar-Augen auf mich.

»Ach, nur so. Das richtet sich, wie du eigentlich wissen müsstest, nach der Textlänge und ich habe einfach mehr Text als du.«

Ihre Rache kam kurz vor der großen Pause. Wir waren gerade bei den Gesteinsschichten des Atlas-Gebirges, als Justina hinter mir laut mit dem Finger schnipste. Da sie sich sonst nie meldete, kam sie sofort dran.

»Sorry, Herr Langhut, aber Ella hat ihren komischen kleinen Köter mit dabei! Man riecht den bis hierhin.«

Wow, was für eine Lüge! Also das mit dem Geruch jedenfalls. Schon drehten sich alle zu mir und lautes Geschrei brach aus. Hund?! Zeig her? Wo?

Herr Langhut war ein Mensch, der stundenlang belanglose Dinge von sich gab, es aber nicht mochte, wenn man ihm die Aufmerksamkeit entzog.

»Entschuldigung«, rief ich, »das ging nicht anders! Ich muss mit ihm gleich zum ... Tierarzt ...«

All meine Erklärungen halfen nicht. Der Idiot mochte offenbar keine Hunde, denn er schickte mich sofort zum Direktor. Als ich eine halbe Stunde später endlich wieder draußen war, hatte ich neben dem Eintrag ins Klassenbuch auch eine strenge Ermahnung kassiert.

Keuchend rannte ich mit dem angeleinten Ewan über den Hof. Die große Pause war fast zu Ende. Mist, ich würde zu spät zur Drehbuchlesung kommen. Justina hatte das geplant. Wahrscheinlich hatte sie auch still darum gebetet, dass man mir »aufgrund disziplinarischer Mängel die Zustimmung zur Teilnahme an den Dreharbeiten entziehen würde«. So hatte der Direktor es ausgedrückt. »Falls noch mal etwas Ähnliches passieren sollte.«

Na danke. Aber ich hatte ja nur noch drei Schultage. Das hatte ich ihm gar nicht erst gesagt. Die Schule war für mich drei Wochen früher zu Ende als für alle anderen! Für Justina nicht, die hatte nur in der zweiten Woche ein paar Drehtage, bei denen die Schule für sie ausfiel. Alle anderen lagen in den Sommerferien. Was für ein Pech …

»Das ist sie! Sie spielt seine Schwester.«

»Nee, sie kann doch nicht seine Schwester sein, sie muss ihn doch küssen!«

Zwei Sechstklässlerinnen liefen aufgeregt neben mir her. Seitdem es sich herumgesprochen hatte, dass ich in einem Film mitspielen würde, in dem auch Leevi Valtteri Mäkinen eine Rolle hatte, konnte ich mich vor Bewunderinnen kaum retten. Allerdings hatte ich nicht nur Fans.

»Hey, lauf schneller, nach Hollywood geht's da lang!«

»Mei, ist die arrogant«, hörte ich, als ich nicht antwortete.

Endlich saßen wir in der U-Bahn und fuhren Richtung Sendlinger Tor. »Ich hasse sie«, sagte ich zu Ewan, der neben meinen Flipflop-Füßen hockte und vermutlich sauer war, weil ich ihn nicht auf der Bank sitzen ließ. »Sie ist bestimmt schon längst da … Wahrscheinlich lässt sie sich von ihrem Vater mit dem Auto bringen.« Klar, Justina brachte jedes Mal ihren Vater mit. Der stand dann stundenlang quatschend im Produktionsbüro herum. Nur ich kam immer alleine. Aber wer hätte mich auch begleiten sollen? Onkel Manfred? Der hatte mir schon so viel geholfen, ich konnte ihn nicht noch öfter aus seinem geliebten Laden reißen. Oder etwa meine Mutter? Die war froh, dass ich so selbstständig war. Schaffst du, oder?, fragte sie nur, wenn ich ihr von den vielen Arbeiten in der Schule und den Nachmittagsterminen bei *Nuovo-Film* erzählte.

»Schaffe ich, schaffe ich alles«, murmelte ich. »Aber ich habe echt Schiss vor Justina.«

Ich sah meine Umrisse in der dunklen Scheibe. Da saß ein verschrobenes Mädchen und redete mit ihrem Hund ... Egal. Niemand beachtete uns. »Ich will einfach nur spielen, aber sie ist so scheiße zu mir, was kann ich denn dafür, wenn alle mich nach dem Film fragen? Sie hat mich in den letzten Tagen oft wie die allerletzte Angeberin aussehen lassen. Dabei bringt *sie* doch ihr Drehbuch mit in die Klasse ... Und heute kommt auch noch das Mädchen, das die Charles spielt. Bestimmt mit ihrer tollen Mutter oder ihrem supernetten Vater.«

Ich schnappte mir den kleinen Terrier und setzte ihn auf meinen Schoß. Dass meine weißen Hosenbeine dabei dreckig wurden, war mir egal. Ewan nahm brav auf meinen Knien Platz und schaute zufrieden aus dem Fenster.

»Die heißt Fiona Käthe von Scheerbach, das stand auf der Schauspielerliste. Fiona! Käthe! Von Scheerbach! Eine Tusse. Ganz bestimmt. Bei dem Namen. Wahrscheinlich noch schlimmer als Justina Victoria Kleisterkamp ... Oder sie ist so 'n Öko-Mädel von der Waldorfschule.«

Ewan zuckte mit den Ohren, blieb aber auf meinem Schoß sitzen.

»Wenn ich an diese Käthe denke, habe ich auch Schiss. Ich habe Angst vor allem, was passieren kann! Und davor, dass ich im entscheidenden Moment wieder versage. Außerdem will ich nicht mit der dürren Silvia und ihrem fiesen Lippenstift in einem Zimmer wohnen. Ich will keine Fremden um mich herum. Ich will nur meine Marion spielen. Es hört sich vielleicht doof an, aber niemals sonst fühle ich mich so gut, wie wenn ich spiele. Ich will bei diesem Film mitmachen, Ewan! Aber ich hab keine Ahnung, ob ich das auf die Reihe kriege!«, sagte ich auf seine Ohren hinab. »Vor allem nicht alleine! Ich brauch einfach jemanden, der an mich glaubt und der die blöden Justinas und Käthes von mir fernhält. Wie so ’n Bodyguard, mit Knopf im Ohr, der mich abschirmt und durch eine tobende Menschenmenge führt. Oder wie Dad. Der mich mit diesem Blick ansieht, den nur er draufhat. Draufhatte …«, korrigierte ich mich.

*»Ella Ellerbrake hat keinen blassen Schimmer von Psychologie. Aber zumindest erkennt sie, dass sie in dieser neuen Situation ihres Lebens einfach ihren Vater vermisst.«*

»Ach, Ewan!« Ich drehte ihn zu mir und hielt ihn an meinen ausgestreckten Armen hoch in die Luft. »Du hast ja so recht! Ich vermisse ihn, das ist es! Ich vermisse ihn so sehr wie nie zuvor, denn Mama«, plötzlich schluchzte ich völlig ungehemmt, »Mama kann ihn einfach nicht ersetzen. Sie ist einfach nicht für mich da.« Er schloss die Augen und ließ mich gewähren, seine kleinen Beinchen hingen ganz still. »Ich vermisse Dad so sehr! Wenn er doch … wenn er jetzt hier wäre!« Ich ließ ihn wieder herunter.

Danke, sehr aufmerksam, sagte mir sein Blick. Schnell wischte ich mir die Tränen ab.

»Und wahrscheinlich beneide ich die beiden anderen nur, weil sie Eltern haben, die sich verdammt noch mal um sie kümmern. Denen es wichtig ist, was ihre Kinder machen.« Ich hatte kein Taschentuch und zog die Nase hoch. Eine vertrocknete alte Frau drei Bänke weiter schaute mir interessiert zu. »Eltern hatte ich mal. Und jetzt habe ich sie nicht mehr. Nur noch eine traurige kleine Mutter, die wie im Halbschlaf mit ihrem Charlie-Chaplin-Gang durchs Leben trippelt und froh ist, wenn ich klarkomme, weil sie ja schon an ihrem eigenen Kummer erstickt. Und obwohl sie mir so leidtut, bin ich stink-stink-wütend auf sie! Und ich glaube, Dad wäre es auch.«

»Nächster Halt: Frauenhoferstraße!«, kam es durch die Lautsprecher.

»Ach verdammt, Ewan. Ich kann da jetzt echt nicht hin. Ich will da auch gar nicht mehr hin.« Die U-Bahn hielt.

*»Natürlich kann Ella Ellerbrake dahin. Natürlich will Ella Ellerbrake dahin.«*

Ewan sprang von meinen Beinen, schüttelte sich, als ob ich ihm Flöhe angehängt haben könnte, und lief in Richtung Tür. Ich lächelte, stand auf und ging hinter ihm her. »Tag X wird kommen. Aber nicht heute!«, sagte ich zu der alten Frau.

»Ja mai, sicha!«, sagte sie und lächelte zurück. Ewan sprang aus der sich öffnenden Tür und rannte über den Bahnsteig. Er guckte sich nicht mal nach mir um.

»Bleib hier! Oh fuck!« Lachend und fluchend und wahrscheinlich mit total verschmierter Wimperntusche lief ich hinter ihm her.

# 7. Kapitel

Die Wände des langen Flurs vor mir waren hellgelb gestrichen, fast überall standen die Türen und vermutlich auch die Fenster offen, denn es herrschte ein sommerlicher Durchzug. Wie immer eilten unheimlich viele Menschen hin und her. Auch wir rannten diesmal.

»Ewan, nein, stopp!«

Ewan war bis zum Büro der Requisite gelaufen und hob in diesem Moment das Bein. Doch nicht hier drin, doch nicht an dem alten Fernseher, der dort vor der Tür stand! Auf meinen Schrei hin machte er einen kleinen Satz und ließ von seinem Plan ab. Meine Güte, der Fernseher kam wahrscheinlich direkt aus dem Museum. Sollte der Film nicht im Jahr 1980 spielen?

»Brav, Ewan. Bleib bei mir!« Er gehorchte. Neugierig lugte ich in den Raum. Überall standen Metallregale, vollgestopft mit Kisten, Lampen und ähnlichem Kleinkram. Die Requisiteurin, die so viel redete, saß an einem der beiden Schreibtische vor ihrem Laptop und winkte mir zu. Beim letzten Mal hatte sie mir die großen Papierbögen mit den aufgeklebten Fotos erklärt, die an den freien Flächen der Wände hingen. *Motiv Café* stand darüber, *Motiv Backstube, Motiv Küche, Zimmer Marion, Zimmer Dagmar.*

Um sie herum gruppierten sich Barhocker und Kinderroller, ein altes Fahrrad und noch ältere Getränkekisten mit altmodischen Coca-Cola-Flaschen darin. Zwischen zwei Plattenspielern und uralten Boxen lehnte ein großes Schild mit dem Schriftzug *Café Zimt.*

»Hallo, Hund! Hallo, Marion!« Ein weiterer Requisiteur kam um die Ecke. »Mann, was für ein Job! Wir sind nur Arbeitstiere und Kisten-Schlepper!« Er trug zwei Umzugskartons und setzte sie nun vor dem Mädchen mit den Locken ab. »Ich habe die Schultaschen aus dem Fundus abgeholt. Geile alte Dinger dabei!« Er klappte eine der Kisten auf und zog einen braunen Lederranzen mit Schulterriemen hervor. »Guckt mal, voll Achtziger, da klebt der *Atomkraft? Nein danke*-Aufkleber noch drauf!«

Ich grinste, vielleicht war das ja der Ranzen, den ich als Marion aufsetzen musste. Dann fiel mir wieder ein, dass ich spät dran war: »Na, dann will ich nicht stören!«

»Ciao, Marion. Bis in ein paar Tagen in Köln!«

»Ciao!« Ich fühlte mich seltsam stolz. Beide hatten mich Marion genannt und es nicht einmal gemerkt.

»Ella! Komm rein, komm rein!« Jenny war die Produktionskoordinatorin, das stand jedenfalls unter den vielen Mails, die sie mir jeden Tag schickte. »Ach, und da ist ja auch unser Ewan!

»Sorry«, hechelte ich, »keine Zeit. Ich bin zu spät zur Drehbuchbesprechung! Wo muss ich hin?«

»Keine Panik, die haben noch nicht angefangen. Kennst du schon Kurt? Er ist einer unserer Fahrer.« Kurt trug einen Schnauzer und Herrensandalen und versicherte mir, er würde sich freuen, mich kennenzulernen.

Wie immer bekam ich von Jenny viel Papier überreicht. Kein neues Drehbuch, Gott sei Dank, auf meinem stand schon *12. Fassung*, doch ein paar gelbe Seiten zum Einfügen.

Mein Blick landete auf dem Foto von mir, das in jedem Raum als Din-A4-Kopie neben den anderen Hauptdarstellern an der Wand hing. Ich konnte mich gar nicht daran sattsehen. Mein Foto! Mein Gesicht! Schon mit kurzen Haaren und langem Hals wie Audrey Hepburn. Hammergut getroffen. Ich, Ella Ellerbrake, war dabei. Über unseren richtigen Namen standen fett, sehr fett, unsere Rollennamen: Charlotte (Charles) Zimt, Marion Zimt, Mutter Zimt, Vater Zimt, Matti/Timo (der berühmte Leevi hatte eine Doppelrolle), Dagmar Zimt. Und natürlich Dagmars verklemmter Freund, Thorsten Dümpelmann.

Ich freute mich, ich hing neben der prominenten Eva-Maria Dohse, während Justina neben dem hageren bleichen Dümpelmann abhängen musste. Ich kannte den jungen Schauspieler nicht, doch er sah genauso seltsam wie der Dümpelmann im Buch aus.

»Hier noch der geänderte Drehplan, schicke ich euch aber gleich auch per Mail.« Jenny gab mir einen Stapel mit weiteren Papieren. »Wenn wir anfangen zu drehen, hört dieses Chaos dann irgendwann auf«, sagte sie. »Hier die aktuelle Stabliste, damit du weißt, wer außer den Schauspielern bei uns so mitmacht. Und dein Reise-Memo, das ist aber auch als Mail an dich und deine Mutter unterwegs.«

Ewan und ich würden mit der Bahn nach Köln fahren, fünf Stunden in Begleitung der dünnen Silvia, über mehr hatte ich mir noch keine Gedanken gemacht.

»Die Drehbuchlesung ist im Besprechungsraum gegenüber vom Kostüm.«

Ich biss die Zähne zusammen. Ob Fiona Käthe von Scheerbach schon dadrin saß und wichtig mit ihren Austauschseiten raschelte? Vielleicht hatte sie ja schon eine neue ABF, eine allerbeste Freundin, in Justina von und zu Kleisterkamp gefunden … Und würde Leevi Valtteri tatsächlich auch dabei sein?

»Ach, und da kommt ja Katja! Die muss ich dir unbedingt noch schnell vorstellen!«

*Oh no,* noch ein neuer Name, noch ein neues Gesicht … Ich musterte sie heimlich. Katja trug ein cooles kurzes Kleid und eine dunkle Ponyfrisur, die sie ein bisschen nach Kindergartenkind aussehen ließ.

»Hallo. Ich bin Katja.« Sie gab mir die Hand. »Ich werde dich nach Köln begleiten und auch im Hotel für dich verantwortlich sein.«

»Ach so? Und was ist mit Silvia?«

»Die? Die hat sich einen großen Film im Ausland unter den Nagel ge… na ja, sie hat ihn angenommen.« Katjas grüne Augen strahlten mich unter dem Pony an, bevor sie Ewan entdeckten. »Und du bist der Ewan, von dem mir alle schon erzählt haben!«

»Nimmst du ihn mit in die Besprechung? Der Süße kann auch gerne bei uns im Büro bleiben!«, sagte Jenny, während sie uns über den Flur führte. Der Süße! Ewan schien diese Bezeichnung zu gefallen. Er schaute mit seinen Glanzaugen mal wieder goldig von unten in die Runde.

»Kommt er mit nach Köln?«, fragte Katja.

»Ja«, antwortete Jenny für mich: »Ella hat das sogar in ihrem Vertrag stehen. Darf ich doch verraten, Ella, oder?«

Ich nickte. Und zitierte: *»Der Hund der Künstlerin darf jederzeit bei den Dreharbeiten anwesend sein.«*

»Wow. Wie cool bist du denn drauf!« Katja grinste mich an. »Das habe ich nur einmal, bei der Tochter vom großen Regisseur Theo Schwinger, erlebt … Aber da war es bloß ein Meerschweinchen, kein Hund!«

»Ah, Ella, kommst du?« Zwei Räume weiter stand Tim in einer offenen Tür. Ich verabschiedete mich von Katja, die mir mit kurzen Armen, unbeholfen wie ein Tyrannosaurus Rex, hinterherwinkte. Ich lachte leise in mich hinein. Sie war total schräg. Wer würde hier wen betreuen?

Tim umarmte mich zur Begrüßung: »Der soll mit rein?« Dabei zeigte er auf Ewan.

»Ja klar!«

»Hat sie im Vertrag stehen«, flüsterte Jenny laut hinter vorgehaltener Hand, als wäre sie eine alte Dame auf einer Parkbank.

»Na okay, wenn er nicht stört.«

»Er wird schweigen.« Oder eingreifen, und das muss ich unbedingt mitbekommen, sagte ich in Gedanken, während ich Tim anlächelte. Er legte einen Arm um mich und führte mich in den Raum.

Die anderen saßen bereits an dem großen Kreis aus Tischen

und schauten mich neugierig an. Ich schaute neugierig zurück. Die meisten Gesichter kannte ich von den Bildern. Cool. So wusste ich schnell, wer hier wen spielte und mit wem ich am meisten zu tun haben würde.

*»Eben macht Ella Ellerbrake sich noch in die Hose und jetzt schwimmt sie wie ein Fisch im Wasser durch das Film-Aquarium. Sie hat einfach keine Ahnung, was sie alles kann.«*

Oh danke, Ewan, aber würdest du mal bitte die Klappe halten. Ich muss mich konzentrieren!

Tim wies mir meinen Platz zu. Rechts von mir saß Fiona, die offenbar von Natur aus wahnsinnig rote und wilde Haare hatte. Genau wie Charles aus dem Buch. »Hey, ich bin Fiona.«

Gar nicht Öko, so wie ich gedacht hatte. Sie wirkte sogar ziemlich cool. Links von mir hockte Justina, die Verräterin, auf ihrem Stuhl. Sie sah mich nicht an, sondern untersuchte eine ihrer roten Strähnen intensiv auf Spliss. Neben denen von Fiona wirkten sie ziemlich blass. Tim begrüßte uns und fing dann sofort an, die Runde vorzustellen. Eva-Maria Dohse sah ziemlich streng aus, wirkte kleiner, als ich gedacht hatte, und für eine, na ja, ganz normale Hausfrau und Mutter, die sie spielen sollte, war sie definitiv zu schön.

Leevi war noch mit anderen Projekten beschäftigt und die kleineren Rollen, »der fiese Konrad« und »Hammerzahn«, fehlten, doch sonst waren alle da.

»Die fehlenden Rollen liest einer von uns ein, wir können also anfangen«, sagte er dann. »Ihr kennt die Geschichte. Was mir wichtig ist, ist, den Unterschied der beiden Zeitebenen herauszuarbeiten. Am Anfang sitzt Charles zu Hause in ihrem alten Leben. Ihre Mutter nervt.« Die kleine zierliche Frau, die mir gegenübersaß, nickte. Sie würde meine Rolle als Marion in Alt spielen. So alt war sie noch gar nicht, ungefähr so wie Mama, aber sie hatte viel mehr Fältchen um die Augen, wahrscheinlich weil sie dauernd lachte, so wie jetzt. Oder vielleicht doch wegen der vielen Filmschminke? Neben ihr blätterte die erwachsene

Dagmar in ihrem Drehbuch. Sie hatte Justinas weit auseinanderstehende Augen und einen spöttischen Mund. Was musste es für ein Gefühl sein, das perfekte Gesicht zu haben, mit dem man immer für die Rolle der unsympathischen Tante, der unattraktiven Freundin oder sogar der bösen Fee gecasted wurde?

»Dann kommt der Wurf mit der Armbanduhr«, fuhr Tim fort, »und zack!, am nächsten Morgen befindet sich Charles im Jahr 1980. Und hier muss die Stimmung natürlich eine ganz andere sein. Wir werden das mit einem besonderen Licht, den Farben der Kostüme und den Sets betonen. Fiona … ach, damit's einfacher wird, spreche ich euch hier bei der Lesung nur noch mit den Rollennamen an. Also, Charles, fängst du einfach mal an, bitte?«

»Ich hasse es, wenn Mama so guckt«, las Fiona. Die alte Marion kam dazu, die alte Dagmar, ein paar Seiten später erwachte Charles im Zimmer ihrer Mutter und hielt einen wunderschönen Monolog.

Wir näherten uns Bild 25. Achtung, gleich war ich an der Reihe. »Hallo, Mutti! Bin zu spät, Annes Fahrradkette ist abgesprungen …« Ich hielt den Atem an. Mein erster Satz im Film.

»Ey, wir sind hier nicht auf der Bühne, du kannst normal sprechen«, sagte Justina halblaut. »Klingt sonst voll affig.«

Ich sah sie an und schnappte nach Luft. Was sollte *das* denn? Ich hatte doch besonders schön …

»Marion?« Das war Tim.

Mist, jetzt hatte ich meinen nächsten Satz verpasst.

Als ich das Produktionsbüro verließ, schimpfte ich wütend vor mich hin. »Alles wäre echt gut, aber warum hat ausgerechnet die blöde Kuh neben mir sitzen müssen? Die macht mir alles kaputt.«

*»Korrekt. Solange Ella Ellerbrake im Selbstmitleid badet und es zulässt, dass jemand sie mit so einfachen Mitteln sabotiert.«*

»Aber …« Ich blieb stehen. Ewan lief stur gerade aus.

Er hatte recht! Ich war selber schuld, mir das alles gefallen zu lassen. Damit würde jetzt Schluss sein!

»Mama!«, rief ich, als ich die Wohnungstür aufschloss. Es roch nach Bratkartoffeln und vielleicht auch Spiegelei? Wenn sie kochte, war sie gut drauf. Ich lief in die Küche. »Hey, Mama! Ich habe jetzt eine ganz nette Begleitung, 'ne andere MPF, nicht diese Silvia! Am Dienstagmorgen geht es los! Wir sind in einem coolen Hotel. Ich hab's im Internet schon angeschaut, voll der Luxus! Oh Mann, ich freu mich so auf Köln!«

»Köln?! Das wird in *Köln* gedreht?«

»Na klar. Da spielt doch das Buch, also in einem Dorf in der Nähe, aber die Studios sind in Köln und deswegen …«

»Köln? Nein! Köln? Das kommt nicht infrage. Da fährst du mir auf keinen Fall hin!«

»Was?!«

»Keine Diskussion!«

»Hä? Mama! Spinnst du jetzt total?«

»Achte mal auf deine Worte, meine Liebe!«

»Es stand immer schon fest, dass in Köln gedreht wird. Du hast anscheinend nie zugehört. Und kannst mir das doch jetzt nicht verbieten!«

»Und ob.«

So, wie sie mich anschaute, glaubte ich ihr sofort. »Wieso ist es auf einmal so wichtig, wo gedreht wird?«

Sie zuckte mit den Schultern.

»Mama! Echt. Das geht nicht! Ich bin eine der beiden Hauptrollen! Du kannst jetzt nicht plötzlich Nein sagen!«

»Doch. Kann ich. Da sei mal ganz unbesorgt.«

Ich spürte, wie mir eiskalt wurde. Das konnte doch jetzt nicht ihr Ernst sein. In meinem Kopf rauschte es. Konzentrier dich, sagte ich. Gib jetzt auf keinen Fall auf. »Häää? Mama, ich verstehe gar nix mehr! Würde in Hamburg gedreht, wäre es okay, oder was?«

Sie stocherte verbissen in der Pfanne herum.

»Mama! Echt. Ich fasse es nicht! Wir haben einen Vertrag!«

»Und ein vierzehntägiges Rücktrittsrecht.«

»Haben wir nicht! Das ist doch kein Paar Schuhe, das wir bei Zalando gekauft haben!«

»Köln kommt auf keinen Fall infrage. Das ist mein letztes Wort.«

# 8. Kapitel

Vor uns ragte der Dom in den blauen Abendhimmel. Er war so groß, noch größer als in meiner Erinnerung, und sah einfach gigantisch aus. Ich war in Köln, und zwar nicht allein, denn, oh Wunder, Mama war bei mir und legte in diesem Moment auch ihren Kopf in den Nacken.

Während ihrer Unterredung mit Onkel Manfred hatten Ewan und ich an der Tür gelauscht. Leider hatten wir nur die Wörter verstehen können, die geschrien wurden. Das waren nicht viele. »Verantwortung!«, »Jetzt reicht's!«, »Das Kind!«. Von Onkelchen. Und von Mama nur ein Satz. Ein sehr lauter Satz: »Merkst du denn nicht, dass ich es versuche?!« So verzweifelt, so gequält, so wütend.

Doch als sie hinauskam, hatte sie tatsächlich so etwas wie ein Lächeln zustande gebracht und gesagt, ich dürfte mit. »Unter einer Bedingung!«

Ich hatte innerlich aufgeatmet. Es war mir scheißegal gewesen, was sie sagen würde, Hauptsache …

»Ich begleite dich!«

Wir waren also beide tatsächlich hier. Jetzt fing alles an! Ewan zog an seiner Leine und starrte vorwurfsvoll zu mir hoch. Ja klar, du bist natürlich auch noch da, sagte ich beschwichtigend zu ihm und hielt nach unserem Fahrer Ausschau.

Eine Sekunde später kam Kurt angefahren, genau, der Kurt mit dem Schnauzer aus dem Produktionsbüro. Er lud unsere Koffer in einen nagelneuen silbernen Van mit verdunkelten Scheiben und machte uns mit einer höflichen Verbeugung die Schiebetür auf. »Das Hotel liegt draußen an der Dürener Straße«, sagte er.

»Also müssen wir einmal quer durch Köln«, sagte Mama mit leidender Stimme und schon war der klitzekleine schöne Unsere-kleine-Familie-bewundert-den-Dom-Moment dahin. Kaum waren wir unterwegs, ließ sie ihr Fenster hinunter und fächelte sich Luft mit der Hand zu.

Ich biss die Zähne zusammen, bis mein Kiefer schmerzte. Einerseits war es irgendwie schön, sie dabeizuhaben. Sie war schließlich meine Mutter. Aber sie hatte offenbar immer noch große Angst vor den vielen Erinnerungen an Dad, die in Köln natürlich an jeder Straßenecke auf sie lauerten. Bereit, sie anzuspringen und traurig zu machen. Ich rutschte hin und her. Als ob es mir nicht auch so ging. Aber im Moment war ich einfach nur glücklich, hier zu sein. Und drehen zu dürfen.

Hey, wir sind die Stars. Von außen kann man uns nicht sehen!, sagte ich unhörbar zu Ewan, der auf der anderen Seite der Bank saß und konzentriert aus dem getönten Fenster guckte.

Ich versuchte zu lachen, obwohl mir immer noch ein bisschen schlecht war. Kein Wunder nach der langen Zugfahrt. Vier Stunden gegen die Fahrtrichtung zu sitzen, war nicht lustig, dabei Mama und ihre heute besonders tiefen Augenringe im Blick, ihren Laptop vor sich auf dem Tisch, den Roman, den sie übersetzen musste, und den ganzen Zettelkram um sich ausgebreitet. Kurz nach Frankfurt packte sie auch noch mit Hefepaste beschmierte Brote aus. Hefepaste! Die hatte ich noch nie gemocht, die stank echt schlimm. Und so hatte ich getan, als hätte ich keinen Hunger.

Der Rest der Zeit? Hatten wir schweigend verbracht. Obwohl ich erleichtert war, dass sie mich überhaupt drehen ließ und mich nun doch begleitete, hatte ich nicht gewusst, was ich mit ihr reden sollte. Ich hatte Musik gehört und ein Buch von Onkel Manfred angelesen. Ich hatte aus dem Fenster gestarrt, meinen Text für den morgigen Tag gelernt und ab Koblenz den Drehplan noch mal genauer studiert. Unglaublich, wie durcheinander die Szenen an jedem Tag aneinandergereiht waren. Die ganze Geschichte war in Einzelteile zerhackt, einmal geschüttelt und dann nicht wieder zusammengesetzt worden. Und das wollten die dann ganz zum Schluss im Schneideraum wieder hinbiegen? Keine Ahnung, wie das funktionieren sollte, aber so hatten sie es mir erklärt.

Ob mir meine Notizen am Rand der Drehbuchseiten helfen würden?

Ich hatte mich an Tims Anweisungen gehalten und die Emotionen meiner Marion neben den Text geschrieben. *Schlecht gelaunt. – Erschrocken. – Ungläubig. – Genervt.* Marion war ziemlich oft genervt vom Erscheinen ihrer Tochter aus der Zukunft, die da wie ein Alien gleichaltrig und alles immer besser wissend in ihrem Leben aufgetaucht war. Nur wenn sie in der Backstube des Cafés stand, war sie in ihrem Element. *Glücklich. – Selbstbewusst. – Echt happy.* Ich freute mich auf die Szenen, in denen ich mit meinem Film-Vater, dem passionierten Konditor, Pralinen herstellte. Ich würde eine lange weiße Schürze und eine kleine Haube tragen, ein echter Konditor würde uns vorher coachen und die richtigen Bewegungen beibringen!

Ich lehnte mich zurück, atmete tief durch, um das flaue Gefühl aus meinem Magen zu vertreiben. Unfassbar. Ich war tatsächlich wieder in Köln! Unterwegs, um einen Kinofilm zu drehen! Denk jetzt nicht an Justina und den Tag X, ermahnte ich mich, denk lieber an Fiona! Wenn die weiterhin so nett ist wie bei der Drehbuchlesung, kann das ganz okay mit ihr laufen.

Und irgendwann in ein paar Wochen wirst du mit Leevi, Mädchenschwarm und Dauergast in der *Bravo,* tanzen. OMG. Du wirst auch mit ihm flirten! Zwar nur als Marion, in der bollerigpeppigen Latzhose und voll schüchtern, aber immerhin ... Das wird gut! Das wird richtig gut! Oh mein Gott!, schrie es wieder in mir, der Tag X wird aber kommen. Vielleicht schon morgen. Das ist alles zu viel für mich! Ich biss mir auf die Lippen. Das half.

Wir fuhren die Aachener Straße hinaus. Rechts von uns erschien eine endlos lange braunrote Ziegelsteinmauer. Melaten hieß die Haltestelle der U-Bahn gegenüber. Oh Gott, hier war Melaten. Der Friedhof! Dort hinter der Mauer und den hohen Bäumen lag sein Grab. Ich krallte meine Fingernägel in die Handflächen und starrte auf die Rückenlehne des Beifahrersitzes, auf dem Mama saß. Hielt sie, wie ich, gerade die Luft an? Vor zwei Jahren hatte ich dort das letzte Mal gestanden. Es war ein sonniger Tag gewesen. Es sollte verboten werden, dass bei Beerdigungen überhaupt die Sonne scheint, dachte ich. Denn nun musste ich an besonders schönen Tagen immer an ihn denken. Alleine lag er dort, niemand besuchte ihn, München war einfach zu weit weg. Irgendeine Gärtnerei kümmerte sich um die Blumen oder was immer sie auf ihm angepflanzt hatten. Warum hatten wir ihn verlassen? Wieso hatten wir Dad nicht wenigstens mitgenommen? Als Urne ging das doch. Warum war Mama mit mir, ihrer vor Wut um sich schlagenden Tochter, und einem untröstlichen Hund nach München geflüchtet?

Es war wirklich eine Flucht gewesen. Anders konnte man das gar nicht nennen. Dermaßen überstürzt, dermaßen unvorbereitet. Von der Beerdigung direkt nach München, zu Onkel Manfred. Vier Wochen nach Dads Tod hatte der Umzugswagen dann dort vor der Tür gestanden. Irgendwer hatte in Köln alles für uns eingepackt. Und das meiste von Dad dagelassen. Ich hielt die Luft an und presste die Lippen aufeinander, die bedrohlich zu zittern begannen. Ich durfte jetzt nicht weinen! Was ist denn schon ein Grab?, hatte Mama immer geantwortet, wenn ich sie darauf angesprochen hatte. Mittlerweile fragte ich nicht mehr. *Was ist denn schon ein Grab?* Natürlich war Dad mehr in meinem Herzen, in meinen Erinnerungen, ich hatte seine Bilder auf meinem Computer und seinen Pullover in meinem Schrank, aber ich wollte auch an diesem Platz stehen können. Wollte unter den Bäumen entlanggehen dürfen, mir vorstellen, dass seine

Seele dort oben in die Baumspitzen gewandert war. Und von da aus in den Himmel …

Wir werden ihm Blumen bringen, Ewan. Ewan! Ich musste mit dem Finger schnipsen, um seine Aufmerksamkeit zu erlangen. »Wir werden ihm Blumen bringen«, flüsterte ich. Den Ausdruck in seinen schwarzen blanken Hundeaugen konnte ich nicht deuten. »Abgemacht?«

Morgen würden wir nach Rommerskirchen fahren. Dort lag das *Café Zimt*. Ich kannte die Bilder des ersten Tages auswendig. Wir begannen mit *Bild 24 Innen / Tag 0.35 Sek. CAFÉ ZIMT – Charles begegnet Mutter Zimt – 1,4 / 6 Komparsen, Hund Zucker, Tiertrainer*

Ob sie einen Kirschbaum dahinter gepflanzt hatten wie im Buch? Und würde auch ein großer Baum davorstehen? Im Jahr 1980 gab es ihn noch, 2015 war nur noch ein Baumstumpf davon übrig. Ich war gespannt, wie die Ausstattung das hinbekommen wollte …

Mein Zimmer, Dagmars Zimmer, die Küche, die ganze Wohnung Zimt war schon im Studio in Hürth aufgebaut worden, hatte mir die Requisiteurin erzählt. Das üble Kellerzimmer vom schüchternen Dümpelmann war in einem *Original-Motiv,* so nannte sie es. Dort würde es auch die geniale Szene mit Günter Netzer geben, dem Seilbahn fahrenden Kater. Ich grinste. Im Drehplan stand für diesen Tag: *Günter Netzer (Kater) und Tiertrainer.*

Und dem Kater darfst du nichts tun!, sagte ich in Gedanken zu Ewan, der immer noch reglos aus dem Fenster starrte. Hörst du?

»Hallo? Hörst du mich?« Endlich sah Ewan zu mir herüber.

»Und später kommen der Baggersee und die Felder«, flüsterte ich ihm zu, »durch die ich mit Charles Fahrrad fahre. Da wird Zucker, der Café-Hund dabei sein. Dass du mir den bloß nicht anmachst oder vor Schiss wegläufst!«

*»Ella Ellerbrake sollte lieber zusehen, dass sie selbst nicht vor Schiss wegläuft.«*

Ich blies die Wangen auf und stieß die Luft aus. Was für ein …! Er war und blieb ein unverschämter Hund. So viel war klar.

Unser Hotel war wirklich so schön wie auf den Fotos der Internetseite. Ein kleiner Park, eine prächtige Auffahrt, bunte Fahnen, ein paar breite Stufen, die in eine große Empfangshalle führten. Ich zog meinen Koffer, Ewans Korb und Ewan selbst hinter mir her, während ich mit offenem Mund an die Decke schaute, von der riesige silberne Lampenbälle herabhingen. Ich bewunderte die vielen, gemütlich aussehenden Sofas, die flachen Fernsehbildschirme darüber und ließ den Blick zurück zum glänzenden Boden gleiten, auf dem Ewan stumm am Ende seiner Leine hockte und Mama beobachtete, die in diesem Moment mit ihren Charlie-Chaplin-Schritten durch die Halle schlich. Was hielt der Terrier von unserem neuen Zuhause? Ist das nicht superschön alles hier? Und nur weil ich, ich, Ella Ellerbrake, die Rolle bekommen habe, textete ich ihn zu. Wie so oft gab er keine Antwort.

Wir folgten meiner Mutter zur Rezeption. Eine große Schale mit Brausepulverwürfeln stand darauf, dahinter zwei Frauen in dunkelblauen Uniformen und Hütchen, die wie Stewardessen einer besonders schicken Airline aussahen.

Ich stibitzte mir etwas von der Brause, Waldmeister, mein Lieblingsgeschmack. Der Klotz schäumte sauer in meinem Mund auf und stieg kribbelnd in die Nase, aber ich ließ mir nichts anmerken. Wozu war ich Schauspielerin? Ab morgen würde ich zumindest versuchen, eine zu sein.

Mama richtete sich ein wenig mehr auf und gab ihren Namen an, doch die jüngere der beiden Frauen erwiderte mit einem Lächeln, dass das Zimmer auf meinen Namen reserviert sei, und zwar ein extra Hundezimmer. Sie schob uns neben den Zimmerkarten noch einen Stapel Papiere zu. Ella Ellerbrake bekommt ein fettes Doppelzimmer mit Hunde-Extrawurst, dachte ich und betrachtete stolz den Briefumschlag mit meinem Namen darauf.

Darunter lagen drei zusammengetackerte Blätter, die Dispo für den ersten Drehtag. Die Dispo war der Plan, was morgen an welchem Ort gedreht würde, wann es Mittagessen gab, und vieles mehr.

»Aber unterschreiben muss *ich …«* Mama seufzte und füllte mit kraftloser Hand irgendwelche Zettel aus. Ich konnte nichts sagen, zu viel Waldmeister, deswegen tippte ich nur auf das Papier, um meiner Mutter meine morgige Abholzeit zu zeigen, die ich beim Durchblättern der Dispo entdeckt hatte: *07.00 Uhr!*

Mama seufzte wieder »tja«, als ob damit alle Last der Welt auf ihren Schultern läge.

Ich wurde wütend. Es war *mein* Dreh! Es war *mein* Papierkram, es war *meine* Abholzeit! Sie hätte ja nicht mitfahren müssen, wenn es ihr alles zu anstrengend war. Denn offenbar war es ihr ja grundsätzlich zu anstrengend, meine Mutter zu sein, seit Dad nicht mehr da war und sie vor allen unangenehmen Dingen und der ganzen Welt beschützte. Denn das hatte er getan. Und mich auch. Nur was half das? Er war eben weg und damit mussten wir verdammt noch mal klarkommen.

Wütend schnappte ich mir die Zimmerkarten von der Theke, nahm meinen Koffer und ging mit Ewan zum Aufzug. Ich brauchte einfach Abstand zu dieser Frau. Normalerweise hatte ich den ja, denn schließlich saß sie von früh bis spät in ihrem staubigen Kabuff und starrte auf ihren Bildschirm. Aber wie sollte das laufen, in den nächsten Wochen, wo das Kabuff ungefähr sechshundert Kilometer entfernt war und ich ihrer Leidensmiene gar nicht entkommen konnte?

Oben angekommen, tat sie mir schon wieder leid.

»Ist das nicht geil hier?«, fragte ich, als sie das große Zimmer betrat, und zeigte auf den dunkelblau gemusterten Teppichboden, den Fernseher, die blütenweißen Bezüge der breiten Betten, die zum Glück einen Meter auseinanderstanden. »Und der ganze Luxus nur, weil ich drehe!«

»Da sind wir also wieder in Köln«, sagte sie nur.

Ja, und hier will ich endlich mal eine andere Ella sein, dachte ich. Mit dir in meiner Nähe geht das aber nicht.

Ich stellte Ewans flachen Korb in die Ecke unter das Fenster. »Ich gehe runter.« Bevor ich ausraste. »Ewan muss noch mal raus und um sieben ist das *Warm-up* im Raum *Bergisch Gladbach*.«

»Was ist denn ein *Warm-up*?« Sie sprach es aus, als ob es sich um etwas ganz Schlimmes handele. Saufen und Drogen. Mindestens.

Ich sah sie an und zeichnete in Gedanken ihre Umrisse nach. In ihrer grauen Reise-Jogginghose und dem dazugehörigen langen Sweatshirt sah sie unförmig aus. Viel zu öko, viel zu »Ich gammle heute mal auf dem Sofa«. Dabei hatte sie eigentlich eine tolle Figur. Ich stieß die Luft aus. Wenn ich nett zu ihr war, blieb sie vielleicht jeden Morgen im Hotel und kam gar nicht erst mit zum Drehen.

»Da trifft sich das ganze Team und …«

Ich sah, wie ihr Gesicht sich verzog. Sie würde doch nicht anfangen zu weinen? Jetzt setzte sie sich auf ihr Bett.

»Ich versuche es, Ella. Ich versuche es wirklich! Aber wieder hier zu sein, ist schwer. Schwerer, als ich dachte. Ich kann diese Nähe nicht gut ertragen …«

Und was war es für mich? Nicht etwa genauso schwer? Immerhin war er mein Vater! Ich wollte eine Mutter, die mir dabei half, eine coole Filmschauspielerin zu werden, die sah, was ich machte, die stolz auf mich war, statt sich von mir trösten zu lassen.

»Mama.« Ich schluckte mein gereiztes Gefühl runter, setzte mich neben sie und umarmte sie. Etwas unbeholfen.

»Wenn du nicht mit hinunterkommen möchtest, ist das auch

okay. Aber wenn doch, hole ich dich gleich ab und wir suchen diesen komischen Raum zusammen. Du kannst ja deine enge Tanzhose anziehen, in der sehen deine Beine echt gut aus.«

»Warum sagst du das?«

»Nur so.« Ich rieb mir die Stirn. Ich wollte plötzlich doch, dass sie mitkam, dass sie hübsch aussah. Ich wollte stolz auf sie sein, mich nicht für sie schämen müssen. Schämte ich mich denn für sie? Ein bisschen für die Klamotten, die sie gerade trug, aber viel mehr noch für ihre seltsame Art. So zurückgezogen von allen Menschen.

Sie winkte ab. »Ich bleib hier, ich weiß ja, wo du bist!«

Ein Stich durchfuhr mich. Warum konnte sie nicht mir zuliebe ein Mal über ihren Schatten springen, einfach nur mitkommen, statt in Selbstmitleid zu versinken?

»Und ich ... ich pack schon mal deine Sachen aus, ja?«

Mein Blick musste sehr erstaunt gewesen sein, denn sie fuhr fort: »Dein Onkel hat gesagt, ich soll ... also es wäre gut ...«

»Mach das Mama, niemand kann das so schön ordentlich wie du.« Also früher zumindest, dachte ich, während ich im Spiegel an der Tür mein Gesicht kontrollierte. Bisschen Kajal vielleicht? Wegen meiner kurzen Haare wurde ich sowieso schon genug angestarrt ... andererseits wirkten meine Augen dann so schön groß.

Mama hielt mein Necessaire in der Hand und seufzte: »Geht das jetzt auch bei dir los, mit der Anmalerei?«

Ich lief ohne Kajal hinaus.

Offenbar hatte Ewan auch keine Lust, mich zum *Warm-up* zu begleiten. Sobald wir von seinem Gassi-Spaziergang wieder in der Hotelhalle waren, zog er mich an der Leine Richtung Aufzug. Nee, nee, du kommst schön mit, dachte ich. Besser mit einem schlecht gelaunten Hund unterwegs als mit gar keinem Hund. Ich atmete tief ein. Dass Mama einfach oben geblieben war, fühlte sich plötzlich schlimmer an, als ich mir eingestehen wollte. Ich biss die Zähne zusammen und betrat um kurz nach sieben den Tagungsraum *Bergisch Gladbach*.

Mann, sind das viele, war mein erster Gedanke. Und alle sind schon da und unterhalten sich und sehen aus wie echte Leute vom Film. Außer mir. Ich passe hier nicht rein. Ein Gefühl, wie als Neue auf dem Schulhof zu stehen. Das laute Gemurmel dröhnte in meinen Ohren, in einer Ecke wurde schallend gelacht, in dicken Trauben scharten sich unbekannte Menschen um die Stehtische, auf weiß gedeckten Tischen war ein Buffet aufgebaut. Kellner warteten hinter silbernen Wärmeschalen darauf, dass es losging. Niemand wartete auf mich. Scheiße, ich geh wieder, schoss es mir als Nächstes durch den Kopf. Ich tu so, als ob ich Mama hole, und bleib dann einfach auf dem Zimmer.

»Ella!« Katja winkte mir und kam auf mich zu. Erleichterung durchströmte mich. Ihre grünen Augen blitzten unter ihren überlangen dunklen Ponyfransen hervor. »Wo ist deine Mutter?«

»Oben auf dem Zimmer. Kommt gleich nach.« Ich schaute mich um, ich entdeckte Fionas rote Wallelocken und ein paar andere Jugendliche, alle mit ihren Eltern. Ein blonder Junge hatte sogar Vater, Mutter und seine zwei Geschwister mitgebracht. Sie waren alle blond und steckten in übertrieben bunten T-Shirts. Die Jeans der Eltern waren künstlich verfärbt und zerrissen, beide trugen Cowboystiefel. Peinlich. Aber egal: Sie standen hier mit ihrem Sohn und schienen sich auch noch wohlzufühlen. Alle schienen sich wohlzufühlen. Außer mir. Gut, dass ich Ewan hatte, der von mir ablenkte.

»Was willst du trinken?« Katja organisierte mir bei einem vorübergehenden Kellner eine Cola, die ich vor Verlegenheit sofort austrank.

»Komm, wir gehen da rüber, da ist deine halbe Film-Klasse versammelt.« Sie ging mit mir ein paar Tische weiter. Ich hatte das Gefühl, als guckten mich alle an. Ich konzentrierte mich auf

Ewan, der vor mir herumschnüffelte, die Nase dicht am Teppichboden.

»Fiona kennst du ja schon, das ist Marie, deine Film-Freundin Anne, Marc, Rolle Thorsten Dümpelmann, das ist Luca, hier aus Köln, der spielt den Hammerzahn.« Komische Besetzung, ausgerechnet der blonde Junge aus der Cowboystiefelfamilie sollte den Hammerzahn aus dem Buch spielen, den hatte ich mir beim Lesen ganz anders vorgestellt.

»Das ist Jeremy, der spielt den Konrad.« Ich gab allen die Hand und sagte Hallo und war froh, dass die meisten nur Augen für Ewan hatten. »Oh, wie süß ist *der* denn?«

»Cool, ist das deiner?«

»Wie heißt er?« Ewan ließ die Streicheleinheiten mit vorwurfsvollem Blick über sich ergehen. Der da ist also Konrad, dachte ich. Mit dem muss Fiona sich vor der Kamera küssen. Sieht gar nicht so schlecht aus, mit seinen etwas längeren braunen Haaren.

Und Marc, mit den eng stehenden Augen und dem unsympathischen Puppenmündchen, ist Dümpelmann. Der wirkt ja in echt noch schlimmer als auf den Fotos. Für die Rolle hatte er sich einen Fusselbart wachsen lassen. Justina, darf ich vorstellen, dein neuer Freund! Obwohl ich leise kichern musste, hatte ich fast Mitleid mit ihr.

Ich versuchte, cool auszusehen, hielt mich an meinem leeren Cola-Glas fest und belauschte, was die anderen miteinander redeten. Sie benahmen sich, als ob sie sich schon lange kannten. Fiona lächelte kurz zu mir herüber, sie sah so normal und gleichzeitig so schön und unerschrocken aus.

Ich beneidete sie. Ich beneidete alle um ihre Selbstsicherheit. Aber Kunststück: Wenn Dad jetzt mit mir hier gewesen wäre, hätte ich mindestens genauso selbstbewusst geguckt. Vielleicht ganz gut, dass Mama nicht da war. Dann hätte ich mich wieder um sie kümmern müssen und dafür hatte ich jetzt überhaupt keinen Kopf. Ich beneidete sogar den blonden Jungen um seine

Eltern, die ihre vor Stolz überfließenden Augen kaum von ihm abwenden konnten.

Doch in diesem Moment klopfte die schöne Producerin an ihr Glas und hielt eine Rede. Sie lobte sich selbst und das tolle Buch, das sie da vor zwei Jahren auf der Buchmesse entdeckt hatte, und das wunderbare Projekt und den Regisseur und einfach alle, dann stellte sie uns nacheinander vor. Allein das dauerte zehn Minuten. Sie kannte jeden Namen, jede Abteilung, jeden Praktikanten. Ich war beeindruckt. Da gab es Unmengen wichtige Produzenten und Co-Produzenten, den Produktionsleiter Sebastian, dann Tim natürlich, als Regisseur, mit seinem Assistenten und dessen Assistentin, einige Leute, die hier im Hotel in einem eigenen Büro saßen, alles organisierten und die tägliche Dispo schrieben, allen voran Jenny, die bescheiden in die Runde lächelte, als sie genannt wurde. Und der dicke Tom, nicht ganz so bescheiden. Da gab es die vielen Mädchen vom Kostüm und die von der Maske. Esther winkte zu mir rüber. Die Ausstattungsabteilung war riesig und bestand zur Hälfte aus Praktikanten, die Beleuchter waren alle ziemlich groß und schwarz gekleidet, die Aufnahmeleitung hatte mindestens vier *Set-Runner,* die sich benahmen, als ob sie die wichtigsten Menschen im Raum wären; sie klatschten sich gegenseitig ab, als ihre Namen genannt wurden. Total von sich überzeugt, wer weiß, auf wie vielen Drehs die schon zusammengearbeitet hatten … Katja wurde als »Kinderbetreuerin« vorgestellt, die Jungs aus unserer Ecke buhten. »Kinder, als ob!« Alle lachten. Die drei Typen vom Ton waren schüchtern, die von der Kameraabteilung um einiges selbstbewusster. Was ein *Dit* machte und was ein *Gripper* von der Kamerabühne, wusste ich nicht, aber es war mir zu dem Zeitpunkt auch schon egal. Dann gab es noch die aus dem Schnitt und die aus der Postproduktion, die alle möglichen Nachbearbeitungen am Computer machten. Ab dem dreiköpfigen *Catering Team* und dem *VFX-Supervisor* und seinen Leuten gab ich vollends auf.

Über sechzig Leute, die ab dem morgigen Tag um uns herumwuseln würden. Mann, das war ja völlig aussichtslos, die alle auseinanderzuhalten, geschweige denn kennenzulernen!

»Und nun zu denen, ohne die wir morgen alle nur dumm mit unserem Equipment herumstehen würden: Unserem Cast!« Großer Applaus. Ich merkte, wie ich rot wurde. Viele der Schauspieler waren noch nicht angereist, weil sie morgen nicht dran waren. Tja, Pech. Auch Justina saß noch in München.

Die Producerin begann mit der berühmten Eva-Maria Dohse und arbeitete sich dann vor. Ich bemerkte, wie sich hinten an der Wand eine Tür öffnete, und dann sah ich Mama hereinkommen! Wow, sie hatte es geschafft, den Raum zu finden. Doch wie sah sie aus?! Sie trug ein Top, das ich noch nie an ihr gesehen hatte. Ein ziemlich cooles sogar. Dass sie so etwas überhaupt eingepackt hatte …? Doch – gar nicht mehr so wow – ihre untere Körperhälfte hatte sie anscheinend vergessen, sie trug immer noch das graue Jogging-Schlabberding von der Reise. Oh no! Bitte nicht. Irgendwer erhörte mich, denn sie verschwand zwischen den Menschen, bevor ich ihre Schuhe sehen konnte. Ich schloss kurz die Augen. Da wurden Fiona und ich schon genannt. »Unsere jungen Hauptdarstellerinnen! Nicht wahr, Tim, wir sind stolz, sie gefunden zu haben. Nach einem Marathon-Casting, aus dreihundert Bewerberinnen. Ella Ellerbrake und Fiona von Scheerbach. Einen besonderen Applaus!«

Oh Gott, ich wurde richtig stolz und richtig rot und nur meine peinliche Mutter war da. Jetzt hatte sie sich auch noch durchgedrängelt und winkte mir zu. Dad, wo bist du, verdammt, wenn ich dich brauche? Weg.

Das war seit zwei Jahren seine einzige Antwort: Ich bin weg. Alles in mir zog sich zusammen. Mein Herz verkrampfte. Nicht weinen! Stopp, stopp, stopp! Wenn du jetzt anfängst, hörst du nie wieder auf!

Ewan! Hilf mir! Da war er schon, sein Blick so provozierend

arrogant, dass es mich auf der Stelle nervte. Die beste Medizin gegen Heulattacken.

*»Ella Ellerbrake sollte dankbar für die Anwesenheit ihrer Mutter sein, die dafür sorgt, dass Ella Ellerbrakes Trauer diesmal nicht die Oberhand gewinnt.«*

Oh doch … bei dem Outfit schon! Ich musste lachen, bekam einen Stoß Luft in die Lunge und verdrängte so die Tränen.

*»Außerdem sollte Ella Ellerbrake sich darauf konzentrieren, was sie der Welt zu geben hat. Spielen.«*

Meine Güte. Großkotziger geht es nicht? Der Welt zu geben … Ich musste noch ein bisschen mehr lachen, trotz aller Peinlichkeit, wo waren meine langen Haare, hinter denen ich mich sonst immer verstecken konnte? Schnell hob ich den strampelnden Hund hoch und verbarg mein Gesicht in seinem Fell.

# 9. Kapitel

Am nächsten Morgen weckte mich mein Handy. Sechs Uhr, Mann, das war verdammt früh. Doch ich war sofort hellwach. Auch Mama stand auf. Ihr schmaler Mund war wie zugeklebt, lächelte mich aber an. Ob sie ausnahmsweise einmal durchgeschlafen hatte?

Ewan saß vor der Zimmertür und betrachtete die Klinke von unten. Auf mein »Guten Morgen« drehte er sich nicht um, doch er wedelte mit dem Schwanz, als ich seinen Namen flüsterte. Kleiner Sturkopf, ich durchschaue dich, dachte ich. Ich öffnete den Kleiderschrank. Mama hatte tatsächlich alles auf Bügel gehängt und den Rest hübsch gefaltet. Schnell griff ich nach irgendwas zum Anziehen, die Jeans, ein T-Shirt, der dünne Kapuzenpullover. Wie warm sollte es heute werden? Egal, ich würde mich sowieso gleich wieder umziehen müssen.

Die Gänge waren still, unsere Schritte wurden vom Teppichboden geschluckt, an jeder Ecke stand eine dicke Bodenvase und überall hingen Spiegel in Silberrahmen. Mir war flau im Magen, es grummelte laut darin. Das war kein Hunger. Das war übelste Nervosität.

Unten in der Lobby angekommen, ging ich mit Ewan kurz in den Park, die orangene Hundetüte wie immer dabei. Nachdem Ewan sein Geschäft erledigt hatte, gingen wir wieder hinein und suchten Mama und den Frühstücksraum.

Sie saß am Fenster. Gerade warf sie den Kopf zurück, als ob sie eine Tablette hinunterschlucken wollte, dann trank sie einen Schluck Saft und verkroch sich hinter ihrer Zeitung. Niemand war zu sehen. Alles gehört uns, dachte ich und drehte mich einmal um mich selbst. Es war so hübsch hier. Warum hatten wir zu Hause nicht auch so flauschig weiße Handtücher im Bad oder morgens einen schön gedeckten Tisch mit Tischdecke, Brotkorb und Blumen drauf?

Ich schlenderte zum Frühstücksbuffet. Die Auswahl war gigantisch. Mehrere Brotsorten und Brötchen, verschiedene Säfte, Joghurt, Müsli, Obstsalat, Käseplatten, Schinkenplatten, Lachs. Sogar Pancakes und ein Waffeleisen für den frisch angerührten Teig, der danebenstand, gab es. Von dem Geruch wurde mir schlecht. Ich konnte jetzt nichts essen. Nach längerem Überlegen tat ich ein, zwei gehobelte Gurkenscheiben auf meinen Teller und legte noch ein paar Blätter Eisbergsalat aus der Dekoration der Käseplatte dazu.

Mama schüttelte den Kopf, als sie sah, womit ich an den Tisch kam.

Ich zuckte mit den Schultern. »Was denn?«

Sie tippte auf die Zeitung. »In Köln gibt es gerade jede Menge interessanter Lesungen. Hier, heute stellt Martin Groscheck *Gedankennetze und Dämmernebel* vor. Hört sich wunderbar an, oder? Den kennt noch keiner. Vielleicht gehen wir hin? Oder ich geh alleine, wenn du zu müde bist.«

»Cool!«, antwortete ich, obwohl ich gerade andere Sorgen hatte als »Gedankennetze und Dämmernebel«. Nämlich mich vor Aufregung nicht zu übergeben. Aber sie hatte ja gesagt, sie ginge auch alleine, ich war also schon fast raus aus der Nummer.

»Ich habe dir einen schwarzen Tee bestellt. Ist das okay?«

Ich lächelte schwach. Dieser Morgen, der Morgen des ersten Drehtages, fühlte sich ungefähr so an, wie ich wochenlang befürchtet hatte. Doch dann atmete ich tief durch. Ich wusste die Nummer der Bilder, die heute gedreht wurden, auswendig, wusste dank Drehplan sogar, wie viele Sekunden sie dauerten. Ich wusste, wie meine Marion sich in den Szenen fühlte (zunächst euphorisch, dann verwirrt, ablehnend), und konnte meinen Text. Beim Casting hatte es doch auch geklappt. Ich setzte mich, salzte die erste Gurkenscheibe und knabberte daran.

»Ich dachte, ich schau mal, ob ich da irgendwo an meiner Übersetzung weiterarbeiten kann«, sagte Mama im Auto. Diesmal hatte sie sich zu mir nach hinten gesetzt. Ich streckte meine Beine von mir, in dem großen Wagen gab es viel Platz. Ewan saß ganz alleine auf der Bank gegenüber und sah uns misstrauisch an. Was kann dieser Hund gucken?, dachte ich. Als ob er befürchtet, wir setzen ihn im nächsten Tierheim ab.

»Irgendein Plätzchen werde ich schon finden.« Mit ihrer vollgepackten Tasche sah Mama aus, als wolle sie gleich wieder abreisen. »Und Ewan musst du ja auch irgendwo lassen.«

»Nein. Der bleibt bei mir!«

»Was hast du denn in letzter Zeit immer mit ihm?«

Ich zuckte mit den Schultern. »Nix.«

Ewan schaute aufmerksam aus dem Fenster.

»Ist Dads Hund gewesen. *Das* habe ich mit ihm.«

»Na, wenn du meinst.«

Plötzlich gab es rechts und links von uns nur noch Felder und Wiesen, waren wir nicht gerade noch in Köln gewesen? Am Horizont tauchten riesige Kühltürme auf, die bizarre Wolkengebilde in den blauen Himmel bliesen.

Die Straße wurde schmaler, dann holpriger. *Rommerskirchen,* sagte das Ortsschild. Die hatten noch Kopfsteinpflaster hier. Wie klein war das Kaff denn? Der Marktplatz war hübsch, viele alte Bäume standen herum und eine Kirche mittendrin. Mir gefiel der Ort, er schien so winzig und abgeschlossen, er war das perfekte Bad Godesbach aus dem Buch.

Wir kamen an eine Straßensperre. Ein Mann mit knallgelber Weste winkte uns durch. Ich starrte wie Ewan durch die Scheibe. Krass, was hier los war! Ich machte ein paar Fotos mit meinem Handy. Zahlreiche Lastwagen standen rechts und links an der Straße aufgereiht, hoch wie Umzugswagen, aber länger und in Weiß. Dazwischen flatterte rot-weißes Absperrband, dicke Stromkabel lagen quer über der Straße, ich sah enorm in die Länge gezogene Wohnmobile mit mehreren Türen, Halteverbotsschilder und überall diese orange-weißen Hütchen herumstehen. Auf einem Platz unter hohen Platanen war ein weißes Zelt aufgebaut mit Bierbänken und Tischen davor. Wir hielten. Kurt sprang hinaus und machte für uns die Schiebetür auf. Ich schnappte meine Sachen, griff nach Ewans Leine und stieg aus.

»Guten Morgen, die Damen!« Ein schlaksiger Typ mit Baseballkappe verbeugte sich übertrieben galant vor uns. »Ich bin Danny, der A-Ell-Assi.« Er quetschte sein »Däääänni« ungeheuer amerikanisch zwischen den Zähnen hervor und schien sehr zufrieden damit, ein *A-Ell-Assi* zu sein, was immer das auch war … Ich wusste noch nicht, ob ich ihn nett fand.

»Ich bin Carolin! Ellas Mutter«, sagte Mama viel zu erfreut und viel zu laut und gab ihm die Hand. Was war denn mit der los? Wollte sie plötzlich neue Freunde gewinnen? Oder glaubte sie etwa, er wäre der Regisseur? Wenn sie gestern Abend früher runtergekommen wäre, hätte sie die Vorstellungsrunde mitbekommen …

»Hallo, Carolin!« Der A-Ell-Typ grinste, presste dann den Knopf in seinem Ohr noch ein bisschen weiter hinein und lauschte. »Okay! Okay!«, sagte er in das Headset, das vor seinem Mund hing. »Sorry!« Diesmal an mich gewandt. »Hallo, Ella! Wie geht's? Wir würden dich gerne in ein paar Minuten im Kostüm haben. Aber erst mal zeige ich dir deinen Aufenthalt.« Er nahm Mama ihre Tasche ab und ging mit uns durch die Gasse der Wohnwagen und Lkws. Ewan folgte ihm schwanzwedelnd, als ob er ihm vertraute. Gut, dass er angeleint war. Zu viel Chaos hier. Aus den Augenwinkeln sah ich, wie meine Mutter sich mehrfach drehte und irritiert umsah, ein Stück zurückblieb, bevor sie uns wieder einholte.

»Das hier ist unsere Basis. Das Motiv liegt etwas weiter weg, in der nächsten Seitenstraße. Hier vorne ist das Maskenmobil, steht ja auch dran, daneben das vom Kostüm.« Danny zeigte auf die beiden Lastwagen. Fünf breite Stufen aus Metall führten am hinteren Ende hinauf und endeten vor Türen, an denen Schilder mit *Maske* und *Kostüm* angebracht waren.

»Den ganzen Fuhrpark haben wir gestern hergefahren und aufgebaut.« Danny klang sehr stolz. »Da rechts ist der Cateringwagen, da gibt es jetzt Frühstück fürs Team, aber natürlich auch für euch!«

»Wir haben im Hotel schon gefrühstückt«, sagte ich leise.

Mama lachte los. »Salat …« Wow, sie hatte anscheinend richtig gute Laune, während ich darum bemüht war, mich auf meinen zitternden Beinen zu halten.

»Oder ihr holt euch nur 'n Kaffee. Oder 'n Tee. Oder 'n Schokoriegel. Jederzeit. Die Jungs von ›Göttliche Speisen‹ sind die besten, die machen fast alles möglich.« Danny machte eine ausladende Handbewegung, als ob er alleine für die Großzügigkeit des Catering verantwortlich sei.

Vor dem lang gestreckten Wagen stand eine Traube von Menschen und versorgte sich mit Kaffee, Brötchen und anderen essbaren Sachen, die auf der breiten Ablage aufgebaut waren. Hinter dem hohen Tresen konnte ich ein Backofenfenster und Teile einer Kücheneinrichtung sehen. »Watt denn nu', Rührei oder Spiegelei?«, rief ein Typ mit dunklem Ziegenbärtchen und Kochmütze von oben auf die Köpfe der Menge.

Hey, der sieht aus wie Johnny Depp, wollte ich Mama zuflüstern. Aber manchmal kannte sie die berühmtesten Schauspieler nicht, weil sie in den letzten zwei Jahren so wenig ins Kino gegangen war, also blieb ich still.

Danny ging ungerührt weiter. Viele guckten uns an, manche lächelten, als sie Ewan sahen. Ich erkannte kein einziges Gesicht und schaute schnell weg.

»Dahinten steht übrigens der WC-Wagen, gut merken, im Motiv gibt es leider keine Toiletten. Na ja, vielleicht für euch

Mädels … Wir von der Aufnahmeleitung werden sehen, was wir da machen können.«

Danke, äußerst zuvorkommend, sagte ich mir.

MARION ZIMT stand in dicken Buchstaben an einer der drei Türen eines lang gestreckten, eckigen Wohnwagens. Mein Herz klopfte zur Abwechslung mal erfreut, das war *ich,* meine Marion hatte eine eigene Tür, gleich neben CHARLES!

Danny nahm einen dicken Schlüsselbund vom Gürtel, an dem auch noch ein Funkgerät hing, und öffnete uns. Eine kleine Treppenstufe klappte hervor. Ich lugte in die schmale Öffnung. Ein schwarzes Sofa, ein Schreibtisch, ein Ikea-Regal, so eins hatte ich auch in meinem Zimmer. Ein kleiner Fernseher an der Wand, darunter eine Musikanlage, und ein großes Poster über dem Sofa. Der Kölner Dom bei Nacht. Wie cool!

»Fühlt euch wie zu Hause, ich hole dich gleich ab, Ella.«

Mama kletterte als Erste in den Wagen. »Die haben ja sogar eine Steckdose! Und einen Tisch! Und einen ordentlichen Stuhl.« Sie konnte sich gar nicht mehr beruhigen. »Meinst du, ich darf hier …? Also, meinst du, ich könnte meinen Laptop anschließen und hier vielleicht arbeiten? Oder störe ich dich dann beim Ausruhen? Das scheint doch ein etwas größeres Projekt zu sein …«

»Keine Ahnung.« Ich stieg in den Wagen. Ein etwas größeres Projekt! Ach ja? Das ist ein Kinofilm für drei Millionen und deine Tochter spielt eine der Hauptrollen. Kapierst du das langsam? »Ich weiß nicht, wie oft ich hier drin sein werde, ich darf eh nur fünf Stunden am Set sein, sagt Katja.« Ich beobachtete Ewan, der als Letzter die Stufe hinaufsprang, die Leine hinter sich herziehend.

»Ach, das ist aber toll! Du meinst, ich darf mich hier ausbreiten?«

Oh nee. Gab es noch etwas anderes, an das sie dachte? Mich zum Beispiel? »Na klar. Mach doch. Der hat doch eben gesagt, das ist *mein* Wagen.«

»Danke! Aber warum schreiben die MARION ZIMT und nicht ELLA ELLERBRAKE auf das Schild?«

»Das ist der Rollenname, Mama. *Mein* Rollenname.«

»Ach ja, klar.« Sie schlug sich mit der flachen Hand auf die Stirn, schloss dabei die Augen und grinste verschämt.

»Hast du nicht gesehen, an der nächsten Tür steht CHARLOTTE (CHARLES) ZIMT. Das ist für Fiona, die meine Tochter spielt. Also Charles, die Tochter aus der Zukunft.« Ich klang ziemlich genervt, doch Mama war schon dabei, das verknotete Stromkabel für den Laptop zu entheddern, und hörte gar nicht mehr zu. In ihrem Kopf war kein Platz für das, was ich ihr über den Film erzählt hatte. Über das Mädchen Charles, das mit seiner Mutter streitet und über Nacht zurück in das Jahr 1980 geschleudert wird. Über Marion, Charles' Mutter in Jung, (ich, in diesem Falle) die im Café ihrer Eltern die tollsten Pralinen herstellt, als Erwachsene aber leider zu einer fürchterlichen Loserin wird ... Auch darüber, dass Charles unbedingt wieder zurück in ihre Zeit will, aber gleichzeitig ihre Mutter in die Spur bringen muss, wusste Mama rein gar nichts. Sie hatte nicht mal Zeit gehabt, das Drehbuch zu lesen. Früher, vor Dads Tod, hätte sie es garantiert getan. Ich setzte mich auf das Sofa und versuchte, die Wut in meinem Bauch wegzuatmen. Dann zählte ich die Quadrate im Ikea-Regal, es waren zwölf. Ich umrandete und schraffierte sie innerhalb von Sekunden. Dieser Scheißherzinfarkt hatte mir mehr als einen Menschen weggenommen. Dad selbst und die Hälfte von Mama.

»Und wann spielt das?«

Oh, eine interessierte Frage. »Größtenteils im Jahr 1980«, antwortete ich.

»1980?« Sie holte mehrere fette Duden und Nachschlagewerke aus ihrer Reisetasche und arrangierte sie auf dem Schreibtisch. »Da war ich zehn. Und total glücklich.«

»Aha.« War ich mit zehn auch noch, dachte ich nur.

»Total glücklich«, wiederholte sie und befreite ihren Laptop aus seiner Hülle. »Da war ich noch in Holstein auf dem Tanzinternat. Das war großartig!«

Jaja, Mama. Hast du schon erzählt, dachte ich und suchte nach meinen Drehbuchseiten für heute.

»Den ganzen Tag Ballett tanzen, tanzen, tanzen. Das war meine Welt, ich war happy, ich war besessen.«

Ich ließ die Seiten sinken. Ausgerechnet jetzt fing sie an zu erzählen …

»Manchmal habe ich nachts im Bett schon vor Heimweh geweint, aber das habe ich ausgehalten. Ich wollte unbedingt tanzen, die Lehrer waren toll und die Schule war die beste damals.«

Ich streichelte Ewan, der etwas erhöht neben mir auf der Armlehne saß, um endlich diese verdammte Nervosität loszuwerden, die immer wieder in heißen Wellen in mir aufstieg.

»Aber das ging nur zwei Jahre. Als ich in den Ferien nach Hause kam, Weihnachten 1982, ich weiß es noch genau, war mein Vater ausgezogen und meine Eltern ließen sich scheiden.« Mama starrte auf den Laptop in ihren Händen. »Damals ließen sich noch nicht so viele Leute scheiden wie heute. Es war eine Katastrophe für mich. Ich hatte das Gefühl, es wäre meine Schuld, weil ich mich nicht um sie gekümmert hatte.«

»Gekümmert? Was hättest du denn tun können?«

»Nichts. Natürlich nicht. Kinder sind nie an der Trennung ihrer Eltern schuld. Ich hatte jedenfalls ein schlechtes Gewissen. Durfte ich nach den Feiertagen überhaupt wieder wegfahren und meine Mutter alleine lassen?«

»Und? Bist du weggefahren?«

»Nein! Weil mein Vater nichts mehr bezahlte, konnte ich sowieso nicht mehr zurück auf das Internat.«

Ach, so war das gelaufen. Sie hatte früher schon davon erzählt, aber den Zusammenhang mit der Scheidung und dem Ende des Tanzens hatte ich nie verstanden.

»Ich habe mich dann noch für ein Stipendium beworben.«

»Ach ja.« Meine Beine zappelten vor sich hin, am liebsten wäre ich mit Ewan hinausgerannt. Dennoch fragte ich: »Und warum hat das dann nicht geklappt?«

»Dafür wurde ich extra vermessen, aber meine Proportionen stimmten nicht hundertprozentig.« Sie legte den Laptop auf den Tisch, schaute mich nicht an. »Meine Arme waren angeblich etwas zu kurz. Man braucht lange Arme, um Primaballerina zu werden.«

»Was für 'n …« … Arschloch Opa war, wollte ich sagen, wandelte das Wort vorher aber in »Idiot« um.

»Ja. Er war einfach weg, wohnte von einem Tag auf den anderen bei dieser Zahnarztfrau. Er brauchte *seine Freiheit*. Er überwies das Geld für das Internat nicht mehr und meldete sich erst nach Monaten bei mir. Da wollte *ich* dann nicht mehr mit ihm reden!«

Ich seufzte. »Aber … ihr wart doch reich?«

»Ja, wir waren wohlhabend, das Geld stammte zudem noch von der Familie meiner Mutter. Sie war nur so schwach und gutgläubig, sie hatte ihm alles überschrieben. Sie hatte sogar zugelassen, das der alteingesessene ›Nymphenburger Buchhandel von 1912‹ plötzlich seinen Namen trug. ›Bücher Ellerbrake‹. Wie gewöhnlich das klang. Er hatte die absolute Macht über uns …« Sie schüttelte den Kopf, schien aber nicht aufhören zu wollen. »Dass er als Vater einfach abgehauen war, das war schlimm. Dass er mir damit aber auch meinen Wunschtraum zerplatzen ließ, hat er nie kapiert … oder es hat ihn nicht gekümmert.«

»Aber du hast doch in München noch weitergetanzt.« Warum versuchte ich es eigentlich immer noch? Ich wusste doch genau, dass es unmöglich war, sie zu trösten.

»Ja, noch drei Jahre in einer ganz normalen Ballettschule, hinten am Südfriedhof. Die Schule gibt es heute gar nicht mehr. Aber mit der Karriere war es natürlich aus. Vom eigenen Vater zerstört … Und«, sie machte eine lange Pause, »… und von dieser Bewertungsjury auch! Die haben sich alle bestechen lassen.

Da hat ein Vater gezahlt! Gezahlt, damit seine Tochter, seine Tochter …« Sie kämpfte mit den Tränen, ich konnte gar nicht hinsehen.

»Seine Tochter hat für ein paar Hundert, damals ja noch *D-Mark,* meinen Platz bekommen. Nichts mit zu kurzen Armen! Die hatten mich extra falsch ausgemessen, damit die andere den Platz bekam. Gekauft. Alles war gekauft, kam später heraus! Und ich? Konnte nichts machen.«

»Wie fies! Das wusste ich ja alles gar nicht!« Ich schaute durch das kleine Fenster des Wohnmobils. Echt super. Wir waren am Set eines großen Kinofilms. An meinem Set! Und sie redete nur von sich.

Sie nickte. »Ja. So war das. Ich musste gleich zwei Schläge verkraften.«

»Aber dann hättest du doch trotzdem eine Chance gehabt, wenn deine Arme und der Rest okay waren!«

Sie putzte sich die Nase. »Nein. Eins habe ich gelernt: Das Leben gibt dir nicht das, was du haben möchtest. Zumindest nicht auf Dauer. Wie bei meinem Vater. Allzu lange hat er sie dann ja auch nicht mehr ausnutzen können, *seine Freiheit*. Pah.«

»Und Oma überlebte ihn nur kurz. Wenigstens musste sie dann nicht mehr unter dem Verlassenwerden leiden.«

»Ja. Und ich war sechzehn und plötzlich Vollwaise.«

Vollwaise. Wie sich das anhörte. Ich hatte wenigstens *sie* noch, egal, wie sie drauf war …

»Manfred natürlich auch, doch der war ja zehn Jahre älter und hat nach Vaters Egotrip sofort den Laden übernommen.«

Mama hat dann noch mal zwölf Jahre warten müssen, bis sie auf Paul Aerosmith, den verrückten Saxofonisten aus England traf, dachte ich. Ab da hat ihr Leben erst richtig begonnen. Das hat sie mir früher zumindest erzählt. Und dass die zwei ersten Jahre mit ihm die schönsten ihres Lebens waren. Danach nicht mehr? Warum eigentlich? Weil ich kam? Und sie Dad seitdem mit mir hatte teilen müssen?

*»Und wir erkennen mit Staunen: Ella Ellerbrake ist total sauer deswegen.«*

Ja, verdammt!, textete ich zu Ewan rüber. Sie hat mich das immer spüren lassen!

*»Wie gut, dass Ella Ellerbrake es endlich gemerkt hat: Ihr schlechtes Gewissen hat in ihrem Leben gar nichts zu suchen. Sie sollte es für immer im Klo hinunterspülen.«*

Ewan! Also echt! Ich verschränkte die Arme und funkelte ihn an. Jetzt redest du auch schon vor Mama mit mir. Die natürlich an diesem besonderen Morgen, nur um sich selbst und ihre ach so schwere Kindheit kreist. Im Klo hinunterspülen ... Ohne es zu wollen, musste ich grinsen. Warum eigentlich nicht? Ich stellte mir mein schlechtes Gewissen als einen schwarz verkohlten Topfkuchen vor, den ich über eine Kloschüssel hielt. Kurz bevor ich ihn fallen lassen konnte, klingelte mein Handy. Onkel Manfred! Mein Verbündeter. Mit dem ging ich lieber mal raus. Ich sprang aus dem Wohnwagen, Ewan witschte hinter mir her. Ich schloss die Tür hinter uns.

»Hallo, Lieblingsnichte! Was macht die Kunst?«

»Das ist gerade irgendwie schwierig mit der Kunst ...« Ich war plötzlich den Tränen nah. »Mama rafft überhaupt nichts und ich hab so Angst, dass heute der Tag X ist. Und dass ... alles schon wieder vorbei ist. Bevor es, bevor es ...« Ich konnte nicht mehr weitersprechen.

»Tja, deine Mutter. Deine Mutter ... Sie bemüht sich.«

»Ach echt? Merke ich nix davon.«

»Wirklich nicht?«

*»Und ihr Erscheinen beim Warm-up, junge Dame?«*

Mensch, Ewan. Misch dich nicht auch noch in meine Telefonate!

»Na ja. Ein bisschen«, gab ich zu.

»Aber mal eine andere Frage«, fuhr Manfred fort: »Ist dein ganz persönlicher Bertold Rauschenberger anwesend? Diese Justitia oder wie sie heißt?«

»Justina? Nein. Die kommt erst nächste Woche.«

»Dann können wir annehmen, dass nicht *sie* es ist, die die Krise in dir auslöst!«

Wie beruhigend! »Ich weiß nicht, *wer* die Krise in mir auslöst. Sie ist aber da! Und ich hab Angst, gleich kein Wort herauszubringen! Was soll ich tun?«

»Such in dir nach der Lösung. Es muss in dir begründet sein, weswe...« Die Verbindung brach ab. Nein! Ich starrte auf das schwarze Display meines Handys. Verdammt, ich hatte vergessen, es aufzuladen. In mir! In mir nach der Lösung suchen. Klingt ganz toll, Onkel Manfred. Aber wie soll das bitte gehen?

Ich kletterte wieder in den Wohnwagen zurück.

Nur ein paar Sekunden später klopfte es leise an die Tür. Ich öffnete.

»Hallo und guten Morgen!«

»Kinderbetreuerin« Katja stand vor mir und breitete die Arme aus. Ich konnte nicht anders, ich hüpfte die Stufe hinunter und umarmte sie. Dann strahlte ich sie an. Ich mochte sie! Ihre leuchtenden Augen, ihren zu langen Pony.

»Alles gut?« Sie klang euphorisch. Dann entdeckte sie Mama. »Guten Morgen, ich bin Katja, die medienpädagogische Fachkraft.«

Mama kam an die Tür und schaute mich erstaunt an. Wie viele Leute kennst du denn hier?, schienen ihre Augen zu fragen. Die beiden schüttelten sich die Hand. »Ich führe genau Buch, wie lange Ella am Set ist. Fünf Stunden, höchstens drei davon vor der Kamera. Ausnahmen genehmigt nur das Jugendamt. Eine Stunde Pause ist Pflicht, die sind in den fünf Stunden schon drin. Wir haben für manche Tage extra Doubles für die Mädchen angefordert, denn die Zeit ist knapp und läuft ja bereits. Wann seid ihr angekommen, Ella?« Sie zückte einen Stift.

»Keine Ahnung. Vor einer Viertelstunde?«

»Sieben Uhr fünfzehn also.« Sie holte ein Klemmbrett aus ihrer Tasche und trug die Zeit in eine Liste ein.

»Ella! Wir bräuchten dich dann jetzt im Kostüm.« Danny mit der Mütze war mit klimperndem Schlüsselbund hinter uns aufgetaucht. Endlich ging es los! Oder: Oh Gott, es ging schon los! Ich wusste nicht, was ich denken sollte.

»Na dann, Ewan, *let's go*«, rief ich in den Wohnwagen, nur um irgendetwas zu sagen. »Du bist zwar unverschämt, aber ich nehme dich trotzdem mit.«

»Er kann doch auch hierbleiben«, sagte Mama.

»Nein!«

»Aber darf er das denn?«

»Er darf überall mit hin. Steht in ihrem Vertrag«, sagte Katja und streichelte mir wie eine liebevolle Kindergärtnerin ganz leicht über die Schulter.

Genau. Und du hast keine Ahnung, wieso, Mama, dachte ich. Ewan wird mich mit seinen coolen Bemerkungen retten, wenn es ganz schlimm wird. Seit gestern Abend weiß ich das mit allergewissester Gewissheit.

Es wurde aber nicht »ganz schlimm«. Es wurde nicht mal ein bisschen schlimm. Im Kostümwagen war es warm, es roch nach Weichspüler und ein bisschen nach Secondhandshop. Alle Wände waren mit Kleiderstangen ausgerüstet, die voller Klamotten hingen. Sogar eine Waschmaschine gab es. Hinten in der Ecke standen Regale, vollgestopft mit Nähzeug und Stoffen. Davor eine Nähmaschine. Als wenn es nicht schon eng genug wäre, ragten auch noch ein Bügelbrett und ein megadickes Bügeleisen in den freien Raum in der Mitte.

Anke und ihre Assistentin Anisha umarmten mich zur Begrüßung. Beim Film wurde anscheinend dauernd umarmt. Auch ohne das große *Marion*-Schild, das auf einem der Bügel steckte, hätte ich erkannt, wo meine Abteilung losging. Wow, meine eigene Abteilung! Und wenn es auch nur Latzhosen, T-Shirts und Schlabberpullis waren. Ewan schnupperte an einem Wäschekorb mit neuen Socken und einem mit alten Schuhen, die sich unter den Kleiderstangen stapelten. »Mach Platz!«, befahl ich ihm neben einer Plastikkiste mit Wärmewäsche und T-Shirts, auf der *Marion* stand. Es war so eng hier drin, nicht, dass er noch aus Versehen einen Tritt abbekam. Er gehorchte.

Die beiden Garderobieren hießen Jeanette und Mirja, sie liefen mit dicken Kleiderbündeln auf den Armen hin und her und verbreiteten noch mehr Hektik, bis Anke ein Machtwort sprach: »So, alle raus, Anisha und ich ziehen Ella jetzt um!«

Prompt fühlte ich mich noch ein bisschen wichtiger. Hinter einem Vorhang zog ich meine Sachen aus, nur die Unterhose behielt ich an. Stück für Stück wurde mir hereingereicht. Kein BH – keine Chance, wir hatten lange darüber diskutiert –, sondern nur ein Unterhemd. Darüber ein oranges T-Shirt, eine grüne, unregelmäßig gefärbte Latzhose, ein geknotetes Lederband als Schmuck für den Hals, das allerdings unter einer kunstvoll gebatikten türkisgrünen Mullwindel verschwand.

»Vielleicht musst du das in der Maske beides noch mal ablegen. Und hier habe ich noch einen Ring.« Anke holte einen Ring aus einem Plastikbeutel, auf dem mit Edding mein Rollenname geschrieben stand. Mama fror in solchen Beuteln immer halbe Toastbrote ein.

Ich grinste, wagte mich vor den Spiegel und freute mich über meine Verwandlung. Ewan spitzte aufmerksam die Ohren und begutachtete mein Outfit.

»Tja, was sagst du?«, fragte ich ihn.

Nichts passte farblich zueinander, auch die Qualität des T-Shirts zeigte: Dieses Mädchen mit den kurzen dunklen Haaren da im Spiegel kommt aus einer anderen Zeit. »Jetzt bin ich so *alternativ* wie die Marion im Buch.«

Anke grinste. »Genau, so hieß das früher bei uns!«

Für meine nackten Füße gab Anisha mir Segeltuchschuhe, mein einziges Paar Schuhe im ganzen Film, das es aber gleich zweimal gab. Falls eines mal verloren ging. Bei der Kostümprobe waren sie noch weiß gewesen, jetzt sahen beide Paare aus, als hätten sie schon einen staubigen Sommer am Baggersee hinter sich.

»Was habt ihr denn mit denen angestellt?«

»Die habe ich ein paarmal ziemlich heftig übers Pflaster geschrappt«, antwortete Anisha, »und danach mit etwas Heilerde eingesaut. Das bringt die richtige Patina. Komm mit raus, ich möchte rundherum Fotos von dir machen! Für den Anschluss.« Sie bemerkte mein verwirrtes Gesicht. »Wenn wir in drei Wochen mit dir im ›Zimmer Marion‹ weiterdrehen, musst du ja haargenau so aussehen wie jetzt.«

»Ach so! Weil im Film dann nur ein paar Sekunden vergangen sind?«

»Richtig! Und wenn du dann ein falsches T-Shirt anhast, nennt man das Anschlussfehler. Darauf müssen wir und unsere Continuity höllisch aufpassen.«

»Continuity?«

»Daniela, unser Scriptgirl.«

Sobald wir mit den Fotos fertig waren – schön die Hände heben, um zu zeigen, an welchem Finger der türkisfarbene Ring steckt –, wurde ich von Danny ins Maskenmobil geleitet. War der jetzt mein persönlicher Bodyguard? Er hatte schöne Zähne. Wahrscheinlich wusste er das, denn er zeigte sie beim Grinsen dauernd.

In der Maske war es nicht so warm und stickig wie im Kostümwagen, sondern richtig gemütlich. Ich stand in einem lang gezogenen Schlauch. Es gab jede Menge Einbauschränke. An der linken Wand waren vier Plätze eingerichtet, vor denen jeweils ein Spiegel hing, so ungefähr wie beim Friseur. Nur mit wesentlich mehr Regalfächern voller Flaschen, Pinsel, Schwämme, Handtücher, Perücken. Ein schwarzes Handtuch lag vor jedem Spiegel mit jeder Menge Make-up-Utensilien drauf. Auch einen Stuhl mit einem Haarwaschbecken gab es.

Fiona saß vor einem der vorderen Spiegel und bekam gerade Make-up ins Gesicht getupft. Ihre weich gewellten Haare flossen in knalligem Kupferrot über die Stuhllehne. Was für Haare! Viel schöner als die von Justina. Kräftiger, ehrlicher. Konnten Haare ehrlicher als andere aussehen? Esther und die anderen lachten über etwas, was ich nicht mitbekommen hatte. Bevor ich mich bescheuert fühlen konnte, breitete Esther die Arme aus. »Komm durch zu mir, du kesse Latzhosenträgerin!« Sie zeigte auf den dritten Friseurstuhl und kicherte. »Und, Ewan, du bist natürlich auch wieder da! Du guter Hund, du feiner Hund!«

»Oh Ewan!« – »Ist der knuffig!« – »Komm her, komm zu mir!« Doch der Terrier trippelte zielstrebig hinter mir her, in den hinteren Teil des Wagens.

»Er wird mir doch hier nicht reinpinkeln?«, fragte Esther.

»Nein, das hat er nebenan im Kostümwagen schon erledigt!«

»Nicht dein Ernst!« Esther sah mich erschrocken an.

»Nee, Spaß!«

Alle lachten. Ewan sprang auf den Stuhl mit dem Waschbecken.

»Ist das in Ordnung?«, fragte ich vorsichtig. »Er sitzt gerne oben. Er ist nämlich eigentlich eine Katze und hat gerne den Überblick.«

»Ha! Eine kesse Latzhosenträgerin und ihr Katzenhund!«

»Kess!«, wiederholte Maskenbildnerin Nummer zwei. »Mein Gott, Esther, du hast Ausdrücke. ›Kess‹ ist voll Fünfzigerjahre … wir sind doch Anfang der *Eighties!*« Die Maskenbildnerin nahm das tupfende Schwämmchen nicht von Fionas Gesicht, als sie mich jetzt begrüßte: »Hallo, ich bin übrigens Katrin!«

»Hallo. Äh. Ella.«

»Ich weiß!«

Ich lächelte und vergaß meine Nervosität einen Augenblick. So einfach war das hier. »Was für geile Haare!«, sagte ich, ohne nachzudenken. Fionas Blick traf meine Augen im Spiegel. Sie grinste.

»Das wollte ich gerade zu *dir* sagen! Dein Schnitt sieht ja *so* cool aus. Ich will mir meine auch abschneiden lassen!«

»Nööö, meine Liebe! Nicht in den nächsten Wochen!« Katrin schüttelte den Kopf, ihr kleiner Pferdeschwanz wippte. Wie auch Esther sah sie ganz normal aus, also nicht besonders aufgebrezelt oder geschminkt. Komisch, dabei saßen sie doch den ganzen Tag an der Quelle …

»Nach dem Dreh! Bitte, bitte! Am letzten Drehtag, abends!«, bettelte Fiona.

»Vergiss es. Vielleicht haben wir noch einen Nach-Dreh und dann stehen wir da. Und außerdem … ich weiß nicht. Ella hat ja nun wirklich ein absolutes Kurzhaargesicht.«

Esther pumpte mit den Füßen den Stuhl mit mir nach oben, aber Fiona ließ nicht locker.

»Dann will ich auch ein Kurzhaargesicht!«

»Ein Kurzhaargesicht kann man sich nicht kaufen.«

»Doch. Wo hast du deins her, Ella?« Wir lachten alle und redeten kreuz und quer durcheinander. Ich atmete auf. Fiona war wirklich supernett. Und obwohl sie schon zwei Kinofilme gedreht hatte, gab sie mit ihren Erfahrungen nicht an. Ich hatte noch nie etwas gedreht, noch nicht mal eine winzige Episodenrolle in einer Serie wie Justina. Sollte es eine Liste der absoluten Anfängerinnen geben, stände ich ganz oben.

»Gut, dass wir keine Schule machen müssen«, sagte Fiona in diesem Moment. »Das war beim letzten Mal nervig.«

»Ja? Wie ging das denn?«, fragte Katrin. Ich hörte neugierig zu.

»Ich hatte jeden Tag nach dem Dreh noch Internetschule über Skype … Die beiden Lehrer waren cool. Einer hatte voll die Dreadlocks. Aber es war megaanstrengend. Wenn meine Mutter mich nicht geweckt hätte, hätte ich die meisten Stunden verpennt.«

»So, und nun zu uns!« Esther fragte mich, ob ich schon geschminkt sei. Nein, war ich nicht. »Gut, sonst hätte ich nämlich alles runtermachen müssen, dann sparen wir uns ja einen Schritt«, sagte sie und mischte aus einer Palette mit Farbtönen meinen Hautton zusammen. Mit einem kleinen Pinsel begann sie, ein paar ausgewählte Stellen im Gesicht zu übertupfen. »Du hast ja schon 'ne superreine Haut, da muss ich gar nicht so viel machen.«

Als Nächstes wählte Esther einen großen, sehr weichen Pinsel aus den Gläsern voller Schminkpinsel vor mir auf dem Handtuch, nahm eine kleine Dose und puderte mich ab. Ich hielt die Luft an, um nicht alles einzuatmen und dann husten zu müssen.

»Alles gut, ich sag dir Bescheid, wenn ich zur Nase gehe. Bis dahin kannst du ganz normal atmen«, sagte Esther lachend.

Ich lächelte, hielt aber weiter die Luft an.

»So, richtig geschminkt bist du als Marion ja nicht. Also kein Augen-Make-up für dich. Das machen wir nur für die Party. Aber Lippenpflege geht immer.«

Ich nahm den Stift entgegen und rieb meine Lippen damit ein. Schmeckte nach Honig.

»So, voilà!« Katrin entfernte die Kleenex-Tücher rund um Fionas T-Shirt-Ausschnitt und schob den Stuhl zurück. Fiona stand auf. Erst jetzt sah ich, dass auch sie eine Latzhose trug. Das grelle Gelb biss sich grandios mit ihrer Haarfarbe. Natürlich, die Hose gehörte mir, Marion. Kurz bevor die Szene stattfand, die wir gleich im Café spielen würden, hatte Charles sie aus meinem Kleiderschrank geklaut. Oh Mann, ich würde gleich vor der Kamera stehen. Ich schloss die Augen, um mich auf Marions und Charles' erstes Zusammentreffen im Jahr 1980 zu konzentrieren. Vergeblich, schon klopfte es wieder, Danny erschien. »Hallo, meine Damen! Wie lange noch für Fiona?«

»Sie ist in diesem Moment fertig!«

»Hat der Ton dich schon verkabelt?«

»Ja.« Wie zum Beweis klopfte Fiona an ihrer Hose herum.

»Okay, dann nehme ich dich gleich mit für die erste Stellprobe. Frau Dohse ist schon am Set.«

»Bis gleich, im *Back to the future*-Café«, sagte Fiona zu mir.

»Hast du es schon gesehen?«, fragte ich neugierig.

»Nee, eben nicht, bin voll gespannt, wie das dadrin aussieht!« Sie sprang die Treppe hinab.

»Tür zu!«, riefen beide Maskenbildnerinnen wie aus einem Mund.

Esther hatte schon die kleine Schachtel mit den einzelnen Haaren für meine Augenbrauen vor mich gelegt, daneben die kleine Flasche mit Kleber. In der Hand hielt sie eine Pinzette. Wie in der Maskenprobe tauchte sie jedes Haar einzeln in die kleine Kleberpfütze und klebte es dann gezielt auf meine Stirn. Immer enger setzte sie die Härchen. Irgendwann richtete sie sich wieder auf und lächelte. »Sorry für die Gesprächspause. Aber bei so 'ner Detailarbeit muss ich mich konzentrieren.«

Dann kamen die Haare.

»Wirklich gekämmt sollen die ja bei Marion auch nicht sein. Also ein bisschen wilder mit Haarspray. Haarwachs sieht zu gewollt aus.« Esther redete gut gelaunt weiter, während sie hinter mir stand, einmal auf der rechten Seite durch die Haare wuschelte, Haarspray verteilte, wieder mit der Hand korrigierte, dann die andere Seite. »Ha, nur dreißig Minuten«, sagte sie, als sie endlich fertig war und ich in einer großen Wolke Haarspray saß. »Und das *mit* Reden.«

Nur? Ich konnte schon kaum mehr sitzen.

Esther hatte ganze Arbeit geleistet. Die Monobraue machte sich wie eine pelzige Raupe über meinen Augen breit und sah schon ziemlich *strange* aus. Tja, Ewan, dachte ich, so muss ich mich jetzt wohl unter die Leute wagen.

Danny erwartete uns draußen.

»Du kannst jetzt mit deinem Hund noch in dein Mobil gehen. Wenn's losgeht, hol ich dich ab und dann bringt jemand dich rüber zum Set. Brauchst du sonst noch was? Möchtest du einen Tee oder einen Kaffee? Trinkst du schon Kaffee?«

Mit fünfzehn? Hallo?! Natürlich. Ich lachte schnaubend durch die Nase. »Oh nee, so langsam fühle ich mich wie eine Prinzessin, die nicht einen Moment aus den Augen gelassen wird.«

»Unser Job, Prinzessin! Machen wir gerne!«

Na danke. »Ja, ich trinke Kaffee, ja, ich hätte gerne einen, aber ich kann mir den auch selber holen. Darf ich?«

»*Of course*. Ich muss nur wissen, wo du bist, sonst bekomme ich Ärger.« Er grinste mich an. Flirtete der etwa mit mir? Plötzlich legte er den Kopf schief und starrte in die Luft. »Danny hört«, sagte er.

»Was?«, fragte ich. Erst dann verstand ich, dass er nicht mit mir, sondern mit seinem Knopf im Ohr sprach.

»Manuel für Danny. Erste-Hilfe-Kasten läuft!« Mit dem Wink seiner Hand entließ er mich, bevor er mit klimperndem Schlüsselbund in die entgegengesetzte Richtung spurtete.

Ich machte mich auf den Weg. Wo hatte der Cateringwagen noch mal gestanden? Musste ich nun rechts oder links die abgesperrte Straße hinunter? Ewan hielt sich dicht neben mir.

»Hey, Ella! Du siehst ja Hammer aus!«

Der fiese Konrad, äh, besser gesagt, Jeremy stand plötzlich vor mir. Ich erschrak, wusste nicht, was ich sagen sollte. »Echt? Na ja …«

»Dieses Gestrüpp denke ich mir weg.« Er sah mir direkt in die Augen. Mann, waren seine hübsch! Blaugrau, mit einem schwarzen Rand drumherum. Und diese halblangen Haare hatten mir ja gestern schon gefallen. Ich war nicht gut im Leuten-in-die-Augen-Schauen. Gab es auf dem Boden nichts Interessantes? »Ich wollte mir gerade einen Kaffee holen. Und ein Brötchen.« Mein Magen knurrte vor Aufgeregtheit und wahrscheinlich doch ein bisschen Hunger. Drei Gurkenscheiben und zwei Salatblätter waren zu wenig zum Frühstück.

»Und ich muss jetzt sofort in die Maske, sorry.« Seine Stimme war ungewöhnlich tief. »Heute bekomme ich diesen Kurzhaarschnitt verpasst.«

*»Shit«*, entfuhr es mir, »echt?«

*»Erfrischend abwechslungsreicher Wortschatz, Ella Ellerbrake.«*

Hallo? Habe ich dich nach deiner Meinung gefragt? Ich musste mich zusammenreißen, um Ewan nicht empört anzufunkeln. Doch Jeremy grinste und schien nichts von unserem Wortgefecht bemerkt zu haben: »Wieso? Bei dir haben sie es ja auch ziemlich gut hinbekommen.«

»Danke.« Ich lächelte ihn an – und betete, dass er nicht einfach nur ein guter Lügner war.

»Ich bin jetzt die nächsten Tage hier. Wir haben ja Ferien. Später noch Kostümprobe und morgen drehen wir ja schon das letzte Bild von der Party.«

»Stimmt. Wohnst du auch im Hotel?«

»Ja. Luca und ich wohnen zwar in Bergisch Gladbach, aber bei den Staus morgens weiß man nie, ob man ankommt. Vielleicht können wir uns nach Drehschluss irgendwann mal treffen. Also du, Luca, Fiona und ein paar von den anderen und so. Im Park.«

Er hatte etwas Ernstes an sich, das ich mochte. »Park?«

»Ja. Der am Hotel, der ist riesig. Keine Ahnung. Falls ihr nach dem Drehen nicht zu kaputt seid! Und *er* hier freut sich bestimmt auch über ein bisschen Auslauf.« Er zeigte auf Ewan.

*»Also bitte! In der dritten Person über Anwesende zu sprechen, ist unhöflich!«*

»Was?« Sei ruhig, Ewan!, zischte ich ihn unhörbar an. Wenn du so weitermachst, rede ich nur noch Müll!

Jeremy wiederholte, dass genügend Auslauf gerade für Terrier wichtig sei.

»Ja klar. Warum nicht?«, stotterte ich. »Ich glaube, ich muss gleich ans Set.«

»Ich komme später nach, um dich mit meiner frisch rasierten Nazi-Frisur abzulenken.«

Ich lachte. Er war ernst, aber auch lustig. Wehe, du sagst was, Ewan!

»Nee, Spaß, ich gucke nur zu. Ich will vielleicht Kameramann werden.«

»Ciao.« Ich zog mit Ewan davon. Unglaublich, ich war noch keine vierundzwanzig Stunden in Köln und hatte schon eine Parkverabredung … mit Jeremy, einem total süßen, ernsten Typ.

»Sag bloß, du willst dich da jetzt auch noch einmischen?«, fragte ich den Terrier, sobald wir außer Sichtweite waren.

*»Es mag lästig erscheinen, doch Ella Ellerbrake bekommt nur die dringend nötige Hilfestellung.«*

Also echt! Arroganter, fieser, kleiner … doch ich merkte, wie sich in meinem Bauch eine Welle von Wärme breitmachte und mich von innen überschwemmte. Jeremy. Jeremy. Jeremy. Was für ein melodischer Name! Ewan blieb ruhig, also machte ich ihm ein Friedensangebot. »Wir brauchen was zu trinken«, sagte ich, »du Wasser und ich einen Milchkaffee.« Ewan kehrte mir wortlos den Rücken zu und blieb sitzen.

»Und dann bekommst du etwas aus der Feinschmecker-Chappi-Dose und ich gehe noch mal meinen Text durch. Na los. Schließlich sind wir zum Arbeiten hier!« Ich grinste und grinste und konnte nicht aufhören.

# 10. Kapitel

Immer noch Bild 24, wir hängen ein bisschen, und das am ersten Tag …«, sagte Danny, als er mich an Katja übergab. Es war schon elf, warum war ich eigentlich um sieben Uhr abgeholt worden?

»Wir gehen zu Fuß zum Set«, sagte Katja. »Ist gleich um die Ecke. Ewan kommt mit? Ewan kommt mit!«, gab sie sich die Antwort.

Ich nickte nur, sprang in winzigen Hüpfern auf und ab und presste mein Drehbuch an mich. Ich hatte ein Date. Das war doch ein Date, oder? Wenn mir ohne Anstrengung eine Verabredung gelang, würde ich auch meinen ersten Auftritt vor der Kamera nicht in den Sand setzen.

Wir gingen die Straßen entlang. Die Sonne schien warm auf unsere Köpfe. Kleine Einfamilienhäuser mit gepflegten Vorgärten, Rentner hingen über Zäunen und schauten zu uns herüber. Ich lächelte zurück. Ich war immer noch nervös, aber hatte Jeremy mich nicht trotz meiner komischen Klamotten und der starken Augenbrauen toll gefunden? Und ich ihn erst … Gott, erst mal musste ich diesen Tag hinter mich bringen. Ich durfte es diesmal einfach nicht vermasseln. Ewan enthielt sich zum Glück eines Kommentars, kroch aber schnuppernd in jede Hecke hinein. Hektisch zog ich ihn weiter. In der nächsten Straße wurde es schon etwas städtischer. Ein paar kleine Läden, ein Rondell mit hohen Bäumen. Aufgeregt hielt ich nach dem Café Ausschau. Da vorne, wo die vielen Menschen auf der abgesperrten Straße standen? Das musste es sein.

Die Fassade war rund, ein geschwungener flacher Anbau, rotweiße Markisen. Genaueres konnte ich nicht sehen, denn vor jedem Fenster war eine riesige Lampe auf einem Stativ befestigt.

Davor klemmte noch ein Rahmen mit milchigem Papier darin. Kabel und noch mehr Stative verbauten die Aussicht. Auch hier jede Menge Autos und kleinere Transporter von verschiedenen Autovermietungsfirmen. Kisten und Koffer aus Metall säumten unseren Weg, kleine Wagen mit Technikkram darauf, von dem ich nicht wusste, wofür er gebraucht wurde.

Aus dem Café ergossen sich in diesem Augenblick noch mehr Leute auf die Straße. Waren die vom Team? Die beiden Damen in pastellfarbenem Kostüm mit Hut auf dem Kopf und der alte Herr dort vorne mussten Komparsen sein, die hinten im Bild herumsaßen. Alle schauten mich an, manche nickten mir zu.

»Jetzt gehen wir erst mal zum Ton«, sagte Katja. »Da vorne kommt er gerade!«

Der Tonmann hieß Sylvain. »Ich liebe Latz'osen, die sind *formidable. Endlisch* genug Platz für meine Sender. Niemand sieht sie!« *Endlisch!* Dieser Sylvain war mindestens dreißig oder so und außer seinem coolen französischen Akzent war er auch noch sehr nett. Während Katja meine Latzhose daran hinderte, auf meine Füße zu fallen, half er mir, ein kleines Kästchen mit einem dünnen Gürtel um die Hüfte zu schnallen. Es war mit einem hauchdünnen Kabel an einem winzigen Mikrofon verbunden, das auf einem quadratischen Pflaster klebte. Das ganze Gefummel sollte ich nun unter mein T-Shirt direkt zwischen meine, na ja, eben direkt dazwischen kleben.

»Vielleicht sollten wir dafür doch einen anderen Platz zum Umziehen suchen«, fragte Katja, die immer noch meine Hose hielt.

»Nö.« Ich schob meine Hand unter mein T-Shirt und drückte die Klebefläche an. »Schon erledigt!«

Sylvain schüttelte den Kopf. *»Très bien!* Und die *Mädschen* von die Kostüm immer stellt sich so an …« Ich grinste Katja an. Ich war cool. Na ja. Zumindest versuchte ich es …

»Lichtumbau ist beendet. Wir machen uns fertig für eine Probe!«, kam es knackend durch ein Funkgerät dicht neben uns.

»Ihr könnt euch hier hinsetzen.« Ein nicht sehr großes Mädchen Ende zwanzig, mit dunklem Teint und schwarzen Haaren, zeigte auf ein paar Regiestühle, die neben einem weißen Zeltdach mitten auf der Straße in einer Reihe aufgebaut waren.

»Hallo, ich bin Lisa, Set A-Ell.« Sie gab mir einen festen Händedruck und zeigte auf das Zelt, unter dem ein großer Tisch stand. A-Ell stand übrigens für Aufnahmeleitung. So viel hatte ich schon gelernt. »Da gibt's Tee, Kaffee, belegte Brötchen, nimm dir, was du brauchst. Aber nicht kleckern, sonst killt dich das Kostüm!« Lisa-Set-A-Ell grinste und rückte ihr Headset zurecht. »Und, ey! Dein Hund sollte vielleicht echt lieber draußen bleiben, ist eng und heiß am Set!« Ewan sprang auf einen der Stühle und sah Lisa erwartungsvoll an. »Alter! Das hat der kapiert, oder?«

»Er heißt nicht Alter, sondern Ewan«, sagte ich betont lässig.

»Aye, aye, Sir Ewan! Ewan McGregor! Cool. Ich klebe deinen Namen gleich mit Gaffertape an die Lehne«, sie zeigte auf eine Klebebandrolle, die an ihrem Gürtel hing. »Ab heute ist das dein Platz. Abgefahren! Hatte noch nie so 'n cooles Tier am Set.«

Mein Lachen klang flattrig und ich merkte, dass meine Hände eiskalt und zugleich schweißfeucht waren. Seufzend setzte ich mich neben das coole Tier. Wenn hier auf der Straße schon so ein Chaos herrschte, wie würde es dadrin erst aussehen? Okay, ich würde es ohne Ewan versuchen.

»Ich geh rein und schau mal, ob bei Fiona alles in Ordnung ist. Bin nach der Szene wieder da.« Na prima, nun lief auch noch meine »Kinderbetreuerin« Katja davon. Wir warteten. Meine Augen suchten nach etwas, was sie umranden und schraffieren konnten, doch selbst das funktionierte nicht. Lisa brachte mir einen Plastikteller, ich versorgte Ewan mit Wasser und blätterte in meinem Drehbuch. Wir warteten immer noch. Ich klappte das Drehbuch zu und beobachtete die Leute. Auf einmal wurde mir etwas klar: Jeder von denen stand und lief um das Café herum, damit *ich* meine Rolle spielen konnte. Aber was, wenn gleich dasselbe wie damals auf der Bühne passieren würde? Wenn ich vor der Kamera wieder einen kompletten Blackout hätte?

Oh Gott, Ewan. Sag mir, dass alles gut wird! Doch er zeigte mir nur sein abgebrühtes kleines Hundegesicht.

In diesem Moment kam Katja zurück. Ich atmete tief durch und band Ewan mit der Leine an seinen Stuhl an. Lisa versprach mir, ihn im Auge zu behalten, und schon ging ich hinter Katja her.

»Leise sein, die drehen noch Bild 24 zu Ende.« Kinder-Katja übernahm die Führung, aber ich konnte kaum etwas erkennen, denn auch hier war bis auf einen schmalen Gang alles zugestellt. Monitore, Lampen, dicke Kabel, Karren mit viel Technikzeug. Es war warm, die Luft verbraucht. An einer Tür klebte ein selbst gemaltes Schild: *Bitte, bitte hier nicht durchgehen!!!* Okay, hatte ich auch nicht vor. Auf einem Tisch lagen Pralinés und viele saftige Stücke einer Erdbeertorte auf weißen Tellern mit zierlichen Kuchengabeln daneben. *Don't touch it!!,* warnte ein handgeschriebenes Schild.

»Ella!« Regieassistent Manuel begrüßte mich mit Handschlag. »Deine Hand ist ja eiskalt! Alles klar?«

Ich nickte.

»Wir hatten gerade einen Lichtumbau und jetzt gibt es noch eine Einstellung mit Charles und Mutter Zimt, dann geht es mit dir und Bild 25 weiter. Stell dich am besten da vorne hin, da störst du niemanden.«

Okay. Ich ignorierte mein stark klopfendes Herz, so gut es ging, quetschte mich zwischen einige Leute und lugte an ihren Hinterköpfen vorbei. Vor uns stand die Kamera auf einem Wagen, auf dem Boden lagen Schienen. Die großen Lampen vor den Fenstern tauchten das Café in weiches Licht und schufen eine wunderschöne Stimmung. Ein bisschen Staub tanzte durch die Luft, genau wie in meiner Fantasie, als ich das Buch gelesen hatte. Doch die runden Tischchen und Stühle waren zusammengeschoben und verschwanden zwischen Kisten und Kästen der Technik. Die altmodische Glasvitrine als Tresen, in der sich Pralinen und Törtchen türmten, war zum Teil mit einem schwarzen Tuch abgedeckt. Ob die schon hier dringestanden hatte oder von der Requisite kam? Die Wände waren mit einer samtigen Tapete bespannt, rote Lederbänke zogen sich an der Wand entlang, sogar der Kalender mit der Rose hing da, der Charles ihren Zeitsprung bestätigte: *5. Mai 1980!*

Nein, heute wird einfach noch nicht der Tag X sein, wiederholte ich mein Mantra und hörte meinem Herz beim Schlagen zu. Ich werde einfach spielen. Wie beim Casting!

»Das ist Zucker, unser Café-Hund, der tut nichts«, behauptete meine Film-Mutter in diesem Moment. Ich bückte mich und sah zwischen den Beinen derer, die vor mir standen, hindurch. Ha, unter der Bank lag gar kein Hund! War beim Film denn alles Fake …?

Charles wandte sich verlegen vor der roten Lederbank und versuchte zu erklären, dass sie auf mich wartete. Auf mich, ihre Mutter mit fünfzehn! Das gab sie natürlich nicht zu, sondern stotterte etwas von einer Freundin. Ich schaute mich um. Neben mir stand Katja. Vor mir Fionas Maskenbildnerin Katrin, Anisha vom Kostüm und die Requisiteurin aus dem Büro in München. Alle folgten mit konzentrierter Miene der Probe.

In einer Ecke des Flurs entdeckte ich Sylvain hinter einem Wägelchen, auf dem sich massenhaft Technik häufte. Er trug Kopfhörer und lächelte mir zu. Ich lächelte zurück. Ich kannte echt schon eine Menge Leute am Set. Am Set. Wie wunderbar das klang! Ich würde mich jetzt beruhigen und einfach das machen, was man von mir verlangte.

»Der Hund ist aber gar nicht da!«, flüsterte ich Kinder-Katja zu.

»Schon wieder draußen, den sehen wir in diesem Bild nicht mehr.« Katja wies auf den kleinen Monitor neben der Kamera, in den Tim und Manuel und ein zierliches Mädchen, das die Producerin gestern als *Scriptgirl* vorgestellt hatte, hineinstarrten. Das war die, die aufpassen musste, dass ich das richtige T-Shirt trug …

Katja hatte recht, nur Mutter Zimt war in dem Bildausschnitt zu sehen. Auch Fiona stand außerhalb des Bildes. Wusste sie das? Und wenn ja, warum spielte sie dann immer noch mit ganzem Körpereinsatz ihre Verlegenheit? Eva-Maria Dohse sah übrigens klasse aus. Aus der Diva vom *Warm-up* war eine total normale ungeschminkte Konditorfrau in einem weißen Kittel geworden, deren rötliches Haar von zwei altmodischen Kämmchen zurückgehalten wurde. Aber am eindrucksvollsten war ihr Gesichtsausdruck beim Sprechen. Sie *war* eine ältere Frau, die ihre Töchter streng erzog, den Haushalt machte und den ganzen Tag mit ihrem Mann in der eigenen Konditorei arbeitete.

»Okay, danke, das drehen wir so!« Tim erhob sich hinter dem Monitor, Regie-Assi Manuel wiederholte seine Worte: »Und wir machen drehfertig!«

Schlagartig setzte ein Gewusel ein, mehrere Leute rannten plötzlich durch das Set, Katrin schlängelte sich vor die Kamera und tupfte Mutter Zimts Stirn ab. Anisha stand hinter ihr und zuppelte, kaum dass Katrin fertig war, noch ein wenig am Kragen vom Konditorkittel. Sylvain dirigierte den Mann, der an einem langen Stab ein Mikrofon über die Köpfe der beiden Schauspielerinnen hielt, noch ein wenig zurück. Doch dann rief Manuel etwas und plötzlich herrschte Ruhe.

»Kamera?«

»Kamera läuft.«

»Ton?«

»Ton läuft.«

Ein kleiner, asiatisch aussehender Typ hielt eine Klappe vor die Kamera. »Bild 24/8, die Erste für die A.«

»Klapp!«, rief der Kameramann. Die Klappe klappte, dann war es mucksmäuschenstill.

»Und bitte!«, sagte Tim.

Mutter Zimt behauptete wieder, dass der nicht vorhandene Hund nichts tue, Fiona (als Charles) wiederholte mit großem Eifer, dass sie auf Marion warte.

»Marion? Die muss jeden Augenblick da sein. Aber seid ihr denn verabredet?« Mutter Zimt wischte sich ganz beiläufig die Hände an einem Geschirrtuch ab. Ich mochte Frau Dohse zwar nicht besonders, aber sie spielte toll!

»Montags nach der Schule hilft sie ihrem Vater immer mit den …« Ein lautes, anhaltendes Hupen erklang von draußen. *»… Petit Fours!«* Die Dohse verzog keine Miene.

»Aus! Aus!«, rief Tim, während Manuel in sein Funkgerät sprach: »Sogt's amoi, wos is' los bei eich do draußen?« Er lauschte der Antwort, wandte sich dann an Regisseur Tim. »Sorry, Tim. Ein Nachbar kommt nicht aus seiner Ausfahrt.«

»Ist das jetzt geklärt?« Tims Stimme klang ein wenig erschöpft.

»Ist das jetzt geklärt?« Manuel verdrehte die Augen und hörte irgendjemandem in seinem Ohr zu, bevor er fortfuhr: »Alles klar. Wir können!«

»Okay, wir gehen noch mal auf Anfang.«

»Alles wieder auf Anfang, Leute, sind wir drehfertig?«, rief Manuel wieder. Maske und Kostüm nickten ihm zu. »Gut, dann bitte Achtung, wir drehen!« Dabei hielt er den Sprechknopf an seinem Funkgerät gedrückt, sodass es auch draußen jeder mitbekam.

Wieder erschien der kleine Asiate, er wischte auf der weißen Klappe herum und schrieb dann mit Filzschreiber eine andere Zahl. »Bild 24/8, die Zweite, A.«

Er musste noch mehrmals wischen, denn die Szene wurde noch sieben Mal gedreht! Erst war ein Schatten vom Mikrofon auf Frau Dohses Gesicht gelandet, dann war Tim nicht ganz zufrieden und wollte eine Wiederholung. Beim nächsten Mal hörten sich Frau Dohses *Petit Fours* wie »Petti-furz« an, totales

Gekicher im Team, aber erst nachdem die berühmte Diva selber losprustete.

Ich lachte auch, doch eigentlich hätte ich lieber geheult. Ich konzentrierte mich auf Ewan, der draußen auf seinem Regiestuhl saß und es geschafft hatte, die Regie in meinem Leben zu übernehmen. Nur wegen ihm stand ich in diesem Moment mit superkurzen Haaren zwischen diesen coolen Menschen am Set meines ersten Kinofilms und durfte eine Hauptrolle spielen … Am liebsten wäre ich rausgerannt, um mich hinter seinem kleinen Körper zu verstecken, doch das mochte mein kleiner Katzenhund ja immer noch nicht.

Irgendwann klappte es dann mit den *Petit Fours* und jemand rief: »Damit ist Bild 24 abgedreht. Zehn Minuten Pause, danach beginnen wir mit Bild 25!«

Die Fenster und Türen wurden aufgerissen, wieder liefen alle hektisch durch die Gegend, Tim kam auf mich zu und umarmte mich zur Begrüßung. Mein Herz machte wieder einen ängstlichen Satz. Nun war ich dran!

Wir gingen nach nebenan in einen Raum, der wohl die Backstube war, in dem sich aber noch Kartons und Möbel bis zur Decke stapelten. Dahinter waren Öfen zu sehen und dicke Abzugsrohre, die aus schmalen Fenstern führten. Fiona tauchte in ihrer gelben Latzhose auf, dann kam Mutter Zimt hereingerauscht. Trotz Kittel war sie nun wieder ganz Diva, die an einem echten Wasserglas, keinem Pappbecher, nippte und mir nur ein schmales Lächeln schenkte. Und der sollte ich gleich einen Kuss auf die Wange hauchen! Nun bekam ich auch noch Bauchschmerzen, wie kurz vor einer Klassenarbeit.

»Also«, sagte Tim, »die nächste Szene ist, wie auch schon Bild 24, eine sehr wichtige Schlüsselszene. Charles hat ihre Oma wiedergesehen, die für sie ja schon seit zehn Jahren tot ist, und trifft nun das erste Mal auf ihre Mutter Marion als junges Mädchen.« Er zeigte auf mich. »Wie fühlst du dich denn in diesem Moment, Marion?«

Ich dachte an die Kamera, vor der ich gleich stehen würde, und das angstvolle Nagen in meinem Bauch wurde noch schmerzhafter. »Sehr gut!«, stotterte ich.

Madame Dohse schaute gelangweilt in die Ferne. Das alles hier war unter ihrer Würde.

»Okay. Schön ... Ich meine, hast du dir etwas zu deiner Rolle aufgeschrieben?« Tim sah auf mein Drehbuch, das ich wie einen Schild vor meine Brust hielt.

»Oh ja, klar!« Mein Mund war knochentrocken. Ich ließ das Drehbuch sinken, musste aber nicht erst hineinschauen. »Ich komme aus der Schule, hab es eilig, weil ich zu spät bin, aber freue mich auf meinen Vater, die Pralinen und die neue Idee, die ich im Kopf habe. Dann sehe ich Charles, die behauptet, meine Freundin zu sein, und bin erst mal nur verwirrt. Kapiere gar nichts mehr.«

Tim war zufrieden, denn er lächelte unter seinem Bart. »Und du, Charles?«

»Na, ich bin noch total geflashed von dem Zeitsprung!«

»So hieß das damals aber nicht ...« Die Diva schüttelte den Kopf.

»Ja klar, Sie sind alt genug, Sie wissen, was man damals dazu sagte.« Fiona grinste frech. »Aber ich muss ja nicht so reden, ich komme im Film ja aus der Zeit von heute!«

Die Diva schnappte nach Luft. »Alt genug? Nicht ganz, nicht ganz, da fehlen noch ein paar Jährchen.«

Tim kniff die Augen zusammen, während er uns die Szene erklärte. Ich rieb mir die Stirn, hinter der sich Kopfschmerzen ankündigten. Jemand kam herein. »Wir sind hier gerade in einer Besprechung!«, rief der Regisseur. »Ach, du bist es, Jan, was gibt's denn?«

»Nur eben schnell der Ranzen für Marion. Welchen nehmen wir?« Jan war groß und sah durchtrainiert aus, als ob er mindestens jeden Tag Hanteln stemmte. An seiner Hand baumelte der kleine Lederranzen mit dem Anti-Atomkraft-Aufkleber, den ich schon aus München kannte, an der anderen ein ökiger Rucksack aus bunt gewebtem Stoff.

»Ella, das ist Jan, unser Innenrequisiteur.«

»Hallo, Ella! Ich spring hier am Set rum und versuch, mich unsichtbar zu machen …«

»Welchen würde Marion nehmen?«, fragte Tim.

»Den da.« Ich zeigte auf den Lederranzen. Mit dem musste ich gleich reingelaufen kommen. Wenn ich nicht vorher umfiel. Nein, verdammt, ich würde nicht umfallen!

»Okay für dich, Tim?«

Tim nickte.

»Ich hab da schon mal ein paar Bücher reingepackt, fürs Gefühl. Setz ihn mal auf!« Der Requisiteur reichte mir den Ranzen.

Die Diva bedachte mich mit einem strengen Blick. Danke, Eva-Maria Dohse, dachte ich, Sie füllen Ihre Rolle als Mutter blendend aus, so kann ich mich wunderbar in meine eigene Rolle als Filmtochter hineinversetzen.

Badum! Badum! Badum! Mein Herz, mein Herz, mein Herz tickt aus, ich kann das nicht, ich schaff das nicht, was soll ich tun … Die Gedanken rasten durch meinen Kopf, mein Herz hatte wirklich beschlossen durchzudrehen, denn es schlug so krass wie noch nie. Beruhig dich, beruhig dich, heute ist noch nicht Tag X, es darf einfach noch nicht sein! Dein Regisseur hat gesagt, wie du es machen sollst, also machst du es. Alles ist still. Alles wartet. Die Komparsen sitzen an den Tischchen vor ihren Tortenstücken und schauen dich an. Nein! Nein. Ich kann das nicht!!

»Und bitte!«

Ich stand hinter der Kamera, der Riemen des Ranzens lag schwer auf meiner Schulter, jetzt musste ich loslaufen, vorne zu den Sofas, bis dahin, wo das leuchtend grüne Klebeband auf dem Boden des Cafés einen Strich bildete. Genau dort sollte ich stoppen, Mutter Zimt einen Kuss auf die Wange hauchen, irgghs, so nah an sie ran … meine Hände, die Esther gerade eben mit künstlicher Fahrradschmiere präpariert hatte, sollte ich hochhalten, Schulterzucken, weil Kette vom Rad abgesprungen, dann zur Kamera drehen, als ob ich schon wieder auf dem Weg in die Backstube sei …

»Ella?«

Ich schluckte, obwohl ich schon längst keine Spucke mehr hatte. »Äh. Ja?« Mist, ich war gar nicht losgelaufen.

»Auf ›Und bitte!‹ läufst du los! Du kommst aus der Schule, hast vor dem Haus gerade dein Fahrrad weggestellt …« Tims Stimme klang ganz normal. »Nimm dir die Zeit, die du brauchst.«

»Die Ruhe bleibt«, rief Regie-Assi Manuel.

»Und bitte!«

Badum! Badum! Badum! Es wurde immer schlimmer. Als ob jemand mit einem riesigen Klöppel aus Holz auf einen Gong einschlug. Ich fühlte es bis hoch in meinen staubtrockenen Hals. Ich konnte nicht, ich konnte nicht, ich lief trotzdem. Meine Beine waren gefühllos, ich stolperte hinter der Kamera hervor, wich dem Stativ aus, kurz bevor ich in die Figur vor mir hineinkrachte, stoppte ich, brachte meinen Satz aber nicht heraus. Der Satz? Mein Text war weg. Irgendwas mit Mutti? Hallo, Mutti! Was bedeutet das? Es war, als ob ich neben mir stand und eine andere Person dabei beobachtete, ich musste an diese Wange ran, musste irgendwie in die Nähe dieses streng schauenden Gesichts kommen. Aber wie? Ich hob die Hände, hielt mitten in der Bewegung inne, guckte meine Hände an, guckte um mich, da stand ja auch Jeremy mit seinen leuchtenden Augen, die erwartungsvoll schauten, so schrecklich erwartungsvoll. Mein Blick wich ihm aus, fiel in das schwarze Viereck der Kamera, wurde von dort eingesaugt. Ich ließ die Hände sinken. »Geht nicht«, sagte ich leise, immer noch in die Kamera starrend. »Geht einfach nicht.« Dann sackten meine Knie unter mir weg.

# 11. Kapitel

Erst als ich zwischen den Requisitenkisten im Nebenraum saß, begriff ich, was geschehen war. Tag X. Der war geschehen. Katja kniete vor mir und reichte mir den dritten Plastikbecher mit Wasser. »Soll ich deine Mutter holen oder lieber nicht?«

Ich schüttelte den Kopf und kippte das kühle Wasser herunter. Mama doch nicht! Die hatte doch noch nie begriffen, was das Spielen für mich bedeutete. Was für eine Blamage! Genau wie in meinen schlimmsten Albträumen. Ich war ins Bild gestolpert und hatte stumm in die Kamera geglotzt. Ich hatte den Dreh geschmissen, meinetwegen gab es eine Unterbrechung. Mein Gott, man las doch immer, was eine halbe Stunde Verzögerung am Set kostete ... Jetzt würden sie mich sicher rausschmeißen. Ich wollte aufspringen, hatte aber keine Kraft dazu. Die Angst war weg, dafür bohrte die Scham jetzt in meinen Eingeweiden.

Es war so peinlich, dabei wusste ich doch genau, wer ich als Marion war, wie ich als Marion tickte, wie ich sie spielen wollte. Ich kannte meine Rolle in- und auswendig, ich wusste sogar, welche Unterwäsche Marion trug. Geblümte Frotteeschlüpfer. Und nie einen BH.

»Ich bin ... ich bin gleich wieder so weit.«

»Aber ja. Keine Eile. Wir haben jetzt erst einmal Mittag.«

Auch das noch. Jetzt konnten sich alle darüber auslassen, wem sie diese frühe Mittagspause zu verdanken hatten. Heute würde ich nicht mehr am Cateringwagen vorbeigehen können, ohne dass über mich gelästert wurde. Essen konnte ich sowieso nicht ...

Würde ich morgen schon wieder nach Hause fahren, wenn ich gleich wieder kein Wort herausbrachte?

Was würde Jeremy jetzt bloß von mir denken?

Die Tränen stiegen mir in die Augen. Ich hielt die Luft an. Manchmal half das. Kinderfrau Katja setzte sich neben mich auf einen kleinen Hocker. Gott sei Dank schaute sie mich nicht an. Das hätte ich in diesem Moment nicht ertragen. Aber Katja schien das zu wissen, sie drückte nur meine Hand. »Ich spreche mit Tim. Denn es war meine Schuld. Du hast gar nichts getrunken, warst aufgeregt und völlig dehydriert. Ich als deine Betreuerin hätte dafür sorgen müssen, dass du trinkst! Ist wirklich meine Schuld!«

Ihre Schuld? Zu wenig getrunken? Ach, wenn die wüsste. Ich brauche Ewan, dachte ich. Verdammt! Ich brauche ihn am Set. Wie habe ich glauben können, das ohne ihn durchzustehen? Ich räusperte mich. Ein Geräusch, als ob ich gleich losheulen wollte.

»Ich lasse dich mal einen Moment alleine, okay? Und wenn du willst, schicke ich dir Fiona, die wollte unbedingt mit dir sprechen, aber ich wusste nicht, ob du dafür bereit bist.«

Ich zögerte einen Moment. Doch dann merkte ich, dass Fiona tatsächlich der einzige Mensch war, den ich jetzt bei mir haben wollte. »Ja, das wäre schön!«

Fiona kam eine Minute später. »Hey!«, sagte sie nur und setzte sich neben mich. Da saßen wir nun und starrten vor uns auf den Boden. Zwei Latzhosenträgerinnen zwischen Umzugskartons. Eine davon würde bald ersetzt werden.

»Hast du deinen Sender ausgeschaltet?«, fragte sie nach einer weiteren Schweigeminute.

»Nein. Muss ich das? Scheiße. Hat der französische Tonmann jetzt alles mitgehört?«

Sie kicherte: »Nein, war Spaß. In den Pausen schaltet er unsere Sender immer ab. Das kann er sogar von seinem Handy aus …«

Ich schaute sie an. »Ich komme mir so doof vor.«

»Kein Ding. So was wie dir eben ist mir auch schon passiert. Vor zwei Jahren, am Set von *Nordwind*. Ich fühlte mich total kraftlos, wollte aber irgendwie tough und tapfer sein. Ich bin oben auf dem Pferd ohnmächtig geworden, so wie du gerade, und dann so gaaaanz langsam runtergerutscht …«

»Oh Gott. Wirklich?«

Sie klatschte sich mit einer Hand gegen die Stirn. »Ja, klar. Heute weiß ich, das hätte auch schiefgehen können!«

»Stimmt.« Ich krallte meine Finger um den Sitz des Hockers. »Und sie haben dich nicht rausgeschmissen?«

Fiona lachte auf: »Wieso? Weil ich mal 'nen *Take* mehr gebraucht habe? Nee … Deswegen doch nicht!« Sie sah mir in die Augen. »Am besten immer gleich sagen, wenn man sich nicht gut fühlt! Die tun dann alles für dich!«

Der geflieste Boden der Backstube lud mich ein, doch es gab jetzt Wichtigeres, als Quadrate zu zählen. »Ich habe mal eine Premiere versaut.«

»Wow! Theater?« Fionas bewundernder Blick streifte mich.

»Ja. Aber so richtig!«

»Fuck.«

»Kannst du laut sagen. Ich hatte keine Stimme mehr. Bin auf der Bühne zusammengebrochen. Vor Hunderten von Leuten natürlich.«

»Krass. Mann, aber Theater ist ja viel härter!«, sagte sie. »Darum bin ich so froh zu drehen. Das Gute am Film ist ja: Du hast tausend Versuche. Egal, ob du den Text nicht weißt, total lachen musst oder nicht richtig dabei bist. Na und? Du machst es einfach noch mal. Niemand erwartet von dir, dass es sofort klappt!«

»Echt?«

»Absolut. Und gerade wenn du besonders gut bist, weiß dein Anspielpartner auf einmal nicht weiter. Garantiert. Ist fast so 'ne Art Gesetz. Oder es gibt einen Mikroschatten oder einen Idioten nebenan, der nicht aus seiner Ausfahrt kommt und mit seiner Hupe die weltbeste Performance, die du in dem Moment gerade abgeliefert hast, zerstört. Es kann so viel schiefgehen. Und was sagst du dann? *Fuck it!* Drehe ich es eben noch mal.

Und dann kommt der nächste *Take* und du versuchst es halt noch mal so gut zu machen.«

Ich lächelte sie an. Dieses Mädchen hier neben mir sagte, ich hätte tausend Versuche. Ich durfte versagen. Was auch immer … Einen Moment lang hielt ich inne. Wieso brauchte ich Fiona dazu? Was war mit Dad? Was hatte er anderes gemacht, wenn er mich von den Theaterproben in Köln abgeholt und sich für ein paar Minuten in den Zuschauerraum gemogelt hatte? Sein entspanntes Zuhören, seine lässig über die Rückenlehnen gebreiteten Arme: Er hatte mir schon immer erlaubt zu scheitern. Weil er völlig überzeugt von meinem Können war und an mich glaubte. Und nun war ich an der Reihe, es mir zu erlauben!

Ich nahm einen tiefen Atemzug. Tausend Sandsäcke, die auf meiner Brust gelegen hatten, fielen plötzlich von mir ab, doch ich wusste, ganz alleine würde ich das nicht schaffen. »Okay. Aber da ist noch was. Das ist zwar albern, aber … ich brauche was.«

»Medikamente?«

Ich schüttelte den Kopf.

»Oder etwa …? Nee, ne? Du? Sag nicht, dass du irgend so 'nen Scheiß einwirfst. Du siehst gar nicht danach aus …«

Ich schluckte verlegen und starrte sie mit großen Augen an.

»Ey!« Fiona sprang auf, steckte die Hände tief in ihre Latzhosentaschen und ging eine Weile auf und ab. »*Du* doch nicht!« Sie schüttelte den Kopf und starrte fassungslos zurück.

»Kann ich dir vertrauen?« Meine Stimme war plötzlich ganz piepsig.

»Nein! Oder sagen wir mal so: Ja! Bis zu einer gewissen Grenze. Aber glaub ja nicht, ich schleppe hier irgendwas Illegales an. Ich musste einmal neben so einer aufgeputschten Tante drehen, das war der Horror.« Sie warf ihre Haare hinter sich. Jetzt sah sie aus wie Charles aus dem Buch, wenn sie wütend war.

»Ich brauche meinen Hund«, sagte ich leise. »Ohne ihn kann ich nicht arbeiten.« Wenn ich jetzt von Ewans Stimme erzählte, die manchmal zu mir sprach, würde Fiona mich zwar nicht als aufgeputschte Tante betrachten, aber als schwer gestört allemal.

»Was?« Das Lachen platzte aus Fiona heraus, laut und immer heftiger. »Duu bist ja süüüß!«

»Sorry, das ist nicht süß, das *ist* einfach so …«

Fiona wurde wieder ernst. »Bin ja schon mal froh, dass du keine Pillen einwirfst. Andererseits sitzt er doch draußen. Du kannst ihn zwischendurch doch jederzeit …«

»Er *muss* bei mir sein!«

»Okay. Akzeptiert. Du, ich hab schon einiges erlebt beim Dreh!« Sie schüttelte den Kopf und blies die Wangen auf. »Einer konnte nicht ohne die Asche seiner Frau drehen, die musste in einem Amulett um seinen Hals hängen. Eine andere Schauspielerin, die kennt jeder, aber ich sag nicht, wer es ist, dachte, ihre Mutter sei in Form ihres Kanarienvogels wiedergeboren. Der war auch immer mit dabei. Na ja, im Hotelzimmer. Ohne Scheiß!« Fiona lachte kein bisschen. Ich liebte sie dafür.

»Dein Hund also. Erzähl mehr!«, sagte sie.

Ich zögerte. Wer sagte mir, dass ich ihr vertrauen konnte? Nur weil ihre Haare so *ehrlich* aussahen? Vielleicht rannte sie sofort los und ließ mich in die Psychiatrie einweisen? Es half nichts, ich musste es riskieren. Wenn sie meine Freundin bleiben sollte, konnte ich ihr Ewans Geheimnis nicht vorenthalten. Ich begann mit Ewans Herkunft und seiner Trauer nach dem Tod meines Vaters. Ein Testballon.

»Oh nein! Dein Vater ist erst vor zwei Jahren … das wusste ich nicht! Das tut mir leid!«

Ich zuckte mit den Schultern. »Mir erst …«

»Wie schrecklich ist das denn? Oh, wenn ich mir das vorstelle – ich könnte sofort heulen!« Sie zog Stirn und Augenbrauen zusammen, lächelte aber. Test bestanden.

Und nun volles Risiko: Ich würde ihr auch den Rest anvertrauen. Ich begann mit der Stimme auf dem Schulhof, mit dem Casting, mit Ewans Kommentaren, die mich ermutigten, die mir trotz ihrer seltsamen Formulierungen immer ein Stück weitergeholfen hatten, bis ich die Rolle schließlich bekam. So behutsam ich die Worte auch wählte – es hörte sich immer noch absolut bekloppt an.

»Jetzt hältst du mich wahrscheinlich für völlig bescheuert. Ich komme mir vor wie Paris Hilton, die nur mit ihrem Hund in der Handtasche auftreten kann …«

»Ja, die Ähnlichkeit ist auch kaum zu übersehen.« Sie hob die Hände und spreizte die Finger. »Du bleibst jetzt mal ruhig hier sitzen. Bin gleich wieder da.«

Oh Gott. Ich trank noch einen Schluck Wasser. Was, wenn sie mich doch bei Katja verpetzte und die beiden mich einweisen ließen. Die Minuten vergingen. Niemand kam herein, obwohl ich draußen Stimmen hörte. Ich befand mich vermutlich schon in Quarantäne. Einer Nervenzusammenbruch-Quarantäne. Wie Mama wohl reagieren würde?

Da öffnete sich die Tür wieder. Fiona hatte eine Sporttasche dabei, die sie ganz komisch hielt und schnell auf dem Boden absetzte. Als sie den Reißverschluss aufzog, quetschte sich auch schon Ewans Kopf hervor. Er sprang steifbeinig aus der Tasche und schüttelte sich.

*»Nun gut. Bin scheinbar doch recht dringend erwünscht.«*

Ich überhörte seinen Kommentar. »Ich glaub's ja nicht! Du hast ihn eingepackt!«

»Ich dachte, das muss ja nicht jeder sofort wissen. Die kleine Lisa von der Set-Aufnahmeleitung hat mir geholfen.«

Ich hob Ewan hoch und drückte ihn sanft an mich. Aber klar bist du erwünscht, aber so was von, textete ich zu ihm hinüber. Er strampelte, natürlich strampelte er.

»Du glaubst mir also?«

»Ja klar!« Fiona stützte die Arme in die Hüften. »Guck dir diese glänzenden Augen an! Der schaut doch so, als ob er *alles* versteht! Krass!«

»Jetzt wird alles gut!«, sagte ich und setzte ihn wieder auf den Boden. »Ich habe totalen Hunger! Und dann lass uns *endlisch, endlisch* drehen!«

»Wir fragen gar nicht erst, wir müssen ihn reinschmuggeln, und wenn er dann schön leise ist und gar nicht auffällt, sagen wir es Tim.« Fiona schob sich eine volle Gabel Lasagne in den Mund. »Die schmeckt supergeil, oder?«

Ich nickte. »Tim kann das erlauben, oder?«, fragte ich zurück.

»Tim ist der Regisseur. Was der möchte, wird gemacht.«

Wir saßen auf Bierbänken, zwischen uns ein langer Tisch, wie in einem Münchener Biergarten. Die meisten vom Team hatten schon gegessen, sie standen mit Dessertschälchen vor dem Wagen herum und redeten, manche rauchten. Vor der Kaffeemaschine staute es sich. Halb leere Cola- und Wasserflaschen standen auf den Tischen, hier und da flatterte eine Serviette, doch ansonsten war es erstaunlich sauber, jeder hatte seinen Teller brav wieder mitgenommen, in eine Plastikkiste neben den Cateringwagen gestellt und das Besteck in einen Wassereimer plumpsen lassen.

Ich spießte drei Gurkenscheiben auf. Wie beim Frühstück, dachte ich. Apropos Frühstück, wo ist eigentlich Mama? Weiß sie noch gar nichts von meinem Zusammenbruch? Und von der vorgezogenen Mittagspause? Sitzt sie immer noch im Wohnwagen und schreibt? Doch ich konnte mich jetzt nicht um sie kümmern. Ich hatte genug mit mir zu tun. Ein Blick unter den Tisch sagte mir, dass wenigstens beim Katzenhund alles in Ordnung war. Lisa hatte ihm seinen Plastikteller mit dem Wasser hinterhergetragen und seinen halb vollen Fressnapf vom Wohnmobil geholt, den er in diesem Moment mit Inbrunst sauber leckte.

Und auch mir ging es schon viel besser. Ich stöhnte zufrieden auf. Die Lasagne lag warm in meinem Magen. Entgegen meiner Befürchtungen glotzte auch niemand verstohlen. Obwohl sie allen Grund dazu gehabt hätten, denn wir trugen zwei übergroße Männeroberhemden, und die auch noch verkehrt herum. »Gegen Tomatensoßen-Geklecker«, hatte Anisha nur gesagt, bevor sie uns in diesen Anstaltshemden gnadenlos an die Essensausgabe des Cateringwagens schickte.

Fiona zeigte auf eine große Frau mit knallrotem Haar, die lachend auf eine andere Frau einredete. »Typisch meine Mutter! Sie liebt das, am Catering zu stehen und zu quatschen. Hat sie auch schon sechs Wochen lang bei *Nordwind* gemacht.«

»Was arbeitet sie denn? Kann sie denn immer mitkommen?« Die Haare von Fionas Mutter glänzten künstlich wie eine Karnevalsperücke.

»Och, sie ist Beraterin für Modezeitschriften. Sie schlägt denen vor, was sie als Accessoires mit ins Heft nehmen sollen. Handtaschen, Schals, Schmuck. Dafür braucht sie nur ein Handy und einen Laptop. Und manchmal arbeitet sie einfach nicht, mein Vater verdient ja genug. Und deine?«

»Die ist Übersetzerin für englische Romane. Und heute garantiert noch nicht aus dem Wohnwagen herausgekommen.«

»War das diese Kleine mit den coolen Hosen, die uns gestern beim *Warm-up* gegenüberstand und uns gewunken hat?«

»Die mit den *peinlichen* Hosen, meinst du wohl?«

»Nö. Eine von unseren Kostümmädels trägt das heute auch. Hast du nicht gesehen?«

»Ich kenne meine Mutter. Das war ein Versehen, diese komische Kombi. Na ja. Egal.«

Auch Fiona winkte ab. »Wie geht es ihr … damit? Ich meine, hat sie … einen Neuen …?«

»Ob sie den Tod meines Vaters irgendwie schon verkraftet hat? Ob sie einen neuen Freund oder Mann hat?« Meine Stimme schraubte sich immer höher. »Da geht gar nichts. Das ist ganz schlimm mit ihr.«

»Verstehe.« Fiona bereute es offenbar nicht, das Thema angeschnitten zu haben. Ich stocherte in meinem restlichen Gurkensalat. Das Leben war ungerecht. Warum stand meine Mutter nicht fröhlich quatschend am Catering und unterhielt sich mit Fionas Mutter über Jogginghosen-Modetrends, während mein Vater genug verdiente? Warum gab es nach zwei Jahren nichts außer diesem lähmenden Kummer in ihrem Leben, obwohl sie um ihn selber gar nicht zu trauern schien?

»Okay. Anderes Thema. Wir brauchen Verbündete am Set«, sagte Fiona in diesem Moment leise. »Die Innenrequisite? Oder Sylvain?«

Ich zuckte mit den Schultern. »Keine Ahnung.«

»Sylvain sitzt mit seinem Tonwägelchen immer versteckt in irgend 'ner Ecke. Für den Anfang wäre das ideal. Er muss doch nur im selben Raum sein, ich meine: Ewan und du, ihr braucht doch nicht dauernd Sichtkontakt, oder?«

»Nein. Selber Raum reicht. Er will nur immer irgendwo obendrauf sitzen. Also möglichst nicht auf dem Boden.«

»Kriegen wir hin. Ich rede mit Sylvain und bringe Ewan wieder mit der Tasche ans Set, dann hast du keinen Stress.«

Ich griff nach Fionas Hand neben ihrem Teller. »Du bist so super zu mir. Und du glaubst mir! Du hättest dich auch voll lustig machen können …«

»Haha, *mache* ich doch die ganze Zeit. Sprechender Hund, hallo? Geht's noch?« Sie grinste. »Nee. Ich liebe den kleinen Magier hier!«

Wir sahen unter den Tisch auf Ewans braun-weiß gefleckten Rücken. Für manche war er ein Hündchen. Für manche ein cooles Tier. Dabei war er ein meist übel gelaunter, magischer Katzenhund, der mit mir sprach und mir meine Angst nahm. Ich lachte. »Du wirst es nicht glauben, Ewan, aber ich liebe dich auch!«

*»Seitdem dieser langhaarige schlaksige Kerl am Set erschienen ist, scheinen Liebeshormone Ella Ellerbrake zu überschwemmen und auch ihre letzte Befähigung zu denken mit hinwegzuspülen.«*

»Ha! Jetzt gerade hat er zu dir gesprochen, oder? Das sehe ich an deinem Gesicht!«

»Stimmt.«

»Was hat er gesagt?«

»Ewan liebt Ella auch.«

»Wie süß! So spricht er?«

»Mmmh.«

*»Ella Ellerbrake sollte den Bogen nicht überspannen.«*

Ich warf ihm eine Kusshand unter den Tisch.

Als wir mit dem Essen fertig waren, kam Tim zu uns. Er tupfte sich seinen Bart mit einer Serviette ab und lächelte mich an, dann Fiona. »Na, ihr beiden, seid ihr bereit?«

Wir nickten. Katja kam und setzte sich zu uns. »Die Maske möchte euch noch mal für ein *Re-Fresh* sehen und dann gehen wir zusammen rüber, okay?«

Ich atmete auf. Keiner sah mich schräg an. Niemand schien ein Problem mit meinem Aussetzer zu haben. Anscheinend war so eine kleine Ohnmacht vor der Kamera ganz normal und kam ständig vor.

Am Set hatte sich einiges verändert. Der Tresen war in seiner ganzen Pracht zu sehen, die Café-Tische und Stühle standen jetzt so, wie es sich für ein Café gehörte. Tim setzte sich mit uns auf die rot gepolsterte Bank und besprach noch mal in Ruhe die Szene. »Wir machen erst eine Totale, das heißt, wir sehen den ganzen Raum vom Tresen aus, und spielen alles einmal von Anfang bis Ende durch. Dann ändern wir die Seite, drehen alles aus Richtung Café-Tür und dann bekommt jeder von euch noch mal eine Nahe und zwischendurch machen wir noch einige Zweier.« Er bildete aus zwei Fingern ein V und zeigte damit auf uns. »Marion und Charles, Charles mit Mutter Zimt, Marion mit Mutter Zimt.«

Oh Gott, diese ganzen Fachausdrücke. Nahe. Totale. Zweier. Die waren schon einschüchternd genug. Und dann musste ausgerechnet diese berühmte Frau Dohse meine Film-Mutter sein.

»Wo ist die überhaupt, die Mutter Zimt?«, fragte Fiona. »Versteckt sich wohl auch in der letzten Ecke wie so manch anderer.« Sie bemühte sich, nicht zu grinsen, das sah ich an ihren zusammengepressten Lippen. Offenbar hatte sie Ewan im Sinn, der still und wohlerzogen hinter Sylvains Tonwagen auf einem Regiestuhl hockte und dabei wahnsinnig cool wirkte. Ich hatte Fiona gerade noch davon abhalten können, ihm einen Kopfhörer aufzusetzen und ein Selfie mit ihm zu machen. Ich sah schnell von ihr weg, sonst wäre ich in Lachen ausgebrochen.

»Frau Dohse kommt gleich, wenn alles steht«, sagte Tim. »Und dann bringt der Tiertrainer auch erst Zucker für die Totale herein.«

Fiona warf mir einen alarmierten Blick zu. Mist. Den Filmhund hatten wir völlig vergessen!

»So.« Tim klatschte in die Hände. »Wo ist das Team? Wo ist mein Manuel? Wo sind die Komparsen? Kinder, wir müssen!«

»*Fuck,* was passiert, wenn Ewan Zucker sieht?«, zischte Fiona mir zu, während das Team und die Komparsen hereinströmten und das Café in Besitz nahmen.

»K. A. Er geht Hunden meistens aus dem Weg. Beachtet sie nicht. Wie ’ne Katze eben.« Ich verstummte, denn nun kamen Anisha und Jeanette zu uns, um unsere Klamotten zu richten. Irgendwie mochte ich es, dass sie so an mir herumzupften. Es fühlte sich ziemlich wichtig an. Sehr wichtig. Alle machten sich bereit. Alle schauten auf uns. Prompt fing mein Bauch wieder nervös zu kribbeln an.

»Vielleicht geht ja alles gut …«, sagte ich schwach, als die beiden wieder von uns abgelassen hatten.

»Mit Ewan müssen wir jetzt volles Risiko fahren«, sagte Fiona. »Und der Rest … denk dran: Es muss gar nicht klappen. Wenn du keinen Fehler machst, mache ich garantiert einen …«

Sie kicherte. »Und nun: Konzentration! Nimm dir die Zeit, die du brauchst. Ruhig atmen und in die Rolle hineinversetzen.«

Ich atmete tief ein. Ich war Marion. Ich war 1965 geboren und hatte keine Ahnung davon, dass die Welt irgendwann von Handys, Computern und dem Internet beherrscht sein würde. Mein Leben bestand im Jahr 1980 aus meiner Familie und der öden Schule mit ihren Hausaufgaben. Ich wusste auch noch nichts von einer Tochter, die ich in der Zukunft einmal haben würde. Ich war hilfsbereit, ich fand meine Schwester blöd und war ziemlich wahllos bei meiner Suche nach Liebe. Aber in einer Sache war ich nicht wahllos: Ich liebte die Konditorei und gleich würde ich ins Café gerannt kommen und mich darauf freuen, meine zauberhaften, heiß geliebten Pralinen zu machen!

# 12. Kapitel

Im Hotel warf ich mich aufs Bett, mein Körper sank in die Matratze, schwer und unbeweglich wie ein Felsbrocken, als wolle er nie wieder aufstehen. Als das Telefon neben meinem Kopf klingelte, war ich einen Augenblick verwirrt. Warum rief da einer nicht auf dem Handy an? Wer wusste überhaupt die Nummer vom Hotel?

»Hallo? – Ach, Onkel Manfred! – Gut! Super! – Na ja. Erst gab es schon eine Krise … Aber dann habe ich es hinbekommen! – Es war so geil! Ich habe es geschafft! – Ist ja nur drehen, weißt du? Nicht so einmalig und unwiederbringlich wie auf der Bühne! – Kein Tag X. Nein. Heute nicht. Und morgen vermutlich auch nicht! – Danke! Ich bin auch ziemlich stolz auf mich … – Die? Saß den ganzen Tag im Wohnwagen und hat gearbeitet. – Ja. Ich find's ja auch toll, dass sie sich überwunden hat, mit nach Köln … Ja, mache ich. – Sie ist gerade unten und organisiert was zu trinken. Minibar ist zu teuer, sagt sie. Stimmt auch. – Ach, das ist echt ziemlich Luxus, wie auf den Fotos im Internet. An der Rezeption gibt's umsonst Brausewürfel und unser Zimmer ist groß. Aber ein Päckchen Erdnüsse kostet dann auch vier Euro! – Am Set? Sind echt viele Leute, den ganzen Tag lang … in meinem Kopf reden die immer noch alle durcheinander. Aber es macht so einen Spaß, das glaubst du nicht! – Dem geht's gut. Der liegt in seinem Korb. – Heute? Keine Ahnung. Schlafen. Ich habe gerade versucht, die Stimmen und Geräusche aus meinem Kopf zu bekommen, hat nicht so ganz hingehauen … – Wie? Wie soll das gehen? – Gold einatmen. – Okay? Durch die Nase. – Und dann? – Alles Schwarze wieder raus? – Äh, okay, ich werde es probieren. Danke. Dir auch!«

Ich legte den Hörer auf und warf mich zurück in die Kissen.

Ich lachte. Pff. Gold einatmen. Mein Onkel hatte oft so komische Ideen … Also, wie war das? Ich schloss die Augen und stellte mir Goldstaub vor, der in der Luft glitzerte. Ich atmete ihn tief durch die Nase ein und stieß dann alles, was mir Sorgen machte, was böse, schlecht und stressig war, in einer schwarzen Rauchfahne aus dem Mund wieder aus. Noch einmal. Die Bilder machten mir Spaß, ich grinste vor mich hin. Gold und Schönes in mich hinein! Das üble alte Zeug raus!

Kinder, wir müssen, Achtung, wir machen drehfertig, und bitte, Bild 24/3, die Fünfte für die A und B und Ruhe bitte, wir drehen, Achtung, die Ruhe bleibt, zwanzig Minuten Umbau … So langsam wurden die Stimmen leiser, verstummten schließlich ganz, meine Augenlider waren schwer, ich hatte es geschafft, ich konnte spielen, ohne zusammenzuklappen, und morgen auch und übermorgen … das fühlte sich so warm und wunderbar an! Mein Atem war leicht, er strömte ein und aus, ich hörte dem leisen Geräusch zu, ohne nachzudenken. Ein und aus. Ein, aus … Drrriiiiing! Wieder das Telefon! Mein ausgestreckter Körper schnellte einen halben Meter in die Höhe, *shit,* war das laut! Ewan fing an zu bellen. Richtig, Ewan, die sollen uns alle in Ruhe lassen … Ich grabbelte nach dem Hörer: »Was?!«

»Hey. Ich bin's, Jerry. Hab deine Zimmernummer von der Rezeption. Die wollten sie mir erst nicht geben. Du bist schon voll der Star hier!«

»Nee.« Ich ließ mich wieder nach hinten fallen, mein Herz klopfte immer noch vor Schreck, allerdings auch vor Aufregung. Jeremy rief mich auf meinem Zimmer an! Sofort richtete ich mich wieder auf.

»Wie sieht's aus? Bist du kaputt oder treffen wir uns noch?«

»Mmmh.« Oh Gott. »Äh, ich wollte später noch Text mit Fiona lernen. Für morgen.«

»Ah, okay. Dann will ich nicht stören. Also …«

»Nein. Sorry, bin kurz eingepennt und muss erst mal wach werden.« Ich lachte und gähnte dabei. »Wo bist du denn?«

»Ich? Ich bin in Zimmer 322.«

Ich grinste, sein Zimmer lag sogar auf meinem Stockwerk. »Gut, wir rufen dich vielleicht an, wenn wir fertig sind.« Schnell legte ich auf.

»Vielleicht?!«, rief ich. »Habe ich ›vielleicht‹ gesagt? *Oh shit!*« Ewan spitzte die Ohren und schaute mich aus seinem Korb an. »Der Typ ruft an und ich sage ›vielleicht‹! Das ist doch 'ne Katastrophe!«

*»Wieso werfen junge Mädchen wie Ella Ellerbrake eigentlich immer gleich sich selbst und ihr ganzes Leben über Bord, nur weil irgendein Jüngling ihnen zugezwinkert hat?«*

»Bitte? Ich werf doch nicht … jetzt spinnst du aber echt!«

*»Es wird zu prüfen sein, ob seine Absichten redlicher Natur sind.«*

»*What the f… f… f…* Ewan! ›Redlicher Natur‹? Seit wann hörst du dich eigentlich an wie eine Gouvernante aus Onkel Manfreds Büchern?«

Er schwieg. Natürlich.

»Und außerdem hast du meinen Vor- und Zunamen in deinem letzten Satz vergessen.« Ich schmiss mich wieder in die weichen Kissen und lächelte. Jeremy hatte angerufen!

Es klopfte leise an meine Tür. »Mann ey, kann man hier nicht mal bisschen ausruhen …« Ich sprang vom Bett und öffnete. Fiona. Sie trug ihr Drehbuch unter dem Arm und eine offene Tüte bunter Schokolinsen, die sie mir hinhielt, während sie ins Zimmer schlüpfte.

Sofort ging sie zum Fenster und schaute hinaus. »Hey, genau wie bei uns, euer Zimmer, nur seitenverkehrt und zwei Stockwerke höher. Hello, Ewan, du Undercover-Hund!«

Waffenstillstand, okay, Ewan?, warnte ich ihn.

»Wahnsinn, der hat sich echt nicht gerührt und Zucker ist total unruhig geworden … der Tiertrainer wusste überhaupt nicht, was los war.«

Ich warf mir zwei gelbe Schokolinsen in den Mund und kaute.

»Er ist eben ’ne Katze und steht über den Dingen.«

»Hat er zwischendurch was zu dir gesagt?«, fragte sie.

»Nein …« Dafür nervt er mich jetzt umso mehr mit seinen Kommentaren.

»Hammer! Und sobald er am Set war, warst du richtig gut!«

Das Lob versprühte warme Funken in mir. »Du aber auch!«

Irgendetwas schabte von außen an der Zimmertür, sie ging auf und da stand meine Mutter auch schon im kleinen Flur neben dem Bad. Sie hielt zwei Wasserflaschen und eine Tüte aus dem Discounter in den Händen, zwischen ihren Augenbrauen zeigte sich sofort eine tiefe Falte. »Hallo. Ach! Esst ihr jetzt Süßigkeiten zum Abendbrot?«

»Ja. Tach, ich bin Fiona.« Sie sprang auf meine Mutter zu und gab ihr die Hand. Mama schaute freundlich und gab sich echt Mühe, ihre Mundwinkel oben zu halten. Das sah ich.

»Wie macht *deine* Mutter das denn? Wir können doch abends nicht immer im Hotelrestaurant essen …«

Fiona lächelte. »Sie hat sich heute was von den geilen Gemüse-Wraps einpacken lassen, die es spät am Nachmittag noch gab.« Sie schien überhaupt keine Probleme mit Erwachsenen zu haben. Und schon gar nicht mit gestressten Müttern. »Der eine Typ vom Catering ist echt lustig! Niklas, der mit dem Hipster-Bärtchen. Den kann man ruhig fragen.«

»Na, ich weiß nicht … Jetzt muss man sich auch noch ums Essen kümmern.«

»Och, meine Mutter liebt das, mich mit Essen zu nerven. Hat sie bei *Nordwind* auch immer gemacht, was vom Catering mitgenommen und dann in unserer Minibar aufbewahrt. So typisch besorgtes Muttertier eben.«

»Aha«, sagte Mama und lachte schwach. »Vielleicht sollte ich auch mal zum Muttertier werden.«

Ich seufzte. Mama sollte gehen. Wie konnte ich sie nur aus dem Zimmer bekommen? »Sollen wir zu dir?«, fragte ich Fiona.

Die schüttelte den Kopf. »Mein besorgtes Muttertier macht

ein kleines Schläfchen. Anstrengender erster Drehtag, weißt du?« Sie klickerte mit den restlichen Schokolinsen in der Tüte. »Wir gehen am besten raus. Wir wollen noch Text machen«, erklärte sie meiner Mutter.

Text machen! Fiona benutzt schon voll die Filmsprache, dachte ich ein bisschen neidisch und suchte eilig mein Drehbuch, die Dispo, das Handy und die Zimmerkarte zusammen. »Ewan? Was ist mit dir?« Ewan drehte sich zweimal in seinem Korb, legte sich hin und steckte die Nase dann unter sein Hinterteil, ohne mich eines Blickes zu würdigen.

»Der hat auch 'n anstrengenden ersten Drehtag gehabt.« Fiona lachte.

»Bis gleich!«, rief ich. Schon waren wir aus der Tür.

Langsam wanderten wir über den Flur.

»Unten in der Halle haben wir keine Ruhe«, sagte Fiona. Ich nickte, obwohl ich eigentlich gehofft hatte, Jeremy dort zufällig auf einem der Sofas zu treffen. »Draußen ist auch blöd, da kann ich mich nicht konzentrieren, abends schwirren immer so viele Viecher durch die Luft. Ich hasse das.«

»Dann lass uns doch hierbleiben!« Ich ließ mich an der Wand hinunterrutschen und setzte mich zwischen zwei weit auseinanderliegenden Zimmertüren auf den flauschigen Teppich. »Guck, wir haben alles da. Eiswürfelmaschine. Abenddämmerung durchs Fenster. Ruhe.«

»Es ist manchmal schwierig, nett zu seiner Mutter zu sein«, sagte Fiona und setzte sich mir gegenüber an die andere Wand. »Kenn ich.«

»Ja. Sie geht mir ziemlich auf die Nerven. Mein Dad ist tot. Er war ihr Mann, okay. Aber seit zwei Jahren ist sie kaum noch ansprechbar. Und kümmert sich um nichts.«

»Och, ich fand sie gerade eigentlich ganz okay …«

Ich winkte ab. »Sie ist ätzend. Aber sie war nicht immer so. Früher hat sie mir manchmal Schokolade und kleine Zettel in den Schulrucksack geschmuggelt oder sie hat mir morgens meinen Lieblingstee ans Bett gebracht, wenn wir alleine waren, weil Dad auf Tournee war. Sie ist dann unter meine Decke geschlüpft und ich habe ihr erzählt, was ich geträumt hatte. Ich weiß nicht, da fühlte ich mich so … so …«

»… geliebt?«

Ich zuckte mit den Schultern und sagte nichts, sonst hätte ich vielleicht noch angefangen zu weinen.

»Verstehe«, seufzte Fiona, »sorry, manchmal bin ich zu direkt.«

»Schon okay.«

»Ist ja auch furchtbar, wenn jemand stirbt, den du tierisch liebst. Ihr habt bestimmt alles voller Bilder von ihm, oder?«

»Nein. Gar nicht. Ich habe zwei in meinem Zimmer. Aber sie … kein einziges.«

Fiona blätterte in ihrem Drehbuch. »Du musst sagen, wenn ich aufhören soll, nach ihm zu fragen.«

»Nee. Bei dir mag ich das.« Ich machte eine kurze Pause, bevor ich weiterredete: »Heute beim Drehen habe ich mir vorgestellt, er sähe mir zu. Das hat er früher manchmal bei meinen Theaterproben gemacht.«

»Erst Ewan und jetzt auch noch dein Vater … wow, da hast du aber 'ne schöne Betreuermannschaft zusammengetrommelt!« Wir prusteten los.

»Ich find's cool, wie du das machst!«, sagte sie, als sie wieder reden konnte. »Also, welche Bilder drehen wir morgen? Ah, hier. Bild 57. Ich komme ins Café und fange an mit ›Hast du gesehen, Dagmar ist schon zurück, wann machen wir das endlich mit dem Brief?‹.«

»›Wenn wir hier fertig sind!‹«, antwortete ich mit meiner Marionstimme, die etwas höher war als meine eigene. Mein Gott, habe ich ein Glück, Fiona hier getroffen zu haben, dachte ich.

Wir übten, wir lernten, wir sprachen jede Szene mehrmals durch, bis der Text wirklich saß.

Danach blätterte ich in der Dispo und las die Bilder für morgen vor. »Café, Backstube, Backstube, Café. Mensch, morgen drehen wir schon das erste Partybild«, sagte ich, während ich die letzten Schokolinsen aus der Tüte klaubte. »Da habe ich meine Monobraue ja gar nicht mehr.«

»Und wir sind ausnahmsweise mal aus unseren Latzhosen raus. Mein Partyoutfit ist eigentlich ganz cool. Also für die Achtziger …«

»Was für ein Durcheinander. Warum drehen wir nicht alles im Café fertig?«, fragte ich und lehnte mich an die Wand.

»Ich glaube, unsere berühmte Frau Dohse kann morgen nicht. Deswegen ist Jeremy auch da. Der böse Konrad. Auf die Szenen mit ihm freue ich mich!«

»Wieso?«

»Na, weil wir uns da richtig schön anzoffen können. Und irgendwie finde ich den ja auch ganz gut.«

»Echt?« Eine heiße Eifersuchtswelle überflutete mich und ich begann, die Kästchen auf dem Flurteppich unter mir zu zählen.

»Ja klar. Erst hasst Charles ihn und dann … Das ist so ein schöner Gegensatz, ich liebe es, wenn ich was richtig Dramatisches zu spielen habe!«

»Ach so.« Sie hatte seine Rolle gemeint. Oder vielleicht doch den echten Jeremy? »Was ist mit Leevi? Wie ist *der* denn so? Mensch, du hast ja diese Knutsche-Szenen mit ihm … Mit beiden!« Nein, ich will nicht, dass sie Jeremy küsst, konnte ich nur denken. Leevi meinetwegen, aber *ihn* nicht! Nicht Jeremy!

»Ach ja … na ja, das ist meistens nicht so prickelnd vor der Kamera, eher komisch. Vor zwei Jahren war er noch ganz nett. Aber seit *Finnisch für Anfänger* kennt ihn jeder und das hat ihm nicht gutgetan. Ich habe ihn neulich mal bei einer Premiere getroffen.«

»Hoffentlich stürmen die kleinen Mädchen nicht das Set oder das Hotel, wenn er nächste Woche kommt. Wie alt ist der eigentlich?«

»Sechsundzwanzig.«

»Unglaublich! Der geht locker als siebzehn durch.«

»Ja klar. Deswegen bekommt er ja solche Rollen. Mir kommt er vor wie ein Justin Bieber für Arme. Er flirtet rum und baggert um Aufmerksamkeit. Guckt eine weg, ist er schon an ihr dran. Was anderes als Frauen gibt es für den nicht mehr.«

»Echt? So wirkt der gar nicht.«

Fiona zuckte mit den Schultern. »Vielleicht erzähle ich ja auch Müll. Du wirst es sehen!«

Hinten im Gang ging eine Tür auf und jemand stolperte rückwärts auf den Flur. Ein junger Typ, ziemlich groß, der eine graue Mütze auf dem Kopf hatte, bei der Wärme ... und riesige Kopfhörer auf den Ohren. Er lief mit großen Schritten Richtung Fahrstuhl, den Blick starr auf sein Handy gerichtet.

Jeremy. Mein Herz machte einen Satz. Jetzt hatte er uns entdeckt und kam grinsend auf uns zu. Ich mochte, was er anhatte, ich mochte, wie er ging, wie er den Kopf hielt, ich mochte seine großen, aber schlanken Hände, die jetzt den Kopfhörer abnahmen, ich mochte diesen fein lächelnden Mund. Ich mochte ...

»Hey, was macht ihr denn hier?«

... seine tiefe Stimme. Wieder durchströmte mich dieses warme Glücksgefühl. Je-re-my. Und wie er mich heute Morgen angeschaut hatte. War ich verliebt? Schnell schaute ich hinüber zu Fiona. Sie strahlte vom Teppichboden zu ihm hoch und bildete mit den Fingern das Peace-Zeichen. »Wir machen Text, an der einzigen Stelle im Hotel, wo man Ruhe hat ...« Ich nickte dumm. Fiona übernahm ja schon das Reden. »Zeig mal deine Haare, wie kurz sind die denn?«, sagte sie.

»Muss das sein?« Aber er nahm die Mütze vom Kopf.

»*What the fuck ...!* Wow, das ist heftig!« Sie sprang auf und stellte sich dicht vor ihn. »Hinten kahl, oben länger. Da morgen noch 'n schönen Seitenscheitel rein und du kannst dich in Mecklenburg-Vorpommern als Neonazi bewerben!« Behutsam strich sie ihm über den Hinterkopf. »Boaah, Ella, fühl mal, hier an den Seiten und hinten, wie so 'n abgeschabter Teddybär.«

Wie nett, dass sie mir auch noch etwas übrig ließ. Meine Eifersucht grub schmerzhaft in mir herum, bald würde ich ein Loch im Magen haben … Na, wenn *das* nicht verliebt war. Ich konnte es nicht fassen, das letzte Mal hatte sich das mit elf so angefühlt, als ich für den Sänger dieser fürchterlichen Boyband schwärmte, den ich nie live gesehen hatte, über den ich mir aber abends im Bett die tollsten Geschichten ausdachte. Er rettete mich, ich rettete ihn, wir schworen uns unsere Liebe und waren zusammen, was aber niemand wissen durfte, bis er mich dann bei einem Konzert auf die Bühne holte … Wobei der Teil mit dem Küssen etwas unklar blieb. Immerhin hatte ich seitdem ein paar Erfahrungen beim Flaschendrehen gesammelt. Achte Klasse, Klassenfahrt in die Eifel. Das Einzige, was ich mit fünfzehn vorweisen konnte. Peinlich genug.

Peinlich auch, dass ich ihn die ganze Zeit schon anstarrte. Schnell erhob ich mich, doch als ich vor ihm stand, brachte ich es noch nicht mal fertig, die Hand zu heben. Ich konnte doch nicht einfach über seine Haarstoppeln streicheln … Wie machte Fiona das nur? Warum traute sie sich so nah an alle ran? Bevor es völlig peinlich wurde, nahm Jeremy meine Hand und führte sie. »Hier!«

Gut, dass Ewan mich nicht sah. Sein Kommentar wäre sicher niederschmetternd gewesen. Ich lachte, nicht allzu verlegen, wie ich hoffte. Ich stand im Flur eines Hotels und strich einem Jungen, den ich toll fand, zart über den Kopf. Er hielt mein Handgelenk, ich war ihm ganz nah und sah auf seinen Mund. Seine Zähne waren weiß, der eine Eckzahn stand über dem Nachbarzahn, aber nur ein bisschen. Ich sah ihm in die Augen, viel zu lange, aber er guckte nicht weg. Ein Gefühl, als würde ich schweben. Der gefürchtete Tag X hatte sich in einen Super-Tag X verwandelt!

Es würde schwer werden, diesen Tag in meinem Leben noch zu toppen.

# 13. Kapitel

Und … bitte!«

»Hast du gesehen, Dagmar ist schon zurück, wann machen wir das endlich mit dem Brief?« Fiona, jetzt gerade Charles, stand mit einem Zuckerstreuer vor dem Tischchen und drehte ihn unschlüssig, bevor ich ihn ihr aus der Hand nahm.

»Wenn wir hier fertig sind!« Ich stellte den Zuckerstreuer ab und zeigte auf alle Tische, die noch abgeräumt werden mussten.

»Aber was ist mit deinen Hausaufgaben? Und für Mathe musst du auch noch üben. Sonst wird das nie was mit deiner Versetzung!«

»Mann, Charles, du nervst. Bist du in der Zukunft auch so pingelig? Ich übernehme den Laden doch sowieso mal!« Ich drückte ihr mit Schwung einen abgegessenen Kuchenteller in die Hand, die Kuchengabel fiel zu Boden, direkt neben die grüne Klebebandmarkierung, auf der ich stand. Weiterspielen, wenn kein »Aus!« kommt, immer weiterspielen, hatte Manuel gesagt, vielleicht können wir es schneiden. »Da, hilf mir mal …«

»Aus!«

»Sorry!« Ich zuckte mit den Schultern und hob die Gabel auf. »Ich war zu schwungvoll.«

»Nein, nein, kann passieren, Requisite? Können wir da was machen?« Tim sah ernst, aber sehr zufrieden aus. »Bis dahin ganz wunderbar, wir fangen da wieder an, machen direkt eine nahe Zweier von euch.«

Regie-Assi Manuel runzelte die Stirn. »Die Ruhe bleibt!« Kameramann Fabian raunte seinem Assistenten etwas zu. Der asiatische Klappenmann wischte auf seiner Klappe herum, während Fabian mit einem zweiten Typen einen Rahmen hinter der Linse der Kamera wechselte, der anschließend in einem der silbernen

Kästen verstaut wurde. Der Klappenmann hieß Julian, doch irgendjemand hatte den Namen Pingpong für ihn erfunden. »Ich habe mit eurem Rassismus kein Problem«, hatte er nur gesagt und gelacht, seine Augen wurden dabei zu zwei kaum mehr sichtbaren Strichen. Nun stand er schon wieder direkt vor der Kamera und wartete auf das »Kamera läuft!« von Fabian. Jan, der Requisiten-Muskelmann, tauchte neben mir auf, nahm mir den Teller aus der Hand und klebte die Kuchengabel daran mit etwas fest, das aussah wie schimmeliges Kaugummi. »So, die fällt nicht mehr!«

Die zierliche Daniela kam mit Drehbuch, Klemmbrett und Stoppuhr zu uns gelaufen. Sie hasste es, wenn man sie Scriptgirl nannte. »Mein Job heißt Script/Continuity«, hatte sie uns erklärt. Ihre Augen waren riesig und blinzelten nie, um auch die kleinsten Anschlussfehler zu registrieren. »Ella? Wenn du ›Ich übernehme den Laden doch sowieso mal‹ sagst, gibst du ihr bei ›sowieso‹ den Teller, okay? Denk bitte daran, ja?« Sie warf einen Blick in ihr vollgekritzeltes Drehbuch, das mit all seinen Extraseiten mindestens doppelt so dick war wie meins.

»Können wir?«, fragte Tim.

Esther, meine lustige Esther, nickte ihm zu. Anisha vom Kostüm gab das Daumen-hoch-Zeichen.

»Ewan bereit?«, fragte Manuel.

»Ewan läuft!«, kam es von Sylvain aus dem Flur, wohin er sich mit seinem Wagen zurückgezogen hatte. Alles lachte. Ich musste grinsen.

»Ton?«

»Läuft.«

»Kamera?«

»Läuft.«

»75, 3 die Erste, für die A.«

»Klapp!«

Die Klappe klappte.

»Und bitte!«, sagte Tim.

Wir spielten die Szene noch einmal und noch einmal. Und dann wieder, nur von der anderen Seite.

Obwohl das Café ziemlich groß war, kam kein Gefühl von Weitläufigkeit darin auf. Die Seite, die nicht im Bild zu sehen war, wurde im Handumdrehen vom Team zugestellt. Die Café-Tische und Stühle standen wie einsame Inseln im Chaos der Technik, der Kisten und Monitore. Darauf etwas abzulegen, war strengstens verboten und wurde von allen eingehalten. Wenn Schienen für den Kamerawagen gelegt werden mussten, wurde das Mobiliar von der Requisite ganz weggeräumt. Jan und seine Assistentin Jana sprangen wirklich wie unsichtbare Geister umher und überwachten ihr Reich. Sie klebten fest, was zu viel Lärm für den Ton machte, sie sprühten stumpfes Spray auf spiegelnde Flächen, die die Kamera irritierten, sie tricksten mit Klebeband auf dem Boden, um die Positionen der Tische schneller zu finden, wenn wieder einmal umgeräumt werden musste.

Es war eng, das Team quetschte sich in die nicht bespielten Ecken und Nischen, es war warm, es waren sehr oft dieselben Sätze, die wir sagen mussten, wir warteten viel und schwitzten noch mehr, doch ich liebte es!

Katja war ständig neben mir und hielt Wasser und Traubenzucker für mich parat. Esther gab mir zwischen zwei *Takes* spontane Nackenmassagen, Anisha erlaubte mir irgendwann, das Unterhemd auszuziehen. »Wir sehen es unter dem T-Shirt nicht«, entschied sie, »und dir ist gleich weniger heiß!«

Auf dem Weg in die Mittagspause war ich froh, die laue Luft einatmen zu können. Ewan lief zielstrebig voraus, während das Team rechts und links von uns entlangtrabte. Hey, draußen war Sommer und wir merkten es kaum! Alle schienen regelrecht besessen von dem Wunsch, diesen Kinofilm »so fett wie möglich« zu drehen, wie Lisa, unsere Set-Runnerin, sagte.

Ob Jeremy wohl schon am Set war? Vermutlich nicht. Er und Luca standen als Nummer 12 und 13 im letzten Bild. Wir stellten uns in der langen Schlange vor dem Cateringwagen an. Danny kam mit klapperndem Schlüsselbund vorbei. »Schauspieler nach vorne!«, rief er, wie immer gut gelaunt, wie immer grinsend, und schob uns an die Spitze des hungrigen Teams. Niemand protestierte, alle ließen uns wie selbstverständlich vor.

»Alles in Ordnung, Prinzessin?«, fragte Danny nach vollbrachter Tat. Und zu Fiona: »Hoheit?«

Aha, er hatte für jeden von uns einen anderen Namen …

»Ja! Isst du nichts?« Er war witzig, meine Schüchternheit von gestern war verflogen

»Alles dufte, Danny!« Fiona steckte anscheinend noch in ihrem Text von 1980. »Komm, du darfst auch vor!« Sie trat einen Schritt zurück.

»Nee, ihr Sweeties, die Aufnahmeleitung isst immer zuletzt oder zwischendurch oder gar nicht. Stimmt's, Lisa?«

Lisa, die wie ein kleiner Bruder einen halben Schritt hinter ihm lief, bestätigte: *»That's right, man!«*

Ihre Hose war halblang und reichte normalerweise vermutlich bis zu ihren Knien, wurde aber von unzähligen schweren Sachen an ihrem Gürtel weiter in Richtung Erdboden gezogen. Werkzeug, Klebebandrolle, Schlüsselbund und natürlich auch ein Funkgerät.

»Oh, ihr Armen!«, rief einer der Beleuchter. Gelächter von allen Seiten. Die beiden klatschten sich ab.

»Lisa ist toll«, sagte ich. »Sie tut alles für einen.«

»Aber diese Hose!« Fiona griff sich an die Stirn. »Ich denke immer, gleich rutscht sie runter und sie steht in Unterhose da …«

Ich nahm mir eine Schüssel, häufte sie voll mit verschiedenen Salaten und ließ mir dann Hühnchen-Curry mit Reis vom Cateringmann über die Theke reichen. Mmh, hellgrüne Erbsenschoten ragten heraus und es roch äußerst lecker. Mama fiel mir ein. Kam die etwa wieder nicht raus zum Essen? Ich sah sie nirgendwo … Egal. Ich konnte nachher noch schauen, wie es ihr ging. Erst mal genoss ich es, mit der schweigenden Fiona in unseren flatternden Hemden an einem Tisch im Schatten zu sitzen und zu essen. Niemand sagte etwas, aber es war kein peinliches Schweigen. Wir waren halt mit Essen beschäftigt und zudem mitten in einem supercoolen Team. Man brauchte nichts zu sagen. Ich freute mich auf das Tiramisu, das ich am Cateringwagen entdeckt hatte. Ich freute mich auf die nächste Szene, ich freute mich auf den Konditormeister, der morgen kommen würde, um mir zu zeigen, wie man richtig Sahne aufschlug. Sahne aufschlagen? Was konnte daran so schwer sein? Zu Hause machten wir das immer mit einem elektrischen Quirl. Reinhalten und fertig …

Ich war gespannt, meinen Film-Vater zu treffen. Dietmar Berg sollte angeblich supernett sein. Und dann gab es da noch einen riesigen Freudensplitter, einen, der glitzerte und funkelte und der mich jedes Mal sanft durchbohrte, wenn ich an ihn dachte. Je-re-my. Jeremy. Jerry.

Ich streichelte Ewan, der, ohne zu betteln, neben mir am Ende der Bank saß, und hielt nach Je-re-my-Jeremy-Jerry Ausschau. Unruhig überflog ich die Köpfe. Vielleicht saß er schon irgendwo und ich hatte ihn nicht gesehen. Dort vorne hatten sich die Beleuchter niedergelassen, daneben die Regieabteilung. Manuel nahe bei Tim, um keine seiner Ideen, keinen seiner Wünsche zu verpassen, Daniela dicht neben ihnen, um schon mal die Zeit vorzustoppen … Die Mädchen vom Kostüm saßen uns schräg gegenüber.

»Er ist noch nicht da!«, sagte Fiona leise. »Ich würd's dir schon sagen!«

»Wer?«

*»Sie meint den Jüngling mit der mollig warmen Kopfbedeckung.«*

Oh danke für die Erläuterung, Ewan! Das hat man nun davon, wenn man dir vor lauter Verliebtheit jedes noch so kleine Detail erzählt.

»Der, der noch nicht daaaa ist«, sang Fiona laut und lächelte mich mit hochgezogenen Augenbrauen an.

»Wer ist noch nicht da?«, fragte Jeanette.

»Niemand.« Ich stand auf und brachte meinen leeren Teller weg. Komm, Ewan, das ist mir zu doof hier. Muss sie damit vor den anderen anfangen? Und sag nicht »Jüngling« zu ihm!

»Lass uns noch kurz in den Wohnwagen gehen, ich war da noch gar nicht oft drin.« Fiona war mir gefolgt und schmiss jetzt ihr Besteck in den Wasserbottich, dass es platschte und Ewan vor Schreck zurücksprang. Sie hakte sich bei mir unter.

»Okay.« Ich nahm mir ein Schälchen mit Tiramisu und machte mich ganz nebenbei von ihr los. Sollte ich Mama auch eins bringen? Obwohl ich keine Lust hatte, griff ich nach einem zweiten Schälchen. »Für meine Mutter!«, sagte ich entschuldigend zu dem Johnny-Depp-mit-Ziegenbart-Typ, der auf seinen verschränkten Armen über der Theke lehnte und mich anscheinend schon eine ganze Weile beobachtete. »Hau rein! Nimm dir so viel du tragen kannst! Ich mag Mütter.« Er lachte und schwang sich wieder in den Wagen zurück. »Was ist jetzt mit dem Blätterteig? Hat den schon einer aus der Kühlung geholt, ihr Saftpressen?!«, rief er seinen Kochkollegen zu, die ich herumtrappeln hören, aber nicht sehen konnte. Fiona machte sich einen Espresso. »Frau von Scheerbach war sicher mal wieder die Erste beim Essen, guck sie dir an.« Sie machte eine Kopfbewegung zu ihrer Mutter, die lachend mit Katja und unseren Masken-Mädels am Tisch saß und ihre knallroten Haare schwingen ließ. »Sie ist völlig aufgeputscht. Ich glaube, dass ist ihre fünfte Latte macchiato für heute. Ich nehme an, sie hat einen neuen Liebhaber.«

»Was?!«

»Ach, guck nicht so! Irgendwie haben meine Eltern sich arrangiert.«

Mensch, dachte ich, bei anderen Leuten ist auch nicht alles so easy, wie es zunächst scheint …

Wir gingen zum Wohnmobil, Ewan hinter uns. Ich schaute

mich heimlich um, damit Fiona es nicht mitbekam. Nein, Jeremy war wirklich noch nicht da. Ich klopfte an meine Tür. »Ja?«, ertönte es von innen.

»Hallo!« Ich öffnete und stieg in den Wagen. Die Klimaanlage hatte den kleinen Raum in einen Eispalast verwandelt. »Warst du schon essen?«, fragte ich Mama, die sich die Augen mit den Fäusten rieb, als ob sie gerade erwacht wäre. Dabei hatte sie nur wieder zu lange auf den Bildschirm gestarrt.

»Nein. Habe gearbeitet. Und ich kenn da ja auch keinen.«

Gott, sie war echt ein hoffnungsloser Fall. »Ich habe dir ein Dessert mitgebracht.«

»Kommst du gleich zu mir rüber?«, rief Fiona von draußen.

»Ja, sofort.«

»Danke.« Endlich schaute Mama mich richtig an. »Du scheinst jedenfalls sehr schnell Anschluss gefunden zu haben.« Pff. War sie deswegen etwa sauer auf mich? »Das habe ich auch zu Onkel Manfred gesagt. Der ist stolz auf dich.« Sie sah mich an, als ob sie noch etwas sagen wollte. Ich wartete. Doch es kam nichts außer »Na ja. Ich muss hier sowieso weitermachen«.

Fionas Tür lag gleich neben meiner, in ihrem Abteil roch es genauso neu, sah aber anders aus als bei mir. Ewan schnüffelte neugierig umher. Kein Schreibtisch, nur ein kleines Tischchen vor dem Sofa, auf dem wie bei mir Wasserflaschen, Orangensaft und Plastikbecher bereitstanden. Ihr Sofa war grau, nicht schwarz und das Regal kleiner. Dafür gab es einen Ganzkörperspiegel an der Tür.

Ewan sprang auf das Sofa. Ich ließ mich mit meinem Tiramisu neben ihn fallen und fing an zu essen. Mama war echt fies. Anstatt sich zu freuen, warf sie mir vor, dass es mir gut ging.

»Und? Gefällt dir dein erster großer Dreh heute besser als gestern?« Fiona setzte sich mit ihrem Espresso vorsichtig auf die Lehne.

Ich nickte. »Ja, aber ich wusste nicht, dass die Warterei zwischendurch so anstrengend ist. Ich penn da fast auf meinem Stuhl ein, dann kommt wieder ein Stück von der Szene und ich muss mich mega konzentrieren, um auf den Punkt zu funktionieren. Und dann die vielen Leute, den ganzen Tag so dicht um einen rum. Alle arbeiten wer weiß wie hart, damit *wir* spielen können!«

Fiona nickte: »Und das Geilste an der Sache ist ja, das machen die gerne! Am Ende der Drehzeit ist das Team deine zweite Familie, beim Abschiedsfest liegen wir uns dann alle weinend in den Armen!«

»Echt?« Ich – in einer Umarmung mit Pingpong oder Jan oder dem Kameramann!? Ich kratzte verlegen das Schüsselchen aus.

»Na klar, du auch. Du bist auch so eine! Alle finden dich super, du machst keine Zicken, bist ganz normal.«

»Echt?«

*»Ella Ellerbrakes Wortschatz lässt wieder mal zu wünschen übrig!«*

Ja, Ewan. Das interessiert mich im Moment aber nicht. Hörst du nicht, was Fiona mir für ein fettes Kompliment gemacht hat? Ich atmete tief ein, ich wollte ihr so viel erzählen über mich, über das Mädchen, das sich noch vor ein paar Wochen lesend in seinem Zimmer versteckt hatte, um Bücher nach Farben zu ordnen, Kacheln zu zählen und Krümel wegzusaugen … doch ich zögerte. Die Sache mit Jeremy lag wie ein Klumpen in meinem Magen, gleich unter dem Tiramisu. Fiona schien das zu merken. »Was is' los?«

»Ich fand das eben blöd«, platzte ich heraus.

»Das mit dem Umarmen beim Abschiedsfest?«

»Nein, dass du beim Essen gesagt hast, ich würde dauernd nach Jeremy gucken.«

»Ach komm, du findest den doch gut!«

»Pff. Na ja. Du doch auch, oder?«

»Ja genau!« Sie sprang auf, stellte sich vor den Spiegel und schleuderte ihre roten Haare zurück. »Und ich darf ihn küssen! Ha! Und mit ihm knutschen!« Sie begann laut zu singen und warf sich selber Kusshände zu. »Atemlos, nur mit ihm, und vielleicht sogar … – wer weiß? Atemlos …«

»Ey, geht's noch?!« Warum fing sie plötzlich an, so rumzuspinnen? Wen wollte sie nachmachen? Helene Fischer? Justina?

Fiona sang immer noch: »… und vielleicht noch mehr, wer weiß? Atemlos …«

»Ich finde das nicht witzig!«

»Ach doch! Findest du!«

Plötzlich hörten wir ein lautes Niesen. Ganz dicht hinter der Wand. Oh Mist, das war ein typisches Mama-Niesen gewesen. Noch eins. Ha-Pschia!

Fiona verstummte und schlug sich die Hand vor den Mund. »*Shit.* Ich habe total vergessen, wie hellhörig diese Abteile hier sind«, flüsterte sie kichernd. »Die Wände sind superdünn, deine Mutter hat bestimmt alles mitbekommen! *Fuck!*« Sie brach lachend auf dem Sofa neben mir zusammen, legte den Kopf in meinen Schoß und guckte mich von unten an. Ewan schnupperte mit misstrauischem Blick an ihrem Haar.

»Baby! Ich habe einen Freund«, sagte sie von unten, nun wieder mit normaler Stimme. »Der ist total süß. Er heißt Mika und wohnt in Hamburg. Wir sehen uns zurzeit nicht so oft, aber bald! Denn er zieht nach dem Abi nach Düsseldorf zum Studieren.«

Ich lächelte auf sie herab. Wahnsinn. Meine Eifersucht war mit einem Schlag weg. »Klingt super! Kommt er dich besuchen?«

»Ja klar. Übernächstes Wochenende. Also keine Angst, ich will und werde dir deinen Jeremy nicht wegnehmen. Die Kuss-Szene aber habe ich nun mal mit ihm.«

»Ist okay!« Ich war froh, Fiona als neue Freundin behalten zu können.

»Danke! Sehr gnädig, Madame.«

»Ich finde ihn so toll! Er ist so selbstbewusst und ernst und normal, nicht so ’n aufgedrehter Angeber«, wisperte ich.

»Warum flüsterst du denn?«, flüsterte Fiona lauter zurück.

»Weil Mama nebenan das nicht hören soll!«, murmelte ich. »Und er auch nicht.«

»Ja …«, bestätigte Fiona. »Ich finde auch, dass er gut aussieht. Schon richtig männlich! Dabei ist er auch erst sechzehn, ich habe ihn gefragt.«

Wieder wallte die Eifersucht in mir hoch.

»Er hat so einen männlichen Kiefer!«

*»Männlichen Kiefer?«* Ich musste lachen.

»Ja. Eben nicht so’n Bubigesicht!«

Es klopfte. Wir kreischten auf. »Herein!« Einstimmig.

Jemand öffnete langsam die Tür und steckte seinen Kopf in den Wohnwagen. Graue Mütze, wunderschöne Augen, männlicher Kiefer. »Jeremy!!« Wieder hatten wir beide zugleich gesprochen und lachten nun völlig hysterisch. Es war mir egal, was Mama da drüben über uns dachte.

»Ey, euch geht’s gut! Alles klar, wollte ich nur wissen!« Jeremy schloss die Tür von außen.

»Heeey!«

Die Tür ging wieder auf. »Machen wir heute Abend was zusammen?«

Fiona schaute mich nur an. Ich warf einen kurzen Blick zu Ewan. *No comment* von ihm.

»Okay«, sagte ich.

»Super. Aber ich befürchte, das wird spät heute. In der Szene wische ich die ganze Zeit mit ’nem Schrubber um Charles herum, mache einen auf arrogant und … und …«

»… und du himmelst mich an«, beendete Fiona den Satz.

»Steht so im Buch.« Er grinste kurz zu mir rüber.

»Wann kommt dein Mika noch mal?«, fragte ich Fiona. Sie stand auf, beugte sich vor und gab mir einen lauten Kuss auf die Wange. »Ach, Ella, du bist manchmal so süß wie die Marion!«

Drehschluss. Abfahrt. Wir hatten das letzte Bild nicht mehr geschafft und das hieß, ich würde Jeremy auf jeden Fall heute Abend noch sehen. Glücklich lehnte ich mich in die Polster. Ich hatte jetzt sogar seine Handynummer! Auf seinem Bild bei WhatsApp war er so hübsch, mit seinem männlichen Kiefer … Ich musste dauernd gucken, ob es noch da war. Mama saß mir schweigend gegenüber. Neben mir hörte die frisch abgeschminkte Fiona mit geschlossenen Augen Musik über Kopfhörer. Fionas Mutter saß vorne und lachte hoch und zuckersüß, während sie mit Angel, unserem zweiten Fahrer, redete. Fiona wusste schon, warum sie Kopfhörer trug. Ich stopfte mir ebenfalls meine Ohrstöpsel in die Ohren.

Die kurze Fahrt endete vor dem Hotel.

»Ach sag mal, wann kommt diese Justina eigentlich?«, fragte Fiona, als wir ausstiegen. »Die ist ja auch ziemlich cool. Fand ich ja schon bei der Drehbuchbesprechung. Mit der kann man bestimmt Spaß haben.«

Ich schaute sie entsetzt an. Sah sie denn nicht, dass Justina so gemein wie niemand sonst auf der Welt sein konnte?

Doch Fiona merkte nichts. »Bis gleich, ich leg mich mal ’ne halbe Stunde hin«, sagte sie nur. »Bin todmüde.« Ehe ich etwas erwidern konnte, war sie ihrer Mutter durch die Drehtür in die Halle gefolgt und hatte mich zurückgelassen.

# 14. Kapitel

Ich habe ein ganz mieses Gefühl«, sagte ich zu Ewan, als wir im Park umherliefen. »Die wird mir alles verderben!«

Ewan lief zielstrebig zum nächsten Baum. Die orange Hundetüte in meiner Hand knisterte. Er hob das Bein und suchte dann schnüffelnd nach einem anderen Platz. Hoffentlich machte er nicht mitten auf die Wiese …

»Sie hat ja angekündigt, dass sie versuchen wird, mich rauszuschmeißen. Dafür werde ich sorgen, hat sie gesagt.«

Keine Reaktion von ihm.

»Mann, Ewan. Ich habe echt Schiss vor ihr.«

Immer noch nichts. War das denn so schwer zu kapieren? »Na okay, rausschmeißen wird sie mich nicht können, aber die ist so übel drauf, sie wird versuchen, mir Fiona auszuspannen, sobald sie merkt, dass wir uns gut verstehen!«

*»Nicht den Jüngling zu vergessen, Ella Ellerbrake.«*

*Oh shit!* Schön, dass du mich daran erinnerst! Ich bückte mich mit meiner Hundetüte. Natürlich. Mitten auf der Wiese. Ewan schaute sich nach mir um, während ich zum Abfalleimer ging. Er scharrte mit den Hinterpfoten und beförderte ein bisschen Gras durch die Gegend.

»Verstehst du, was das bedeutet!?«, rief ich. »Kann nicht irgendwas passieren, dass diese blöde, blöde, gemeine Justina-Kuh hier nicht erscheint?«

»Na, machst du Text mit Ewan?«

Ich erschrak und drehte mich um. Jeremy stand dicht hinter mir »Ja. Äh … er spricht die andere Rolle ein und sagt mir, wenn ich mal wieder nuschle.«

Jeremy lachte. Doch mir wurde ganz heiß. Wie viel hatte er von meiner Justina-Beschimpfung gehört?

Ewan jagte plötzlich im Kreis um uns herum. Dann hielt er mit erwartungsvollem Blick an, das Hinterteil in der Luft, die Vorderbeine lang von sich gestreckt.

»Er will ein Stöckchen!« Jeremy suchte nach etwas, was er für Ewan schmeißen konnte.

Bitte? Seit wann apportieren Katzen? Aber danke für das Ablenkungsmanöver, Ewan, du wirst immer besser in deiner Rolle! Ich lächelte ihm zu, doch sein Blick galt nur Jeremy. Verstehe ich, ich könnte ihn auch stundenlang anstarren, sagte ich unhörbar zu ihm.

Wir liefen durch den Park. Jeremy schleuderte den kleinen Ast für Ewan immer wieder hinaus auf die Wiese. Wir redeten. Über Musik. Über seine Band. Er spielte Schlagzeug und seit zwei Jahren auch Saxofon. Wie Dad! Über meine Versuche auf dem Akkordeon. Und dass Dad mich nie unter Druck gesetzt hatte, ein Musikgenie zu werden ... Wir redeten über Bücher. Ja, er las! Und zwar viel! Und über Filme. Er kannte alle, die ich gut fand, und mehr. Na ja, er wollte ja auch Kameramann werden. Wir redeten über München. Blöd. Und über Köln. Toll.

»Du hast bis vor zwei Jahren hier gelebt, oder?« Jeremy blieb stehen und schaute mich an.

»Woher weißt du das?«

»Ich finde, man hört es ein bisschen, und außerdem hat Fiona es mir erzählt.«

Aha. Hatte Fiona womöglich noch mehr erzählt? Das von Ewan etwa?

»Und auch, dass dein Vater ... gestorben ist.«

Wow. Er sprach das Wort wirklich aus. Das brachten die meisten Menschen gar nicht fertig.

»Ja. Vor zwei Jahren. Dann sind wir weggezogen.«

»Das tut mir echt leid!«

Ich nickte und schaute in den Mückenschwarm, der über unseren Köpfen in der warmen Abendluft tanzte.

»Ich weiß immer nicht, wie viel man da fragen darf«, sagte

er. »Man will dem anderen Mensch ja nicht wehtun. Aber man kann doch nicht *nicht* drüber reden, oder?«

Ich atmete tief ein. Vor einem Jahr hätte ich an dieser Stelle noch mit den Tränen gekämpft. »Am Anfang wollte ich gar nicht drüber reden. Dann, nach ein paar Wochen, ganz viel, aber da war keiner mehr da. Da waren wir schon in München.« Und mit Mama, mit der ich das Allermeiste zu bereden gehabt hätte, ging natürlich gar nichts, fügte ich unhörbar hinzu. Das erste halbe Jahr hat sie sowieso nur in ihrem abgedunkelten Schlafzimmer gelegen. Und als sie endlich rauskam, hieß es, nein, ich bin noch nicht so weit. Und heute? Kommen nur so Sprüche. Ella, was passiert ist, ist passiert. Das Vergangene lässt sich nicht zurückholen, egal, wie viel wir darüber reden.

»Wie traurig, von allen Menschen wegzugehen, die einem was bedeuten«, sagte Jeremy. »Wo doch dein Vater schon … gegangen war.«

Ja, dachte ich. Das kapiere ich ja bis heute nicht.

»Man sollte da leben, wo man Freunde hat. Freunde sind das Wichtigste!«, sagte er.

Nun war mir doch nach Weinen, aber nur weil er so tolle Sachen sagte. Ich spürte seinen Handrücken kurz an meinem. Eine ganze Weile gingen wir über die Wiese. Ich sah den großen glatten Baumstamm, den jemand zum Klettern für Kinder hier liegen gelassen hatte, spürte die einzelnen Halme unter meinen Füßen, roch ihr grasiges Grün, hörte eine Amsel singen und hoffte, dass er meine Hand nahm. Doch Jeremy war damit beschäftigt, den Stock für Ewan zu werfen. Wie ein Bumerang zischte er über den rosa gefärbten Himmel. Ewan wetzte los.

»In fünf Tagen ist sein zweiter Todestag. Ich will aber unbedingt schon eher zum Friedhof.«

»Bei mir leben alle aus der Familie noch, darum weiß ich nicht wirklich, wie sich das anfühlen muss für dich …«

»Obwohl das blöd klingt und ich ja immer total viel an ihn gedacht habe, denke ich, ich habe ihn dort alleine gelassen.«

»Dann solltest du so schnell wie möglich hin!«

Während wir gingen, nahm er meine Hand und drückte sie, als ob es das Selbstverständlichste der Welt wäre. In mir tobte alles durcheinander. Ich war völlig glücklich wegen Jeremy und gleichzeitig total traurig wegen Dad. Ich drückte zurück und wollte ihn nie wieder loslassen.

»Ich könnte morgen Vormittag hinfahren. Ich werde erst um zwölf abgeholt.«

»Ich auch, bin ja erst im letzten Bild. Soll ich …? Aber du willst sicher lieber allein …«

Ich nickte. Dass er die Sätze nicht zu Ende sprach, war so verdammt süß. *Er* war so verdammt süß.

*»Leider ist er nur ein recht durchschnittlicher Stöckchen-Schmeißer.«*

Oh Mann. Ich schüttelte den Kopf, um Ewans Stimme zu vertreiben. »Ja. Das muss ich alleine machen. Sorry. Meiner Mutter werde ich sagen, dass ich meine Freundinnen von früher treffe.«

»Warum erzählst du ihr nicht die Wahrheit? Vielleicht will sie ja mitkommen?«

*»Stichwort Wahrheit. Über die wahren Absichten dieses jungen Mannes wissen wir immer noch nichts!«*

Aus! Ewan! »Nee. Ganz bestimmt nicht. Sie wird wohl erst an seinem zweiten Todestag hingehen. Hat ja keine Ausrede mehr, wo wir schon so in der Nähe sind.«

Jeremy zog mich an sich und umarmte mich. Ich legte meine Arme um seine Taille und meinen Kopf an seine Brust. Alles an ihm fühlte sich so fest an. Sein Herz schlug unter meiner Wange und er roch supergut nach frischer Bettwäsche, einer Prise Holz und warmer männlicher Haut.

*»Wie soll er denn jemals besser im Stöckchen-Werfen werden, wenn Ella Ellerbrake ihn so schamlos in Beschlag nimmt?«*

»Und dann habt ihr euch geküsst?«

Ich schüttelte den Kopf, was Fiona aber nicht sehen konnte. Mit dem Handy am Ohr wanderte ich über den Hotelflur. Ich hatte sie anrufen müssen, ich wäre sonst geplatzt. Sie war auch gar nicht sauer, dass ich mich vorher nicht bei ihr gemeldet hatte. »Ich bin voll eingepennt. Und bleibe auch gleich liegen. Boah, morgen Abholung um sechs.«

»Ich bin erst im letzten Bild. Mit Jeremy.«

»Der dich *nicht* geküsst hat?«

»Nein. Hab ich doch gesagt. Es war gut so, wie es war.«

Sie erwiderte nichts.

»Ich habe ihm von meinem Vater erzählt und von dem Grab und dass ich da morgen hinwill.«

Schweigen am Ende der Leitung.

»Bist du noch da?«

»Ja. Ich höre dir zu.«

»Es war so schön, aber vielleicht war das auch eher Mitleid bei ihm.«

»Mitleid.« Wenn ihre Stimme so ausdruckslos wurde, war sie ganz und gar nicht überzeugt.

»Ach, ich weiß nicht … er hat was von Freunden gesagt, die das Wichtigste sind. Vielleicht will er auch nur ein Freund für mich sein.«

»Ella.«

»Ja?«

»Du sollst wieder happy sein. Ich kenne niemand, dem ich das mehr wünsche als dir.«

Als sie aufgelegt hatte, liefen mir Tränen über die Wangen.

# 15. Kapitel

Der Mann in dem kleinen Häuschen war dick und guckte mich mit schielend schiefen Augen an. Bevor ich etwas sagen konnte, reichte er mir einen Plan vom Friedhof. Aha. Eine ganze Liste von national bedeutsamen Persönlichkeiten. Dazwischen lag mein Vater. Aber wo?

»Können Sie mir sagen, wo Paul Aerosmith, äh, das Grab von Paul Aerosmith liegt?«

»Wie wird das jeschriebn?«

Ich buchstabierte es ihm. Daraufhin suchte er umständlich in einem uralten Schrank voller Karteikarten. Hier war offenbar immer noch 1980, wie bei uns am Set.

Dann hatte er ihn gefunden. »Dat is' in R4 85.« Er umkringelte das Feld auf dem Plan. »Watt hässe denn da an dem Seil?«

»Meinen Hund!« Ich hielt das alte Springseil etwas höher, obwohl er Ewan dadurch auch nicht sehen konnte.

»Den lässe avver schön da dran, Mädschen!«

Na klar, wird gemacht.

Ewan lief an seiner Leine vorweg. Wir mussten geradeaus und dann irgendwann mal links. Es war erst zehn Uhr morgens und leider auch schon richtig warm. Diese schönen Vormittage mit blauem Himmel und keiner Wolke darauf erinnerten mich immer an den schrecklichen Tag vor zwei Jahren. War der Trauerzug hier entlanggegangen? Die gedämpften, langsamen Schritte der vielen schwarz gekleideten Menschen mit den goldenen Saxofonen in den Händen klangen wieder in meinen Ohren. Jetzt waren die Wege leer, nur das Gras wuchs unerträglich grün im Schatten der dicht belaubten Bäume, in deren Kronen aufgedrehte Vögel zwitscherten. Konnten die nicht mal aufhören? Das hier war schließlich ein Friedhof. Ich sah sie nicht, ich sah auch sonst niemanden. Wir waren allein. Überall nur Kreuze, kalte Grabsteine, Namen, Sterbedaten, verrostete Grablichter. Und am Himmel unnützes Sommerwetter.

Mein Herz galoppierte ängstlich los, als ob es gerade erst begriffen hätte, dass wir gleich wieder an seinem Grab stehen würden. Es fühlte sich so frisch und furchtbar an wie damals. Doch wo war es? Wo waren wir? Ich wusste nichts mehr. Auch nicht, wie herum ich den doofen Plan in meiner zitternden Hand halten sollte. In der anderen Hand schwitzte Ewans Leine und das Einwickelpapier der Rose, deren Stiel ich umklammert hielt. Nach einigem Suchen fand ich Gräberfeld R4. Mehr so zufällig. Ich lief über eine Wiese auf die Holzkreuze zu. Da vorne musste es sein. Fast knickte ich um, so weich waren meine Knie, als ich endlich davorstand. Es war nur ein kleiner, viereckiger Marmorblock, der zehn Zentimeter aus der Wiese ragte, dicht umgeben von anderen flachen Marmorblöcken und einfachen Holzkreuzen. Da war sein Name. *Paul Aerosmith. 1965–2014.*

Ich kniete mich hin und strich mit beiden Händen über den polierten Marmor. Es war so verdammt traurig, so stumpf und unwirklich, seinen Namen darauf zu lesen. Denn ich konnte mir auch jetzt nicht vorstellen, dass unter diesem Block wirklich seine Überreste liegen sollten. Das war nicht mein Dad. Nicht wirklich.

Ich presste meine Zähne zusammen und legte die Rose quer über den Namen. Ihre zartrosa gefärbten Blütenblätter hatten dieselbe Farbe wie die, die mir die dicke Frau damals gegeben hatte, bemerkte ich erstaunt. Warum hatte ich heute nichts anderes als eine Rose mitgenommen? Ich streichelte Ewan, der sich neben mich gesetzt hatte und auf die eingravierten Buchstaben und Zahlen starrte. Ich würde Dad trotzdem gerne noch etwas aufs Grab legen, etwas, das bleibt, das nicht verwelkt, sagte ich in Gedanken zu ihm. Reden konnte ich nicht. Zu viele Tränen überschwemmten meine Stimme.

Warum hat Dad eigentlich nicht darauf bestanden, dass ich

seinen Nachnamen bekomme? Ella Aerosmith. Wäre superschön gewesen.

Ewan legte den Kopf schief. *»Kann man jederzeit ändern. Jammerschade allerdings um die Alliteration.«*

Alliteration ... was war das noch mal? Ach, du meinst das Ell Ell?

*»Korrekt. Was lernt ihr in der Schule eigentlich?«*

Namen ändern? Ich weiß nicht ... Jetzt noch?

In Ewans Augen entdeckte ich eine gewisse Ungeduld.

Aber klar, so als Künstlername. Ich rupfte etwas Gras aus der Wiese. Es war so furchtbar traurig damals, als die zwanzig oder dreißig Saxofone diese Melodie gespielt haben.

*»Damals hat man gemeint, einen herrchenlosen Hund zu Hause lassen zu können. Allein.«*

Das tut mir leid, Ewan! Ich würde sie dir ja gerne vorsummen. Aber das schaffe ich nicht. Später vielleicht. Zwei Tränen rollten an meinen Wangen herunter. Ich atmete laut aus. Es tat weh. Es tat gut.

Ewan streckte sich, schnupperte am Stiel der Rose und leckte daran. Mein Katzenhund war vielleicht manchmal etwas grantig, doch er verstand so viel! Langsam erhob ich mich und wischte mir mit dem Handrücken das Gesicht ab. Es war zwar kein tolles Grab, aber immerhin ein Platz, um noch mal anders an Dad zu denken als auf die Art, in der ich es sowieso schon dauernd tat. Was hatte Mama sich dabei gedacht, mir diesen Platz wegzunehmen?

Das Team war beim Mittagessen. Ich hatte keinen Hunger, winkte nur ein paar Leuten zu und ging zu meinem Wohnwagen. Ich sehnte mich danach, ein paar Minuten alleine zu sein, um über den Friedhof nachzudenken und darüber, was ich Dad an seinem Todestag ans Grab stellen wollte. Ob Danny meine Tür schon aufgeschlossen hatte? Probeweise ruttelte ich an ihr. Sie ließ sich öffnen. »Ach? Hallo, Mama. Ich dachte, du bist im

Hotel?« Mist. Das war's dann mit den paar Minuten der Ruhe. Sie sah mir mit müden Augen entgegen, als ob sie kurz überlegen müsste, wer ich überhaupt war, bevor sie antwortete: »Nein. Hab mich mitnehmen lassen. Hier kann ich irgendwie besser arbeiten. Im Hotel kommen alle paar Minuten diese Zimmermädchen.« Sie seufzte. »Wie war es denn? Hattest du Spaß?«

»Was? …« Schon wollte ich explodieren, weil sie nie zuhörte, doch dann fiel mir meine Lüge von gestern wieder ein. »Ja, war schön. Hannah hat sich kein bisschen verändert und Antonia hat jetzt einen Freund.« Musste ja nicht gelogen sein, oder?

»Das Team isst gerade«, fuhr ich fort. »Kommst du mit? Die Salate sind immer super.« Ich stand immer noch draußen, doch am liebsten hätte ich sie an den Händen hochgezogen und aus dem Wohnwagen geschubst.

»Nein. Ich möchte da nicht mit diesen Müttern sitzen. Ich kann das nicht.« Ihre Augen sahen entschuldigend auf mich herab. »Noch nicht. Was machen die eigentlich den ganzen Tag?«

»Keine Ahnung. Ich bin ja meistens am Set.«

»Tja. *Du* bist am Set. Und ich versuche … mich hier durchzuschlagen.«

Mein Gott, sie tat ja so, als ob sie im Knast sitzen musste, während ich drehte. Ich machte einfach die Tür wieder zu. Sollte sie doch dadrin hocken bleiben!

Ich ging mit Ewan zurück. Warum schaffst du es nicht, dich gegen deine Mutter durchzusetzen, wenn sie deinen Wohnwagen blockiert?, dachte ich. Warum ist sie selbst so blockiert? Und irgendwie kalt. Woran ist Dads Tod noch alles schuld?

Ich hatte immer noch keinen Hunger, sondern holte mir nur einen Milchkaffee vom Automaten. Ist doch egal, was sie macht, sagte ich mir, du bist weg aus München, du darfst spielen und die Leute um dich herum sind total nett. Basta.

Katja und die Masken-Mädchen begrüßten mich freudig und rutschten etwas zusammen, damit auch für Ewan noch Platz auf der Bank war. Aufmerksam schaute er über den Tisch und witterte das Gulasch auf einigen Tellern. Siehst du, dachte ich. Supermeganett!

Fiona saß mir gegenüber. Ihre Mutter pickte in ihrem Salat, dabei strich sie sich unaufhörlich die roten Haare aus dem Gesicht und redete: »Heute seid ihr aber schnell. Schon zwei Bilder abgedreht. Und dieser Dietmar ist ja so was von nett! Ich hab mich mal bisschen mit ihm unterhalten, sehr gebildet, der Mann. Wen spielt der noch mal?«

»Vater Zimt. Mein Film-Opa. Vater von Marion.« Fiona zeigte auf mich.

»Interessant! Und in irgendeinem Krimi spielt er ja angeblich auch mit …«

»In *Der Köln-Krimi,* Mama!« Sie rollte genervt mit den Augen, aber ihre Mutter hörte schon gar nicht mehr hin. »Ja. Doch. Sehr eindrucksvoll, allein die Körperfülle. Ach, ich mag's ja, wenn Männer was von einem Teddybären an sich haben …«

Fiona beugte sich über ihren Teller. »Hey! Wie geht's dir? Warst du auf dem Friedhof?«, fragte sie leise. Ich nickte und zuckte nur mit den Achseln. Sie hakte nicht weiter nach. »Und was ist mit Jeremy? Hast du ihn heute schon gesehen?«, raunte sie.

»Nee. Keine Ahnung. Ich bin vom Fahrer ja direkt am Melaten-Friedhof abgeholt worden.«

»Wie geht das jetzt weiter mit euch?« Sie flüsterte nur noch.

»Na, wie wohl? Ich werde ihm um den Hals fallen und ihn küssen, sobald ich ihn das nächste Mal treffe.«

Fiona kicherte und wisperte. »Ich glaube nicht, dass der nur befreundet mit dir sein will.«

»Nun guck sich einer diese beiden an! Wie *sweet!*«, trompetete Fionas Mutter. »Sie kennen sich kaum drei Tage und haben schon jede Menge zu tuscheln!«

»Genau, Mama! Wir sind pubertierende junge Menschen, die auch weiterhin ungestört *tuscheln* wollen.« Fiona kickte ihrer Mutter mit einem Grinsen den Ellbogen in die Seite, dann beugte sie sich weit zu mir über den Tisch: »Guck dich nicht um. Dahinten kommt er«, flüsterte sie.

Sofort nahm ich meinen Pappbecher mit dem Kaffee und stand auf. Jeremy im Sitzen zu begegnen, und dann auch noch vor Fionas Mutter, wäre der Horror. Meine persönliche Hunde-Eskorte sprang von der Bank.

Jeremy suchte mich nicht, er sah mich nicht mal, denn sein Blick war auf sein Handy gerichtet. Ich ging auf ihn zu, sagte kurz »Hallo!« und lief weiter. Ich konnte hören, wie er sich umdrehte und hinter mir herkam, dann spürte ich, wie seine Hand nach meiner griff und mich zwischen zwei Lastwagen zog. Der Kaffee schwappte heiß über meine Hand. Ich spürte es kaum.

»Guten Morgen.« Er drehte mich zu sich. Ich stand auf einem dicken Stromkabel, hinter uns brummte ein Generator. Ich fiel in seine blaugrauen Augen, konnte nichts sagen, nur lächeln.

»Wenn ich dich sehe, werde ich ganz unruhig. Wie machst du das?«

*»Sie macht gar nichts, junger Mann. Es handelt sich bei euch um die ganz normale Gefühlsverwirrtheit eines männlichen Teenagers.«*

*Shut up!*, Ewan. »Keine Ahnung.« Ich lachte und wagte es, meine freie Hand kurz auf seine Hüfte zu legen.

»Warst du auf dem Friedhof?« Sein Gesicht war ganz nah vor meinem.

»Na, na, na, was ist denn *da* los?«, rief jemand. Ich ließ meine Hand von seiner Hüfte fallen, als hätte ich mich nun wirklich verbrannt. Mist, ausgerechnet Regie-Assi Manuel hatte uns gesehen. Seine Augen waren echt überall.

»Wenn hier nicht so viele Leute vorbeigehen würden, würde ich dich …«

»Was würdest du?«

»Verschieben wir auf später, okay?«, sagte Jeremy und schob mich wieder auf die Straße.

»Aber nicht viel später …«, sagte ich.

Ich war verknallt. Ziemlich verknallt! Ich saß in der Maske und dachte, Esther müsste es meinem Gesicht sofort ansehen, doch sie hatte außer mir noch drei Leute zu schminken. Rolle Sabine, Rolle Claudia, Rolle Hammerzahn. Sie blies sich eine Haarsträhne aus dem Gesicht: »Wie gut, dass ich heute nicht auch noch deine Monobraue kleben muss.«

Na gut, dann grinste ich eben nur für mich in den Spiegel. Anisha von der Kostümabteilung hatte mir für Bild 124 das Party-Outfit angezogen, ein altrosa gefärbtes Opa-Nachthemd mit Knopfleiste. Durch den weißen Seidenschal, den Anisha mir um die Taille geschlungen hatte, wurde es noch kürzer. Man sah viel von meinen Beinen. Ich mochte meine Beine.

Gut, dass man mich ab und zu zwingt, mich noch mit anderen Sachen als Liebe und Gräbern zu beschäftigen, dachte ich zwei Stunden später. Zwar sind das auch Dinge, die ich nicht ganz verstehe, aber wenigstens sind sie lustiger als ein Urnengrab. Ich hielt den Griff des Schneebesens umklammert. Mann, war das schwierig! Wie hielt man dieses Ding bloß, dass es echt aussah?

»Schon mal prima, aber mehr aus dem Handgelenk!«

Coach Hennes nickte mir zu. Bei ihm sah das so leicht aus. Kein Wunder, als Konditormeister machte er das ja auch schon seit dreißig Jahren. »Schüssel mit links etwas hochhalten und dann ...« Tack, tack, tack, klapperte der Schneebesen gegen das Metall der Schüssel, die wie ein halber Ball aussah. Ich versuchte, seine Bewegungen zu imitieren. Drei Sekunden ging es gut, dann verkrampfte sich mein Handgelenk.

»Ja, schon viel besser«, lobte er. Wenn er grinste, sah er aus wie der Konditor-Typ aus der Werbung für diese leckeren Karamellbonbons. »Aber aufgepasst: Die Schulter darf sich nicht bewegen. Noch ein paarmal üben und du hast es bald raus! Nimm dir beides mit ins Hotel. Und schlag ein bisschen Wasser auf.«

Okay. Mama würde begeistert sein, wenn ich heute Abend im

Bett damit herumklappern würde. Und Ewan auch. Schon jetzt saß er mit heruntergeklappten Ohren in sicherer Entfernung an der Türschwelle nach draußen.

»Nächste Lektion. Eier aufschlagen. Moment, ich hol die mal eben.«

Ich nickte. Es war warm, obwohl keiner der vielen Öfen in Betrieb war. Die Umzugskartons waren verschwunden, nun sah alles wieder nach Backstube aus. Überall lagen Aluminiumbleche mit Pralinen darauf. Dunkle und helle, runde und eckige, einige mit einer Haselnuss auf dem Nugat. Ich schnupperte daran, sie rochen nach nichts, glänzten nur schokoladig vor sich hin.

»Das sind Attrappen aus Knete. Mit Lack überzogen, also lieber nicht reinbeißen.« Hennes war mit einer Palette voller Eier zurückgekehrt und stellte sie in die Mitte der langen Arbeitsfläche. »So, einmal gucken!« Mit beiden Händen packte er jeweils ein Ei und schlug sie gleichzeitig am Rand einer großen Schüssel auf. »Oder so.« Nun hielt er gleich zwei in einer Hand und ließ sie am Rand zerbrechen. Natürlich landete nur der Inhalt in der Schüssel, nicht die Schalen. Die ließ er im lockeren Bogen in einen Abfalleimer fliegen. »Versuch's mal. Das macht was her, vor der Kamera. Probier erst mal eins! Und immer locker bleiben, Angst is 'n ganz 'n schlechter Lehrmeister …«

Ich nahm ein Ei. Und noch eins. Es ging erstaunlich gut mit einer Hand.

»Na prima! Die Jugend lernt eben noch schnell. Der Dietmar Berg übt das schon wochenlang und hat immer noch Problemchen.«

Hennes zeigte mir noch mehr Tricks und entließ mich nach einer halben Stunde mit der leeren Schüssel und dem Schneebesen nach draußen. Ewan lief ohne Leine neben mir her, als ob er ein ganz normaler Hund wäre. War er aber nicht.

»Warum hast du eigentlich fast zwei Jahre geschwiegen und den Einsiedler-Hund gegeben?« Ob er antworten würde? Mittlerweile sprach er ja manchmal zu mir, auch wenn keine unmittelbare Katastrophe drohte.

*»Angeblich soll der Mensch flexibler auf die wechselnden Bedingungen seiner Umgebung reagieren können als das Tier …«*

»Was? Wo hast du *das* denn her? *Wikipedia?«*

*»… aber nachdem zwei Jahre verstrichen waren und die Mitglieder der Familie nicht gerade aufbauend miteinander umgingen, war es nur angemessen einzugreifen.«*

Ich stieß geräuschvoll die Luft aus: »Du machst mich fertig, Ewan. Weißt du das?!«

# 16. Kapitel

Am Set war es warm. Bild 124 war in zwei Teile geteilt. *Mit* Matti, dem Finnen, Marions großem Schwarm, und *ohne* ihn. Da unser berühmter Teenie-Star Leevi erst nächste Woche Zeit hatte, drehten wir an diesem Tag logischerweise den Teil ohne ihn. Matti putzte laut Drehbuch in diesem Moment nämlich noch die Toiletten des Cafés und war nicht zu sehen.

Ich war verknallt. So verknallt!

Da meine Liebe im Film nicht Jeremy, dem fiesen Konrad, gelten durfte, musste ich mir etwas einfallen lassen, um mein Glücksgefühl irgendwo loszuwerden. In der Probe warf ich der Klotür einen verliebten Blick zu. Eine Idee, die Tim und Manuel großartig fanden! Ich glühte vor Stolz. Obwohl ich es nie zugegeben hätte, fand ich, dass ich außergewöhnlich gut spielte. Aber auch Luca, der Junge aus der Cowboystiefel-Familie, war nicht schlecht. »Stimmt doch, Charliiiee?!«, fragte er übereifrig nach jedem Satz und ließ bei »Charliiiee« seine Stimme in die Höhe gehen. Das stand zwar nicht im Drehbuch, doch Tim ließ es durchgehen und wir lachten uns kaputt über ihn und steckten das ganze Team damit an. Fiona war cool, wie immer. Sie trug abgeschnittene Jeans und eine aufgeknöpfte Bäckerjacke, die recht viel von ihrem üppigen Dekolleté sehen ließ. Genau wie im Buch. Und Jeremy? Nicht nur sein akkurater Haarschnitt, auch die Art, wie er plötzlich den Kopf hob, wenn er sprach, und die Luft nach jedem Satz kurz durch die Nase zog, machte aus ihm einen arroganten Idioten. Einfach nur genial.

Wir probten ziemlich lange, Tim legte für jeden Wege und Bewegungen fest, bis er zufrieden war. Schließlich rief Manuel: »Achtung, wir machen drehfertig!« Sein Blick lief zwischen mir und Jeremy hin und her oder bildete ich mir das nur ein? Ewan saß auf seinem bewährten Platz neben Sylvain. Alles in Ordnung also. Ein letztes Abpudern von der Maske, Kostümcheck. Absolute Ruhe. Ich konzentrierte mich. Ich war Marion. Meine Eltern hatten Charles und mich gerade auf unserer heimlichen Party erwischt und uns oben in der Wohnung eine fette Strafpredigt gehalten. Die Party war abgebrochen worden, wir standen vor einem zugemüllten Café, alle Gäste waren abgehauen. Ich rief mir Marions Verzweiflung über den abrupt beendeten Abend in Erinnerung und die Angst vor einer möglichen Bestrafung. Das warme Jeremy-Gefühl musste warten, das war später dran.

Da kam auch schon das »Und bitte!« von Tim.

»Mist, die sind alle weg!« Die Marion in mir war fassungslos.

»Sieht so aus«, kam es von Charles.

»Weg. Weg. Weg.« Ich stampfte in dem Café zwischen herumkullernden leeren Bierflaschen und sonstigem Müll herum. Meine Enttäuschung wich einer großen Wut auf Charles. »Und was nun? Müssen wir jetzt den Rest unseres Lebens so stinkefreundlich zu Dagmar sein?«

»Nun chill mal, Marion!« Charles erinnerte mich noch einmal, warum wir die Party gemacht hatten: um unsere absolut schreckliche Zukunft zu ändern. »Na also! Da lohnen sich doch so 'n kleiner Anschiss und so 'n bisschen Aufräumen, oder?«

Das war das Stichwort für die anderen. Die Tür zur Backstube ging auf und die Truppe kam mit Besen, Schrubber, Eimer und Mülltüten bewaffnet heraus. Sabine, Claudia, Anne, Hammerzahn und der hübsche, hübsche, ach so fiese Konrad.

»Ihr seid ja doch noch da!« Mein Erstaunen klang sehr echt. Wir spielten die Szene bis zum Ende. Niemand hatte einen Hänger, alle waren auf dem Punkt. Hammerzahn scharwenzelte demütig um Charles herum, Konrad war anscheinend total verknallt in sie, obwohl er das auf keinen Fall zeigen wollte. Sogar Sabine, Claudia und Anne, deren echte Namen ich peinlicherweise schon wieder vergessen hatte, liefen wie selbstverständlich im Hintergrund durch das Bild, fegten und klaubten Flaschen vom Boden.

»Matti? Der putzt gerade das Scheißhaus!«, rief der arrogante Konrad und ich warf meinen verliebten Blick auf die Toilettentür.

»Aus! Danke!«, rief Tim. Und der Kameramann: »Schlussklappe!« Eine Sekunde herrschte Stille. Dann brach das Gelächter los und Applaus. Wir bekamen Szenenapplaus! Wir klatschten uns ab.

Wir drehten die Einstellung noch fünf Mal, weil es so schön war, weil Hammerzahn doch an einer Stelle ein wenig genuschelt hatte, weil es immer noch etwas zu verbessern gab ... doch das konnte unsere Begeisterung nicht bremsen. Euphorisch gingen wir eine halbe Stunde später in die Umbaupause. In einer Reihe, die ganze Straßenbreite einnehmend, liefen wir die paar Meter hinüber zum Catering. Ewan allen voran.

»Wir sind ja ’ne geile Truppe!«, rief Claudia. »Sogar mit ’nem Hund, aber wir sehen un-fucking-fassbar scheiße aus!«

»Findest du?! Also, da hättest du Ella und mich mal die letzten beiden Tage sehen müssen!«, sagte Fiona. »Heute sind wir doch supercool angezogen. Na ja ... obwohl ...« Sie warf einen Blick auf das Outfit der drei Mädchen. Fett machende Bundfaltenjeans, Seidenblüschen mit halbem Arm, furchtbare Klein-Mädchen-Sandalen. »... ihr nicht. Wie heißt ihr noch mal? Sorry. Schon wieder vergessen.« Ich grinste. Anscheinend ging es Fiona wie mir.

»Johanna«, sagte die Achtzigerjahre-Claudia. »Ich bin Fanny«, sagte Sabine, der die Mädels vom Kostüm auch noch eine unmoderne rote Brille verpasst hatten. »Marie«, sagte Anne, die meine beste Freundin spielte, aber mit ihren geflochtenen Zöpfen leider so langweilig war, dass man sie dauernd vergaß.

»Habt ihr schon oft gedreht?«, fragte Luca.

»Na ja, früher. Als ich noch im Kindergarten war. *Sendung mit der Maus* und so.« Johanna winkte ab.

»Ja, ich auch. Wer in Köln lebt und fehlerfrei drei Sätze hintereinander sagen kann, kommt an der Maus nicht vorbei«, sagte Fanny. Marie lächelte nur.

»Oh, es gibt Kuchen«, rief Fiona am Cateringwagen und nahm gleich das Blech mit dem Bienenstich hoch. »Dürfen wir?«

»*No way!*« Die Johnny-Depp-Kopie mit dem Hipster-Bärtchen lehnte sich aus dem Wagen und grinste breit. »Ist für später.«

»Ach komm, Niklas, der Kuchen riecht so geil und gleich haben wir keine Zeit mehr, dann müssen wir uns schon wieder umziehen und so ...« Das war gelogen, heute stand kein Kostümwechsel mehr an. Doch wir nickten alle im Chor. Genau!

»Na gut, weil ihr es seid, ihr Saftpressen.«

»Danke, Niklas! Du bist ganz schön cool für dein Alter!«, rief Fiona hinauf zu Johnny Depp, während sie die vorgeschnittenen Stücke auf kleine Teller verteilte.

»Was soll *das* denn heißen?«

»Na ja, sorry, aber der Jüngste bist du doch auch nicht mehr.«

»Stimmt! Er is 'n alter Sack!«, kam es aus dem Innern des Wagens.

»Ey, ich bin nicht mal vierzig. Kuchen wieder her! Aber zack, zack!«

Fiona kicherte nur. Jeremy brachte die erste Latte macchiato vom Automaten und gab sie mir. »Heute Abend? Im Park?«, fragte er leise. Seine Finger berührten meine und ein wildes Glücksgefühl breitete sich in mir aus. Ich konnte nur nicken.

»Komm, wir setzen uns hier vorne hin«, sagte Luca, »bloß nicht dahinten zu den Muttis. Stimmt doch, Charliiiie?« Wir schauten zu den Frauen, die die hintersten Bierbänke belagerten.

»Dufte Idee, Hammerzahn!«, antwortete Fiona.

Während Ewan an einem rohen Rinderknochen knurpselte,

Geschenk vom Catering, stopften wir den noch warmen, klebrigen Kuchen in uns hinein und spülten mit Kaffee nach. Jeremy saß neben mir. Ich leckte mir die Finger ab und fragte mich, wann ich das letzte Mal so glücklich gewesen war. Zu meinem zehnten Geburtstag, als ich zehn Freundinnen einladen durfte und meinen Hamster Alfons bekam?

Katja kam vom Set gelaufen. Jetzt stoppte sie am Müttertisch und sagte etwas. Hysterisches Lachen schallte zu uns herüber. Unsere MPF hatte an diesem Tag viel zu tun. Die Zeiten unserer Anwesenheit am Set mussten für das Jugendamt in tausend verschiedene Listen eingetragen werden. Trotzdem brachte sie nebenbei noch eine ganze Runde Mütter zum Lachen …

»Heute sind es wirklich viele«, sagte Fiona. »Welche gehört zu wem? Meine ist die mit den absurd roten Haaren.«

Jeder von ihnen beschrieb kurz seine Mutter. »Meine ist auch da, die sitzt aber wie immer im Wohnwagen«, beendete ich den Mütter-Katalog.

»War sie eigentlich *jemals* am Set?« Fionas Stimme wurde laut.

»Nee.« Es klang so gleichgültig wie beabsichtigt.

»Doch, war sie«, sagte Jeremy. »Paarmal schon. Aber sie wollte dich nicht stören.«

»Wow! Immerhin.« Fiona zog die Augenbrauen hoch.

»Echt? Du hast dich mit ihr unterhalten?« Mama hatte mit Jeremy gesprochen. Unglaublich! Irgendwie passte es mir nicht, nichts davon zu wissen. »Okay. Aber zum Essen kommt sie trotzdem nicht.«

»Wieffo?« Johanna sprach mit vollem Mund, man verstand sie kaum. »Ist sie auf Diät? Meine Mutter ist auf Diät, seitdem ich sie kenne …« Sie versprühte eine Menge Krümel beim Lachen.

»Vielleicht kann Niklas ihr was in den Wohnwagen bringen, der sieht doch ganz gut aus«, sagte Fiona. »Damit sie mal auf andere Gedanken kommt.«

»Vergiss es.« Ich schüttelte den Kopf. Niklas! Als ob sie fremde Männer auch nur anschauen würde …

»Getrennte Mütter sind echt schlimm dran, die finden meistens nicht so schnell einen neuen Typ. Mein Vater hatte schon drei Freundinnen, seitdem meine Eltern sich getrennt haben. Aber meine Mutter? Nichts. Keinen einzigen.« Fanny hatte die Brille abgesetzt. Ohne sah sie eigentlich ganz hübsch aus.

»Wir sollten nachhelfen. Sage ich doch.« Fiona zeigte auf Niklas, der jetzt vor dem Wagen stand und mit einem Lappen unsere Kuchenkrümel vom Ablagebrett des Wagens wischte. »Der ist doch cool.«

»Nee. Lass mal«, sagte ich. Doch dann schaute Jeremy mich an und plötzlich floss mein Herz über. Jeder sollte dauernd verliebt sein, dachte ich. Jeder sollte in seinem Leben so viel Liebe wie möglich erleben dürfen. Auch Mama. Sie sollte albern und lächerlich und total peinlich verknallt sein. Ungefähr wie ich gerade … »Super, aber wie soll das überhaupt gehen?«, fragte ich.

»Also ich hätte da eine Idee!« Fionas Stimme wurde leiser, sodass sich alle über ihre Kuchenteller beugten, um sie zu verstehen. Ewans Kaugeräusche drangen unter dem Tisch hervor.

»Ist nicht von mir, sondern aus einem Film geklaut. Also nehmen wir ein praktisches Beispiel: Ich sage Luca, dass Fanny ihn total klasse findet. Besonders sein … keine Ahnung, sein …«

»… mein Sixpack«, warf Luca ein.

»Genau!« Fiona zeigte mit dem Finger auf ihn.

Wir Mädchen stöhnten vor Peinlichkeit auf.

»Und Fanny bekommt von mir zu hören, dass Luca neulich mal erwähnt hat, dass er ihre langen Haare so mag.«

»Echt?«, fragte Fanny.

»Nein, das denke ich mir doch nur aus!«

»Aber ich finde ihre Haare wirklich super.« Luca grinste.

»Ey, jetzt bringt mich hier nicht durcheinander!« Fiona verdrehte die Augen. »So. Ich sage also jedem von euch, dass der andere euch toll und interessant und keine Ahnung was noch alles findet. Diese Vorstellung tickt dann wie eine kleine Bombe in euren Gehirnen vor sich hin. Erst wollt ihr vielleicht nichts davon wissen, aber es schmeichelt euch doch und dann werdet ihr neugierig und geht aufeinander zu.«

»Und das funktioniert?« Luca-Hammerzahn starrte Fanny an, als ob er sie zum ersten Mal sähe.

»Ey, Luca, das war ein *Beispiel!*« Jeremy haute Luca auf den Oberarm.

»Im Film funktioniert das und ich glaube, im wahren Leben manchmal auch.« Fiona wandte sich wieder ihrem Kuchen zu. »Niklas ist echt nett und hat gerade keine Freundin. Habe ihn gefragt. Da gibt es niemanden.«

»Boah, Fiona, du bist direkter und cooler als alle Mädchen, die ich kenne«, sagte Johanna.

»Vielleicht sagt er nicht die Wahrheit«, warf Jeremy ein. »Was machst du dann?«

»Ich gehe nicht davon aus, dass Männer ständig lügen, was ihren Beziehungsstatus angeht«, sagte Fiona.

»Ja, nee. Klar.« Jeremy zuckte mit den Schultern und rutschte auf der harten Bierbank herum.

»Aber …«, setzte ich an. Ich konnte Mama doch nicht als Versuchskaninchen vor allen anderen springen lassen.

»Kein ›aber‹. Lass uns das echt machen, Ella. Komm! Das wird Fun! Und vielleicht wird sie ja happy mit ihm!«

Ich überlegte. Wenn uns das mit dem Verlieben gelänge, dann hätte sie richtig viel davon, würde ganz weich und warm und süß, wie ein überquellender Kuchenteig, und ich bekäme auch endlich wieder etwas davon ab … So wie früher, wenn Dad nicht da war und wir es uns schön machten und uns beide auf ihn freuten. Als sie noch eine richtige Mutter, eine besorgte Mama war … »Meinetwegen. Aber was sagen wir ihr? Sie hat ihn ja noch nicht mal registriert.«

»Muss sie auch nicht, dafür sind wir ja da!« Johanna lachte.

»Mamaaa?«, imitierte Fiona meine Stimme. »Dieser eine Typ mit dem Bärtchen, der vom Catering, der hat neulich mal nach dir gefragt. Er meinte, man sieht, dass du mal … dass du …«

»… Tänzerin warst«, beendete ich den Satz.

»Wow, Tänzerin, das ist super!«, rief Fanny und alle stimmten zu.

»Pscht, nicht so laut!« Fiona schaute zum Cateringwagen hinüber. »Und. Mamaaa …«, setzte sie ihre Ella-Imitation fort. »Ich glaube, das fand er irgendwie gut.«

Ich musste lachen. *»So* soll ich das sagen? Okay. Und was für eine Info bekommt Niklas?«

»Da sitzt diese Tänzerin im Wohnwagen und will nichts essen«, sagte Jeremy.

»Hey, Niklas! Eine der geilsten Mütter kennst du ja noch gar nicht«, schlug Luca vor. Ich strafte ihn mit dem strengsten Blick, zu dem ich fähig war.

»Ja, sorry. Manchmal reden wir Männer so.«

»Wir *Männer!* Als ob ihr schon dazugehört!«, rief Johanna.

»Würde gehen. Das könnt aber nur ihr Typen zu ihm sagen …«, meinte Fiona. »Klingt jedenfalls glaubwürdiger, als wenn ich das mache.«

Ich atmete tief ein und setzte mich gerade hin. Genau, dachte ich, vielleicht klappt es ja, wenn sich andere um das Glück meiner Mutter kümmern!

# 17. Kapitel

Wieder ein sonniger Morgen, wieder ein Drehtag, der sechste sollte es angeblich schon sein, so stand es auf der Dispo, und ich liebte es immer mehr. Das Abholen vor dem Hotel, wenn der morgendliche Nebel noch auf dem Park lag, das anschließende Umziehen im Kostümwagen, das Sitzen und Plaudern in der Maske. Die erste Klappe, Ewan ganz selbstverständlich auf seinem Hocker neben Tonmeister Sylvain, die riesigen Lampen, die allgegenwärtige Kamera, die zahlreichen Monitore. Die Regiestühle am Set, auf denen wir zwischendurch warteten, warteten und wieder warteten. Auch das war gar nicht so schlimm, denn es gab immer jemanden, mit dem ich mich unterhalten konnte. Nach und nach hatte ich mehr über das Leben von Katja, von Lisa, von Fiona erfahren. Kurz darauf war wieder Konzentration vor der Kamera angesagt. Groß im Bild sein, im Hintergrund sein, aus dem Off anspielen, eine Nahe, eine Zweier, den anderen anspielen.

An einem Abend hatte Kameramann Fabian mir in der Hotelbar auf seinem Laptop einige Einstellungen der Szene mit Dietmar Berg in der Backstube gezeigt. Zum ersten Mal sah ich mich so lange auf dem Bildschirm. Ich erkannte mich zwischen den Öfen kaum wieder. Das kleine Papierhütchen auf dem kurzen Haar, die weiße Schürze, alles sah in dem Licht so anders, so echt aus. Und wie souverän diese Marion sprach und dabei mit dem kleinen Finger in den Teig stippte, ihn abschüttelte und dann erst probierte. Auch Dietmar Berg als Vater war klasse. Er benahm sich wie ein echter, etwas knurriger Patriarch.

»Wie findest du es?«, hatte Fabian mich gefragt.

»Toll! Äh, gute Kameraführung …«, setzte ich hinzu. Ich

konnte meine Augen nicht von der Marion lösen, die jetzt als Standbild auf dem Bildschirm zu sehen war.

»Danke. Aber nein, ich meine dich, wie findest *du* dich?«

»Ich weiß nicht«, hatte ich geantwortet. »Irgendwie muss ich erst mal glauben, dass ich das bin.«

»Du *bist* es und du hast etwas, was wenige haben, Ella.«

»Hä? Echt?«

»Deine Ausstrahlung, die man im normalen Alltagsleben zurzeit vielleicht noch übersieht, die findet hier schon den Weg auf die Leinwand.« Er hatte gegrinst. »Da kannst du nichts dagegen machen!«

»Danke, das hast du schön gesagt.«

Seitdem begrüßte ich morgens am Set nicht nur Tim und Manuel, Katja, Katrin, Esther, Anisha und alle Kostümmädels, sondern auch Fabian mit einer Umarmung.

Aber an diesem Morgen war alles anders.

Nicht nur, dass heute der Tag war, an dem *A-Promi* Leevi Valtteri Mäkinen am Set erwartet wurde. Viel schlimmer: Ich würde auch auf Justina treffen. Laut Dispo war sie gestern schon mit ihrem Vater aus München angereist. Ich versuchte, nicht darüber nachzudenken, dass sie vielleicht gerade sogar im Zimmer neben mir wohnte, doch ihr Gesicht tauchte immer wieder vor meinen Augen auf. Außerdem war heute ein mieses Datum. Einfach ein verdammt mieses Datum …

Ich hatte Glück, meine Abholzeit war erst um halb elf. Genug Zeit, um mit der Bahn zum Friedhof und wieder zurück zu fahren. Mama schlief noch, als ich leise aufstand. Ewan sprang aus seinem Korb und lief zur Tür. Psst!, sagte ich in Gedanken zu ihm. Endlich kann sie mal pennen, wir dürfen sie auf keinen Fall wecken.

Im Badezimmer starrte ich einen Moment in den Spiegel. »Du siehst gut aus«, sagte ich leise. Die blöden Armpress-Übungen machte ich schon seit dem Casting nicht mehr. Meinem kleinen Busen hatte ich die Rolle doch erst zu verdanken. Und meinem großartigen Talent natürlich ... dachte ich und grinste mich freundschaftlich an.

*»Wie schnell doch das Vergessen bei Teenagern einsetzt.«*

Ewan guckte von der Türschwelle mahnend zu mir hoch.

»Raus hier!«

Gerade wollte ich mich an ihm vorbeischleichen, doch der Typ am Eingang nickte mir zu und rief: »Na, ham wa wieder dat Hündschen dabei?« Waren die Kölner eigentlich immer so gesprächig oder nur, wenn man es gerade nicht gebrauchen konnte?

Der Friedhof war so leer wie vor vier Tagen. Ewan lief die Wege entlang, zielstrebig und ohne irgendwo zu schnuppern. Irgendwie feierlich. Heute vor zwei Jahren war es passiert, am Nachmittag. Aber erst am frühen Abend, nach meiner Theatergruppe, hatte Mama mich abgeholt und war mit mir zum Krankenhaus gefahren. Es hatte stark geregnet, die Scheibenwischer waren wild vor der Windschutzscheibe hin- und hergeflogen, daran erinnerte ich mich noch.

Dieser sonnige Morgen hatte nichts mit damals zu tun, doch in mir fühlte es sich flau und nervös, aber auch freudig an, als ob ich mit Dad eine Verabredung hätte. Diesmal fand ich die Wiese sofort. Ob meine Rose noch da war? Ich tastete nach dem flachen Stein in meiner Hosentasche. Er war hell und glatt, von der Form her ungefähr wie ein abgenutztes Stück Seife, und fühlte sich warm an. Ich hatte ihn im Park unter einem Baum gefunden, und er war so perfekt, als ob ihn jemand dort extra für mich hingelegt hätte. Mit einem silbernen Edding von der Requisite hatte ich *Für immer deine Pippa Kakadu* darauf geschrieben. Der sollte auf das kleine Marmorquadrat. Dann hatte er etwas von mir, das blieb.

Ja, die Rose war noch da. Schon ziemlich schlapp lag sie über dem Marmorblock, selbst im Liegen schaffte sie es, den zartrosa Blütenkopf hängen zu lassen. Doch auch etwas anderes lag dort.

Ein Stein, ähnlich groß wie meiner, nur in Form eines Herzens. Ich fiel auf die Knie und nahm ihn in die Hand.

»Das kann doch nicht wahr sein«, rief ich Ewan zu. »Sie war schon hier!« Auf dem Herz war etwas eingraviert. *»Wir vermissen dich!«*, las ich leise. »Wie hat sie das geschafft? Und wann?« Ewan guckte mit Hingabe in den blauen Himmel. Sie war hier gewesen, sie hatte etwas für Dad hingelegt, na gut, es war nicht selbst gemacht, sondern wahrscheinlich irgendwo in einem Laden gekauft, aber sie hatte sich wenigstens durchgerungen, loszugehen und etwas für ihn auszusuchen. Ich streichelte mit dem Daumen über die polierte Oberfläche des Steins und legte ihn dann behutsam wieder zurück. Ja. Ja. Ja. Wir vermissen dich, dachte ich. Wir beide! Endlich bist du wieder normal, Mama! Endlich. Endlich. Endlich. Mein Brustkorb wurde heiß überflutet vor lauter Liebe, wie so oft in den letzten zwei Tagen. »Alles wird gut, Ewan«, murmelte ich. »Besser gesagt, alles *ist* gut!«

*»Erstaunlich, wie die Hormone Phenylethylamin und Dopamin verliebte Menschenwesen beeinflussen. Sogenannte Gefühle sind nur chemische Reaktionen im Gehirn.«*

»Danke«, sagte ich. »Du machst mir echt Mut …«

In der Bahn lehnte ich meinen Kopf gegen die Scheibe und dachte nach. Hatte ich einfach nicht sehen wollen, dass Mama gerade dabei war, sich zu ändern? Sie hatte sich aufgerafft und war tatsächlich zum *Warm-up* erschienen. Sie war mehrmals heimlich am Set gewesen, um mich zu sehen. Sie wollte versuchen, wieder ein echtes Muttertier zu werden, hatte sie vor Fiona gesagt … Und nun das mit dem Herzen!

An der Endstation stiegen Ewan und ich aus und gingen die kurze Strecke bis zum Hotel, wo Fahrer Angel schon auf uns wartete, um uns zum Set zu fahren.

Ich hatte sie wegen des Herzens auf dem Friedhof komplett vergessen, doch beim Anblick des lang gestreckten Wohnmobils, das gestern noch nicht neben dem Toilettenwagen gestanden hatte, fiel es mir wieder ein. Justina! An den drei Türen waren Schilder mit Namen angebracht. THORSTEN DÜMPELMANN, MATTI HEIKKINEN und DAGMAR ZIMT. Na super, der Aufenthalt von Justina und Superstar Leevi lag auch noch nebeneinander. Durch die dünne Wand würde sie jeden Nieser und jeden Pups von ihm hören und hatte sofort was zum Angeben. Ich atmete tief ein, um mich zu wappnen. Jetzt ging es los, für die nächste Woche hatten wir sie am Hals. Ewan, hast du eine Meinung dazu? Nein. Ist auch nicht nötig, dachte ich. Die Woche Vorsprung kann sie mir nicht mehr nehmen. Und außerdem habe ich ja Jeremy!

Jeremy ... Unser Date im Park gestern Abend war wunderschön gewesen. Wunderschön für Ewan, der wieder ordentlich viele Stöckchen geworfen bekam. Wunderschön für Luca, der mit Johanna und Fanny gleich zwei Bewunderinnen im Schlepptau hatte, und wunderschön für Fiona, die nicht nur eine Megatüte Schokolinsen mitbrachte, sondern auch ein eiskaltes Sixpack Bier-Limonade-Mix, alles frisch aus dem Minibar-Vorrat ihrer Mutter. Wunderschön, aber keine Chance, Jeremys Hand irgendwie zu bekommen. Jetzt sei nicht so gierig, hatte ich mich ermahnt, sein Lächeln und sein Blick reichen dir doch. Am Ende saßen wir alle auf den breiten Treppenstufen vor der Eingangstür des Hotels und beobachteten, wie das Team nach und nach eintrudelte. Manche ließen gleich alles fallen und setzten sich zu uns. Manche holten sich vorher ein Getränk von der Bar oder gingen duschen. Gegen zehn waren die Stufen von einer Horde Menschen belagert, die durcheinandersprachen, Gläser und Bierflaschen aneinanderklirren ließen und lachten. Und das Schönste: Ewan hockte friedlich zwischen meinen Beinen und ich lehnte endlich mit dem Rücken an Jeremys Knie, der eine Stufe höher als ich saß und mir ab und zu alberne Sachen ins Ohr raunte, sodass ich eine Gänsehaut bekam. Um halb elf hatte Mama mir eine mahnende SMS aufs Handy geschickt: *Abholung morgen um sieben. Time to say goodbye!*

Großer Mist natürlich. Aber immerhin hatte sie die Dispo gelesen und sogar eine halbwegs witzige SMS verfasst. Jeremy hatte mich nach oben begleitet und bis zur Tür gebracht.

Ich seufzte. Warum konnte Jeremy nicht eine kleine Idee aufdringlicher sein? Fiel es ihm so schwer, mich zu küssen? Ich schaute auf mein Handy. Nichts. Küssen war offenbar nicht so sein Ding, aber WhatsApp-Nachrichten auch nicht. Dabei machte er doch dauernd mit seinem Handy rum … »Ella!« Ein freudiger Schreck durchfuhr mich, ich blickte auf. Es war *nicht* Jeremy … nur Danny, der mich in die Maske rief.

»Was gibt es heute, Niklas?«, rief ich, als wir am Catering vorbeikamen.

»Frisches Grünzeug. Gebackener Sellerie und Mangoldgemüse, extra für euch vitaminbefreite Teenies.«

»Oh.« Ich verzog mein Gesicht. »Ich kenn nur einen Menschen, den du damit glücklich machen kannst. Meine Mutter!« Keine Reaktion. Da tickt nix, Fiona, dachte ich. Gar nichts!

Wie jeden Tag begrüßte Esther mich mit einer kraftvollen Umarmung. Ewan nahm auf seinem gewohnten Stuhl am Haarwaschbecken Platz, ich bekam einen Umhang umgelegt und schon ging es los.

»Ich hatte gerade schon ein Bild mit DDD, Der Doofen Dagmar!«, rief Fiona, als sie zwei Minuten später hereinkam. »Also Justina. Und Marc, der den Dümpelmann spielt. Echt ganz nett, beide! Und *er* ist der Hammer. Der spielt diesen schüchternen Streber genial.«

Ich zuckte mit den Schultern. Wie konnte man Justina *nett* finden?!

»Ja, ich weiß, du bist nicht gerade ein Fan von ihr.« Sie ließ sich auf ihren Stuhl fallen. »Aber so schlimm ist die gar nicht. Lass dich nicht von ihr stressen. Es wird in den nächsten Tagen anstrengend genug mit den Nebenrollen und den vielen

Komparsen. Eine Party ist mit das Schlimmste, was man drehen kann. Die meiste Zeit wird ohne Musik gedreht und trotzdem soll man unbekümmert herumtanzen und lustig sein. Na ja, außer Liebesszenen, die sind auch schlimm. Und küssen vor der Kamera. Und mit Tieren … Pferden zum Beispiel. Oh Mann!«

»Was ist mit Babys?«, fragte Katrin, die in diesem Moment mit einem breiten Pinsel über Fionas Nase puderte.

»Oh nee. Hör mir auf mit Babys! Süß, aber übelst launische Teufel beim Drehen.«

»Ich habe auf dem Friedhof was entdeckt«, unterbrach ich Fionas Horror-Katalog. Vor Esther und Katrin konnte ich das ruhig erzählen. »Was denn?«, fragte Fiona atemlos.

»Ein kleines Herz aus Stein, mit einem Spruch drauf.«

»Was stand da?«

*»Wir vermissen dich!«*

»Wir! Das heißt, sie war da!«

Das war das Tolle an Fiona, sie kapierte sofort.

»Wow! Ich glaube ja, deine Mutter taut langsam auf.«

»Könnte echt möglich sein!«

»Und wie ist es eigentlich bei dir? Tut es noch sehr weh, wenn du an ihn denkst?«, fragte sie jetzt. Esther und Katrin hielten inne mit ihrer Arbeit, um meine Antwort zu hören. Ich atmete tief ein: »Na ja …«

In diesem Moment sprang jemand außen die Metallstufen hoch und die Tür ging mit Schwung auf, sodass der ganze Wagen wackelte. »Hallööööchen!« Alle Köpfe fuhren herum. Es war Justina. Mein Gott, sie sah wirklich ziemlich … interessant aus. Durch die fehlende rote Haarmähne war ihr Gesicht freier als sonst. Die aschblonden Perückenhaare waren zu einem braven Mittelscheitel gekämmt und endeten in einer kunstvoll geföhnten Außenrolle. Erst jetzt fiel auf, wie extrem weit ihre Augen voneinander entfernt waren und wie verloren ihr großer Mund wirkte.

»Ich soll zum *Re-fresh*. Bin ich schon dran?«

»Äh, nein«, sagte Esther.

»Oh Scheiße, warum schickt mich der Danny dann her? Ach, dann setze ich mich schon mal. Hier, ich hab noch was für euch!«

Sie kam in den Wagen, zog ein paar flache Packungen aus ihrer Umhängetasche und legte sie Fiona und Katrin vor den Spiegel.

»Ach! Sind das diese coolen Strohhalme aus Schokolade, die dein Vater erfunden hat?« Fiona beugte sich neugierig vor und nahm eine der lila-weißen Schachteln in Augenschein.

Natürlich, dachte ich. Damit bestichst du ja auch immer den Kreis deiner Bewunderinnen in der Schule. Schokoladenstrohhalme! Was Unnützeres gibt es wohl kaum auf der Welt.

»Du bekommst auch welche«, sagte Justina zu Esther und kam zu uns in den hinteren Teil des Wagens. »Ich leg dir hier zwei Packungen hin, okay?« Wieder warf sie ihre matten Haare zurück. »Naaa?«, sagte sie statt einer Begrüßung zu mir. Wie schaffte sie es, ein einzelnes Naaa so hämisch klingen zu lassen? »Ella mag die ja nicht«, sagte sie entschuldigend. »Sonst hätte ich ihr *selbstverständlich* auch welche mitgebracht. Hach!« Sie lachte ihre falsche Lache. »Ich setz mich dann hier auf den Stuhl und warte.« Erst jetzt fiel ihr Blick auf Ewan. »Ach nee, der ist auch wieder dabei.«

»Wie du siehst.« Ich wollte sie mit einem Blick töten oder wenigstens zum Schweigen bringen, doch sie schaute mich gar nicht an.

»Ella, du wurdest unterbrochen.« Esther legte mir eine Hand auf die Schulter.

»Hä? Na gut. Dann setz ich mich eben solange vorne neben Fiona!« Justina schob sich zwischen den Stühlen hindurch.

»Moment … Justina, wartest du bitte draußen? Wir holen dich gleich. Danke!«

»Okay, okay«, sie hob die Hände. »Hundi blockiert alles. Ella muss was erzählen. Da wartet die Justina eben draußen … Kein Problem.« Sie tänzelte durch den engen Gang und warf die Tür hinter sich zu. Stille.

»Puuuh«, sagte Fiona. »Vielleicht hast du doch recht … was Justina angeht. Also. Wo waren wir?«

Ich winkte ab. »Ist doch nicht so wichtig.« Innerhalb einer halben Minute war es Justina gelungen, die vertrauliche Stimmung zwischen uns vieren kaputt zu machen.

»Doch!«, kam es aus drei Mündern. Ich grinste dankbar. Doch nicht ganz kaputt.

»Tut es noch sehr weh, wenn du an ihn denkst?«, wiederholte Fiona ihre Frage.

»Ja. Aber vorhin am Grab hatte ich das Gefühl, der … der Schmerz wird irgendwie immer mehr von der Liebe zu ihm überdeckt. Keine Ahnung, wie ich das beschreiben soll. Aber es ist schöner als vorher.« Ich seufzte.

Auch Fiona seufzte. Und in den nächsten Minuten sagte niemand etwas.

»Was ist eigentlich aus eurer Verkuppelidee geworden?«, fragte Esther schließlich, während sie meine Haare mit Haarspray einnebelte. Auch darüber wussten unsere Maskenbildnerinnen Bescheid.

»Die kuppelt so vor sich hin, die Idee«, sagte ich. Alle lachten. Ich schaute zu Ewan hinüber. Alles *ist* gut! Da siehst du es!

Als ich in der Maske fertig war, musste ich sofort ins Kostüm. Die Reihenfolge war ausnahmsweise einmal andersherum heute.

In meinem Party-Outfit gingen Ewan und ich eine Viertelstunde später zum Wohnwagen. Mama saß bestimmt schon an ihrer Übersetzung, aber vielleicht hatten wir noch ein paar Minuten, bevor ich ans Set gerufen wurde, und ich konnte sie endlich nach dem Steinherzen fragen. Wo hatte sie es her? Wann hatte sie es auf den Grabstein gelegt?

Das Herz lässt Mama in einem total neuen Licht erscheinen, sagte ich unhörbar zu Ewan. Stell dir vor, sie wäre nicht mit nach Köln gekommen. Da hätte ich doch nie gemerkt, wie sie sich gerade ändert.

Doch bevor ich meine Tür erreichte, kam Justina zwischen

den Wohnwagen auf mich zu. »Na, bist du wieder mit deinem toten Vater hausieren gegangen? Damit alle dich als arme Halbwaise bedauern?«

*Hausieren?!* Wie fies! In unserer Klasse hatte die Geschichte die Runde gemacht, nachdem ich mich bei Ewans erstem Erscheinen auf dem Schulhof vor Mia und ihren Freundinnen verplappert hatte.

»Geht dich einen Scheißdreck an, Justina!«, sagte ich und machte einen Schritt auf meine Wohnwagentür zu.

*»Beeindruckend, wie Ella Ellerbrake ihren Vorsatz, sich nichts mehr von Justina gefallen zu lassen, umsetzt.«*

Oh, verschon mich doch bitte *ein* Mal mit deinem blöden »Ella Ellerbrake«!, antwortete ich Ewan.

*»So ein Wohnwagen ist natürlich ein hervorragender Zufluchtsort zum Wundenlecken!«*

Sei ruhig! Doch ich drehte mich um und verschränkte die Arme vor der Brust. Justina schnalzte mit der Zunge. »Ganz schön kurz das Kleid! Tja …«, seufzte sie. »Manche Leute können so was tragen. Manche eher nicht.«

Ich lächelte und zeigte auf ihre Beine. »Denke ich auch jedes Mal, wenn ich diese Hosen sehe.«

»Ey, war mir klar, dass du nicht zwischen einem übertrieben kurzen Saum und einer original Achtzigerjahre-Bundfaltenjeans, die für den Film nötig ist, unterscheiden kannst.«

»Gut, dass wenigstens *du* dazu in der Lage bist.«

Sie wollte mit ihren Haaren spielen, fand aber nur die Außenwelle ihrer Perücke. »Leevi weiß natürlich, dass das hier bloß mein Kostüm ist. Im Gegensatz zu dir erkennt Leevi das sofort.«

»Glückwunsch. Das beruhigt mich.«

»Wir haben uns heute ganz lange unterhalten. Ich war schon in seinem Wohnmobil. Leevi weiß also, wie ich sonst aussehe! Heeeiii, Danny!« Sie winkte dem grinsenden Danny, der vorbeieilte und uns ein kurzes »… die Damen!« hinwarf.

»Mit dem Team vom *Making-off* habe ich auch schon was gedreht! Als Allererste! Die sind da, weil Leevi heute am Set ist und wir den großen Pressetermin haben.«

Ich schaute sie an. Sie war richtiggehend außer Atem von ihrem Gebrabbel und dem Rekord, innerhalb von sieben Sätzen viermal den Namen Leevi zu erwähnen.

»Das ist ja ganz toll, aber ich kann auch die Dispo lesen.«

»Tss. Dispo lesen kannste! Aber von den wichtigen Dingen, was am Set wirklich läuft, hast du doch keine Ahnung.« Justina drehte sich um und ging davon. Ich öffnete den Mund, aber mir fiel nichts ein, was ich ihr hinterherschreien konnte.

*»Sie ist wahrlich ein wandelndes Beispiel für ein richtig unausstehliches Mädchen.«*

Ich musste lachen und der Klumpen Ärger, den Justinas Auftritt in meinem Magen hinterlassen hatte, löste sich langsam auf. »Na komm, Ewan. Lassen wir das unausstehliche Mädchen ziehen und wenden wir uns den wichtigen Dingen zu!«

Das erste Mal seit Langem freute ich mich, mit Mama zu reden. Und sie *würde* reden, da war ich mir ganz sicher!

»Guten Morgen! Du hast noch geschlafen, ich wollte dich nicht wecken.« Nacheinander kletterten wir in den Wohnwagen und setzten uns auf das Sofa. Ewan erklomm die etwas erhöhte Armlehne. Mama saß mit geradem Rücken am Tisch vor ihrem Laptop. Auf dem Schreibtisch stand ein Pappbecher vom Catering. »Hast du dir einen Kaffee geholt oder einen Tee?«

Keine Antwort. Weiter. Warum die Gelegenheit nicht ausnutzen und auch hier den Zeitzünder noch einmal scharf stellen?

»Niklas macht heute Mangoldgemüse. Er hofft, dass du das magst, sagt er.«

Mama brummte nur, aber es war ein nettes Brummen.

Endlich wandte sie sich um. Sie sah besser aus. Ihr Gesicht war irgendwie glatter als sonst. »Morgen! Sorry, musste gerade diesen komplexen Satz zu Ende bringen.«

Ich strahlte sie an. »Macht doch nichts.«

Sie spielte mit dem leeren Pappbecher. »Er ist extra aus dem Wagen gekommen, um mir die Kaffeemaschine zu erklären. Echt nett. Und kein Angeber!«

Mama konnte angeberische Menschen nicht ertragen. Ich nickte: »Ich finde, er sieht gut aus! Wie der junge Johnny Depp, nur mit Bärtchen.«

»Bärtchen?«, sagte sie zerstreut. »Ach, na ja, auch daran kann man sich gewöhnen.«

Hey, wenn sie darüber schon nachdachte! Die Sätze in meinem Kopf überschlugen sich. Wie sollte ich bloß von Mr Ziegenbärtchen zum Friedhof gelangen? In einem großen Bogen vielleicht? »Nach der Mittagspause gibt es einen Pressetermin vor dem Café. Da werden ein Gruppenfoto gemacht und ein paar Interviews. Mehr weiß ich auch nicht, aber komm doch hin!«

Mist, kein guter Übergang, sie machte sofort ihre berühmten Strichlippen: »Interviews? Mit Journalisten? Und ob ich dich da begleite!«

»Ja, aber so schlimm wird das nicht. Die fragen nur bisschen was über den Film …«

»Die müssen wir alle gegenlesen, die Interviews, das sollen die uns garantieren! Journalisten kann man nicht trauen! Die sagen dir etwas zu und schreiben dann etwas ganz anderes!«

»War das bei Dad so? Über den haben sie auch manchmal ziemlichen Mist geschrieben, oder?« Ich lachte, obwohl mir nicht danach war.

»Ach, da gab es Sachen …« Sie schüttelte heftig den Kopf. »Man ist nett zu denen, lädt sie sogar zu sich nach Hause ein … Und dann … In unser Leben haben die sich gedrängt und falsche Sachen behauptet! Es war unerträglich.« Sie räusperte sich. »Um welche Zeitungen handelt es sich?«

Ich zuckte mit den Schultern. »Keine Ahnung. *Stadtanzeiger*? Und vielleicht d*er Kurier*?«

»Dieses Boulevardblatt ist doch keine Zeitung! Nein, nein, ich möchte informiert werden, wer da kommt. Ich will genau wissen, was passiert! Bei wem kann ich das erfahren?«

Ich seufzte. »Keine Ahnung. Beim Aufnahmeleiter vielleicht? Das ist der dicke Tom, der immer mit seinem Drucker auf einer Bierbank im Schatten sitzt. Ich frag ihn und sag dir Bescheid!«

»Ja bitte!«, schnaubte sie. Dann wurde ihr Ton plötzlich weicher: »Ich will dich doch nur schützen, Ella! Mit dieser Journaille muss man vorsichtig sein.«

*Journaille.* Was für ein Wort.

»Warum? Was haben die denn gemacht?«

»Das willst du gar nicht wissen, Ella!«

*»Doch. Genau das interessiert Ella Ellerbrake brennend!«*

Vergiss es, Ewan. Wenn sie dieses Gesicht macht, haben wir bei ihr keine Chance. Ich will sie jetzt nicht nerven, immerhin war sie ... Mir war der Friedhof wieder eingefallen und ich versuchte es mit einem direkteren Einstieg: »Also, ich war mit Ewan heute Morgen schon da.«

»Wo?«

»Na, auf dem Friedhof.«

»Ach so. Ja. Ist ja ... heute.« Ihre Stimme klang mit einem Mal müde, sehr müde.

»Ich hab's gesehen! Es ist echt schön.«

Sie nickte und schaute auf den Boden.

»Wann warst du da?«, fragte ich. Ich wollte, dass sie mich anschaute.

»Ich? Ach, weißt du, das hat eine Firma gemacht.«

»Es gibt eine *Firma,* die so was macht?« Ich riss erstaunt die Augen auf.

»Ja, natürlich. Meinst du, jeder bringt seinen Stein da selber hin?«

»Nicht?«

»Äh? Ella? Ich habe Kopfschmerzen. Müssen wir jetzt darüber reden? Der Stein liegt doch seit zwei Jahren schon an dieser Stelle.«

»Nein. Neulich war er noch nicht da!«

Jetzt guckte sie mich endlich an. »Er war nicht da? Neulich? Der vierzig mal vierzig Zentimeter große, schwere Marmorstein war *nicht* da?!«

»Doch! Aber der kleine nicht. Das kleine Herz mit dem *Wir vermissen dich*-Spruch. Das nicht.«

»Was für ein …? Was?! Ein Herz?!«

Das Herz ist nicht von mir, las ich in ihren Augen, nicht von uns. Und noch etwas entdeckte ich in ihrem Blick – und das ließ mein Herz, mein echtes, lebendiges Herz, erschreckt stolpern. Da war Angst. Sehr viel Angst.

# 18. Kapitel

Und hierhin schauen!«

»Hier, bitte!«

»Herr Mäkinen! Lachen!« Die Kameras klickten. Der große Star Leevi stand in der Mitte. Obwohl er weit abgeschlagen als Nummer sieben im Drehplan stand, schrie jeder nur nach ihm. Was sollte das alles? Warum standen wir hier? Eine Ansammlung von Fremden, die in die Kameras von weiteren Fremden grinsten. Ich wusste, warum ich so schlecht drauf war, und falls ich es vergessen hätte, Fiona war gerade dabei, mich daran zu erinnern: »Und du meinst, deine Mutter wusste genau, von wem das Herz kam? Bist du sicher?«, zischte sie zwischen den Zähnen hervor, während sie an Leevis Seite lächelte.

»Sehr sicher«, antwortete ich. Das konnte man auch mit gebleckten Zähnen sagen, ohne dass es einer merkte.

»Aber sie sagt natürlich nichts«, stellte Fiona fest.

»Nein.« Die allzu bekannte Gefühlssuppe in mir brodelte noch höher: Wut und Enttäuschung. Doch eine Zutat fehlte diesmal: Mitleid.

»Und sie hat eine Liste der Journalisten verlangt?«

»Sie hat sich total aufgeregt. Erst als ich ihr erklärte, dass Ulli hier als Producerin der Boss ist, hat sie sich wieder eingekriegt und von ihr persönlich eine Liste der Namen angefordert. Sie hat sie sich durchgelesen, das war dann okay … aber ich weiß noch lange nicht, was das soll.«

»Tss. Nee, ich auch nicht. Meine Mutter ist ja auch anstrengend, aber *deine* …«, sagte Fiona. »Wenn wir nur wüssten, wovor sie Angst hat.« Sie nahm meine Hand: »Lass uns nachher darüber reden.« Wir standen in der ersten Reihe, neben mir Justina als Dagmar, die sich bemühte, eine Lücke zwischen uns zu lassen, hinter uns die Eltern Zimt. Frau Lasstmichdurch-ichbineineDiva-Dohse hatte man auf eine flache Kiste der Kamerabühne gestellt, damit sie auf den Fotos angemessen zur Geltung kam. Mein Film-Vater Dietmar Berg legte mir die Hand auf die Schulter. Der war nett, der durfte das.

»Und bitte noch mal lächeln. *Cheeeese!*«

»Hierhin schauen, bitte!« Ich lächelte in die Kameras, doch meine Gedanken waren woanders. Vor wem hatte Mama Angst? Sie war tatsächlich mit zum Fototermin vor das Café gekommen und beobachtete mit zusammengekniffenen Augen die Meute der Fotografen. Sie hielt Ewan an der Leine, wahrscheinlich schickte er mir deswegen diesen gekränkten Blick. Doch jetzt war keine Zeit, sich um ihn zu kümmern, denn das steinerne Herz tauchte immer wieder vor meinen Augen auf. Wenn Mama es nicht gewesen war, wer hatte es dann auf das Grab gelegt? Wer war dieses ominöse »wir« von »wir vermissen dich«? Sie wusste es und wollte es mir nicht sagen!

Nun gesellten sich auch Ulli und ein paar ebenso wichtige Leute von der Produktionsfirma und vom Filmverleih zu uns. Um sie herum scharte sich der Rest: Thorsten Dümpelmann, Johanna-Claudia, Fanny-Sabine, Luca-Hammerzahn, Konrad alias Jeremy und alle Schüler-Komparsen, aufgeregt gickernd, in ihren Achtzigerjahre-Klamotten.

Nach ein paar Minuten war Schluss mit den Fotos. »Jetzt haben Sie Gelegenheit zu den Interviews«, sagte eine schick gekleidete Frau, die ich schon mit ihren hohen Absätzen vor dem Cateringwagen gesehen hatte. »Aber nur eine Viertelstunde, meine Damen und Herren, denn wir haben heute noch einiges zu drehen.«

»Wer ist *die* denn?«

»Eine der Pressesprecherinnen vom Filmverleih«, sagte Fiona. »Die sind hier heute Morgen gleich zu mehreren eingefallen.«

Alle stürzten sich auf Leevi. Oh Gott, war das nervig, berühmt zu sein. Kein Wunder, dass man leicht austicken konnte, wenn einen alle so vergötterten. Ich dachte an die Engtanz-Szene, die wir gleich zusammen drehen mussten. Wie sollte das überhaupt gehen? Ich hatte ihm nur kurz die Hand gegeben und außer »Hallo!« noch kein Wort mit ihm gesprochen.

Ich kämpfte mich zu Mama durch. Ewan saß an der Leine und starrte wie ein frustriertes Stofftier, mit dem keiner mehr spielen will, zu Boden. Hilf mir, Ewan! Wird Zeit, dass wir Klartext mit Mama reden! Sag mir bitte, wie.

Keine Antwort. Ich seufzte. Es klang genervt. Ich *war* genervt, aber nicht über Ewan. Nur über meine Mutter. »Willst du jetzt mitkommen zu den Interviews?«

Sie nickte und ich konnte sehen, wie die steile Falte zwischen ihren Augenbrauen immer tiefer wurde. Warum erzählte sie nicht einfach, wie die Journalisten sich damals in Dads Leben eingemischt hatten, sondern machte so ein Geheimnis daraus?

»Ach, der Ewan!«, rief jemand in meinem Rücken. Ich sah, wie Ewan aus seiner Starre erwachte und mit dem Schwanz wedelte, und auch, dass Mamas Falte augenblicklich verschwand und sich in kleine Lachfalten um die Augen verwandelte. Es war Niklas, der mit einem Tablett verzierter Häppchen an uns vorbeiging, um es im Schatten auf den Tisch neben die Getränke zu stellen. Meine Mutter lachte. Sie lachte einen Mann an! Und daran waren vermutlich nicht die Häppchen schuld.

Bevor ich Zeit hatte, darüber nachzudenken, führte mich eine der hochhackigen Presse-Tanten zu einer Platane, unter der ein zusammenklappbarer Regiestuhl stand. Ich schaute mich um. Mama redete nun mit Niklas, sie winkte mir kurz zu, so ein typisch mütterliches Versuch-den-Vormittag-in-der-Kindergartengruppe-mit-den-bösen-Mädchen-doch-einfach-mal-zu-genießen-Winken.

»Fünf Minuten für den *Rheinischen Anzeiger.*«

»Gerne!« Ich setzte mich, innerlich laut vor mich hin singend. Atemlos! Durch die Nacht! Das hat nur der Ewan gemacht!

»Macht das Drehen Spaß?« Die grauhaarige Dame setzte sich

auf einen Hocker vor mich. Ihre Birkenstock-Sandalen passten saugut zu dem furchtbaren Hängekleid aus knittrigem sandfarbenem Leinen.

»Wie hast du dich darauf vorbereitet?«

»Willst du nach der Schule Schauspielerin werden?«

»Wie ist die Zusammenarbeit mit Leevi Valtteri Mäkinen?«

»Würdest du gerne selber mal in die Achtzigerjahre zurückreisen?«

Ich versuchte, so kurz und präzise wie möglich auf alle Fragen zu antworten, während die Dame sich etwas auf einem linierten Block notierte. Die Zeit war schnell herum, ein kleines Kamerateam wartete schon. *Bergisches Land-TV* stand auf dem Aufkleber an der Kamera. Ich schaute kurz zu Mama hinüber, die immer noch mit dem angeleinten Ewan und Niklas auf der Straße stand. Gerade schüttelte sie lachend den Kopf, der Cateringkoch gestikulierte wild mit den Armen, jetzt fasste er sogar ihren Ellbogen an. Ich erhob mich, um mich von dem Leinenkleid zu verabschieden. »Haben Sie meinen Vater gekannt? Paul Aerosmith?«, fragte ich die Journalistin. »Er war Musiker. Saxofonist.«

»Äh ... nein oder doch ...? Aerosmith? Der Name kommt mir irgendwie bekannt vor.«

Ja klar, weil es die Gruppe *Aerosmith* schon seit über tausend Jahren in den USA gibt, dachte ich, lächelte aber. »Hätte ja sein können. Danke trotzdem.«

Die Frau vom TV-Kamerateam fragte sämtliche zuvor gestellte Fragen noch einmal:

»Wie ist die Zusammenarbeit mit Leevi Valtteri Mäkinen?«

»Macht das Drehen Spaß?«

»Willst du nun Schauspielerin werden?«

Auch sie kannte meinen Vater nicht.

Obwohl Journalistin Nummer drei ein eng anliegendes Kleid und coole Holzsandaletten trug, hatte ich nicht mehr viel Lust auf ein weiteres Interview und hoffte, dass ich so schnell wie möglich von meinem Stühlchen abhauen konnte. Doch dann kam die erste Frage: »Ist es nicht toll, wieder in Köln zu sein?«

»Ja!«, sagte ich aus vollem Herzen. »Woher wissen Sie das?« Jetzt erst sah ich die Frau richtig an. Sie war ziemlich groß, blond, schlank.

»Hallo. Ich muss mich erst mal vorstellen: Ricarda Oelgeschläger vom *Kölner Stadtanzeiger.*« Wir schüttelten uns die Hand. »Köln statt München, tja, ich habe da ein bisschen recherchiert.« Wieder lächelte sie breit. Ihre hellen Haare waren dick und zu einem Knoten gesteckt, der sich gerade malerisch auflöste. Sie gefiel mir und erinnerte mich an irgendwen. Eine Schauspielerin?

»Was sagen deine Freundinnen in München dazu, dass du so einen großen Kinofilm drehst?«

»Oh. Äh. Meine Freundinnen in Köln finden es super ...«

»Okay, verstehe. Noch nicht so ganz angekommen in München.«

»Jep. Kann man so sagen. Liegt aber nicht an der Stadt. Die ist viel schöner und das Wetter ist besser. Nur ich ... Ich mag Köln nun mal lieber.«

Wir unterhielten uns noch ein paar Minuten über Köln und München und den Inhalt des Films, ohne dass sie eine einzige blöde Frage stellte, dann tauchte Danny mit seiner Cap auf, um mich ans Set zu rufen. Ricarda gab mir ihre Visitenkarte und eine weiche, trockene Hand.

Wieder sagte ich meinen Spruch auf: »Haben Sie meinen Vater gekannt? Paul Aerosmith? Er war Musiker. Saxofonist.«

»Nein. Tut mir leid. Ich kenn den Namen zwar, aber ich selber ... ich hatte nie mit ihm zu tun. Aber was mir gerade einfällt: Vielleicht sollten wir uns noch mal zu einem Einzelgespräch treffen. Wir könnten einen Beitrag über dich, die Kölnerin in der Fremde, machen ...« Sie lachte. »Soll aber nicht stressig werden. Ruf mich einfach an, wenn du dafür Zeit hast!«

Mama stand inzwischen wieder alleine auf der Straße, sie hatte uns beobachtet, doch auch als ich näher kam, blieb ihr Gesicht entspannt. Ich grinste verstohlen. Was ein kleiner Flirt auf der Straße selbst bei einer Frau wie meiner Mutter anrichten konnte …

Ich zeigte ihr die Visitenkarte. »Diese Ricarda hat mich gefragt, ob wir uns noch mal für einen längeren Bericht treffen könnten.«

Mama hielt die Karte weiter weg von ihren kurzsichtigen Augen und studierte den Namen »Na ja, warum nicht? Aber auf keinen Fall alleine!«

»Klar. Aber ich hab wahrscheinlich sowieso keine Zeit für so was …«

Gemeinsam mit Ewan machten wir uns auf den Weg zum Wohnwagen. Etwas Warmes aus Hoffnung und Sehnsucht schwoll in mir an. Ich wollte unbedingt, dass Mama etwas so Schönes mit Niklas erlebte wie ich in den letzten Tagen mit Jeremy. Dann wäre sie endlich wieder gut aufgehoben. Und glücklich! Schon tauchte der Cateringwagen vor uns auf. Hatte es funktioniert? War er da? Gab er ihr ein Zeichen? Er war da. Und er gab ein Zeichen, ein sehr lautes sogar, denn er rief ihr etwas zu: »Carolin! Bis gleich!«

»Ja, okay!« Mama ging etwas schneller.

»Wie? Bis gleich?«

»Ach, nichts Besonderes. Ich helfe denen heute, weil so viele Extras am Set sind.«

Ich grinste. Extras … Sie benutzte schon die Fachsprache.

»Tja. Ich arbeite als Küchenmädchen, damit die Journalisten ihre Teller nicht selbst abräumen müssen, wer hätte das gedacht?«

Ein schneller Kontrollblick zu ihrem Gesicht, doch sie lächelte. »Hat Niklas dich darum gebeten?«

»Na ja, ich habe zugesagt, kann ja nicht nur den lieben langen Tag in meinem Wohnwagen, pardon, in *deinem* Wohnwagen sitzen …«

»Stimmt! Finde ich gut!« Ich holte tief Luft, ihre hervorragende Laune musste ich nutzen. »… und ich möchte, dass du mir endlich mal mehr von früher erzählst, damit ich weiß, wie das so war … mit Dad und so …« Und dann noch schnell hinterher: »Und was das mit dem Steinherzen bedeutet, ob du weißt, von wem das sein könnte.«

»Ella!« Sie blieb stehen und schaute mich ernst an, ihre Augen waren erstaunlich wach und leuchteten das erste Mal seit Langem. »Ella.« Pause. »Wir machen einen Deal. So heißt das doch bei euch, oder? Ich reiß mich zusammen und mach hier ein bisschen mehr mit, das bin ich dir schuldig, glaube ich. Dafür gibt es keine Alleingänge mehr, nicht mehr morgens heimlich zum Friedhof, ohne dass ich weiß, wo du bist. Okay?«

Ich nickte.

»Also abgemacht: keine Lügen mehr. Und wir nehmen uns eine Verschnaufpause von der Vergangenheit, wie wäre das? Eine Auszeit!«

»Und das Herz?«, fragte ich kaum hörbar, ohne sie anzuschauen.

Sie räusperte sich. »Tja, das Herz … Ich habe da mal drüber nachgedacht. Mmmh. Vielleicht die Kollegen vom Orchester?« Ihre Stimme klang plötzlich unbekümmert. »Könnte ich mir vorstellen. Bei denen war er ja sehr beliebt.«

*»Ein kleiner elternloser Hund aus Schottland übrigens auch …«*

Sei ruhig, Ewan. Das ist jetzt wichtig, was sie sagt …

»Die letzten beiden Jahre waren schwierig. Aber mir ist klar geworden: *Jetzt* findet das Leben statt. Jetzt und hier. Nicht wahr?«

Genau!, wollte ich rufen. Du hast es kapiert! Ich umarmte sie ganz fest und dachte unterdessen darüber nach, wie gut sich das anfühlte und wann ich sie das letzte Mal überhaupt richtig umarmt hatte, außer um sie zu trösten. Es fiel mir nicht ein, also musste es ewig her sein. Etwas außer Atem sah ich ihr dabei zu, wie sie in den Wohnwagen stieg. Ich wollte die Tür schon hinter ihr schließen, da rief sie: »Lass ruhig auf, die Luft ist heute so schön.«

»Hast du das gehört, Ewan!?«, raunte ich meinem magischen Hund zu, während wir zum Set gingen. »Sie hat bemerkt, dass *die Luft heute so schön ist!* Wie genial ist das denn?« Ewan lief ohne Leine voran. »Gib's zu, da fehlen sogar dir die Worte …«

Ewan hob das Bein an einer der akkurat getrimmten Hecken. Ich wartete auf ihn. Fast hätte ich einen Luftsprung gemacht, so glücklich war ich plötzlich.

# 19. Kapitel

In der Straße vor dem Café gerieten wir in eine Gruppe Komparsen. Enge Jeansjacken, Hemden mit komischen Kragen, Hosen, deren Bund bis zum Bauchnabel reichte. Die Mädchen in braven Blusen und komischen Walle-Kleidern. Anke und ihr Garderobieren-Team hatten sich selbst übertroffen. Ich nahm Ewan auf den Arm und hörte, wie Manuels Assistentin die verkleideten Menschen mithilfe eines Megafons von einer Seite auf die andere trieb, als ob sie inmitten einer Schafsherde stände. »Die eine Hälfte von euch brauche ich jetzt noch nicht, alle, die zur Gruppe B gehören, bleiben erst mal draußen. Ach, und eine Sache noch«, sie nahm das Megafon vom Mund. »Wir drehen hier mit bekannten Schauspielern.« Ihre Stimme war schneidend leise, alle hörten plötzlich zu.

»Wer meint, einen Leevi Valtteri Mäkinen anstarren, ankichern oder sonst wie anmachen zu müssen, fliegt raus. Sprecht ihn nicht an, fragt ihn bloß nicht nach Autogrammen, macht einfach ganz normal auf unsichtbar, wenn er vorbeikommt. Okay?« Sie grinste einmal böse in die Runde. »So, Gruppe B bleibt. Gruppe A folgt mir bitte!«

Ich setzte Ewan ab und ging der Schafherde hinterher. *It's partytime,* sagte ich in Gedanken zu ihm, aber ich bin immer noch so happy über Mama, wahrscheinlich kann ich mich gar nicht konzentrieren …

*»Ella Ellerbrake sollte keine ›Auszeit von der Vergangenheit‹ nehmen, sondern genauer hinschauen.«*

Ach, Ewan! Echt? Ich blieb stehen. Aber jetzt ist sie doch seit Langem mal wieder so glücklich und sie ändert sich doch gerade. Sein Blick war unnachgiebig.

Außerdem, wie soll ich das machen? Je mehr ich nachbohre,

desto weniger erzählt sie mir! »Wir reden später darüber«, flüsterte ich ihm zu, froh, dass mich niemand hören konnte.

Am Set ließ eine brummende Nebelmaschine ihren dünnen Nebelstrom auf den Boden fließen und das Licht war ungewöhnlich heruntergedimmt. Hinter dem Tresen gab es lange Leuchtröhren, die die Gesichter von unten anstrahlten.

Wir drehten zunächst im fast leeren Café. Bild 98 verlangte, dass Dagmar und Thorsten Dümpelmann sich im Hintergrund verlegen über den Plattenspieler hinweg anglühten und Marion mit Charles an der leeren Tanzfläche stand und befürchtete, dass die Party an diesem Abend nie losgehen würde. Ab und zu sollten ein paar Komparsen-Ankömmlinge durch die Tür stolpern und von uns in die Backstube geschickt werden. Die Kamera würde auf einem Halbkreis von Schienen um uns herumfahren. Was sich wie eine komplizierte Choreografie anhörte, war auch eine. Wir probten uns halb tot. Doch mit einem Mal stimmte alles. Drei Durchgänge, ein paar Nahe, schon nach zwei Stunden war das Ding im Kasten.

»Achtung, in Bild 100 kommt die Polonaise aus der Backstube und endet hier auf der Tanzfläche. Alles, was in der Backstube passiert, drehen wir an einem anderen Tag!« Manuel erläuterte kurz, wie es nach dem Lichtumbau weitergehen würde. »Die Polonaise beschreibt einen Kreis, löst sich dann auf, Marion tanzt mit Matti, Charles tanzt mit Konrad, bis der verliebte Matti sich wütend einmischt.«

Kurze Pause für das Licht.

»Läuft doch«, sagte Fiona. »Obwohl sie da ist …« Ihre Augen zeigten auf Justina. Wir klatschten uns ab, ich drängelte mich durch zu Sylvain und kniete mich dicht vor Ewans Hocker. Der Geräuschpegel zwischen den *Takes* war noch höher als sonst und ich fürchtete, das könnte für seine sensiblen Hundeohren zu viel sein. »Hey, du«, murmelte ich ihm zu und kraulte seinen Kopf, »heute sind noch mehr Menschen am Set, alles okay für dich?« Statt einer Antwort rollte er sich nur zusammen und steckte die Schnauze unter seinen Schwanz.

»Deine ’ünd ist *très, très* entspannt«, sagte Sylvain. »Was gibst du ihm? Whiskey?«

»Nein!«, sagte ich lachend und stieß beim Aufstehen gegen Jeremy. Sofort hatte ich wieder ein Flattern im Bauch, in der Brust, überall. Wir begrüßten uns mit einem zögernden, leider viel zu freundschaftlichen Küsschen auf die Wangen. Er grinste so wunderbar, er roch so gut, auch in dem ganzen Menschengetümmel würde ich ihn herausriechen können. »Mann, was ist denn heute bloß los«, sagte er, »diese Komparsen stehen überall im Weg, selbst draußen vor der Tür.«

»Ja, die nerven bisschen …«, bestätigte ich, als plötzlich Leevi neben mir auftauchte und mir die Hand gab. »Hallo, jetzt noch mal in Ruhe: Ich bin Leevi.«

»Ella.«

»Ist das dein Hund, Ella?« Er betonte die meisten Wörter falsch, was sehr lustig klang.

Ich wollte vor Schreck loskichern, konnte mich aber gerade noch zusammenreißen. Da stand der Junge aus der *Bravo* vor mir, den ich früher als Tomte Tonder im Fernsehen bewundert hatte und den ich heute immer mal wieder in den Klatschmagazinen auf dem roten Teppich entdeckte.

»Das ist Ewan. Er gehört sich selbst.«

»Aha. Geiles Kleid übrigens!«

»Das ist ein Nachthemd …« Ich sah Jeremy an, doch der starrte nur in Leevis Gesicht. Begeisterung sah anders aus.

»Du, wir haben ja gleich diese Tanzszene und ich dachte, wir üben das mal kurz draußen.« Jetzt hörte man gar nichts mehr von seinem finnischen Akzent. Konnte er ihn an- und ausknipsen wie eine Nachttischlampe? Und immer noch hielt er meine Hand fest: »Kann sonst albern rüberkommen. Okay?«

»Bin dann mal weg«, sagte Jeremy, »das Kamera-Department hat mir was versprochen …«

Ich sah Jeremy hinterher und bemerkte, wie Justina unter ihrer Dagmar-Perücke noch schiefere Augen bekam, so aufmerksam fixierte sie uns. Leevi zog mich durch einen Seiteneingang nach draußen, die Komparsen glotzten, besonders die Mädchen. Kicherten, glotzten, kicherten, wisperten: »OMG, da ist er, Leevi Valtteri Mäkinen!«

»Du kannst meine Hand jetzt loslassen!« Ich versuchte, den Superstar so normal anzulächeln, wie ich auch Hammerzahn oder Set-Runner Danny anlächeln würde.

»Hei, bitte schön! Gleich musst du sie mir aber wieder geben.«

Mann, er sah wirklich gut aus, mit diesen braunen Augen, den etwas längeren blonden Haaren und den weißen Zähnen. Wie hatte Fiona ihn genannt: Justin Bieber in Blond für Arme? Och, so ganz arm ja nun doch wieder nicht …

»Ich weiß nicht, was es da zu üben gibt, wir tanzen Polonaise …«

»Du hinter oder vor mir?«

»Keine Ahnung, das wird Tim uns sagen. *Er* ist der Regisseur.«

Er legte seine Hände auf meine Schulter. »Also vielleicht so. Und dann drehst du dich um und wirfst dich in meine Arme.«

»Jaja, mache ich dann schon.« Ich hatte nicht vor, das *jetzt* mit ihm zu proben. »Wie steht Matti denn in diesem Moment zu Marion? Mag er sie nur? Ist er wirklich in Charles verliebt oder weiß er es nicht genau? Das zu wissen, wäre nützlicher für die Szene als jede Umarmung.«

»Also wenn ich dich so anschaue, wäre er ein *Idiootti,* in Charles verliebt zu sein.« Schon packte er den Akzent wieder aus und kam ganz nah, näher, als mir ein ziemlich unbekannter Typ normalerweise mit seinem Gesicht kommen dürfte. Doch ich hatte nicht vor zurückzuweichen. Dies war eine Probe, wir standen auf der Bühne, mit neugierigen Komparsen als Publikum. Sein Spielchen abzubrechen, würde bedeuten, er hätte gewonnen.

»Du hast ein Wahnsinnsgesicht, weißt du das eigentlich?«

»Ach. Ist das so?« Ich lachte und freute mich über meine coole Antwort. Mann, der ging echt ran, der Typ. Warum bei mir? Nun ja, Ella Ellerbrake, warum *nicht* bei dir? Der Spruch hätte von Ewan kommen können, aber der schlief ja in aller Seelenruhe am Set. Ich zuckte mit den Schultern. »Ich glaube, wir haben genug geübt. Guck, da kommt die Nächste, mit der du proben kannst.«

Justina war dabei, sich an uns heranzupirschen.

»Wer ist das? Wie heißt die noch mal?«

»Das ist …«, setzte ich an, doch schon unterbrach er mich: »Als Tier wäre sie eine kleine Zicklein, eine *lapsi,* wegen der hellen Augen, da außen am Kopf«, sagte er leise.

Ich konnte nicht anders, ich musste lachen. Ihre Augen waren wirklich »da außen am Kopf«.

»Und was für ein Tier wäre ich?«, fragte er. Wieder so leise, dass niemand außer mir ihn hören konnte.

Ich grinste. Von außen musste es so aussehen, als ob ich gerade mit dem berühmten Leevi kleine intime Geheimnisse austauschte. »Hmm. Mal überlegen … Vielleicht eine Baby-Bulldogge? Die gucken einen auch immer so von unten an.« So schmachtend … Den Zusatz verkniff ich mir.

»Oh, echt jetzt? Danke!« Er schubste mich spielerisch von sich.

»Hey, Leevi!« Justina plinkerte mit den Augen und hielt ihm einen Edding hin. »Du hattest mir was versprochen …«

Ich sah, wie etliche Komparsinnen sich vorbeugten.

*»Bulldoggi* … tss.« Leevi guckte mich immer noch an, dann zog er die Kappe des Stifts mit den Zähnen ab und setzte sein Autogramm auf ihren … nein, nur auf ihren Oberarm.

»Oh Leevi, das kann doch keine Sau lesen …« Justina krempelte den Ärmel ihres blauen Blüschens hinunter und schubste ihn, wie sie das eben bei ihm und mir gesehen hatte.

Meine Güte, Justina, wie blöd bist du eigentlich? Ich schüttelte den Kopf und schlenderte langsam davon. Wenn du das nächste Mal so bescheuert mit ihm angibst, werde ich dir wohl verraten müssen, dass er nicht mal mehr deinen Namen wusste.

Ich ging um das Café herum, holte mir einen Tee und setzte mich auf einen der Regiestühle. In der Polonaisen-Szene hatte ich keinen Text, ich musste nur glücklich gucken und mich Matti/Leevi in die Arme werfen. Kaum hatte ich den Gedanken zu Ende gedacht, kam er auch schon um die Ecke. »Hei! *Bulldoggi* ist wieder da«, sagte er und setzte sich neben mich.

»Immerhin Baby-*Bulldoggi.«* Was hatte der Typ nur mit mir?

»Was machst du sonst so, wenn du nicht drehst? Was interessiert dich, was magst du, wer bist du?«

Ich schaute ihn an. Glaub bloß nicht, dass ich jetzt nach besonders ehrlichen, witzigen oder beeindruckenden Antworten für deinen wirren Fragenkatalog suchen werde, dachte ich. Er hielt meinem Blick stand.

»Find's doch raus«, sagte ich und stand auf. »Wir müssen ans Set«, setzte ich hinzu, um nicht allzu unhöflich zu sein. Ich wollte nichts von ihm. Außerdem sollte Jeremy mich nicht schon wieder mit ihm sehen.

Wir legten die Hände auf die Schultern des Vordermanns, bei mir war es eine Vorderfrau, Fiona, und sangen *»Blau, blau, blau blüht der Enzian«*. So zogen wir durch den Raum, bis *Daddy Cool* von Boney M. durch den Raum erschallte. Die Musik wurde lauter, unsere Raupenformation löste sich auf, ich drehte mich um, umarmte Leevi und wurde herumgewirbelt. Tanzen konnte er.

»Aus!«

Sofort machte ich mich los. »Macht das *lapsi* gar nicht mit?«, raunte er mir zu. Ich musste mir das Grinsen verbeißen. »Nein«, sagte ich ernst. »Das *lapsi* ist bei dieser Einstellung nicht im Bild.«

»Die Ruhe bleibt. Wir machen es noch einmal, wir machen noch eine. Stellt euch bitte wieder auf«, rief Manuel.

Ich sah Leevi an, der mit dem Lachen kämpfte. Ich gab es ungern zu, aber es war schwer, bei ihm ernst zu bleiben. Jeremy stand seitlich hinter der Kamera und schaute konzentriert an mir vorbei. Manuel schob unsere Gruppe wieder in Position. Ich beugte mich vor: »Ich fand Polonaisen schon immer blöd«, flüsterte ich in Fionas Ohr.

»Verstehe ich gar nicht«, gab sie zurück und grinste mich über die Schulter an.

»Und singen!« Wir sangen und stampften voran, bis wir von *Daddy Cool* ein weiteres Mal übertönt wurden. Dreimal, viermal, fünfmal Polonaise. Und bei jedem Mal: Lachen! Spaß! Heiterkeit!

»Wir machen noch eine, diesmal aber ohne Musik und enden dann in einer Nahen auf Marion und Matti. Dann könnt ihr beiden auch ruhig schon langsamer werden beim Tanzen.«

Alle formierten sich erneut. Ich sah kurz zu Jeremy, doch der schien gerade angeregt mit Justina zu flüstern, die sich neben ihn gequetscht hatte, beide mit verschränkten Armen. Mit der blöden Dagmar-Perücke hast du keine Chance bei ihm, niemals, dachte ich. Und ohne Perücke? Tja. Bist du immer noch ein *lapsi*. Die Klappe fiel. Wir tanzten herum, dann wurden Leevis Bewegungen langsamer, ich umschlang ihn und wir wiegten uns sachte hin und her.

Er ist warm und nicht ganz so groß wie Jeremy, notierte mein Gehirn, und er fühlt sich fremd an und ist zu nah, und er riecht nach frisch gebügelten Sachen vom Kostüm, und männlich, und nach diesem Zeug aus den silbernen Dosen, das man ihm in der Maske in die blonden Haare geschmiert hat, ob die gefärbt sind, die sehen ein bisschen so aus … Das »Aus!« kommt nicht, wir müssen uns weiter umarmen und herumwiegen, also machen wir es, wann kommt endlich das verdammte »Aus!«? Mann, dieses Getrippel auf der Stelle ist komisch, wie lahm hat man damals getanzt, und immer noch kein »Aus!« … Nicht darauf warten, weiterspielen … Ich schaute von unten in Leevis Gesicht, tat, als ob ich glücklich wäre, während er eine Portion Unwohlsein in seine Miene mogelte und seine Augen auf der Suche nach Charles herumirren ließ. Schauspielern kann er, dachte ich, drückte mich etwas enger an seine Brust und lächelte in stumpfem Frohsinn vor mich hin.

»Aus!«

Erleichtert löste ich mich von ihm, doch ich wusste, den Tanz würde ich heute noch öfter hinlegen müssen. Also musste ich schnellstmöglich für andere Gedanken und andere Gefühle sorgen. Jeremy war heute keine Hilfe, wie damals, als ich meine Verknalltheit in ihn an der Klotür ausgelassen hatte … Leevi selber würde also herhalten müssen. Ich grinste ihn an.

»Hei. Wir waren gut!«, sagte er.

»Nee, ich war noch nicht so drin.«

»Bist du jetzt in mich verliebt?«

»Absolut. Dauert bei mir zwar immer ein paar Minuten, aber dann …«

»… knallt's so richtig!«, ergänzte er. Wir kicherten beide, er seltsam hoch und abgehackt, wie ein kleines Kind. Ich mochte dieses kleine Kind.

»Wir machen noch eine!«, rief Manuel da auch schon.

Bei der übernächsten Einstellung waren Fiona und Jeremy mit Engtanzen dran. Ich stand hinten im Bild mit der einzigen Aufgabe, mich im Rhythmus der unhörbaren Musik zu bewegen und Matti mit verliebten Blicken zu verfolgen. Die drei spielten wirklich gut. Ich liebte es, wie Fiona ihre Charles in der Szene immer stärker und selbstbewusster werden ließ, ich liebte Jeremy als arroganten und doch unsicheren Konrad, ich liebte Leevi als eifersüchtigen Matti.

Um vier Uhr nachmittags saßen wir zu einer spaten Mittagspause an einem Tisch. Ewan wie immer neben mir auf der Bank.

»Wir sehen aus wie die Insassen einer Anstalt, die sich über ihr erstes richtiges Mittagessen freuen«, sagte Luca-Hammerzahn und zupfte an dem großen hellblauen Oberhemd, das er, wie jeder von uns, über seinem Kostüm trug.

*»Einer flog übers Kuckucksnest!«*, sagte Fiona.

»Einer flog *wohin?«*, fragte Justina, die gerade an den Tisch kam, mit einer so überraschten Stimme, dass alle lachten.

»Sag bloß, du kennst den Film nicht?«, fragte Jeremy, doch statt ihr schaute er mir in die Augen. Da war er endlich wieder, mein süßer Jerry, der leider immer noch nicht ganz mein süßer Jerry war …

»Nö. Müsste ich?« Justina stellte ihren Teller mit dem Gemüsegratin neben den von Jeremy. »Ist hier noch frei?« Nein, ist es nicht!, dachte ich. Doch nett wie sie waren, machten Leevi und Jeremy natürlich Platz, sodass Justina ruck, zuck zwischen ihnen saß. Fiona stieß meinen Ellenbogen an, als Justina nun auch noch ihr Handy hervorzog und über das Gratin inklusive den darum aufgehäuften Salat hielt.

»Aha! Du bist also auch so eine Essen-Fotografiererin«, sagte Leevi. Justina schlug die Augen nieder und nickte. »Jahaaa. Das muss sein! Meine Mädels und ich schicken uns echt jeden …«

»Alter, das glaub ich nicht«, brüllte er da auf einmal los, sodass Ewan neben mir zusammenzuckte und Justina ihr Handy fallen ließ. Leevi erhob sich, sein übergroßes Hemd blähte sich um ihn auf: »So nicht! Keine Fotos!«, schrie er. »Was soll die Scheiße?!«

Jetzt sahen auch wir es: Einer der Fotografen, die an einem extra Tisch aßen, hatte sich mit seiner Kamera etwas abseits gestellt und fotografierte uns.

»Tom! Danny! Oder wer auch immer …«, rief Leevi und schnippte mit den Fingern. Unser Aufnahmeleiter, der kugelrunde Tom, sprang auf, stürzte mit ausgestreckter Hand auf den Fotograf zu, schnauzte ihn gehörig an und schickte ihn weg. Dann kam er an unseren Tisch und entschuldigte sich.

»Ist doch nicht wahr, oder?« Leevi hatte sich längst wieder

hingesetzt und aß ruhig seine Königsberger Klopse. »Bitte sieh nach, ob der die Bilder gelöscht hat. Sonst helfe ich gerne nach.«

Wir lachten. Nur Justina hielt sich die Hand an die Stirn. »Oh mein Gott, Leevi. Jetzt guck dir an, was du gemacht hast!« Sie zeigte auf ihr Handy zwischen den Salatblättern.

»Sorry, aber wen interessieren eigentlich Fotos von vollen Tellern?«, fragte Leevi nur.

»Gib her«, sagte Jeremy, »das ist nicht so schlimm.« Er wischte das mit Dressing verschmierte Handy mit einer Serviette sauber und gab es ihr wieder.

»Danke!« Sie leckte sich die Lippen und schmachtete ihn an, als ob er sie beim Untergang der *Titanic* aus dem Wasser gezogen hätte. »Ich habe mich nur so erschrocken …«

Hach! Mir kommen die Tränen, dachte ich. Doch bevor ich mich weiter über sie ärgern konnte, fragte Leevi mich, ob er mir weiße oder dunkle Mousse au Chocolat zum Nachtisch mitbringen solle. »Von beidem, bitte!«, antwortete ich knapp.

Jeremy goss mir ungefragt einen weiteren Becher Cola ein. »Oder wolltest du lieber einen Kaffee?«

»Nein danke. Alles gut.« Ich lächelte ihn an. Justina tupfte sich den Mund ab und machte schmale *lapsi*-Augen. Ich tat, als sähe ich sie gar nicht.

Wenig später kam Tim an unseren Tisch und begann eine Lobesrede. Wir seien so begabt, so diszipliniert, das müsste er jetzt unbedingt einmal loswerden. Manuel stellte sich hinter ihn und stoppte seinen Redeschwall, indem er ihm einen Pappbecher mit Espresso reichte. »Tim, trink lieber das hier, anstatt diese Jung-Darsteller zu verderben! Ich glaube, sie spielen besser, wenn sie nicht wissen, wie gut sie sind.«

Fiona stieß mich unter dem Tisch an und wies mit den Augen auf meinen leer gegessenen Dessertteller und den vollen Colabecher. »Was geht denn hier ab?«, flüsterte sie kaum hörbar. »Von beidem bitte …? Und ich meine nicht nur die Mousse …«

»Keine Ahnung.« Ich zuckte mit den Schultern.

»Also meinen Segen hast du jedenfalls … aber … Guck mal«, unterbrach sie sich, »ist das etwa deine Mutter?« Sie zeigte auf den Cateringwagen. Es war tatsächlich Mama, die da gerade auf der mittleren Stufe stehen blieb und lachend etwas über ihre Schulter rief, bevor sie eine leere Plastikwanne durch die Luft schwenkte, ganz hinuntersprang und hinter dem Wagen verschwand.

»Irgendetwas ist passiert …«, sagte ich nur, während ich dieser leichtfüßigen, fröhlichen Frau hinterhersah und Ewan den Kopf kraulte. »Bei mir und bei ihr!«

# 20. Kapitel

Wir drehten noch drei Tage Party, inklusive der legendären Pizzateig-Schlacht in der Backstube. Alle waren hundemüde, dennoch hingen wir ständig zusammen. Aus der Klassengemeinschaft des Films wurde nach und nach eine eingeschworene Drehgemeinschaft. Manche spielten ihre Rolle im wahren Leben einfach weiter, wie zum Beispiel Luca. Als Hammerzahn war er für den Alkohol-Nachschub verantwortlich, bei uns übernahm er dasselbe Amt. Auch Marc, im Film Dümpelmann und Technikfreak, erklärte uns Mädchen die verborgenen Talente unserer Handys, installierte neue Apps und half meiner Mutter aus der Katastrophe, als ihr Laptop abstürzte und sie schon siebzig Prozent ihrer Übersetzung im Gulli sah. Fiona, in ihrer Rolle als Charles längst nicht so stark, war ungeheuer selbstbewusst, sorgte weiterhin für bunte Schokolinsen und hörte großartig zu. Fanny, Johanna und Marie stockten ihren Nebenrollenstatus in der Realität ein bisschen auf, taten sich aber sonst nicht durch eigene Aktivitäten hervor. Leevi, der bescheidene ruhige Film-Matti, führte sich in der Gruppe auf, als ob er der Wichtigste wäre. Kein Wunder. Alle behandelten ihn ja auch so. Die Jungs versuchte er durch seinen Promi-Status und mit Name-Dropping anderer Promis zu beeindrucken, mit den Mädchen flirtete er, mit mir am allermeisten. Ich behandelte ihn immer noch leicht abfällig und schüttelte nur lächelnd den Kopf, wenn er mit seinen Komplimenten ankam.

Und Jeremy? Der Filmfiesling gab im wahren Leben den geheimnisvollen Coolen mit der grauen Mütze, unter der er sofort nach dem Drehen seinen Nazi-Haarschnitt verbarg, an den ich näher heranwollte, aber nicht kam.

»Alles könnte so geil sein, wenn Justina nicht wäre …«, stöhnte ich. Das Sixpack Biolimo, das ich schleppte, war gerade zum zweiten Mal schmerzhaft an meinen rechten Oberschenkel gedonnert. Es war neun Uhr, Sonntagabend, und immer noch sehr warm draußen. Obwohl Fiona und ich müde waren, wollten wir uns noch mit den anderen im Park am großen Baumstamm treffen. Die Hotelleitung hatte unser trinkfreudiges Team gebeten, nicht mehr die Treppe vor dem Eingang zu belagern.

»Sie ist echt ’ne Bitch. Du hattest recht«, sagte Fiona. »Wenn man sie beobachtet, könnte man meinen, sie hat was mit allen. Scheißegal, ob Jeremy, Marc, Danny oder Hammerzahn. Dauernd macht sie diese Selfies mit irgendwem oder sitzt auf einem Schoß und gickert rum.«

»Hast du sie etwa schon mal bei Jeremy auf dem Schoß sitzen sehen?!«

»Nein! Der steht doch auf *dich.*«

Ich seufzte. Fiona guckte mich voller Mitgefühl an. »Na ja. Jetzt ist sie ja erst einmal weg.«

»Ich weiß. Auf der Dispo stand, dass heute Abend ihr Flug nach München geht. Die nächste Woche am Baggersee haben wir Ruhe vor ihr.«

»Genau«, sagte Fiona. »Also kann sie auch nicht mehr Jeremy belagern. Was ist da jetzt eigentlich zwischen euch?«

Ich holte tief Luft und atmete laut aus. »Keine Ahnung. Er kommt jeden Abend zu Ewans Runde mit in den Park und wir reden dann immer echt viel. Er findet meine Idee, Saxofon zu lernen, echt gut, weil er ja selber spielt. Und ich habe da voll Lust drauf! Also wir quatschen ’ne Menge und lachen. Aber sonst …«

»Ach, komm! Ihr sitzt nebeneinander, wo immer es geht, steht nebeneinander, lehnt euch aneinander. Habe ich gesehen! Vor dem Hotel auf den Stufen. Und gestern am Baumstamm. Obwohl Justina immer um euch herumgetitscht ist, wie so ’n aufgeregter Terrier, dem niemand sein Stöckchen schmeißt.

Sorry für den Vergleich, Ewan!«, rief sie zwischen die dunklen Baumstämme, wo Ewan sich durch das Unterholz arbeitete.

»Da läuft doch was …«

»Ja. Schon. Aber nee …« Ich schüttelte den Kopf. »Da waren diese ersten Umarmungen im Park, als er mich trösten wollte. Und sonst … Nichts. Jedes Mal wenn es übers Lachen und Reden hinausgehen könnte, wird er so verdammt schüchtern. Das nervt mich langsam.«

»Schüchtern?« Fiona zog die Stirn kraus. »Nee, der *könnte* schon. Den Mut hat er. Ich sage dir: Der hält sich absichtlich zurück. Vielleicht hat er 'ne Freundin? Ich glaube nämlich, er ist einer von den Ehrlichen, der nicht fremdgeht. Hast du ihn mal gefragt?«

»Nein! Das traue ich mich nicht.«

»Warum nicht?«

»Weil ich Angst vor der Antwort habe?« Ich zuckte mit den Schultern.

*»Bei dem anderen Herrn übt Ella Ellerbrake weit weniger Zurückhaltung.«*

Oh. Ewan. Da bist du ja … könntest du bitte mal ruhig sein, wenn die Erwachsenen sich unterhalten? Doch Fiona hatte scheinbar den gleichen Gedanken. »Und was ist mit Leevi?«

»Ach. Bei dem ist das was anderes. Mit dem kann ich rumalbern ohne Ende. Den hätte ich auch schon küssen können. Angeboten hat er sich. Zur Übung, wie er immer sagt.« Ich kicherte. »Und er grabbelt dauernd an mir rum.«

»Ja. Auch das sehe ich.«

»Aber das Komische ist, ich mag das bei ihm irgendwie, der ist so … so intensiv und frech und ich verarsche ihn immer ein bisschen …«

»Ja. Das nennt man flirten, glaube ich. Sei vorsichtig. Jeremy ist ja nicht blind.«

Ich nickte. Wir waren aus dem Wäldchen getreten und sahen den Baumstamm und die Silhouetten der anderen gegen den dämmrigen Abendhimmel. Ich griff nach Fionas Arm und blieb stehen. Ein Stich durchbohrte mein Herz. »Scheiße … aber …«

Fiona beendete meinen Satz: »… was macht *die* hier?«

Lässig lehnte Justina am Baumstamm, im letzten Licht schimmerte unverkennbar das Rot ihrer Haarpracht. Und neben wem stand sie, so dicht wie möglich? Jeremy. Ich biss die Zähne zusammen.

»Hallo!«, schrie Hammerzahn uns entgegen. »Was habt ihr zu trinken dabei?«

»Bier und Biolimo«, rief Fiona zurück. »Hey, Justina, du bist noch hier?«

»Ja klar! Denkst du, ich will an meinen drehfreien Tagen wieder in die Schule gehen? Ich mache ab Montag ein Praktikum bei der Aufnahmeleitung!«

Oh bitte! Das konnte doch nicht wahr sein! Am liebsten hätte ich meine Stirn immer wieder gegen Fionas Schulter geschlagen.

*»Gemach, gemach. Der wichtigste Stöckchen-Schmeißer ist immerhin anwesend.«*

Ja, natürlich, Ewan. Aber hast du gesehen? Ihr blödes Haar berührt ihn schon.

»Ich kann die beiden einfach nicht zusammen sehen!«, stieß ich zwischen den Zähnen hervor.

»Es geht ihr doch gar nicht um *ihn«,* flüsterte Fiona leise zurück. »Wissen wir doch. Aber sie spürt, dass da was zwischen euch ist, und das macht sie wahnsinnig!«

»Wem sagst du das? Seitdem ich die Rolle habe, hasst sie mich.«

»Schau lieber auf seine Körpersprache, die sagt doch alles.« Sie hatte recht. Jeremy war ein Stück von ihr abgerückt und sah aus, als ob er jeden Moment fliehen wollte.

»Die Produktion fand die Idee super«, brüllte Justina quer über die Wiese, während wir näher kamen. »Mein Vater bezahlt das Zimmer und hat mich auch von der Schule befreit. Ey!

Wenn ich Regie studieren will, sollte ich wissen, was in jeder Abteilung vor sich geht!«

»Ich kotze gleich«, raunte ich Fiona zu.

Sie kicherte. »Sie will *Regie* studieren? Da muss sie vorher aber noch einige Kilos von Daddys Schokostrohhalmen verteilen!«

Endlich rutschte Jeremy von dem glatten Stamm hinunter und kam auf uns zu. Justina hinter ihm her. Sie warf mir einen ihrer arroganten Blicke zu und knallte ihre Bierflasche von unten gegen die von Jeremy. »Prost! Auf mein Praktikum!«

»Jaja, prost. Möchtest du?« Jeremy hielt mir seine Flasche hin. Oh, ein Reissdorf Kölsch. Das hatte Dad immer getrunken, ich erinnerte mich noch gut an die roten Etiketten in unserem Kühlschrank. Ich sah ihm in die Augen und nahm einen langen Schluck. Jetzt war mein Mund da, wo kurz vorher seiner gewesen war … Dann gab ich ihm die Flasche zurück. Auch er trank, ohne mich aus den Augen zu lassen und ohne den Flaschenhals vorher abzuwischen.

»Mensch, da sind ja auch Leevi und Danny«, quietschte Justina neben uns. Die beiden kamen über die Wiese und wurden lautstark begrüßt. »Hey! Mein Boss!« Justina rannte los und flog Danny in die Arme. Er hielt sie fest und schwenkte sie im Kreis herum.

Fiona schüttelte den Kopf. »Hallo?! Die macht den richtig an. Ey, der ist mindestens dreißig!«

»Es ist noch Wodka da«, rief Hammerzahn und drehte die Box lauter. »Her damit«, sagte Fiona. Fanny, Johanna und Marie lachten im braven Mädchen-Chor über einen Witz von Leevi. Ewan schleppte einen viel zu großen Ast über die Wiese, der Mond ging langsam auf und Jeremy und ich schauten uns immer noch an.

Am nächsten Morgen checkte ich die Dispo, um zu sehen, mit wem zusammen ich abgeholt wurde. War Fiona dabei, kamen wir immer etwas später los. Stieg Leevi morgens ein, pünktlich, mit bisschen zu viel von seinem holzigen Aftershave, konnten wir den Telefonaten mit seiner Agentin lauschen. Mein Gott, hatte der immer viel zu tun … Fotoshootings für die *Men's Health,* dringende Interviewanfragen, Einladung zu Filmpremieren und Preisverleihungen. Er sagte das meiste ab. Irgendwie sympathisch.

Jeremy roch immer dezent nach Jeremy, war aber oft sehr schweigsam und tippte auf seinem Handy rum. Zu viel morgendliches Reden schade seiner Konzentration, war seine Erklärung, wenn auch mit einem Grinsen.

Ich hatte Glück, es war Fiona, die mit mir abgeholt wurde. Sie und ihre Mutter kamen mit nassen Haaren und wehenden Klamotten aus dem Hotel gerannt. Handy-Ladekabel und Seidenschals hingen aus den Handtaschen und schleiften über den Boden, lachend sprangen sie ins Auto.

Das erste Mal seit Drehbeginn wurden wir von Angel zu einem anderen Set gefahren. Nach einer halben Stunde Autobahn und einer kurzen Fahrt vorbei an Getreidefeldern stiegen wir aus und schauten uns um. Die Basis mit den Wohnwagen und Lkws befand sich auf einem Parkplatz vor einem Waldstück.

»Ist ruhiger hier draußen«, stellte ich fest.

»Keine Nachbarn hinter Hecken mehr, die sich beschweren, keine Komparsen, keine Kinder und jungen Mädchen, die Leevi um Autogramme anbetteln«, bestätigte Fiona.

»Und die dann von Danny und Lisa und jeder Menge Flatterband zurückgehalten werden müssen.«

»Aber sonst ist alles ziemlich gleich. Wir müssen uns nur merken, wo unser Wohnmobil, der Toilettenwagen und der vom Catering steht.« Fiona nickte zufrieden. »Und auf Ewan musst du aufpassen. Nicht, dass der abhaut.«

»Nee, du haust doch nicht ab, oder?«

»Und hat er dir geantwortet?«

Ich zeigte auf sein kleines Hundegesicht, das wie so oft einen leicht missbilligenden Ausdruck trug. »Sieht er so aus?« Wir lachten.

Dann ließen wir unsere Latte-macchiato-trinkenden Mütter am Cateringwagen zurück und wurden von Lisa zum Kostüm geführt.

»Wie macht Justina sich an ihrem ersten Tag bei der Set-Aufnahme?«, fragte Fiona.

»Bevor die mir weiter die Ohren abquatscht, habe ich sie in unseren AL-Bus gesteckt. Kleberollen sortieren und so.«

Wir schauten uns an. »Finde ich gut!« Fiona lächelte. »Sie will alles von der Pike auf lernen, hat sie gestern noch gesagt.«

Zum Set wurden wir dann geshuttled. Das hörte sich gigantisch an, war aber nur eine einminütige, schleichende Autofahrt über von Kiefernadeln gepolsterte Waldwege.

In der ersten Szene spielte ich mit Fiona und Filmhund Zucker. Ewan hatte ich bei Mama gelassen, die sich mit ihrem Laptop auf einer Bierbank vor dem Catering eingerichtet hatte. Dort gab es frische Luft, Wasser und Auslauf für mein magisches Hündchen. Und ab und zu ein kleines Gespräch mit Niklas für meine Mutter …

Die Sonne brannte vom Himmel. Wir lagen im Sand, hatten viel Text und wateten zwanzigmal mit schlabbrigen, seltsam gerafften Badeanzügen ins Wasser, bevor Tim endgültig »Aus!« rief. In den Drehpausen flüchteten wir unter einen Schirm in den Schatten und wurden von Katja genötigt, so viel Wasser zu trinken, dass Knut uns zweimal zum Toilettenwagen shuttlen musste.

Dort trafen wir Justina, die die Papierhandtuchspender auffüllte.

»Hallo, Justina, du hier? Macht's Spaß?«, fragte Fiona.

»Ey! Nur weil ich *Regie* studieren will, meint Lisa, dass sie mich zu so 'nem Scheiß verdonnern muss. Glaubt die, ich putze auch noch die Klos oder was?«

»Ich glaube, das machen die Set-Runner nun doch nicht«, erwiderte Fiona und schnappte sich ein Papierhandtuch von Justinas Stapel.

»Mein Vater könnte den ganzen Laden hier kaufen! Weiß die das eigentlich?«

»Beschwer dich doch bei Danny. Der ist dein Boss«, sagte ich.

»Danny?« Ihr Mund verzog sich zu einem Lächeln, doch ihre Augen blieben kalt, während sie mich anstarrte. »Danny hat mir für heute Abend schon eine geile Überraschung versprochen.«

»Wow.«

»Und heute Nachmittag darf ich neben der Regie sitzen und am Monitor zuschauen.«

»Na also, ist doch ein feines Leben, was du führst«, sagte Fiona. »Dann bekommst du ja hautnah mit, wie ich kurz nacheinander mit Jeremy und auch mit Leevi knutsche.«

»Pah!« Justina schnaubte. »Nicht, dass da jemand ganz, ganz traurig wird … und vor Eifersucht weinen muss.« Sie wies mit dem Kopf auf mich vor dem Wagen.

»Nee, keine Sorge«, sagte ich. »Jeremy und ich machen das immer nur ganz, ganz exklusiv. Im Mondschein.«

Am Nachmittag waren unsere Badeszenen abgedreht und die Requisite begann, das Feuer aufzubauen. Jeremy hatte mir mal erklärt, dass bei *day for night*-Aufnahmen ein Filter vor die Kamera geschraubt und noch mehr Scheinwerfer als sonst aufgestellt würden. Im Film würde es so wirken, als wenn wir in einer Sommernacht am Feuer säßen, auch wenn beim Drehen die Sonne schien. Zusätzlich zum Filter würden die Blautöne in der Postproduktion verändert werden.

Fiona und ich schlenderten zu Fuß zurück zur Basis. Katja hielt sich diskret drei Meter hinter uns. Sie hatte einen guten Instinkt und wusste, wann sie uns in Ruhe lassen musste. Der Wald roch nach Baumrinde und Kiefernharz, die Sonnenstrahlen fielen einzeln durch die dichten Baumkronen und mein Kopf füllte sich mit angenehmer Stille. Auch ohne meinen Beruhigungstrick mit der Linien-Zieherei.

»Du hast Jeremy also schon geküsst?«, unterbrach Fiona die Stille. »Sorry, ich hatte schon die ganze Zeit fragen wollen.«

»Nein. Das habe ich vor Justina doch nur so gesagt.« Ich kickte den Tannenzapfen vor mir mit einem heftigen Tritt unter die Bäume. »Warum *will* der das nicht? Kapierst du das?«

»Keine Ahnung. Frag ihn einfach. Und lass die Selbstzweifel sein! Du bist auch ohne ihn toll! Und wenn er das nicht merkt, ist er sowieso nichts für dich.«

Wir machten Platz für den kleinen Transporter von der Baubühne, der uns auf dem schmalen Waldweg entgegenkam.

»Ach, ich weiß nicht.«

»Ja klar. Du bist super hier beim Drehen. Und du bist viel entspannter, jedenfalls wenn Justina nicht da ist …«

»Meine Güte, ja! Was für ein Irrer hat ihr dieses Praktikum genehmigt? Jetzt haben wir sie für eine Woche an der Backe.«

»Vergiss sie einfach! Du hast genug mit dir selbst zu tun. Dass deine Mutter so traurig war, hat dich ganz schön mitgenommen. Das hat man dir echt angemerkt. Jetzt bist du cooler und hackst nicht mehr so auf ihr herum.«

»Habe ich auf ihr rumgehackt?«

»Ein bisschen. Sie konnte dir ja nichts recht machen.«

»Sie ist aber auch echt anders geworden. Sie redet wieder mit Leuten und geht raus.«

»Dann muss sie ja schon sehr zurückgezogen gelebt haben, wenn du die Tatsache, dass man sie ab und zu mit ihrem Laptop in der Sonne sitzen sieht, schon als ›rausgehen‹ bezeichnest.«

»Ja. Es war echt schlimm.« Einen Augenblick lang musste ich an das dunkle Hinterzimmer bei Onkel Manfred denken, in dem sie sich tagelang verkrochen hatte. Und jetzt? Trank sie morgens mit fremden Müttern Latte macchiato und tauschte mit dem Chef vom Catering Brotteig-Rezepte aus … »Es war jedenfalls eine geile Idee von dir, die beiden aufeinander aufmerksam zu machen!«

Fiona war unter einem der letzten Bäume erneut stehen geblieben. »Siehst du. Hat funktioniert.«

»Es ist schon komisch, sie mit einem anderen Mann zu sehen. Auch wenn sie bislang nur reden. Meine Eltern haben sich ziemlich geliebt, glaube ich.«

»Das ist cool, wenn Eltern sich noch lieben.«

»Obwohl … irgendwas war am Schluss anders zwischen ihnen.

»Am Schluss?«

»In den Monaten vor seinem Tod muss er ganz selten zu Hause gewesen sein. Denn als ich im Krankenhaus an seinem Bett stand und es ihm ja wieder ganz gut zu gehen schien, habe ich als Erstes gedacht: Hier muss er jetzt erst mal bleiben, hier kann er nicht weg, wie schön! Echt! Das ist mir erst jetzt wieder eingefallen, wo wir in Köln sind.«

»Na ja, war er nicht Musiker und immer unterwegs? Oder vielleicht hatte er eine andere? Eine Geliebte! Vielleicht ist das Steinherz von ihr?«

»Nee. Eine Geliebte? Mein Vater?! Außerdem hat meine Mutter gemeint, das haben die vom Orchester wahrscheinlich hingelegt.«

»Vom Orchester …?«

»Keine Ahnung. Mama und ich haben beschlossen, wir lassen die Vergangenheit ruhen!«

»Okay. Vielleicht verwirrt die dich auch nur.«

»Das mit Jeremy verwirrt mich viel mehr! Ey, wieso muss das alles so kompliziert sein?« Ich hob einen weiteren Kiefernzapfen auf und zielte damit auf einen schuppigen Baumstamm. Treffer!

Als wir vor den Wohnwagen ankamen, stand Anisha rauchend oben in der offenen Tür des Kostüm-Lkws. »Na Mädels, da seid ihr ja endlich! Hast du sie auf dem Weg noch zu einem Drink eingeladen, Katja? Umziehen, kommt! Wir sind knapp in der Zeit. Erst du, Fiona, dann Ella.«

Das Lagerfeuer brannte, es war helllichter Tag. Requisiten-Jan hatte Kartoffeln auf biegsame Weidenruten gespießt. Als ich näher kam, sah ich, dass das Feuer von einer Gasflasche erzeugt wurde. Die Flammen leckten und züngelten an dicken Ästen, die angekohlt waren, aber nicht verbrannten. Wie romantisch … Bier- und geriffelte braune Fantaflaschen waren nachlässig im Sand drapiert, als hätte hier am See tatsächlich schon eine Party stattgefunden.

Wir begrüßten Leevi, der mit einer Gitarre auf einem der kurzen Baumstämme saß, die das Feuer wie ein Viereck einrahmten.

»Spiel mal was!«, forderte Fiona ihn auf.

»Hei, Girls! Ich kann für nichts garantieren. Meine Stimme ist im Arsch. Und die von der Set-AL haben mir nicht den versprochenen Salbeitee in meinen Trailer gebracht. Gestern haben sie dran gedacht, aber auch da war die Zitronenscheibe darin alles andere als frisch! Ich brauch das doch für meine Stimmbänder!«

Ich grinste und wandte mich verlegen ab. So witzig und cool er auch war, manchmal benahm er sich wie ein verwöhntes Weichei.

»Alter! Die Aufnahmeleitung tut, was sie kann«, sagte Fiona. »Oder frag Justina. Die bringt dir garantiert alles.«

»Justina? Die nervt. Ey, ich muss gleich singen. Wie soll das gehen mit der Stimme?«

»Das schaffst du schon, *du* bist doch der Profi.«

Leevi bedachte sie mit einem Blick, der alles zwischen »hast ja recht« und »blöde Kuh« bedeuten konnte, klampfte dann weiter auf den Saiten der Gitarre herum und summte etwas, das entfernt wie *Somewhere Over The Rainbow* klang.

In Bild 126 sang er dann zusammen mit Sabine recht ordentlich, Hammerzahn verbrannte sich den großen Zeh, weil Anne eine heiße Kartoffel darauf fallen ließ, was nicht im Drehbuch stand, und dann hatte Charles (alias Fiona) ihre Kussszene mit Konrad (alias Jeremy), während wir anderen mit Zucker im Hintergrund am Lagerfeuer sitzen sollten. Justina hatte sich so weit bei Tim eingeschleimt, dass sie die Klappe beschriften und schlagen durfte, und stapfte mit bloßen Füßen, aufgekrempelter Jeans und bauchfreiem T-Shirt wichtig durch den Sand, während der Mann von den Special Effects damit kämpfte, die Flammen des Feuers kleiner werden zu lassen. Irgendwas funktionierte plötzlich mit dem Gasregler nicht.

»He«, hörte ich plötzlich dicht an meinem Ohr. Ich drehte mich um. Hinter mir hockte Jeremy in seinem Konrad-Kostüm mit seiner geschniegelten Konrad-Frisur.

»Ich hab gestern die Bierflasche mit aus dem Park genommen.«

»Welche Bierflasche?« Doch ich wusste natürlich, von was er sprach.

»Aus der ich mit dir getrunken habe. Die habe ich in meinem Kleiderschrank versteckt, damit das Zimmermädchen sie nicht wegschmeißt.«

»Das glaube ich nicht.« Ich lächelte und wollte ihn unbedingt küssen, denn sein Gesicht war dicht vor meinem und er grinste so frech und mir wurde noch wärmer, als mir vom Feuer eh schon war.

»Jeremy, bitte auf deine Position!«

Bildete ich mir das ein oder guckten mich alle an, als Jeremy auf Fiona zulief, die ihn vor der Kamera erwartete? Irgendetwas stimmte immer noch nicht mit dem Licht, denn Manuel sagte noch einmal fünf Minuten Pause an, in denen nun auch Fiona zu mir kam. »Ist okay für dich, oder?«, flüsterte sie in mein Ohr.

»Ach klar. Is' 'ne Rolle, oder?« Wir kicherten. Dann konnte

es losgehen, doch Justina hatte die falsche Bildnummer auf die Klappe geschrieben und wurde von Pingpong umgehend ihres Amtes enthoben.

»Okay, die Szene ist abgedreht!«, rief Manuel zwei Stunden später. »Marion ist für heute fertig, Konrad, Beate, Sabine und Anne haben Pause, während wir von Bild 128 zunächst die Nahe von Charles und Matti machen.« Er sprach in sein Headset: »Danny für Manu: Kannst du bitte nach der Pause das Double Marion mit ans Set schicken?«

Mein Double! Ich war gespannt, wie ähnlich mir das Mädchen war, das gleich für mich im Hintergrund am Lagerfeuer sitzen würde.

Meine Eifersuchtsszene, die ich damals beim Casting vorgespielt hatte, stand zwar auch noch auf der Dispo, aber da ich schon eine halbe Stunde über der erlaubten Zeit am Set war, konnten wir die für heute vergessen. Fiona war schon sechzehn, damit galten für sie längere Drehzeiten als für mich.

Wir schlugen das Angebot, gefahren zu werden, aus und gingen durch den Wald zurück: der wegen seiner Kartoffelverbrennung leicht hinkende Luca, Johanna, Fanny, Marie, die unermüdliche Katja, Jeremy und ich.

Ach ja, Praktikantin Justina hatte die Regieabteilung verlassen und lief nörgelnd in der Gruppe mit. Erst ging es noch einmal um Lisa, die ihr tatsächlich aufgetragen hatte, das Klo im Toilettenwagen zu putzen, doch dann wechselte sie das Thema: »Habt ihr gesehen? Jerry und Fiona mussten bei unser Eifersuchtsbeauftragten Dr. Ella Ellenbogen um Erlaubnis fragen, bevor sie sich küssen durften!« Hammerzahn lachte.

»Ey, was erzählst du für eine Scheiße, Justina?«, sagte Jeremy, den Blick wie immer auf sein Handy gerichtet.

»Na ja, ihr habt ja schließlich auch schon geknutscht, oder?« Justinas Stimme klang beleidigt. Ich merkte, wie die anderen aufhorchten, und schluckte. Mist. Von unser angeblichen Knutscherei wusste Jeremy ja noch gar nichts … Doch er sagte nur: »Halt einfach deine Klappe, ja? Danke.«

Ich atmete auf. »Sorry. Das war …« Ich blieb kurz stehen, fummelte an meinem Schuh rum und sorgte so dafür, dass wir hinter den anderen zurückblieben.

»Warum denkt die sich so was aus? *Fuck,* ich habe hier keinen Empfang«, murmelte Jeremy. Er bekam einfach nichts mit, weil er dauernd mit dem blöden Handy beschäftigt war. Frag ihn einfach, hallte Fionas Vorschlag durch meinen Kopf. Aber wie?

»Wem schreibst du eigentlich dauernd? Deiner Freundin?« So, jetzt war es raus. »Frag ihn einfach«, in der unüberlegten Ella-Version. Jeremy sah mich drei Herzschläge lang an. »Na, endlich fragst du.«

Aha. Mein Herz wurde automatisch schneller. Was sollte das bedeuten? Musste ich jetzt was sagen? Warum hatte ich nicht gewartet, bis Ewan an meiner Seite war? Wenn er nicht eingriff, wusste ich, dass ich alles richtig machte.

»Ey, kommt ihr?«, rief Justina weiter vorne. Keiner von uns antwortete.

»Ich bin vorsichtig. Ich habe mal einen Fehler gemacht.«

»Was für einen Fehler? Nicht schnell genug auf 'ne WhatsApp geantwortet?« Es sollte lustig klingen, doch kaum hatte der Satz meinen Mund verlassen, klang er nur noch albern.

»Nee.« Er ging langsam weiter. »Ich hatte mal eine Freundin. Sie war echt süß und gleichzeitig cool und ich war total in sie verliebt. Das einzig Blöde war: Sie lebte in Hamburg. Wir haben uns also nicht so oft gesehen. Und irgendwann driftete sie immer mehr aus meinen Gedanken, weil ich ein Mädchen auf meiner Schule toll fand; also habe ich ihr 'ne WhatsApp geschrieben, aus der sie gelesen hat, dass ich Schluss machen würde.«

»Per WhatsApp Schluss machen?« Ich zog die Augenbrauen hoch.

»Na ja, nicht gerade toll, ich weiß! War aber auch nur so angedeutet und umständlich halt. ›Ich glaube, wir brauchen eine

Pause‹, was man eben so schreibt, wenn man feige ist.« Er sah auf sein Handy und steckte es dann in die Tasche seiner Bundfaltenhose aus braunem Cord-Stoff. »Das war in der neunten Klasse.«

»Und?«

»Sie hat daraufhin einen Selbstmordversuch gemacht.«

Ich blieb stehen. Mein Magen zog sich eiskalt zusammen. »Einen Versuch! Das heißt, sie haben sie rechtzeitig gefunden!«

»Ja, aber das macht die Sache nicht weniger schlimm. Sie wollte sterben, nur weil ein blöder Vierzehnjähriger, der sie gar nicht verdient hatte, sie nicht mehr …«

Wie verzweifelt sie gewesen sein muss, dachte ich. Aber was für eine Verantwortung sie ihm damit auch aufgeladen hat … »Und die, der du jetzt schreibst, ist immer noch dieselbe? Freundin, meine ich …« Ich hasste mich für meinen lässigen Ton.

»Nein. Eine andere. Eine neue, wenn du so willst. Aber nun …« Er schaute mich an. »… bist du da. Und ich weiß nichts mehr.«

»Über was?«

Er zuckte mit den Schultern und ging weiter. »Ach. Keine Ahnung. Vielleicht habe ich schon zu viel erzählt … Ich weiß ja gar nicht, wie du … ob du … Aber ich kann nicht auf zwei Hochzeiten tanzen.«

»Hochzeiten?«

»Ja, keine Ahnung! Sorry für den Ausdruck. So 'n altmodisches Zeug sagt meine Mutter immer.«

Die Gedanken überschlugen sich in meinem Kopf, während wir nebeneinanderher gingen, ohne uns anzuschauen. Du weißt nicht, ob ich dich will? Du willst wegen mir Schluss machen? Du hast Angst, dass auch dieses Mädchen versucht, sich umzubringen? Sag doch was! Schweigend liefen wir durch den Wald. Die anderen waren nicht mehr zu sehen. Selbst Justina war verschwunden. Ich dankte irgendwem für dieses große Glück.

Bevor wir die ersten Wagen erreichten, drehte er sich zu mir.

»Außerdem ist München verdammt weit weg. Hat schon mal nicht geklappt.« Seine Augen waren so leuchtend blaugrau wie am ersten Tag, der dunkle Rand um die Iris machte sie noch heller.

»Jeremy?« Ich nahm all meinen Mut zusammen, griff nach seiner Hand und stellte mich auf die Zehenspitzen. Er antwortete nicht, zog nur die Augenbrauen erstaunt hoch. Seine Oberlippe hatte die Form eines auseinandergezogenen, scharf abgegrenzten M. Die Unterlippe war voll, aber nicht zu groß. Wie hatte Fiona das gerade gemacht? Sich einfach ein wenig vorgebeugt, dann innegehalten und sich küssen lassen …

»Ich mache das nur, damit du nicht noch mehr Bierflaschen in deinem Zimmer verstecken musst.« Ich hielt nicht inne, ich küsste das M. Jerry presste mich an sich. Ich konnte fühlen, dass er mehr wollte. Doch ich machte mich los, ging davon und freute mich über seinen Blick, den ich im Rücken spürte. Ich hatte es wirklich getan!

Bei den Wohnwagen kam mir Ewan mit fröhlich aufgestellten Ohren entgegengelaufen. Ich drehte mich noch mal zu Jeremy um: »Ich finde es übrigens verdammt süß, dass du nicht auf zwei Hochzeiten tanzt.«

*»Was man von Ella Ellerbrake nicht behaupten kann.«*

Ach, sei ruhig, Ewan! Ich habe ihn gerade geküsst – und das mit Leevi ist doch nur Spaß. Wenn du das nicht kapierst, hast du gar nichts verstanden!

Ich riss die Wohnwagen auf. Mama fuhr herum, hielt mitten in einer Bewegung inne, die ich bei ihr schon ewig nicht mehr gesehen hatte: Sie hielt einen kleinen Spiegel in der Hand und zog sich die Lippen nach. Wow, sie benutzte wieder Lippenstift! Und waren nicht auch ihre Augen leicht geschminkt? Ich verkniff mir einen Kommentar und setzte mich. Auch Ewan sprang ohne weitere Anmerkungen auf die Sofalehne. Gemeinsam sahen wir zu, wie Mama ihre Schminksachen in ihrer Handtasche versenkte und dann weiter darin kramte. Schließlich hörte sie mit der nervösen Sucherei auf und wandte sich zu uns: »Meine Güte, mir wäre heute Morgen fast mein Passwort nicht mehr eingefallen.«

Ich kicherte. Ich kannte niemanden, der so oft sein Passwort am Laptop wechselte wie sie.

»Aber dann habe ich so viel geschafft, wie wäre es, wenn wir heute Abend nach Köln reinfahren und ein bisschen in unserem alten Viertel herumbummeln?«

»Oh echt?« Kommt Niklas mit?, wollte ich fragen, hielt aber rechtzeitig den Mund. »Supercool! Einfach nur bummeln?« Keine Lesung? Keine Kultur?

Sie lächelte. »Es ist so herrlich warm. Wir könnten am Brüsseler Platz was essen gehen!«

»Oder in die Genter Straße 30.«

Mama schaute etwas verschreckt, doch dann sagte sie: »Richtig, da liegt auch die Genter Straße ...«

Ich atmete auf. Unsere alte Adresse war mir einfach so rausgerutscht. »Einfach mal vorbeigehen. Von außen das Haus anschauen.«

»Ja. Vielleicht.«

»Könnten wir eigentlich ... also, die Leute, die da wohnen ... müssten die ...?«

»Ella.« Ich sah, dass ihre Hand leicht zitterte, als sie den Reißverschluss der Handtasche zuzog. »Jetzt lass uns doch erst einmal sehen, wie sich das alles entwickelt.« Manchmal überraschte sie mich. Sie hatte sofort kapiert, worauf ich hinauswollte. Natürlich wusste ich, dass man für die eigene Wohnung so etwas wie Eigenbedarf anmelden konnte, wenn man dort einziehen wollte. Hatte Onkel Manfred ja auch getan, als wir nach der Beerdigung plötzlich in seiner Wohnung in München standen. Er hatte den Mietern im ersten Stock gekündigt und war nach ein paar Monaten hinuntergezogen.

Ich stand auf und wünschte einen Moment lang, ich würde

mich trauen, Mama zu umarmen. Aber ich brachte es nicht fertig, denn ihre Augen glänzten von Nahem, als ob sie überlegte, gleich wie irre loszulachen oder vielleicht doch lieber in Tränen auszubrechen. Stattdessen redete ich drauflos. »Köln ist einfach besser für mich. Meine Freundinnen sind da und auch die neuen Leute hier vom Film. Ich mag die alle so!« Jeremy, Jeremy, Jeremy, Jerry … Ich spürte seine weichen Lippen noch auf meinen. »Und die ganze Atmosphäre!« Auch die Nähe von Dads Grab gehörte dazu, doch diesen Punkt erwähnte ich besser nicht, der gehörte ja zu der Vergangenheit, die wir ruhen lassen wollten.

»Freundinnen? Hast du Hannah und Antonia überhaupt schon getroffen, seitdem wir hier sind?«

Nein, wie denn?, hätte ich beinahe gefragt. Beide planschen seit Beginn der Sommerferien irgendwo in einem Pool in der Toskana herum und haben morgens Sprachunterricht. Doch dann fiel mir ein, dass ich sie für meinen ersten Friedhofsausflug als Alibi benutzt hatte.

»Na klar. Einmal vormittags in der Stadt. Nie hörst du mir zu!«, maulte ich gespielt. Mist, das wäre beinahe schiefgegangen.

»Wir machen uns einen schönen Abend, okay?«, sagte sie einlenkend. »In unserem Viertel. Nur wir beide! Und das mit der Wohnung bekommen wir hin, wenn wir wollen!«

Oh Mama! Klar, man bekam alles hin, wenn man nur wollte! Sogar einen Jungen zu küssen. Nun umarmte ich sie doch.

# 21. Kapitel

Meine Mutter ist irgendwie schon krass … dachte ich, als wir gegen halb acht Uhr an der Bar des Hotels saßen. Wollten wir nicht los? Aber nein, sie hatte bei der Bedienung erst noch ein kleines Alster bestellt und keinen Einspruch erhoben, als ich »zwei, bitte« hinzufügte. Ja, warum nicht mal etwas mit Alkohol: Ich wurde im Oktober sechzehn und es musste gefeiert werden, dass Mama an diesem Abend so hübsch aussah, als ob sie in der Zeit zurückgesprungen war. Keine fünfunddreißig Jahre wie in unserem Drehbuch, aber zehn mindestens. Sie trug ein fliederfarbenes Kleid, kurz genug, um ihre Tänzerinnenbeine zu betonen, und endlich mal hohe Schuhe. Ihr Haar hing offen über ihre Schulter und der Ausschnitt war auch nicht schlecht. Dass sie so ein Kleid überhaupt im Schrank und dann auch noch für Köln eingepackt hatte!

Ich sah hinab zu Ewan, der mit seiner Leine an den Barhocker gebunden war und den Kopf hängen ließ, weil er nicht oben sitzen durfte. He, mein kleiner Freund, sandte ich telepathisch zu ihm hinunter. Dies ist wirklich ein hundefreundliches Hotel, doch neben uns auf einem Barhocker zu sitzen, geht echt nicht, sorry!

*»Ein wenig mehr Durchsetzungsvermögen wäre Ella Ellerbrake nun doch nach all dieser Zeit, in der sie vom klügsten Hund der Welt durch alle Abgründe geleitet wurde, zuzutrauen.«*

Ich rollte nur mit den Augen.

»Lass uns über unser Viertel reden!«, sagte Mama, nachdem sie mit mir angestoßen und ich den ersten Schluck von dem Alster genommen hatte. Schmeckte besser als normales Kölsch. Süßer.

»Reden? Aber wir wollten doch …?«

»Ja, ich wollte eigentlich mit dir hin. Aber ich weiß nicht, ob ich das einfach so schaffe.«

Gut. Sie war manchmal immer noch komisch. Aber okay. Womit konnte ich anfangen? »Ich bin gespannt, ob es das Büdchen und den dicken Nikos noch gibt. Bei dem ich als Kind immer die leeren Pfandflaschen zu Geld gemacht habe.«

»Bestimmt.« Mama seufzte schwer.

»Und die Wäscherei, wo sie mal unsere Tischdecke verbummelt haben. Und du den Typ am Ende verklagen wolltest.« Jetzt lächelte sie.

»Und …« Ich überlegte. »Dieser komische Klamottenladen in unserer Straße, an der Ecke … Wie hieß der noch?«

»Blutsverwandtschaft.«

»Genau! Was für ein grässlicher Name. Kein Wunder, dass da nie einer drin war.«

»Die Genter Straße«, sagte Mama leise. Ich schaute mich um. Die Bar war schummrig und leer, der Barkeeper irgendwo in der angrenzenden Küche verschwunden. Mir kam eine Idee.

»Mach die Augen zu, Mama. Und gib mir die Hand.« Zu meiner Überraschung gehorchte sie. »Also. Vertrau mir. Ich führe dich. Okay? Wir gehen aus unserer Haustür. Links stehen die drei blauen Mülltonnen, die immer voll sind, rechts in der Hecke liegt schon seit Jahren dieser vergammelte gelb-blaue Ball. Die Steinplatten unter unseren Füßen sind grau, mit ein bisschen Rosa drin, in der einen, am Ende des kleinen Weges, ist ein Sprung. Das Dreieck, das dadurch entsteht, sieht aus wie ein Stück Pizza. Zwei Poller stehen an der Seite. Ein Klumpen Fahrräder ist daran festgekettet, mit denen niemand fährt. Nun sind wir auf dem Bürgersteig und wenden uns nach links …«

*»Ein unbezahlbarer Vorteil: Auf dem Fußboden einer Hotelbar bleibt man anonym und kann nicht auf Anhieb einer Gruppe zugeordnet werden.«*

Sag doch gleich, dass wir dir peinlich sind, Ewan!

»… wir wenden uns nach links und gehen die Genter Straße

entlang. Auf der anderen Seite ist das Schaufenster der Druckerei. In dem ein Haufen toter Fliegen liegt und sonst gar nichts.«

An der Hand führte ich meine Mutter bis in die Antwerpener Straße, zu meiner Grundschule, und dann wieder zurück in großer Runde zum Brüsseler Platz.

Die Abendsonne warf ihr Licht durch die großen Fenster der Lobby und färbte die kleine Bar feuerrot. Doch meine Mutter ließ ihre Augen immer noch geschlossen und hielt meine Hand ganz fest und ich erzählte ihr all die Kleinigkeiten, an die ich mich erinnerte. Irgendwann öffnete sie die Augen und lächelte mich an. »Sollen wir los? Ich glaube, jetzt bin ich gewappnet!«

Ich grinste und tief in meiner Brust atmete etwas das erste Mal seit zwei Jahren auf. »Wir könnten auch noch in unsere alte Wohnung gehen.«

»Nein. Für heute reicht es. Ein anderes Mal.« Sie drückte meine Hand.

»Okay. Ich trinke eben noch aus.« Mein Glas war noch fast voll, ich hatte nur geredet.

Wir beobachteten, wie die ersten Mitglieder des Teams im Hotel eintrudelten. Sie waren verschwitzt und abgekämpft, doch sobald sie uns am Ende der Lobby erkannten, winkten sie. Fionas Mutter kam sofort an die Bar. »Fiona ist erledigt, das arme Kind. Sie ist gleich hoch, aufs Zimmer.«

Auch Esther und Katja setzten sich zu uns, nachdem sie sich auf ihren Zimmern frisch gemacht hatten. Regisseur Tim rief nach einem Kölsch, kaum dass er uns sah, dann fielen die frisch geduschten Beleuchter ein und machten sich draußen auf der Terrasse breit. »Was sitzt ihr hier drinnen?«, rief Manuel und balancierte sein hohes Weizenbierglas an uns vorbei durch die Menge.

»Kommt, wir gehen raus«, rief jemand. Ich schaute Mama an. Zeit, endlich in die Stadt zu fahren. Doch in diesem Moment sah ich ein seltsames Lächeln auf ihrem Gesicht, das sich mit einer leichten Röte bis zu ihren Ohren ausbreitete.

»Oh Gott, was macht der denn hier?«, wisperte sie in ihr leeres Glas, dann erst sah ich den Grund für ihre Verlegenheit auf die Bar zusteuern. Niklas. Etwas fremd, so ohne Schürze und Kochmütze, und anscheinend hatte auch er geduscht, denn seine langen dunklen Haare hatten nasse Flecken auf den Schultern seines Hemdes hinterlassen.

Das konnte kein Zufall sein, er wohnte doch gar nicht im Hotel, sondern fuhr jeden Abend irgendwo ins Bergische Land, wo es genug Platz für seinen Fuhrpark aus Cateringwagen und Kühl-Lkws gab.

»Hallo!« Er kam näher. »Hier finden also die berüchtigten Partys nach Drehschluss statt.«

»Jep«, rief Fionas Mutter und hob ihren Sekt oder was immer sie da trank. »Komm her zu mir, Johnny, du Genie der Töpfe!« Ihre Wangen glühten wie ihre Haarfarbe, sie war definitiv schon leicht betrunken.

»Und so 'ne Party wolltest du dir nicht entgehen lassen?«, fragte ich das Genie der Töpfe. Wir gehen gleich, wir gehen gleich, signalisierten Mamas Augen. Doch ich sah, dass sie sich freute.

»Ich habe zu Hause die Bude voll, Teile meiner furchtbaren Großfamilie sind seit gestern eingefallen. Also bleibe ich diese Nacht hier.« Er strich sich durch die nassen Haare. »Muss ja morgen auch um fünf Uhr wieder los zum Großmarkt. Willst du noch etwas trinken? Wollen wir vielleicht rausgehen?«, fragte er meine Mutter. »Ist doch viel schöner draußen!«

»Wir wollten eigentlich gerade …« Sie sandte mir einen fragenden Blick. Na klar, dachte ich, geht raus! Auf der Terrasse könnt ihr die Sitzordnung neu bestimmen und erwischt hoffentlich zwei Plätze nebeneinander, weit weg von Fionas Mutter.

»Im Belgischen Viertel waren wir ja gerade schon, zumindest in Gedanken, und es läuft uns ja nicht weg …«, sagte ich in Mamas Ohr, nahm mein immer noch halb volles Glas und rutschte vom Barhocker. Denn auch ich hatte jemanden entdeckt. Jeremy. Mein Herz klopfte drauflos.

»Geht ihr mal raus, ich gehe mit den anderen und Ewan kurz in den Park«, sagte ich, bevor sie etwas erwidern konnte, doch sie hatte ihre Augen bereits ganz bei Niklas.

»Ich gehe gleich schlafen, bin voll alle.« Jeremy schleuderte zum zehnten Mal Ewans Stöckchen. Ich versuchte, nicht zu enttäuscht zu schauen. Sein Handy meldete pfeifend eine neue Nachricht. Bestimmt seine Freundin.

»Aber ich werde das bald klären.« Er schielte auf sein Handy und hielt dabei seine Unterlippe einen Moment zwischen den Zähnen gefangen. Ich liebte es, wenn er das machte.

»Und bis dahin keine Küsse mehr!«, sagte er.

»Schade.« Ich stand reglos da, fühlte mich aber stark und selbstbewusst und großartig und weiblich und sexy und wundervoll wie nie. Er drehte sich zu mir und sah mich an. Ich spürte, wie es an mir zog und kribbelte. Doch ich tat nichts. Irgendwann schlang er die Arme um mich. Obwohl wir ganz still standen, konnte ich einen Strom spüren, der in mich hineinging, zu ihm hinüberfloss, durch ihn hindurch und wieder zu mir kam. Verliebt sein ist so dermaßen schön, dachte ich. Wenn ich jetzt sterben würde, wäre es völlig in Ordnung.

Irgendwann lösten wir uns voneinander, gingen durch den Park zurück, ohne uns zu berühren, und nur eine Minute später stand ich in der Halle des Hotels. Allein! Verliebt sein war so dermaßen scheiße! Ich starrte die Aufzugtüren an. Hinter einer war Jeremy vor drei Sekunden tatsächlich verschwunden, um nach oben zu fahren.

Na super. Ewan zog an seiner Leine. Wie kann er nur so korrekt sein?, dachte ich. Wie kann er das nur aushalten?! Wie kann er nach dieser Umarmung, in der alle Küsse, alle Berührungen gelegen hatten, ja sogar das Gefühl, beieinanderzuliegen und in aller Ruhe die Dinge zu tun, von denen ich noch nichts wusste, aber nun ahnte ... wie konnte er da einfach gehen?! Nur weil er das mit seiner Freundin noch nicht entschieden hatte?

Ich blies die Wangen auf und atmete laut aus. Eigentlich voll gut von ihm. Aber irgendwie auch blöd für mich.

Jemand tippte an meine Schulter. Leevi. Och, nö. Der bitte nicht.

»Hei, was stehst du hier rum wie falsches Geld? Wart mal, wart mal.« Er zog sein schepperndes Handy aus der Hosentasche. So langsam begann ich die Dinger zu hassen. Warum war ihr Klingeln und Pfeifen immer wichtiger, als mit den Leuten zu reden, die vor einem standen?

»Sie ist immer noch nicht da!« Leevi klang genervt. Er hatte ein schickes schwarzes Hemd an und so was wie 'ne Anzughose. Stand ihm aber. »Halbe Stunde? *What the fuck?!* Oh, das ist mir doch egal, dass die Aachener Straße komplett gesperrt ... dann sollen die eben früher losfahren ... ach ja? Finde ich nicht!« Er schüttelte den Kopf. »Ich warte, jaja. Natürlich, was soll ich sonst ... Ich bring übrigens noch jemanden mit, setz bitte ein Plus 1 auf die Gästeliste oder nein, ist ja bei Sony, das kriege ich ja wohl so hin! Danke, bist ein Schatz!« Er steckte sein Handy weg und sah mich von oben bis unten an. »So. Eine halbe Stunde haben wir noch. Zieh dir was Cooles an, meine sexy Lady, und dann gehen wir auf eine Premiere, hast du Lust? *Nachtgewächse*. Der neue Film von Bastian Schmeltinger. Im *Residenz.*«

»Ich? Jetzt?« Ich war überrascht, vor allen Dingen über das Wort *sexy*, das unangenehm an mir klebte. Wieso sagte der so was? Na ja, war eben Leevi ...

»Ja klar.« Er grinste mich an. »Is' nur 'n Angebot. Die Limousine vom Fahrservice steckt im Stau. Sonst wäre ich schon längst weg.«

»Aber ich kann doch ...«

»Genau, du kannst.«

»Morgen ist acht Uhr dreißig Abholzeit für mich. Wir drehen die Fahrradtour durch die Felder. Fiona, ich und Hund Zucker.«

»Ja eben. Kaum Text.«

»Aber in den Szenen danach habe ich viel Text. Lagerfeuer, die große Eifersucht ... auf dich übrigens ... Ach, ich weiß nicht. Und außerdem erlaubt mir meine Mutter das nie.«

»Wir sind um Mitternacht wieder hier.«

Ich schüttelte den Kopf. »Erlaubt sie nie.«

»Dann sag deiner Mutter, dass du bei Fiona pennst. Mädchenabend, Pyjamaparty und so. Lass dir was einfallen.«

»Meinst du wirklich?« Aber die Bilder stürzten schon auf mich ein: Ich mit Leevi in einer schwarzen Limousine, ein kleiner Kühlschrank angefüllt mit Champagnerflaschen, roter Teppich, Film im Dunklen, Sekt mit O-Saft, Häppchen und berühmte Schauspieler, die mir die Hand schütteln würden, da ich an seiner Seite stand ... Das zeigten sie doch immer in den Sendungen bei *Prominent!* oder *explosiv*.

*»Fühlt Ella Ellerbrake sich durch den Prominentenstatus vielleicht ein klein wenig angezogen?«*

Nö, antwortete ich Ewan. Aber warum sollte ich mir diese Gelegenheit entgehen lassen? Außerdem liebe ich die Filme von Bastian Schmeltinger.

*»Natürlich. Es geht Ella Ellerbrake nur um den Film! Und was ist mit Stöckchen-Schmeißer?«*

Was soll mit Jeremy sein? Nehme ich ihm etwas weg? Doch wohl kaum. Und überhaupt, er hat eine Freundin. Was, wenn die ihn nicht gehen lässt? Oder er sie in den nächsten zehn Jahren nicht verlässt? Ich sah zu Ewan. Wenn du Einspruch erheben willst, so mögest du es jetzt tun – oder aber für immer schweigen. Ewan kratzte sich ausgiebig mit der Hinterpfote am Ohr, schaute mich dabei aber unentwegt an. Was sollte das nun wieder heißen?

»Okay«, sagte ich zu Leevi. »Dann tu ich dir eben den Gefallen. Weil du es bist.« Ich grinste. »Na ja, Lust mitzukommen hätte ich schon. Vor meiner Mutter frage ich aber erst Fiona. Sie müsste dann auch Ewan nehmen. Oder meinst du, der kann mit?«

»Keine Ahnung. Vielleicht zwingt man uns, ihn zusammen mit unseren Handys an der Garderobe abzugeben.«

*»Diese Bemerkung ist weder besonders witzig noch geistvoll, reicht einfachen Gemütern aber, sich zu belustigen.«*

Ich grinste. Leevi grinste zurück. »Beeil dich.«

Ich schrieb eine WhatsApp-Nachricht an Fiona: *Wo bist du? Muss dich dringend was fragen!*

Hoffentlich war sie nicht unter der Dusche oder quer auf dem Bett liegend eingeschlafen. Das passierte ihr häufig nach dem Drehen. Aber nein, sie meldete sich sofort.

– *Mika kommt am Wochenende! Obergeil, oder? Was ist los?*

– *Brauche deine Hilfe!!!*

– *Komm rauf. Zimmer 103.*

Ich stolperte über Ewans Leine und fiel mit der Tür in Zimmer 103. Noch auf dem Teppichboden kniend, erklärte ich Fiona, was Jeremy mir im Park erzählt und was Leevi vor einer Minute in der Lobby vorgeschlagen hatte.

»Na klar. Mach das!«, war ihre Antwort.

»Echt? Findest du? Aber ich habe nur noch zwanzig Minuten! Oh Gott, was soll ich anziehen und meiner Mutter muss ich auch noch Bescheid sagen.« Mein Blick fiel auf das Bett am Fenster, auf dem zwei hässliche Hüte lagen. »Und was machen wir mit *deiner* Mutter? Die merkt doch, wenn ich so spät komme.«

»Das Schicksal ist auf unserer Seite, Baby! Sie wird gleich von meinem Vater abgeholt. Hochzeitstag.«

»Aha. Na Glückwunsch … Ich habe sie gerade noch unten gesehen. Saß schon gut gelaunt in der Bar.«

»Das denke ich mir. Sie würde den Abend lieber mit ihrem neuen Lover verbringen, glaube ich, und trinkt ihn sich erträglich …«

»Wen?«

»Den Abend, meinen Vater, was weiß ich? … Aber sie bleibt heute Nacht in Düsseldorf, das ist sicher. Hat mich nämlich schon gefragt, ob das für mich okay wäre. Passt also super, wenn du bei mir schläfst. Kriegst auch mein Bett und ich schlaf in ihrem.« Fiona schaute mich prüfend an. »So, jetzt aber schnell. Wie siehst du aus?« Sie maß meine Jeans, das einfache schwarze Top und die schwarzen Chucks mit einem kritischen Blick. »So kannst du nicht bleiben.«

»Das war ja auch für einen kurzen Schlenker durchs Belgische Viertel, den ich mit Mama geplant hatte. Aber das wird heute eh nichts mehr, die ist mit Niklas beschäftigt.«

Fiona zeigte mir den erhobenen Daumen: *»I like.«*

Ich grinste: *»Me too.* Und dann kam Leevi.«

»Okay. Also: Eine Filmpremiere ist eine andere Nummer. Schuhe? Lass uns bei den Schuhen anfangen. Hoher Absatz! Unbedingt.«

»Ich habe nichts Hochhackiges dabei.« Auch in München hatte ich keine passenden Schuhe für diese Gelegenheit, aber das war jetzt unwichtig. Fiona wühlte in ihrem Kleiderschrank. »Die Jeans kann bleiben«, rief sie mir über die Schulter zu. »Darin hast du einen tollen kleinen Arsch und man sieht deine schmalen Hüften.«

Einen tollen kleinen Arsch? Das hatte mir noch nie jemand gesagt … »Danke!«

»Welche Schuhgröße hast du?«

»Achtunddreißig.«

»Hier! Die sind in neununddreißig, mir aber immer zu klein gewesen. Sehen die nicht supergeil aus?«

Sie warf mir ein Paar mörderische Absätze zu, an denen graue Riemchensandalen hingen. »Viel laufen musst du ja nicht. Und wenn, dann bitte langsam und würdevoll!«

Ich zog die Chucks aus und probierte die Schuhe an. Sie passten, ich konnte sogar einigermaßen darin gehen.

»Und dann vielleicht ein cooleres Shirt mit einer Idee Glitzer … Das, das oder das?«

Drei schwarze T-Shirts flatterten auf ihr Bett.

»Die sind mir oben herum bestimmt alle zu groß!« Ich kicherte. Mein Gott, ich stylte mich gerade auf, um Leevi, den berühmten Leevi Mäkinen, mal eben zu einer Filmpremiere zu begleiten!

»Könnte sein. Probier sie schnell an, viel Zeit haben wir nicht mehr!« Fiona tauchte aus dem Schrank wieder auf und hielt inne. »Wow, Ewan!«, rief sie, als sie ihn auf der breiten Rückenlehne des Sessels hocken sah, von wo er aus dem Fenster schaute. »Wie bist du denn da hochgekommen?«

»Ach ja. Kann er bei dir bleiben?«

»Na klar. Ich werde gut auf dich aufpassen, du magischer Hund, und vielleicht haben wir ja auch noch den einen oder anderen Gedanken miteinander auszutauschen …«

Als ich barfuß durch die Ausläufer des Parks lief, musste ich ein paarmal tief durchatmen, um überhaupt Luft zu bekommen. Ich hasste Lügen. Ich konnte Mama zwar alles vorspielen, doch ich bekam Bauchschmerzen davon. Mein Handy hatte ich ausgestellt und in Fionas Zimmer gelassen. Mama würde doch wohl nicht zur Kontrolle vorbeikommen?

Durch die Bäume war schon die Straße zu erkennen. Die Limousine würde dort für mich halten, damit niemand vom Hotel sehen konnte, dass ich zu Leevi einstieg. Fiona und Ewan hatten mich ein Stück begleitet und waren dann umgekehrt. Wenn es jemandem auf der Terrasse auffallen würde, dass ich auf dem Rückweg nicht mehr dabei war, würde sie irgendwas erfinden. Ich wäre schon auf dem Zimmer oder käme gleich nach … Ich schnaubte durch die Nase. Die Leute vom Team würden es sowieso sofort wieder vergessen. Und Mama? Als wir ihr gerade von unserem spontanen Mädchenabend erzählt hatten, war sie total abgelenkt. Sie lachte über alles, was Niklas sagte, klar, ein

Zeichen, dass sie ihn mochte, aber sie neigte auch ihren Hals zu ihm und hob dauernd ihre Haare hoch, nur um sie wieder fallen zu lassen. Das war auffällig, das hatte ich noch nie an ihr gesehen. Sie hatte nicht bemerkt, dass ich ein anderes T-Shirt anhatte und ein bisschen mehr geschminkt war als sonst. Und dass ich keine Schuhe trug, natürlich auch nicht. Ich war in den letzten Tagen oft barfuß im Park herumgelaufen. Sie regte sich dann über meine braunen Fußsohlen auf, die auf den weißen Laken des Hotels immer besonders dreckig wirkten.

Musste das sein? Der Fahrer kam um den lang gezogenen Wagen herum und hielt mir mitten auf der Straße die Tür auf, unauffälliger ging es ja wohl nicht … *Shit,* hoffentlich guckte Jeremy in diesem Augenblick nicht gerade aus dem Fenster im dritten Stock. Als ich in die Limousine schlüpfte, sah ich als erstes Leevis Gesicht. Unbekümmert grinsend saß er mir gegenüber, ein kleines stummes Hallo nur, und schon sprach er wieder in sein Handy. Na toll. Ich rutschte mit meinem tollen kleinen Arsch auf dem Ledersitz herum. Was machte ich nur für einen Aufstand? Das war doch keine große Sache, wir fuhren in die Stadt und sahen uns einen Film an, dann fuhren wir wieder zurück. Ich hätte Mama auch fragen können. Wirklich? Sie hätte sicher Nein gesagt … Egal. Jetzt war es zu spät, sich darüber Gedanken zu machen. Ich schaute in der Limousine umher. Die Fenster waren schwarz getönt, sodass man nicht reinschauen konnte. Aber rausgucken konnte man. Der Boden war mit neu riechendem anthrazitfarbenem Teppichboden ausgekleidet. Ich nahm Fionas Sandaletten aus der Plastiktüte und fädelte meine Füße durch die vielen schmalen Riemchen. Was für ein Glück, dass Esther mir heute Morgen für die Baggersee-Szene die erste Pediküre meines Lebens verpasst und die Zehennägel lackiert hatte. In Achtzigerjahre-Rosa zwar nur, aber besser als nichts.

»Was trinkst du?« Leevi hantierte am offenen Kühlschrank.

Guck mal, ist ja wirklich wie bei *Prominent!*, dachte ich.

»Gibt es Cola?«

»Nee, trink einen Red Bull mit mir, das Zeug macht wacher als Cola.« Er drehte ein kleines Fläschchen auf und schüttete es in die offene silberne Dose, die bereits vor ihm stand. »Hier, mit ein bisschen Wodka. Den riecht man nicht und man kommt gut drauf!«

Warum nicht? Ich hatte noch nie einen Energy-Drink probiert. Ich hatte noch nie Wodka probiert. Und auch noch nie in einer fetten Limousine wie dieser gesessen. Heute war anscheinend mein absoluter Zum-ersten-Mal-Tag. Ich nippte. Puuh. Künstlich süß, wie in Mineralwasser aufgelöste Gummibärchen. Den Wodka konnte ich nicht herausschmecken. Ich lehnte mich zurück in die weichen Polster. Warum saß ich eigentlich schon so lange in meinem Kokon und machte mir permanent um alle Leute Sorgen? In den letzten zwei Jahren hauptsächlich um Mama. Vor ein paar Wochen dann wegen Justina, weil sie mich nicht leiden konnte. Seitdem ich ihn kannte, sorgte ich mich auch um Jeremy, der in diesem Moment in seinem Zimmer hockte und seiner Freundin eine Nachricht nach der anderen schrieb. Beim Gedanken an meinen frechen Kuss musste ich lächeln. Um wen sorgte ich mich noch? Ein bisschen auch um Fiona, die so sehnsüchtig auf das nächste Wochenende wartete. War ich dann abgemeldet, wenn Mika bei ihr war? So. Das reichte. Ich musste einfach mal abschalten. War das denn so schwer? Der Fantasie-Ausflug mit Mama in unsere alte Gegend vorhin war wunderschön gewesen. Und nun hatte sie endlich einen Abend mit Niklas. Fiona würde mich nicht hängen lassen. So eine Freundin war sie nicht. Und Jeremy? Der musste seine Entscheidung alleine treffen. Mit dem nächsten Schluck spülte ich etwas hinunter, was sich wie Sehnsucht nach ihm anfühlte. Nun war nur noch ich da. Ich und der Moment, der gerade war. »Auf den Dreh und die ganzen coolen Sachen im Leben!«

»Sexy Lady, so mag ich dich!«, antwortete Leevi und stieß blechern mit mir an.

»Kannst du das ›sexy‹ bitte weglassen?«

»Kein Problem. Alles, was du willst. Magst du noch irgendetwas nicht?«

»Ähm …« Ich überlegte. »Schwarzwurzelgemüse, Dummheit, künstliche Nägel … und ich mag es nicht, wenn meine Haare nass werden.«

Er lachte. »Auf Finnisch heißt das: *En tykkää kun hiukseni kastuu.* Sag das mal!«

»*En tykkää* … wie? Oh Gott, das ist doch keine Sprache!« Ich wiederholte den Satz mit den Haaren, bis Leevi zufrieden war. Dann fragte ich ihn über Finnland aus (bis zu seinem zehnten Lebensjahr hatte er in Ivalontie, einem kleinen Kaff in Lapland, nahe der russischen Grenze, gelebt) und bekam Handyfotos von seiner Familie zu sehen (Vater, Mutter und drei Brüder, deren Namen ich wiederholen musste: Seppi, Pentti, Jyrki).

Als wir den Ring entlangfuhren, erhaschte ich einen Blick auf die Lichter des *Residenz*. Das Kino war aus den Fünfzigerjahren. Mit viel Plüsch und Samt hatte man es vor ein paar Jahren zu einer Luxus-Lounge umgebaut. Ich war mit Dad zur Wiedereröffnung dort gewesen, ein Pfarrer hatte den großen Saal auf Kölsch gesegnet und etwas Weihwasser verspritzt.

»Ich sehe gar keine Menschen, sind die alle schon drin?«

Leevi knöpfte sein schwarzes Hemd einen Knopf weiter auf. »Manchmal ist Zuspätkommen gar nicht so schlecht.« Seine Brust sah blank und trainiert aus. Zu blank. Zu trainiert.

»Stimmt«, sagte ich, »Zuspätkommen kann cool sein, aber das Hemd muss wieder zu!«

»Okay, wie die Lady es wünscht.«

Ich lächelte arrogant und versuchte, mit meinen hohen Absätzen ladylike aus der Limousine zu kommen, deren Tür vom Chauffeur für mich aufgehalten wurde. Doch meine Bemuhungen waren völlig nutzlos, wir standen allein auf der Christophstraße, auch hier keine Fans. Nur ein paar traurige Absperrgitter und ein Zipfel vom roten Teppich waren vor dem gläsernen Aufbau der U-Bahn-Station zu sehen. Aber die Bäckerei an der Ecke gab es noch.

»Wir sind zu spät. Eigentlich ein viel zu schöner Abend, um im Kino zu hocken«, sagte Leevi. »Was meinst du? Gehen wir lieber ein Spaghetti-Eis essen?«

Das Red-Bull-Zeug kreiste in meinen Adern, sirrte in meinem Kopf und machte mich so wach, am liebsten wäre ich einfach losgerannt, nur um mich zu bewegen. Stattdessen dauergrinste ich weiter, tippelte mit meinen Sandaletten auf einem Pflasterviereck herum und zuckte mit den Schultern. »Egal. Draußen, drinnen, ich komme mit …«

»Sie müssen nur um die Ecke gehen«, sagte der Fahrer, der es anscheinend nicht ertragen konnte, uns so unschlüssig auf der Stelle treten zu sehen.

»Danke! Wir gucken mal.« Leevi nahm meine Hand und bog mit mir um das Schaufenster der Bäckerei. Alle Promis und Stars des Films waren längst in der Eingangshalle verschwunden, aus der goldenes Licht nach außen fiel. Ein paar Sicherheitsleute standen untätig auf dem Teppich. Kleine Mädchen hingen wie schlappes Gemüse über den Absperrgittern und fotografierten sich, ihre Zahnspangen und ihre Mütter. Die Fotografen standen abseits, checkten ihre Kameras und rauchten.

»Leeeeeviiiii!«, kreischte da das erste Mädchen. Die anderen fielen mit ein. »Oh mein Gott, oh mein Gott! Da ist Leeeeeviiiii! Er ist es! Leeeeeviiiii!« Sie hielten ihre Handys vor sich. Leevi ging ein bisschen langsamer, kritzelte drei Mädchen seinen Namen auf verknitterte Zettel, doch als die Fotografen »Herr Mäkinen!« riefen, winkte er nur und zog mich hinter sich her. Ich lächelte, versuchte auf meinen Absätzen stolz und zierlich wie Keira Knightley auf der letzten *Oscar*-Verleihung dahinzuschreiten, und war froh, als wir das Kino betraten. Bloß keine offiziellen Fotos von mir und Leevi. Wie gut, dass die Mädchen, auf deren Handys ich jetzt verewigt war, draußen bleiben mussten.

Bis auf ein paar Anzugträger und gefüllte Popcorntüten war kaum mehr jemand zu sehen. »*Oh fuck,* keiner von Sony da, den ich kenne«, murmelte Leevi. Er ging auf die beiden Mädchen zu, die sich hinter einem Tresen langweilten. *Presse/Gäste* stand auf dem Schild über ihnen. Sie sahen aus wie Zwillinge, auch ihre langen blonden Haare waren zu einem identischen Dutt geschlungen.

»Guten Abend. Leevi Mäkinen.«

»Ich weiß, Herr Mäkinen. Hier ist Ihr Bändchen.« Sie bedachten ihn mit einem doppelten, makellosen Lächeln.

»Und meine Begleitung braucht auch eins, sie steht nicht auf der Liste.«

»Kein Problem.« Der andere Zwilling schlang auch mir ein weißes Plastikband um das Handgelenk und zurrte es fest, wie das Namensschildchen eines Neugeborenen. Leevi legte seinen Arm um meine Schulter und führte mich auf die geschlossene Tür des Kinosaals zu. Ich grinste, ich wusste, die Mädchen schauten mir jetzt hinterher und fragten sich, wer zum Teufel ... »Entschuldigung!« Ein bulliger Typ in einem dunklen Anzug und einem ebenso schwarzen Hemd wie Leevi hielt uns auf. »Wie alt ist Ihre Begleitung? Der Film ist ab sechzehn.« Sein rasierter Hinterkopf warf Falten im Nacken. »Darf ich bitte kurz Ihren Ausweis sehen?«, wandte er sich an mich. Oh nee. Ausweis?! Überrascht schaute ich Leevi an.

»Natürlich!« Er zog sein Portemonnaie aus der hinteren Hosentasche. »Nein, *Ihnen* glaube ich, dass Sie sechzehn sind, Herr Mäkinen.«

»Meine Cousine ist siebzehn und extra aus Finnland gekommen. Sie wird sowieso nicht viel von der Film verstehen.« Jetzt hatte er wieder den vollen Akzent in seine Sätze gepackt.

Ich versuchte, meine Gesichtszüge ruhig zu halten und so auszusehen, als ob ich nichts verstünde. Finnin! Ich! Das würde dieser Bulle im Anzug nie glauben. Ich seufzte und verschränkte die Arme vor der Brust. Okay, brachen wir diesen peinlichen Auftritt ab und gingen eben Eis essen …

»Tut mir leid, aber …« Der Typ fummelte an seinem Knopf im Ohr und am Aufschlag seiner zu engen Anzugjacke. Da war Danny vom Set mit seiner Cap ja tausendmal cooler.

»Erklären Sie ihr das! Sie leidet schon immer unter ihrem jungen Aussehen. Und nun schon wieder. Und auch noch in Deutschland!« Leevi sagte einen Satz auf Finnisch zu mir. Ich hob beide Arme: *»En tykkää kun hiukseni kastuu.«* Ich mochte es wirklich nicht, wenn meine Haare nass wurden.

»Sehen Sie, sie versteht nicht, wo das Problem liegt. Sie ist siebzehn und aus meiner Heimat. Lappland. Waren Sie schon mal in Lappland?«

»Okay. Okay.« Der große Typ streckte seine Hände in die Luft. »Ich habe Ihre Cousine einfach nicht bemerkt.«

»Danke!« Wir schlüpften in den dunklen Saal.

Von dem Film bekam ich nicht allzu viel mit, weil wir in der ersten Reihe einfach »verdammt viel zu nah dran« saßen, wie Leevi ein paarmal wiederholte. Und weil er zwischendurch geduckt hinauslief und mit zwei hohen Gläsern wiederkam, die randvoll mit Red Bull und vermutlich auch einem Schuss Wodka waren. Ich nippte nicht mal daran, sondern hielt es nur fest. Der letzte Drink aus der Limousine reichte mir vollends.

Nachher, als der Regisseur alle Schauspieler und das ganze Team auf die Bühne rief, hatten wir natürlich die besten Plätze und ich stellte das volle Glas unter den Sitz und klatschte wie besessen. Leider musste ich so dringend auf die Toilette, dass ich die Beine übereinanderschlug und versuchte, nicht so stark über die Sachen zu lachen, die Leevi mir über die Schauspieler dort oben ins Ohr flüsterte.

Nach einer furchtbar langen Zeit in der Warteschlange vor der Damentoilette standen wir eine Weile im Foyer herum und

Leevi bestätigte allen, die ihn ansprachen, dass der Film hervorragend gewesen sei. Eins hatten Leevis Bekannte gemeinsam: Sie waren Schauspieler oder Leute vom Film und entsprechend begeistert über diese Tatsache. Vor den Fotografen und Kamerateams drehte Leevi sich weg. Nein, keine Fotos, nein, keine Auskunft, wer die hübsche junge Dame an seiner Seite sei. Die Fotografen machten ein paar Bilder von seinem Rücken und immer wieder kamen Frauen auf ihn zu, schmissen sich in seine Arme und gaben ähnliche Geräusche von sich wie die kleinen Mädchen vor der Tür. Wenn er sich von ihnen befreite und mich vorstellte, wurde ich einem Ganz-Körper-Check unterzogen, bei dem sie mich binnen eines Wimpernschlags von oben bis unten erfassten. Länger brauchten sie nicht, um mich zu taxieren, abzumessen, abzuwiegen, und dann versuchten sie, mich und mein Ranking bei Leevi einzuordnen. Ich hörte es in ihren Gehirnen klickern. Ist sie eine Fünf-Minuten-Bekanntschaft? Hat sie was mit ihm? Oder ist sie etwa mit ihm zusammen? Die meisten lächelten und küssten mich rechts und links wie eine lang vermisste Freundin. Die Typen zogen die Augenbrauen hoch, gaben mir die Hand und sagten so was wie Hey oder Hallo! und machten sofort witzige Bemerkungen über Leevi, über den Film, über alles, ohne mich dabei aus den Augen zu lassen. Irgendwie schien es ihnen wichtig, dass ich darüber lachte.

Später, nach dem offiziellen Teil der Veranstaltung, gingen wir ein paar Hundert Meter bis in die Maybachstraße. Mit meinem Neugeborenen-Bändchen ließ man mich das Restaurant auch ohne einen einzigen Satz Finnisch betreten. Gedämpftes Licht, coole Kellner, weiße Tischdecken, Stehtische, Gedränge, Menschen, die sich umarmten und sich Komplimente machten. Dies war also eine »Aftershow-Party«.

Ich bat Leevi um ein großes Glas Wasser, das er mir beim nächsten Kellner organisierte, stellte mich dann ans Buffet und aß mich erst einmal satt. Die filigranen kleinen Häppchen ließen sich mühelos in meinen Mund balancieren, erst salzig, dann süß, dann noch eine scharfe Suppe aus einem winzigen Einmachgläschen. Sowieso war vieles, was da normalerweise gar nicht reingehörte, in Gläschen gepackt. Dann fing ich wieder bei salzig an. Leevi tauchte ab und zu an meiner Seite auf, sah mir eine Weile beim Essen zu und übernahm es, mit den Leuten zu reden, die um uns herumbrandeten wie Wellen um zwei Bojen. Alle wollten herausfinden, wer ich war.

»Eine Schauspielkollegin«, sagte Leevi.

»Eine Freundin.«

Manchmal auch »Meine Freundin.«

Nichts sagen und geheimnisvoll aussehen war eine gute Masche, wenn man den Mund voll hatte.

Endlich war ich satt. Wir tranken Wein, tanzten, und als sich der Raum ein bisschen drehte, saß ich eine Zeit lang auf einem Sofa, teilte mir mit dem berühmten Horst Becker einen Obstsalat (wir hatten immerhin zwei Löffel) und unterhielt mich mit ihm über unsere Lieblingsfilme. Ich: 1. *Grease,* 2. *Inception,* 3. *Back to the Future* – Er: 1. *Harold and Maude,* 2. *Casablanca,* 3. *The Cloud.* Wir lachten miteinander und ich sah, wie dünn sich seine Alte-Männer-Haut über den bekannten hohen Wangenknochen spannte, bis Leevi sich neben mich quetschte und seinen Arm um mich legte. Seine Stirn war merkwürdig schweißig, er roch nach Löwenkäfig unter den Armen und sein Atem nach Zigarrenrauch, aber das störte mich nicht. Wir feierten hier den Film, weil wir Filme liebten, weil wir ein Teil davon waren. Sogar ich. Vor allen Dingen ich!

Von irgendwoher kam wieder ein Glas Weißwein in meine Hände und später saß der Regisseur Bastian Schmeltinger zu unseren Füßen und stritt sich von dort aus mit seiner viel jüngeren Frau, die nach Hause fahren wollte, und ein berühmter Comedian mit schütterem Haar outete sich an Leevis Schulter als schwul, was jeder, der die *Gala* las, bereits wusste.

Als uns schließlich die Limousine zurück ins Hotel brachte,

musste ich an Leevis Schulter eingenickt sein, denn als wir hielten, sah ich, dass ich ihm einen peinlichen Fleck auf sein Hemd gesabbert hatte. Er fand das süß und leckte kurz über die Stelle … Anscheinend war er genauso betrunken wie ich. Obwohl es schon nach zwei war, hielten wir vorne an der Straße, um nicht gesehen zu werden. Leevi nahm meinen Arm und legte ihn um seine Schulter, umfasste mit seinem anderen Arm meine Hüfte und führte mich die Auffahrt hinauf. Die frische Luft machte mich wieder etwas klarer und erst jetzt bemerkte ich, dass ich barfuß war und er meine Schuhe in der Hand trug. Manchmal sackte ich kichernd zusammen und er half mir wieder auf, dann stellte ich fest, dass ich es unmöglich bis in die Hotellobby auf die Toilette schaffen würde, und nachdem er versprochen hatte, nicht zu gucken, hockte ich mich hinter einen Baum. Mein Atem hörte sich in der stillen Nacht furchtbar laut an, doch in der nächsten Sekunde rauschten wieder das Stimmengewirr und die Musik der Party durch meinen Kopf.

Ob wir gesehen wurden, war uns dann doch ziemlich egal, eng umschlungen gingen wir auf den Eingang zu; der Asphalt fühlte sich glatt und warm unter meinen nackten Fußsohlen an. Im Halbschatten der letzten Bäume blieb Leevi stehen.

»Einen Kuss? Auf den schönen Abend?«

Ich atmete geräuschvoll aus und seufzte gleichzeitig. »Ach … na ja, nee.«

Meine Antwort hatte sich komisch angehört, so gleichgültig, als ob er mich gefragt hätte, ob ich das Nahverkehrssystem von Hamburg oder Berlin bevorzugen würde. Ich konnte nicht ernst bleiben. Wir brachen gleichzeitig in Lachen aus.

Sein Mund kam näher. Er hielt mich ganz sanft fest und flüsterte mit rauer Stimme: »Sei einfach locker, Baby!«

Ich schaute über seine Schulter auf die hell erleuchtete Front des Hotels und schloss die Augen. Zu viel Licht. Warum will er einen Kuss, war doch schön bis jetzt, dachte ich, er ist so frech und fordernd, irgendwie mag ich das ja, aber … Plötzlich wurde mein Kopf so schwer, dass ich mich noch stärker an ihn lehnen musste. Andererseits … hatte ich nicht etwas aufzuholen, mit meinen immerhin fast sechzehn Jahren? Seine Zunge war plötzlich in meinem Mund und wühlte dort herum. Stopp, stopp, einen Moment mal … Hallo! Nee! Und wo ist deine rechte Hand auf einmal? Was soll die hinten in meiner Jeans, in meiner Unterhose? Ich versuchte, mich von ihm zu befreien, und machte ein paar seltsame Geräusche, die in seinem Mund verhallten. »Hey, sexy Lady, was ist los?«

»Keinsexy, weißdudoch …«, nuschelte ich und wischte mir schnell meinen nassen Mund ab. Ich wollte den finnischen Satz mit den nassen Haaren anbringen, doch nicht mal das erste Wort fiel mir ein. »Ichmussinsbett …«

»Komm, der Abend war doch geil, oder nicht?«

»Ja.« Oh Gott, mir war plötzlich schlecht. Ich schwankte, schüttelte Leevis Hände ab und wühlte in dem kleinen Glitzertäschchen, das Fiona mir geliehen hatte und das auf wundersame Weise immer noch an seiner langen Silberkette, quer wie eine Kindergartentasche, an meiner Seite baumelte. Ich versuchte, einen Schritt vorwärtszukommen, unmöglich, weil Leevi an mir klebte. Nur noch ein paar Meter bis zu dieser blöden Lobby, wo war meine Zimmerkarte? Ach nee, ich musste ja in den ersten Stock zu Fiona … Wo war *ihre* Zimmerkarte?

»Du kannst jetzt nicht so einfach abhauen!«, flüsterte Leevi an meinem Ohr. Ich lehnte mich vor und zog ihn wie einen sich sträubenden Esel vorwärts. Aber er war stärker als ich und drehte mich einmal im Kreis und wir kamen nicht recht weiter. »Komm … Leevi. Ins Bett …«, sagte ich, doch er zog mich an sich und versuchte wieder, mich zu küssen.

»Lass das!« Ich bog meinen Kopf zurück.

»Wenn sie nicht will, will sie nicht!« Neben uns stand auf einmal eine schwarze Gestalt und zog Leevi an der Schulter zurück.

»Hey, Kumpel, alles easy!«, sagte Leevi und ließ sofort von mir ab. »Was machst du hier?«

»Konnte nicht schlafen.«

Hallo, das war doch Dannys Stimme! Ich grinste ihn an, er hatte mich vor einem weiteren Kuss gerettet! »Hallo, Danny, du kleine Cappi!« Mein Gott, wo kamen diese Worte her? Meine Zunge klebte ekelig an meinem Gaumen, ich verspürte das dringende Bedürfnis, mir die Zähne zu putzen. Ich befreite mich davon, indem ich den Mund weit aufmachte. Ah! Frische Luft.

»Hallo, Prinzessin!« Er schaute sich mehrfach um.

»Suchst du jemanden?«, fragte ich.

»Nee. Alles gut. Und bei dir, Prinzessin? Wo kommt ihr her?«

»Premmm-jere.« Ein schwieriges Wort.

Leevi war stehen geblieben. »Hier, Süße! Deine Schuhe!« Er hielt sie mir hin, machte aber keinen Schritt auf mich zu.

Süße? Wenn du mich jetzt noch »sexy Lady« nennst, werde ich dich treten ... also jedenfalls wenn ich noch kurz auf einem Bein stehen könnte, dachte ich.

»Gib her! Ich schaffdasschonalleine.« Ich drehte mich um und holte mir die Sandaletten. Warum schaute Danny so unruhig? Als ob er was verloren hätte.

»Na toll, sexy Lady. Das war's jetzt?!« Leevis Stimme klang abfällig.

»Ja. Das war's. Und du lässt sie jetzt besser in Ruhe, sonst ...« Danny sprach den Satz nicht zu Ende.

»Genau. Und außerdem ... bissdueinverdammt schlechter Küsser, hat dir das schon mal eine gesagt?« So aufrecht wie möglich bewegte ich mich auf die sich öffnende Glastür zu.

»Und du!« Ich drehte mich zu Danny. »Du musst dich vor Justinainachtnehm'! Die isnichehrlich und willalles kaputtmachn.« Mit erhobenem Kopf stapfte ich in die Lobby und ließ die beiden Jungs draußen stehen. Ha! Denen hatte ich's aber gegeben! Aber schon als ich im Aufzug stand und nach dem Knopf für die erste Etage suchte, fühlte sich alles ganz furchtbar falsch an.

# 22. Kapitel

Alles war falsch.

Ich lag im falschen Bett.

Ich lag falsch herum im falschen Bett und mein Schädel tat so weh wie nie zuvor. Selbst als ich in der dritten Klasse auf dem Schulhof mit Marlene Knippenbeck zusammengestoßen war und mit einer Gehirnerschütterung drei Tage im Bett liegen musste, war mein Kopf in einem besseren Zustand gewesen als an diesem Morgen. Und Morgen musste es sein, denn jemand hatte die Vorhänge zurückgezogen und draußen war es hell. Verdammt zu hell. Ich konnte die Augen nicht öffnen. Ich konnte den Kopf nicht heben. Ich konnte nur eines: sterben.

»Ella! Los jetzt. Aufstehen! Boah, du riechst wie, wie … na ja, jedenfalls hast du 'ne Fahne!«

Ich öffnete die Augen nun doch. Fiona war schon angezogen und ging mit viel zu schnellen Bewegungen im Zimmer umher.

»Frühstück?«

»Lieber nicht.« Der Geschmack in meinem Mund erinnerte an einen nassen Fußabtreter und mein Magen zog sich zusammen, wenn ich nur an Essen dachte. »Ich kann nicht aufstehen.«

»Ich fürchte, du musst. Wann wart ihr gestern wieder hier? Ich habe dich gar nicht gehört.« Sie zog meine Decke ein wenig hoch. »Na ja, beim Ausziehen und Duschen warst du jedenfalls sehr leise …«

Sehr lustig. Ich lag voll bekleidet im Bett, die schmutzigen Füße auf Fionas Kopfkissen.

Immerhin schaffte ich es, mich innerhalb der nächsten fünf Minuten aufzusetzen. Mir war so kotzübel, dass ich schwitzte, und ich merkte selber, wie furchtbar ich roch. Wie sollte ich heute drehen? Alle würden merken, was mit mir los war. Esther in der Maske als Erste.

Nachdem ich mich ins Klo übergeben hatte, wurde es ein bisschen besser. Ich stellte die Dusche auf brühend heiß, schnappte mir meine Zahnbürste, kroch in die Duschwanne und blieb dort gleich auf dem Boden sitzen. Nur gut, dass Mama mich so nicht sah. Unter dem dampfenden Wasserstrahl putzte ich mir dreimal hintereinander die Zähne mit frischer Zahnpasta. Mein Kopf tat immer noch so weh, dass ich mich kaum aufrecht halten konnte.

»Fiona! Hast du Kopfschmerztabletten?«, rief ich so leise wie möglich durch die Tür, während ich mich abtrocknete. In Mamas Kulturtasche gab es reichlich davon: Aspirin, Ibuprofen, Dolormin ... sie hatte für jeden Schmerz eine Tablette. Doch unser Badezimmer lag zwei unerreichbare Stockwerke über mir.

»Nö. Aber mach hinne, wir müssen uns beeilen!«, kam es von der anderen Seite.

*»Fuck you,* Leevi«, murmelte ich, als ich mit einer Nagelschere und dem Plastikarmband kämpfte, das sich immer noch an meinem rechten Handgelenk befand. »Wir sind um Mitternacht zu Hause, ja nee, is klar. Du blöder Arsch ...« Warum war ich eigentlich so sauer auf ihn? Ich versuchte, in meinem schmerzenden Kopf eine Antwort zu finden. War der Abend zunächst nicht ganz witzig gewesen? Und die Party nicht auch? Ich hatte getanzt und neben dem berühmten alten Tüpi, diesem Becker, gesessen und ein stylishes Obstsalat-Gläschen mit ihm geteilt. Und dann? War ich irgendwann wieder mit Leevi in der Limousine auf dem Weg zurück. Wann hatte er die eigentlich gerufen? Erst jetzt fiel mir sein ekelhafter Zungenkuss vor dem Hotel ein. Aha, daher kam also dieses Kotzgefühl, wenn ich an ihn dachte. Und ich hatte darüber auch noch gelacht. Und dann, oh Gott ... das hatte ich ja völlig verdrängt: Danny musste gesehen haben, wie Leevi mich küsste, und hatte ihn dann ja auch noch weggezogen von mir. Verdammt, verdammt, verdammt! Aber

Danny würde mich nicht verraten, oder? Er würde das Jeremy doch nicht erzählen? Jungs hielten doch nicht viel von *Gossip?* Und Danny war auch ein korrekter Typ. Oder etwa doch nicht?!

Fiona betrachtete mich kritisch, als ich aus dem Bad kam. »Du bist megablass, dagegen können wir aber was tun.« Sie holte ihr Schminkzeug und fuhr mir mit dem Rouge-Pinsel gefühlte zehn Mal über jede Wange, bis sie zufrieden war.

»Kannst du mich von diesem blöden Ding befreien? Ich kann mit links nicht schneiden …« Ich hielt ihr mein Handgelenk hin. »Ich hab's echt vermasselt, Fiona! Leevi ist mir egal. Aber wenn ich an Jeremy denke, habe ich ein total schlechtes Gefühl.«

Während Fiona mir das Armband aufschnitt, erzählte ich ihr in wenigen Sätzen, woran von dem Abend ich mich noch erinnerte. Inklusive Kuss.

»Oh Gott, warum bin ich denn überhaupt mit Leevi losgezogen?« Ich fiel ihr jammernd um den Hals.

Fiona machte sich sanft los. »Nee, Schätzchen. Mach das mal lieber bei niemandem heute!«

»So schlimm? Ich hab mir gerade *dreimal* die Zähne geputzt!«

»Wie 'ne offene Schnapsflasche … Was habt ihr denn alles getrunken?«

»Zu viel davon jedenfalls. Wenn ich das Wort Wodka nur denke, muss ich wieder kotzen.«

Ewan sprang vom Sessel, auf dem er offenbar geschlafen hatte, und kam lautlos über den Teppich getrippelt. Ich tätschelte ihn zwischen den Ohren, ohne meinen eigenen Kopf zu sehr hinunterzubeugen. Ich war selber schuld. Warum hatte ich ihn nicht einfach mitgenommen? Er hätte mir sicher schon bei dem zweiten Red Bull im Kino seine Meinung über Alkohol gesagt.

*»Und er hätte auch die richtige Antwort für Jeremy gehabt. Falls Ella Ellerbrake in diesem Moment der körperlichen Unpässlichkeit in der Lage ist, sollte sie ihr Handy anschalten. Die rote Zahl neben dem Telefonhörer wird sie entzücken!«*

»Antwort für Jeremy? Rote Zahl? Hat er etwa versucht, mich anzurufen?«

»Jetzt hat Ewan gerade mit dir gesprochen, oder?« Fiona klang ganz aufgeregt.

»Ja.« Ich rieb mir stöhnend die Schläfen.

»Was hat er gesagt?«

»Er belehrt mich, wie ich mich verhalten soll.« Ich starrte auf Ewans hochgezogene Augenbrauen. »Und dass ich mein Handy suchen soll! *Fuck!* Jeremy hat wohl versucht, mich anzurufen. Er hat mich noch *nie* angerufen!«

»Bist du denn sicher, dass Danny dich mit Leevi gesehen hat?«

Ich stöhnte. »Er hat ihn sogar von mir weggezogen.«

Nun umarmte sie mich doch. Wahrscheinlich hielt sie dabei die Luft an. »Oh, du Arme. Aber noch ist ja nichts passiert, wenn Danny dichthält! Und mit Ewans Hilfe bekommst du das mit Jeremy wieder hin. Vielleicht geht's dir ab heute Mittag ja viel besser! Aber für deine große Eifersuchtsszene am Lagerfeuer wirst du wahrscheinlich keinen *Oscar* bekommen …«

»Nächstes Mal«, hauchte ich und schaute mich nach meinem Handy um, ohne den Kopf allzu hektisch zu bewegen.

»Oh Gott. Er hat drei Mal angerufen«, jammerte ich, als das Display des Handys endlich aufleuchtete. »Und ich war nicht da.« Was ich mir vor ein paar Stunden noch sehnlichst gewünscht hatte, war zu einem schlechten Traum geworden.

»Du musst mit Danny reden. Und auch mit Leevi. Und du solltest Jeremy so schnell wie möglich sagen, dass du auf der Premiere warst.«

»Was?!«

»Bevor er es von anderen Leuten hört. Und er *wird* es hören. Verlass dich drauf.«

Also gut. Aber wie?

Sollte ich ihm eine Nachricht schicken? *Hey, konnte gestern nicht rangehen, war spontan auf einer Premiere.*

Am besten, ich sagte es ihm persönlich. Doch das würde warten müssen. Die ersten Szenen hatten Fiona und ich in den Getreidefeldern, Jeremy würde heute Morgen also noch gar nicht am Set sein.

Trotzdem hielt ich alle zwei Sekunden nervös nach ihm und seiner grauen Mütze Ausschau, bis ich überzeugt war, ihm nicht plötzlich zu begegnen. Doch jemand anderes lauerte am Set darauf, mir den Tag noch vor meinem Weg in die Maske vollends zu verderben: »Naa, bist du wieder hinter jemandem hergelaufen und hast so lange gebettelt, bis er dich mitgenommen hat?« Justina knallte den *Kurier* vor mich auf die Bierbank, an der ich saß und meinen Becher mit Tee umklammert hielt. Ich rieb mir die Stirn, hinter der es trotz Mamas Kopfschmerztablette immer noch pochte, und schaute das Foto und die Bildunterschrift an. *In Feierlaune: Leevi Mäkinen auf der Premiere von »Nachtgewächs«.*

Hinter dem breit lächelnden Leevi war ich deutlich zu erkennen, das volle Sektglas in meiner Hand auch. Weil ich nach dem langen Anstehen nicht so bald wieder aufs Klo rennen wollte, hatte ich keinen Schluck daraus getrunken, doch davon stand natürlich nichts unter dem Bild. *»Drückt sich ständig auf Premieren und hinter Filmstars herum: Jungstar Ella Ellerbrake.«*

Ja, Ewan. Sehr lustig. Zu einem anderen Zeitpunkt würde ich mir dieses Foto auf ein T-Shirt drucken und tagelang vor Justina damit herumlaufen. Doch im Moment versuche ich nur, meinen vor Müdigkeit zitternden Körper ruhig zu halten und mich nicht zu übergeben.

»Hier, Justina, danke für die Info.« Fiona knüllte die Zeitung zusammen und gab sie ihr zurück. »Nimm's nicht so schwer. Manche Leute genießen das Leben.«

»Hä?«

»Andere schauen denjenigen nur zu.« Mit diesen Worten hakte sie mich unter. Ich drückte ihren Arm und musste grinsen, obwohl es mir so schlecht ging. Sie war einfach die Allerbeste!

Wir ließen Justina und ihre Zeitung vor dem Catering stehen und gingen zu meinem Wohnwagen, in dem Mama bei offener Tür saß und von der ganzen *Kurier*-Sache Gott sei Dank nichts mitbekommen hatte.

Es rasselte und klimperte. Danny überholte mit seinem großen Schlüsselbund und scherte vor uns ein: »Darf ich die Damen dann in die Maske bitten?«

»Ich gehe schon mal vor«, murmelte Fiona und ließ mich alleine.

»Danny?«

»Prinzessin?«

Ich warf einen Blick auf die Wohnwagentür und senkte meine Stimme: »Also gestern Nacht ...«

»Stopp! Bevor du weiterredest.« Er zeigte auf sich und verschloss seinen Mund mit einem unsichtbaren Reißverschluss. »Ich sag nix.«

Ich lächelte verlegen. »Echt nicht?« Es klang nicht gerade intelligent.

»*Hell, no!* Von mir erfährt keiner was.«

»War ja auch eklig genug«, seufzte ich und lächelte ihn an. »Und danke, dass du mir geholfen hast!«

Doch der Tag war noch längst nicht überstanden. Jeder wusste es! Justina hatte ganze Arbeit geleistet. Esther kommentierte mein Dauergähnen nicht, doch ihre Augen schauten mich prüfend an, Katja fragte, ob ich noch Kopfschmerzen hätte, das ganze Team schien über mich zu grinsen und dann kam auch noch Regisseur Tim und nahm mich am Set beiseite: »Na, war wohl lange gestern?«

»Geht schon«, sagte ich mit einem breiten Lächeln. Dabei konnte ich mich kaum auf dem Fahrrad halten.

»So etwas solltest du in Zukunft vermeiden, wenn am nächsten Tag gedreht wird. Okay?«

»Okay«, wisperte ich und sah, wie Justina zu mir herüberfeixte, ihre *lapsi*-Augen schmal werden ließ und dabei wie in Slow Motion den Kopf schüttelte.

Doch irgendwer da oben meinte es gut mit mir, denn als wir die Fahrradtour durch die Felder hinter uns gebracht hatten, färbten die weißen Bilderbuchwolken sich plötzlich grau und türmten sich übereinander und der bis dahin so blaue Himmel, auf dem sie friedlich herumgezogen waren, wurde ganz dunkel. Der Kameramann starrte mit seinem schwarz getönten Monokel nach oben. Die Aufnahmeleitung telefonierte hektisch mit dem Wetterdienst. »Gewitter im Anmarsch. Das gibt heute nichts mehr.«

Die Requisite nahm uns die Fahrräder ab, der Tiertrainer ließ Zucker, den Golden Retriever, der eigentlich Max hieß, in sein Auto springen. Justina sammelte leere Wasserflaschen ein und klappte Bierbänke zusammen. Uns schickte man in die Maske zum Abschminken.

»Komisch, so ein Drehschluss um halb zwölf. Haben wir denn kein Wetter-Cover?«, fragte Esther.

»Was ist das?«, fragte ich. Meine Kopfschmerzen waren zu einem erträglich dumpfen Druck geworden, doch meine Beine waren kraftlos und mein Magen hing immer noch durch und wollte nichts von fester Nahrung wissen.

»Wetter-Cover. Das Schreckenswort jeder Produktion. Falls draußen wegen Wetteranschlüssen nicht gedreht werden kann, hat die Aufnahmeleitung meistens ein Innen-Set parat, in das man ausweichen kann«, erklärte Katrin.

»Heute jedoch nicht!« Esther kicherte. »Kennt ihr das? Das steht immer auf den Karten, mit denen man sein Paket abholen kann, weil man nicht zu Hause war. *Sie können es da und da abholen – heute jedoch nicht!*«

Das »Heute jedoch nicht« war mir sehr recht, denn ich wollte mich nur noch hinlegen. Und auch die Aussicht, Jeremy und Leevi in der Lagerfeuerszene nicht begegnen zu müssen, war sehr verlockend.

Als ich mit Ewan aus dem Kostüm kam, blitzte es. Justina zerrte missmutig einen halb vollen Müllsack hinter sich her, doch als sie uns sah, hellte sich ihr Gesicht auf und sie blieb stehen. »Naa? Wie läuft's denn mit Jeremy? Mit den Küssen im Mondschein und so?«

»Oh danke! Alles top.« Schnell nahm ich Ewan auf den Arm und kletterte zu Knut in den Wagen.

»Hast du Jeremy eigentlich angerufen?«, fragte Fiona, die schon auf einer der Bänke saß.

»Sie weiß was, Fiona! Ich glaube, die blöde Justina weiß das von Leevi und mir!«, flüsterte ich, damit Knut mich nicht hörte.

»Nee. Woher sollte sie? Jetzt mach dich nicht verrückt. Wenn Danny sagt, er hält die Klappe, dann tut er das. Hundertpro! Hast du Jerry nun angerufen oder nicht?«

»Nein. Nur 'ne kurze WhatsApp geschickt. Ich kann ihm das nicht am Telefon sagen. Hast du ihn gesehen?«, fragte ich zurück und setzte mich ihr gegenüber, Ewan zwischen meinen Füßen. »Oder einen von den anderen Jungs? War einer von denen schon am Set?«

»Nein. Die sind wahrscheinlich gar nicht erst abgeholt worden«, sagte Fiona. »Jetzt sei mal nicht so hibbelig! Du bekommst das hin!«

Ich schüttelte den Kopf. Auf meine WhatsApp heute Morgen *(Hey du. Melde dich mal! Mein Handy war gestern aus.)* hatte Jeremy immer noch nicht reagiert. Mann, was war mit ihm? Hatte er die Zeitung schon gelesen? Wusste er es schon?

Der Knall des Donners ließ uns zusammenzucken. Wind kam auf, fegte durch die Getreidefelder und wirbelte den Sand von den Wegen in die Luft. Noch war kein Tropfen Regen gefallen. »Ich habe so ein verdammt schlechtes Gewissen!«

In diesem Moment steckte Mama ihren Kopf durch die offene Tür: »Fahrt ihr schon mal, ich komm nachher schon irgendwie ins Hotel!« Sie rannte davon, ihre offenen Haare flatterten im Wind.

Fiona sah mich an: »Mission erfüllt, oder? Da läuft seit gestern was.«

Ich nickte und schaute aus dem Fenster. Mama sprang vor dem Cateringwagen herum und half Niklas, alles einzupacken und vor dem nahenden Regen zu retten. Von Weitem sah es aus, als ob sie sogar pfeifen würde … Es blitzte wieder.

»Wunderbar«, sagte ich tonlos. »Wenigstens eine von uns hat Glück in der Liebe. Haha.« Ich hätte am liebsten angefangen zu heulen. »Weißt du, was ich übrigens gerade im Wohnwagen entdeckt habe, als ich meine Sachen holte?«, sagte ich. »Einen Zettel mit der Telefonnummer von diesen Birrenbachs, die in unserer Kölner Wohnung wohnen. Und die Nummer von einem Makler war da auch noch.«

»Ist doch toll! Wahrscheinlich will deine Ma euren Mietern sagen, dass ihr die Wohnung bald wiederhaben möchtet!«

»Aber warum der Makler? Vielleicht belügt sie mich und will die Wohnung verkaufen!«

Wie zur Bestätigung knallte Knut die Schiebetür zu.

»Nee. Wie kommst du denn da drauf? Ihr versteht euch doch gerade so gut! Wahrscheinlich hat sie ein schlechtes Gewissen und schlägt denen einen Makler vor, damit der ihnen hilft, was Neues zu finden.« Fiona strahlte mich an, aber ich schüttelte den Kopf.

»Du weißt nicht, wie es ist, mit einer Mutter zusammenzuwohnen, die seit zwei Jahren nichts erzählt und aus allem ein Geheimnis macht!«

»Ich glaube, du darfst nicht immer das Schlimmste von ihr erwarten! Überleg doch mal! Ihr würdet nach Köln zurückkommen. Das wäre ja geil, oder? Sag das doch Jeremy!«

»Oh nee, lieber nicht. Ich weiß ja immer noch nicht, warum er mich gestern sprechen wollte.« Ich schaute zu Ewan, doch der zeigte keine Reaktion.

»Ruft man ein Mädchen dreimal an, um ihm mitzuteilen, hey, ich bleib bei meiner Freundin?! Wohl kaum, oder?«

Ich nickte und beobachtete die dicken Tropfen, die endlich vereinzelt auf die staubige Windschutzscheibe klatschten.

Als ich mit Ewan vor Jeremys Tür stand, rappelte mein Herz los und meine Hände zitterten noch stärker als heute Morgen. Ich würde ihm um den Hals fallen und ihn einfach wieder küssen. Wenn er dich lässt, du blöde Schnapsflasche, beschimpfte ich mich. Ewan, *dich* mag er doch! Du musst etwas Lustiges tun! Bitte! Meine Augen beschworen den kleinen Hund und dann fasste ich endlich den Mut zu klopfen. Zu leise, das hörte er da drin doch gar nicht ... Ich klopfte lauter. Nichts. Kein »Ja?«. Kein »Wer ist da?«. Er machte nicht auf. Ich nahm allen Mut zusammen, drückte seine Nummer und lauschte an der Tür. Auch kein Handyklingeln.

Als wir zurück ins Zimmer kamen, weinte ich ein bisschen im Bad und verkroch mich dann in meinem Bett. Ewan rollte sich zu meinen Füßen zu einem kleinen tröstlichen Kissen zusammen. Wow. Das hatte er noch nie gemacht! Ich schlief tatsächlich ein und erwachte erst wieder gegen zehn Uhr abends. Mit einem winzigen Hoffnungskribbeln checkte ich mein Handy. Eine rote Drei leuchtete bei WhatsApp und wärmte mich einen euphorischen Herzschlag lang. Drei Nachrichten. Yes! Von Jeremy! Bitte, bitte, lass wenigstens *eine* von Jeremy sein! Doch die Nachrichten waren nur von Fiona. *Hey, wie geht's dir?* und Smileys mit Sonnenbrille. Nett. Aber doch zum Heulen. Mama brachte mir einen Tee und irgendwie schlief ich wieder ein.

Am nächsten Morgen regnete es heftig. Der Park lag hinter einem grauen Wasserschleier. Lagerfeuer, Wald und Felder konnten wir vergessen.

Und richtig: Auf der Dispo, die uns jemand unter der Tür hindurchgeschoben hatte, stand: *Wetter-Cover*. Bild 105 wurde vorgezogen, wir drehten in einem kleinen Tabakladen in Köln-Ehrenfeld und eine Szene im Zimmer von Dümpelmann.

Zum Glück hatte ich da wenig Text.

Ganz unten war doch noch unser Lagerfeuerbild aufgeführt. *Regenwahrscheinlichkeit ab mittags nur noch 40 Prozent,* stand auf der Dispo. Das hieß, ich würde Jeremy hoffentlich, hoffentlich heute noch sehen!

Die Requisitenbesatzung hatte bis nach Mitternacht gearbeitet, man sah es an den tiefen Ringen unter den Augen. Aber es hatte sich gelohnt. »Zimmer Dümpelmann« sah genauso muffig und spießig aus, wie ich es mir beim Lesen vorgestellt hatte. Regale mit eng zusammengepressten Langspielplatten darin, zwei Plattenspieler, eine Menge altes Technikzeug, ein schmales Bett mit einer fiesen Tagesdecke und ein verkratzter Schreibtisch. Aber das Beste: eine abgefahrene Seilbahnkonstruktion mit der Hamsterkäfig-Gondel für Dümpelmanns hüftkranken Kater Günter Netzer. Er würde die eisige Stimmung zwischen Dümpelmann, Marion und Charles zum Schmelzen bringen.

Wir probten, wir warteten, wir drehten. Marc war wirklich viel netter, als er aussah, er spielte den Dümpelmann so unheimlich nerdig verklemmt, dass das Team jedes Mal nach dem »Aus!« loskicherte. Alle hatten plötzlich extrem gute Laune, sogar der rot gestromte Kater tat, was er sollte. War sie erst richtig geschnitten, versprach die Szene so lustig wie im Buch zu werden.

Ich kicherte mit und übertrieb dabei über alle Maßen, um den Kummer in mir zu überspielen. Niemand außer Fiona merkte etwas.

Gegen Mittag nieselte es immer noch, die Temperaturen waren heruntergegangen, es war kalt und ungemütlich geworden. Was ist mit der blöden Vorhersage los?, fluchte ich vor mich hin. Wir *müssen* einfach heute das Lagerfeuer drehen! Ich saß mit Mama im Wohnwagen, entwarf in meinem Kopf eine lange erklärende WhatsApp an Jeremy und versuchte, herauszufinden, ob man mit der Klimaanlage auch heizen konnte, als unser Aufnahmeleiter, der dicke Tom, an die Tür klopfte.

»Ich habe gerade mit Jenny im Büro gesprochen. Das Wetter bleibt erst einmal so, wir müssen den Drehplan umstellen.«

»Und das bedeutet?« Mama wandte sich ihm zu, doch ich konnte nur an Jeremy denken. Saß er schon irgendwo im Wohnwagen? Ich hatte bisher noch kein Schild KONRAD an einem der Wohnmobile gesehen.

»Das bedeutet …« Er lächelte und machte eine extrawichtige Pause: »Ella hat die nächsten zwei Tage drehfrei und danach ist auch schon Wochenende, ihr könnt also nach Hause fahren! Heute Abend schafft ihr das vermutlich nicht mehr, aber morgen?«

Was?! Was sollte *der* Scheiß denn? Wer wollte denn nach Hause? Nach München? Niemand! Ich musste mit Jeremy sprechen. Sofort.

»Äh, Tom … können wir nicht hierbleiben? Dann spart ihr die Reisekosten! Wir müssen doch nicht unbedingt nach Hause, oder, Mama?«

»Ach, na ja.« Sie zuckte mit den Schultern.

»Tut mir leid, aber fünf Nächte im Hotel sind nun doch teurer als die Reise. Selbst wenn ihr fliegen würdet.« Tom zupfte die Regenjacke über seinem Bauch zurecht.

»Aber Jeremy und die anderen … bleiben die nicht auch …?«

»Die sind weg. Die sind schon gestern Nachmittag abgereist, sobald feststand, dass wir die letzten Lagerfeuerszenen wegen des Regens heute vermutlich erst sehr spät oder gar nicht mehr drehen können. Die kommen ja alle aus Düsseldorf, Köln oder der Umgebung.«

»Weg?!« Ich ließ mich neben Ewan auf das Sofa fallen. Seit gestern Nachmittag? »Aber das geht nicht.«

»Wie meinst du das?«, fragte Mama.

Ich winkte ab. Weg. Ich sah mich wie eine Idiotin vor der Hoteltür stehen und klopfen. Vor einem leeren Zimmer! Weg! Was für eine Katastrophe! Hatte er wirklich mit seiner Freundin Schluss gemacht und sich für mich entschieden? Warum warst du denn so bescheuert und hast es so lange verschoben, ihn zu fragen?!, beschimpfte ich mich. Warum bist du nicht gleich gestern Morgen zu ihm gegangen?

*»Weil du noch betrunken warst und Bedenken hattest, ihm unter die Augen zu treten, Ella Ellerbrake. Eine berechtigte Sorge, wenn du mich fragst.«*

Ach, danke! Ja, ich frage dich, Ewan! Kannst du mir nicht einfach ganz schnell sagen, wie ich das alles wieder hinbekommen soll? Er hat bestimmt das Foto gesehen und glaubt jetzt, ich bin total stumpf und gehe sofort mit irgendeinem Kerl aus, nur weil er mal bisschen nachdenken muss … Ich schlug meine Hände vor das Gesicht.

»Nun, ganz so schlimm ist München ja nun auch nicht, Ella!«, sagte Mama.

Ich schaute auf. Tom stand immer noch vor unserem Wohnwagen. Der Regen pladderte stärker auf seine Kapuze.

»Du willst da doch auch nicht hin, Mama!«

»Das müssen wir ja vor Tom jetzt nicht diskutieren.« Ausgerchnet jetzt machte sie einen auf resolute Mutter …

»Dann geht das also klar.« Das Lächeln des kleinen dicken Aufnahmeleiters war etwas angestrengt. »Ihr fahrt wieder mit dem Zug? Wegen Ewan?«

Unsere Köpfe nickten synchron.

»Gut, Jenny schickt euch gleich per Mail ein Reisememo.«

*Fuck* München!, konnte ich nur denken, als wir langsam in den Hauptbahnhof einliefen. Ich warf einen letzten Blick auf mein Handy und mein Herz fühlte sich noch unglücklicher und ausgehöhlter an als in den letzten Stunden. Seit anderthalb Tagen reagierte er nicht auf meine Nachrichten. *(Hey, können wir mal telefonieren? Bitte.)* Er war einfach nicht zu erreichen. Und Fiona? Obwohl sie heute den ganzen Tag drehte, hatte sie mir versprochen, bei Jeremy nachzufragen, was los war. Sie war die beste, coolste Freundin! Doch auch von ihr keine Nachricht. Ich warf das Handy in den Rucksack.

Bahnhof, runter zur U-Bahn. Am Rotkreuzplatz wieder hinauf ans Tageslicht. Die Rollen unserer Koffer rumpelten über den Asphalt, Ewan schnüffelte aufgeregt vor uns her, als ob er eine Fährte verfolgte. Hey, das ist bloß die blöde alte Nibelungenstraße, wir sind wieder zu Hause. Zu Hause?

Das Schild über dem Antiquariat sah vergilbt aus, das Schaufenster wirkte im Nachmittagslicht staubiger als sonst.

»Lass uns eben bei Manfred vorbeischauen, bevor wir unser Gepäck nach oben bringen«, sagte Mama. Ich zuckte mit den Schultern, doch dann fiel mir etwas ein. Wie hatte ich das nur vergessen können! Mein Onkel war der Meister der Dramen, der Shakespeare-Sonette, der klassischen Tragödien, der alten und moderneren Bühnenstücke. Er kannte sie alle – und natürlich war er auch ein Meister der Liebesgeschichten, die dort in seinem Buchladen in den Regalen vor sich hin schliefen. Wer, wenn nicht *er*, würde mir die besten Ratschläge für das Drama mit Jeremy geben können? Oh Mann. Jeremy. Ich liebte ihn! Sein Name flatterte nicht mehr durch meinen Bauch, mittlerweile brannte er in meiner Brust, sobald ich ihn nur dachte. Es fühlte sich nur leider nicht so an, als ob ich schweben würde, sondern als müsste ich diesem Feuer hinterherlaufen, weil ich es sonst verlieren würde.

»Gute Idee!« Nun hatte ich es plötzlich eilig, ich ließ alles fallen, riss die Ladentür auf und rannte hinein. Die Tür fiel zu, die Glöckchen schepperten in hellem Aufruhr. Mein Onkel stand an einem Bücherregal, der Schatten eines Kunden bewegte sich im Hintergrund, aber das war mir egal, ich warf mich in seine Arme.

»Na, na, was ist denn nur los? Darf ich die stürmische Begrüßung meiner Nichte als pures Heimweh interpretieren?« Er hob mich ein paar Zentimeter in die Luft und ließ mich dann wieder hinunter.

»Nein! Überhaupt nicht!«

»Wie muss ich sie dann verstehen?« Seine braunen Augen lächelten auf mich hinab, und obwohl es eigentlich unmöglich war, schaffte ich es, nicht gleich mit meinem Elend herauszuplatzen.

»Köln ist der Hammer! Das merke ich, je weiter ich davon entfernt bin … Und ich freu mich so, dass ich wieder hindarf! Dass *wir* wieder … hindürfen.« Ich sah mich nach Mama um. Sie stand mit unseren Koffern auf dem Bürgersteig, Ewans Leine, die ich fallen gelassen hatte, in der Hand. Sie telefonierte. Wann telefonierte sie schon mal am Handy? Das konnte doch nur Niklas sein, mit dem sie da sprach!

Ich ließ meinen Onkel los und öffnete die Ladentür von innen. Mama sprach weiter, sie drehte sich weg, ging auf und ab, ich musste mich anstrengen, um zu verstehen, was sie sagte. »Jaja. Gut. Nächste Woche Freitag? Wäre schön.« Es klang eher geschäftlich als verliebt, doch wahrscheinlich war sie nur aus der Übung. Wenigstens Ewan wedelte freundlich mit dem Schwanz und zerrte an der Leine, um zu mir in den Laden zu gelangen.

Ich riss mich zusammen und lächelte Manfred an: »Mama … sie ist einfach anders … ach, das wird sie dir selbst erzählen. Es ist sooo viel passiert!«

Ewan kam mit schleifender Leine in den Laden gelaufen und sprang an Manfred hoch.

»Meine Güte, auch das Tier ist ja völlig verändert. Was hast du nur mit den beiden angestellt?«

Ich grinste unwillkürlich und beobachtete Ewans Freudentanz um Onkels Beine. Vielleicht wird doch noch alles gut, dachte ich mit einem Mal. Vielleicht gibt es eine ganz simple Erklärung, warum Jeremy sich nicht meldet. Er ist seit Tagen krank, sein Handy ist kaputt. Irgendwie so was!

*»Davon ist dringend auszugehen. Und zusätzlich hat Stöckchen-Schmeißer sich auch noch beide Arme gebrochen.«*

Ach, Ewan. Lass deine fiesen Bemerkungen! Könnte doch sein! Wie zum Beweis ploppte eine WhatsApp auf mein Handy. Na endlich! Von Jeremy? Nein. Von Fiona. *Muss dich sprechen. Gleich ist Mittagspause. Ruf dich dann an!*

*Shit,* was konnte das bedeuten?

Mama kam mit unseren Rollkoffern herein und umarmte ihren Bruder, der ihr wie einem Pony auf den Rücken klopfte: »Gut siehst du aus und so frisch! Wollt ihr einen Tee?«

Da klingelte es auch schon in meiner Hand und ich rannte mit Fiona am Ohr hinaus auf den Bürgersteig. Ewan folgte mir.

»Hey, du!« Sie machte eine Pause. Pausen waren nicht gut. Pausen waren gar nicht gut! Ich hielt die Luft an, bis sie endlich weiterredete: »Ich wollte es dir nicht schreiben, aber ich habe mit Jeremy gesprochen …«

»Und?!«

»Na ja, er fand's natürlich komisch.«

»Dass ich auf der Party war?«

»Ja. Vor allen Dingen mit Leevi. Er sagte: ›Wer braucht Feinde, wenn er Leevi kennt?‹ … Aber er sagte auch, dass er dir keine Vorwürfe macht. Du könntest ja tun und lassen, was du wolltest.«

»Hört sich gleichgültig an, oder? Oh Gott, Fiona, wie hat er denn geklungen?!« Ein schwarzes Loch begann mir die Luft zu nehmen.

»Nachdenklich. Ja, schon so 'n bisschen gedämpft. Du sollst ihn anrufen.«

»Echt? Das hat er gesagt?« Das Loch schloss sich und machte der Wärme Platz, die ich schon so schrecklich vermisst hatte.

*»Also kein doppelter Armbruch beim Stöckchen-Schmeißer.«*

Ich grinste und machte eine kleine Verbeugung mit dem Handy am Ohr. Du kannst ja richtig witzig sein, Ewan!

»Das wollte ich ja die ganze Zeit«, sagte ich zu Fiona, »aber … er hat überhaupt nicht auf meine Nachrichten reagiert.«

»Wirst du es ihm sagen?«

Ich seufzte tief. »Soll ich? Ich weiß nicht. Dieser blöde Kuss! Der war so aufgedrängt und ich war betrunken. Ich habe dabei *nichts* gefühlt! Das ist die Wahrheit!«

»Genau. Und deswegen würde ich ihm auch gar nichts darüber erzählen.« Wieder eine von Fionas Pausen, doch dann sprach sie weiter. »Er stellt sich das dann bloß dauernd vor ... Andererseits: Jeremy ist ein ziemlich guter Typ, finde ich. Der versteht wesentlich mehr als die meisten. Mein Mika ist übrigens auch so!«

Ihr Freund ... den hatte ich ganz vergessen. »Wann kommt er?«

»Morgen! Ey, ich freu mich schon so. Meine Mutter fährt nach Hause und wir haben das Zimmer für uns. Ich werde sofort die Einzelbetten zusammenschieben, das ist ja wohl klar!«

»Das wird bestimmt toll!«

»Darauf kannst du wetten. Und, Ella: Du bekommst das hin!«

»Meinst du?« Wäre schön, wenn ich auch selber daran glauben könnte.

# 23. Kapitel

Ja?«

»Jeremy?!« Ich war jetzt schon außer Atem.

»Mmmh.«

Oh Gott. War er sauer? Er klang sauer. »Hey! Ich wollte mal anrufen.« Prima Satz, Ella. Du wolltest also mal anrufen und rufst deswegen an … Egal. Nächster Satz: »Wie geht's dir?«

»Geht so.«

Mein Mund war trocken und ich wunderte mich, dass ich überhaupt noch Luft bekam: »Ich muss dauernd an den Park denken. Also, an das letzte Mal, als wir uns gesehen haben.«

»Mmmh.«

»Na ja, also, das mit der Premiere danach, das war nur, weil Leevi mich fragte und ich so alleine da in der Halle rumstand. Weil … du warst ja gegangen …« Ich lächelte. Angeblich hörte man am Telefon, ob der andere lächelte.

»Ja. Stimmt. Alles klar. Ist okay.«

Scheiße. Warum sagte er nicht mehr? Über mich? Über uns?

»Du hast das Bild im *Kurier* gesehen, oder?«

»War ja groß genug.« Pause. »Du sahst gut aus.«

»Echt?« Jetzt hätte ich mich freuen können, wenn seine Stimme nicht so matt geklungen hätte.

*»Ella Ellerbrakes Wortwahl ist doch recht eintönig, wenn sie ihr Erstaunen ausdrücken möchte.«* Ewan saß auf meinem Schreibtischstuhl und gab mir seinen üblichen Oberlehrerblick.

»Ich will nichts überstürzen, Ella. Wir sehen uns ja Ende nächster Woche am Set, dann können wir richtig reden.« Er legte auf.

Ja klar. Ich hatte das Gefühl, als hätte jemand sämtliche Lichter in meinem Kopf ausgeknipst.

Am nächsten Morgen gleich die nächste beschissene Nachricht: nämlich keine. Nach dem ersten hektischen Blick auf mein Handy starrte ich an die schräge Zimmerdecke meiner Dachkammer. Jeremy hatte sich nicht gemeldet. Warum sollte er auch? Er wollte nichts überstürzen, wollte erst Ende nächster Woche mit mir reden … Wie konnte er das nur aushalten? Wie sollte *ich* das nur aushalten?

Meine Beine waren unerträglich schwer und meine Lungenflügel fühlten sich wie zwei schrumpelige Ballons an, die sich nicht mehr ausreichend mit frischer Luft füllen ließen. Komm runter, dachte ich mir. Jeremy hat nicht gesagt, dass er dich nicht mehr will. Nee, aber er hat auch nicht wirklich toll geklungen … Wenn wir wenigstens noch in Köln wären, wenigstens dichter an ihm dran. Aber wir sind nicht mehr in Köln … Wir sind wieder in München.

Wie kann das hier mein Zuhause sein, wenn ich lieber in einem Zimmer wohne, von dem es hundert identische im selben Hotel gibt? Wenn ich mein Wohnwagenabteil vermisse, in dem an diesem Morgen ein anderer Schauspieler schon auf die Maske wartet und das so beliebig eingerichtet ist wie ein winziges, langweiliges Wartezimmer? Ich seufzte. Ich wollte ihn so schrecklich gerne wiedersehen! Ihn! Ihn! Ihn! Hatte ich die Sache durch diese blöde, unbedeutende Premiere beendet, als sie gerade erst richtig anfangen sollte? Beendet? Er hatte doch nur gesagt, er müsse nachdenken. Das war vor vier Tagen gewesen! Vermutlich hing er doch mehr an seiner Freundin, als er zugeben wollte … Ich presste die Lippen zusammen.

Was würde ich heute den ganzen Tag lang tun? Keine Fiona zum Reden, kein Team um mich herum, um mich abzulenken, niemand, der mich zum Drehen abholte, kein Teller mit Schokoriegeln, der mir liebevoll unter die Nase gehalten wurde, keine Lisa, die mir Tee brachte, kein Danny, der mich »Prinzessin« nannte und mit den immer gleichen Sätzen mit mir flirtete. Sollte ich mich heute etwa selbst schminken? Meine geliebte Esther wartete nicht im Maskenmobil auf mich … ich würde es also bleiben lassen.

»Wo seid ihr alle?!«, rief ich gegen die Dachschräge und hörte den anklagenden Ton des Echos. Die Aussicht, alleine unten in der Küche zu frühstücken, statt mir beim Catering einen Kaffee zu holen und das schönste der belegten Vollkornbrote mit Salatblatt, Gurkenscheibe und Käse von der Platte zu picken, deprimierte mich noch mehr. Ich fühlte mich verdammt alleine und – weil ich zwei Wochen lang von allen versorgt worden war – auch irgendwie unselbstständig.

Es kratzte an der Tür. Ewan! Er hatte meinen kläglichen Aufschrei offenbar gehört. Ich machte einen Satz aus dem Bett und öffnete die Tür. Das erste Mal in seinem Leben war er nach oben gekommen, um mich zu besuchen.

»Komm, mein Lieblingshund, komm zu mir.« Ich sprang wieder zurück unter die Decke und klopfte auf die Matratze. Zu meinem Erstaunen folgte er meinem Befehl, trampelte ein bisschen herum, ließ sich dann gegen meine Beine kippen und schaute mich mit seinen hübschen Glasmurmelaugen von unten an. Ich kraulte ihn dort, wo er es am liebsten hatte, zwischen den Ohren. Nach einiger Zeit spürte ich die Wärme, die sein kleiner fester Körper durch die Steppdecke ausstrahlte.

»Ach, Ewan. In Köln ist alles erst so toll und dann so bescheuert gelaufen und hier isses schrecklich. Was sollen wir heute bloß tun?«

Keine Antwort.

»Wird Jeremy mich jemals wieder so umarmen? Wird er sich für mich entscheiden?«

Schweigen.

Ich seufzte. »Ich befürchte, als Hellseher-Orakel bist du untauglich.«

Nachdem ich mir T-Shirt und Jeans übergezogen und kurz das Gesicht gewaschen hatte, gingen wir hinunter. Essen mussten wir ja was. Mama war offenbar schon beim Bäcker gewesen, auf dem Tisch lagen eine Tüte mit Brötchen, daneben Butter und zwei Gläser mit Marmelade. *Bin unterwegs, gegen eins zurück, Mama,* las ich auf einem Zettel.

»Also sitzt sie nicht unten im Hinterzimmer bei Manfred, um zu übersetzen«, murmelte ich Ewan zu, der sich geräuschvoll über den Inhalt seines Napfes hermachte. »Ist das ein gutes Zeichen?«, fragte ich, während ich mit einem halben Marmeladenbrötchen in der Hand durch das Wohnzimmer wanderte. Beim Catering hatte ich mich schließlich auch nie zum Frühstücken hingesetzt. »Guck mal, nicht mal ihren Laptop hat sie nach unten gebracht.«

Ewan setzte sich erwartungsvoll vor den zierlichen Schreibtisch aus Birkenholz, an dem Mama eigentlich nie saß.

Ich strich mit den Fingerspitzen über den aufgeklappten Computer und schaute mir den Bildschirmschoner an. Das Weltall. In der Mitte ein Kreis, mit dem Bild eines Pinguins, darunter das leere Feld, in dem der Cursor blinkte. »Wetten, ich finde ihr Passwort heraus?«

Ich grinste Ewan an und tippte *Niklas* in die Zeile. »Ich weiß, sie würde mich dafür umbringen, aber wir schauen ja nur kurz mal!« *Enter*. Das Feld schüttelte sich. Falsch. »Och nee, echt? Mama, du enttäuschst mich. Aber wie ist es denn hiermit?« *J-o-h-n-n-y D-e-p-p*, buchstabierte ich. Schrieb man den so? Nein, das Feld schüttelte sich immer noch vor Abscheu. Mit h? Johnny? Yes! Ich war drin … Ich hatte es in Mamas Computer geschafft! »Siehst du, obwohl sie drei Mal am Tag das Passwort ändert, ist sie doch ziemlich durchschaubar«, rief ich Ewan zu. »Wow, und guck mal, sie hat mich sogar als Hintergrundbild … Hätte ich ja echt nicht gedacht!« Es war ein Foto, das sie von mir in unserem Hotelzimmer gemacht hatte. Den rechten Arm über dem Kopf, die Augen zur Decke gerichtet, so lag ich ausgestreckt auf dem Bett, auf dem Gesicht ein Lächeln, vermutlich weil Fiona mich gerade mit irgendeinem lustigen Spruch ärgerte. Irgendwie sah ich abwesend, entspannt und auch wunderschön aus. Wie Audrey Hepburn, nur das Handy am linken Ohr störte etwas … An den Rändern des Bildes waren hellblaue Ordner für ihre Dateien aufgereiht, die *Eine Rose aus Canterbury*, *Rechnungen* oder *Korrektur/Schwur der Liebe* hießen. Ich hob Ewan hoch, zeigte ihm das Bild und drückte ihm einen kleinen Kuss zwischen die Ohren. »Kannst du es fassen? Sie ist scheinbar doch stolz auf mich, sie macht sogar schon heimlich Bilder von mir …« Mir wurde ganz warm im Bauch und für einen Moment setzte das ziehende Gefühl der Sehnsucht nach dem Team und der Traurigkeit wegen Jeremy aus.

Eine ganze Weile standen wir so da, bis Ewan mit den Beinen strampelte.

»Ich glaube, wir lassen das lieber, oder?«, murmelte ich, denn mit einem Mal wurde mir klar, was ich hier gerade tat. Ewan legte den Kopf schief. Hörte aber auf zu zappeln.

»Andererseits … Ob sie sich mit Niklas schreibt? Ob sie seine E-Mail-Adresse überhaupt hat? Nur ganz kurz nachschauen, okay?«

Ewan erhob keinen Einspruch, also konnte es nicht ganz falsch sein, was ich vorhatte. Ich lauschte. Es war niemand da, Mama würde es gar nicht merken. Ich setzte den Hund auf den Boden und checkte im Stehen die Mail-Eingänge.

»Komisch, keine Mail von Niklas, wie heißt der denn noch mal mit Nachnamen? So ähnlich wie Heidegger, oder?«

Diese Frage wollte Ewan mal wieder nicht beantworten.

»Ich werde gleich mal auf der Dispo nachschauen … und solange mache ich das hier ganz schnell wieder zu … Ach nee«, ich stutzte, »schau mal, die Birrenbachs haben ihr was geschrieben. Das ist ja interessant …«

Ich öffnete die Mail und las sie gleich zweimal, so sehr verblüffte mich der Inhalt.

»Ewan, du magischer Hund!«, rief ich aus. »Sie hat ihnen tatsächlich gesagt, dass wir die Wohnung brauchen! Ist das nicht genial!? Erst traut sie sich nicht ins Viertel zurück und nun das!«

Ich nahm ihn erneut hoch und tanzte mit ihm durch das Wohnzimmer. »Ey, was habe ich nur für blöde Gedanken gehabt! Dabei will sie die Wohnung gar nicht verkaufen, der Makler ist ein Freund von Dad und soll den Birrenbachs helfen, etwas anderes zu finden. Wie Fiona es prophezeit hat!« Ich drehte mich im Kreis mit ihm. »Wie geil ist das denn? Wir werden nach Köln zurückgehen! Und das mit Jeremy werde ich auch wieder hinkriegen! Wenn man etwas wirklich will, bekommt man es auch!«

Ewan machte ein kleines würgendes Geräusch. *»Ella Ellerbrakes Euphorie klingt vorläufig noch wie ein Horoskop aus einer Zeitschrift …«*

»Oh Ewan, ist dir schlecht? Sorry!« Ich setzte ihn vorsichtig ab.

*»Und was ist mit der Auszeit von der Vergangenheit? Vielleicht sollten wir da lieber genauer hinschauen?«*

»Also gut, schaue ich eben noch mal genauer hin … Aber welche von den tausend Dateien soll ich denn öffnen, was hört sich interessant für uns an?« Ich überflog die Namen.

*Speisehanf+statt+Fleisch+Fisch.pdf*
*Sprachbewertung/Korrekturzeichen.2docx.*
*Terminalplan_ges.pdf*
*Ticketdirect994673846382(1).pdf*
*Vergütungstabelle.pdf*
*Verband deutschsprachiger Übersetzer*

»Okay, geschäftlicher Kram, nichts Besonderes. Vielleicht ist es besser, nach älteren Daten zu schauen. Na also, was ist das da?« Ein Word-Dokument mit dem Namen *Wir können einfach nicht*. Erstellt am 12. Mai 1998.

»Da ist sie doch, die Vergangenheit«, sagte ich zu Ewan, der mittlerweile auf dem Boden lag, den Kopf auf den Vorderpfoten. »Du kotzt mir hier aber nicht auf den Boden, oder?« Ich setzte mich auf den zerbrechlich aussehenden Stuhl vor das Tischchen, klickte das Dokument an, und las: *Wir können einfach nicht voneinander lassen. Obwohl wir uns oft streiten.*

»Wen meint sie? Dad?«

*Du sagst, du willst, dass ich auch ohne dich sein kann, und schickst mich weg. Ich soll schreiben, ich soll tanzen. Du willst mich zu einer Freiheit zwingen, nach der ich mich gar nicht sehne. Und wenn ich einfach nur bei dir sein will? Ich liebe es, mit dir sonntags in den London Zoo zu gehen, um Lamas anzuschauen.*

»London Zoo. 1998. Natürlich schreibt sie von Dad. Das kommt hin.«

*Ich liebe es, dass wir zusammen im Charlie Max tanzen, bis wir nur noch uns und die Musik wahrnehmen und alles andere verschwindet. Ich mag es, dass wir rauchen blöd finden, es aber trotzdem manchmal machen, einfach weil wir gerade Lust drauf haben. Ich sehe dich gerne lachen. Wir lachen viel zusammen. Ich liebe diese Fältchen an deinen Augen, wenn du lächelst, und den kleinen Fleck auf deiner Nase und die kreisförmigen Wirbel in deinem Dreitagebart. Ich mag, wie du meinen Namen aussprichst und dass du Guinness wie Wasser trinkst. Ich hasse es, wenn du mich über deine Musik mal wieder vergisst. Ich weiß, dass du manche Menschen magst und trotzdem betrügst und wie beschissen es dir dabei geht. Ich höre, was du sagst und was du eigentlich meinst. Doch immer nagt die Angst in mir, dass du mich morgen gegen eine andere austauschst.*

Oh Gott, das war ja, wie in einem fremden Tagebuch zu lesen … Wie mies von mir. Weiter!

*Seitdem ich dich kenne, kann ich niemanden mehr an mich heranlassen, an mein Herz klopfen lassen, unter meine Haut lassen. Ich kann niemandem mehr einen einzigen Gedanken von mir zeigen. Außer dir.*

Wow. Sofort musste ich an Jeremy denken. Vielleicht hatte er über mich auch so gedacht und wollte nur noch mich an sich heranlassen? Und dann war *ich* diejenige gewesen, die er mit einem anderen in der Zeitung sehen musste. *Shit.* Ich seufzte und schloss die Datei. Keine Sekunde länger wollte ich mich an diesen furchtbaren Premierenabend erinnern.

Mein Blick fiel auf weitere Dateien. *Kapitel-Roman.docx., Expose/Roman, AbsagenRoman, Zeittabelle-Roman.*

»Sag mir nicht, sie hat einen ganzen Roman geschrieben? Nur das hier noch schnell, danach höre ich auf! Versprochen!« Ich lauschte noch einmal in die leere Wohnung hinein und öffnete das Dokument.

*Der Norweger – ein ROMAN von Carolin Ellerbrake*

Also doch. Das Datum der Datei war vom 10.01.2002. Vierzehn Jahre her.

*1. Kapitel*

*Nein, Susanna mochte Len Lilliedahl nicht mehr, und so wie Len Lilliedahl gerade guckte, mochte er auch Susanna nicht mehr.*

»Guter erster Satz! Ich liebe das, wenn man direkt in der Story drin ist, so ohne Vorwarnung«, sagte ich zu Ewan, bevor ich weiterlas.

*Susanna wollte die Tür wieder schließen, doch Len machte einen kleinen Schritt vor, also bat sie ihn herein, was sollte sie sonst tun? Nun stand er mitten zwischen den auf engstem Raum zusammengeschobenen Klavieren und schaute sich um. Susanna sah die kleine Werkstatt im Londoner Westend durch seine Augen, sie sah sich mit seinen Augen. Und was sie da sah, gefiel ihr nicht.*

Mmh. So eine Art Frauenroman. Über eine Susanna, die in London in ’nem Raum mit Klavieren hockte. Bist *du* diese Susanna gewesen, Mama? Hast du *dich* beschrieben? Du hast doch gar keine Ahnung von Klavieren … Und warum gefällt sich die Erzählerin nicht? Während ich die Seiten weiter nach unten scrollte, las ich mich immer wieder fest. Vierhundertzehn Seiten. Warum war der Roman nie veröffentlicht worden? Er schien echt gut zu sein. Warum hatte Mama nie darüber erzählt? Ob ich Onkel Manfred darüber befragen konnte? Ich löste mich schweren Herzens von der Geschichte, versetzte den Laptop wieder in den Ruhezustand.

»Mmmh, sie kann echt ganz gut schreiben. Und was sie sich für Gedanken zu Dad gemacht hat … hätte ich nie gedacht!« Ich verschränkte die Arme und lehnte mich zurück. Das Stühlchen knarzte empört.

»Ich weiß eigentlich gar nicht so viel über Mama. Sie sagt, sie hatte eine schöne Kindheit, aber die war mit zwölf vorbei, weil sie nicht weitertanzen durfte, ihre Eltern sind früh gestorben, sie schreibt eigene Sachen, die bisher aber niemand veröffentlichen wollte. Sie hat ihre große Liebe in London gefunden, hatte aber immer Angst, dass er sie verlässt, und das hat er dann ja auch tatsächlich getan, als er, verdammt noch mal, viel zu früh gestorben ist …«

Ewan hatte sich aufgesetzt und hörte aufmerksam zu.

»Oh Mann. Nicht das einfachste Leben! Aber jetzt hat sie sich wieder gefangen! Respekt.«

Ich packte den gedrechselten Knopf, drehte ihn in meinem Fingern und zog die schmale Schublade des Schreibtischs auf. Was war da eigentlich drin? *»What the f…?«* Sie war bis obenhin voll, mit blauen und weißen Zetteln, die mir irgendwie bekannt vorkamen. »Was ist *das* denn?« Ich griff mir einen heraus. Es waren Rezepte. Abgestempelt, manche auch nicht. Was verschrieben die ihr? Und wer, welche Ärzte, überhaupt? Dr. Westenhammer. Internistin. Dr. Stumm. Psychotherapeutin. Wieder Dr. Westenhammer. Was für eine Krakelschrift … 1 x Promethazin oder was sollte das heißen?

»Ewan! Komm mit!« Ich lief ins Bad, öffnete den Spiegelschrank und fegte die zahlreichen Schachteln von der oberen Ablage ins Waschbecken. Dann begann ich die Aufschriften zu lesen. *Stimmungsaufhellend. Gegen Erschopfungszustände.* Johanniskraut, Melisse, Baldrian, rein pflanzliches Zeug, nichts, was auf den vielen Rezepten stand. Ich ging in ihr Zimmer. Im Nachttisch lagen nur Ohrenstöpsel, ein dunkles Glasfläschchen mit Globuli und ein einsamer Beipackzettel. Ich faltete ihn auf. *Bromazepam. Zur Behandlung von depressiven Erkrankungen und der Panikstörung.* Geh bloß nicht an meine Sachen!, hörte ich Mamas Stimme. Jetzt wusste ich, warum. Ich suchte weiter. In ihrer Kommode hinter der Unterwäsche und überall da, wo ich selber etwas verstecken würde … Nichts. Im Verstecken war sie schon früher echt gut gewesen. Meine Ostereiernester waren immer in die unerreichbarsten Ecken gequetscht.

Ich räumte im Badezimmer alles wieder an seinen Platz zurück und lauschte meinem eigenen Schniefen in der Stille. Ich freute mich hier wie blöde über Mamas angebliche Veränderung, während sie heimlich gut versteckte Pillen einwarf … Ich hatte es einfach nicht gemerkt.

Die Trostlosigkeit von heute Morgen breitete sich wieder in mir aus, schwarzblau, wie ein Klecks Tinte in einem Glas Wasser.

In meinem Zimmer tigerte ich herum, rückte meine Bücher gerade und missbrauchte eine Socke als Staubtuch, als mir die Visitenkarte in die Hände kam, die es irgendwie von Köln bis auf meinen Schreibtisch geschafft hatte. Ricarda Oelgeschläger. Die Frau vom *Stadtanzeiger*. An dem Tag hatte Mama das erste Mal mit Niklas geredet. Hatte sie da vorher was genommen? Ich legte die Karte zurück und betrachtete stattdessen das Neugeborenen-Armband von der Premiere. Warum hatte ich das blöde Ding nicht längst weggeschmissen? Mit einer Schere schnitt ich es kaputt, schnipselte wie rasend so lange daran herum, bis es in winzigen Teilen auf der Tischplatte lag. Ewan guckte nur. Mit Schwung fegte ich die Schnipsel hinunter auf den Boden, wo sie verstreut liegen blieben. Ich trampelte auf ihnen herum und stampfte sie in den dunkelblauen Teppich, bis sie kaum mehr zu sehen waren. Ich heulte vor Wut.

Nur Ewan war mein Zeuge.

# 24. Kapitel

Ich habe gleich gemerkt, dass euer Mutter-Tochter-Verhältnis sich gewandelt hat …« Onkel Manfred goss den Tee in zwei Becher und rührte ordentlich Zucker in beide. »Ich weiß nicht, was da passiert ist, aber die Chemie zwischen euch ist doch eine andere, seitdem ihr in Köln wart.«

Ich nickte. »Ganz richtig. Dachte ich auch. Es ist aber leider nur eine Chemie der Lügen!« Mit diesen Worten hielt ich die Papiertüte hoch und kippte sie über dem Sofa aus. Die Rezepte flatterten wie übergroße Blütenblätter herab. Manche landeten auf dem Boden.

»Hier! Was soll das? Was für Drogen nimmt Mama bitte?« Ich zeigte auf den Papierberg, der meinen Onkel aber nicht sonderlich zu beeindrucken schien. »Ich habe manche Sachen bei ihr nie kapiert«, rief ich. »Wann ist sie traurig? Ist sie überhaupt wirklich traurig über Dads Tod? Warum ist sie so müde, kann dann aber nie schlafen? Und warum ist sie dann wieder so gut drauf, wenn es keinen offensichtlichen Grund gibt? Weil sie tausend Tabletten pro Tag schluckt!«

Onkel Manfred rieb die Flächen seiner schmalen Hände aneinander, als wollte er eine Knetkugel formen. »Nun … es war ja folgendermaßen: Sie konsultierte nach Pauls Tod einige Ärzte. Und hatte vielleicht die ein oder andere fehlerhafte Beratung.«

»*Zu viel* Beratung wohl eher! Ich glaube, sie nimmt davon viel mehr und viel öfter, als wir glauben!«

»Nein, Ella! Schau doch mal! Die sind uralt.« Er zog ein paar Zettel aus dem Berg und las mir die Daten vor. »Alle von vor zwei Jahren, siehst du? Der Anfang war hart. Sie hat eingeworfen, was sie bekommen konnte.«

»War das, als sie immer nur in ihrem dunklen Zimmer lag?«

»Ja … Und nach ein paar Monaten war sie abhängig von diesem Teufelszeug. Wir wussten, dass es so keinesfalls weitergehen durfte, also haben wir sie wieder davon runtergebracht.«

»Wer ›wir‹?«

»Dr. Stumm und ich.«

Wir schwiegen eine Weile und sahen der Kehrmaschine zu, die auf der Straße vorbeiratterte. Der Tee dampfte unberührt auf dem Kassentresen vor sich hin.

»Wie konnte sie das tun? Ich war doch auch noch da …« Mein Hals wurde eng. »Warum hat sie mich vergessen, als ich sie verdammt noch mal brauchte in dem Moment?«

»Deine Eltern haben sich sehr geliebt, Ella. Und deswegen war Carolin so unglücklich. Oder anders ausgedrückt: Sie war verletzt, so unendlich in ihrer Seele getroffen, weil er … gegangen war.«

Ich machte ein kleinen, unbeabsichtigten Schnaufer: »Sie hatte aber auch früher schon Angst, dass Dad sie verlassen würde. Als sie ihn gerade kennengelernt hatte!«

»Woher weißt du das?!«

»Ich … Ich hab was von ihr gelesen. Ja, hätte ich nicht tun sollen … sorry.«

Onkel Manfred hielt sich an einem Zwieback fest und schaute ihn an, als ob er etwas Derartiges zum ersten Mal in den Händen hielt. »Es ist schwer, die Beziehung zweier Menschen von außen zu bewerten.«

»Erzähl mir von ihr! Bitte! Wie war sie, bevor sie Dad traf? Erzähl mir über diese Sache mit dem Ballett und über ihren Roman.« Ich fasste nach seiner zwiebackfreien Hand.

»Von dem Roman weißt du auch?«

Ich nickte schuldbewusst. »Warum hat sie den geheim gehalten? Ist doch cool, wie sie schreibt. Verstehe ich nicht.«

»Der Roman. Oh ja, der Roman! Sie war ja besessen davon. Doch man durfte und darf sie darauf nicht ansprechen, da reagiert sie immer noch sehr empfindlich.«

»Vom Tanzen war sie auch besessen. Das hat euer Vater ja wohl verhindert, oder?«

»Weißt du, ich liebe Carolin über alles, seit meine Mutter mit dieser fest eingerollten kleinen Wurst im Arm aus dem Krankenhaus kam. Wegen ihr habe ich mich mit dem Alten verkracht. Wenn er schon meinte, meine Mutter und meine Schwester verlassen zu müssen, sollte er wenigstens ihr Internat weiterzahlen. Ich habe ihm Prügel angedroht. Ich! Der Wehrdienstverweigerer, der Pazifist. Kannst du dir das vorstellen?«

»Nein.« Ich lächelte den sanften grauhaarigen Hippie vor mir an.

»Ich wäre mit Carolin auch zu diesen korrupten Ballett-Menschen gegangen, um sie zu zwingen, die Entscheidung rückgängig zu machen.«

»Aber sie wollte nicht?«

Er breitete theatralisch die Arme aus, um ein Haar hätte er die vollen Teebecher auf dem Tresen umgestoßen. »Sie fühlte sich ungerecht behandelt, unverstanden, aber sie wollte sich nicht zur Wehr setzen. Sie hat es eher genossen, so machte es den Anschein. Vielleicht wäre aus ihr keine zweite Pina Bausch geworden, aber sie würde sicherlich heute noch erfolgreich tanzen und unterrichten, wenn wir den Kampf durchgefochten hätten. So sehe ich das!«

»Und wie war das bei dem Roman? Gab es viele Absagen?«

»Oh, es hielt sich in Grenzen. Vielleicht zehn? Lass es fünfzehn gewesen sein ... Das ist ja ganz normal, das geht fast jedem Autor so. Aber wie sie diese Absagen zelebriert hat! Sie rief mich jedes Mal an, wenn wieder eine kam, sie hat sie alle fein säuberlich abgeheftet und mir bei ihrem nächsten Besuch in München gezeigt. Irgendwann hörte sie dann auf, das Manuskript bei den Verlagen einzureichen. Anstatt weiterzumachen! Als Künstler musst du einen langen Atem haben. Du musst dir Leute suchen, die an dich glauben. Und natürlich selbst an dich glauben. Aber sie ... « Er schüttelte den Kopf wie ein trauriger

Wackeldackel, sodass seine grauen Haare geräuschlos flatterten.

»Und Dad?«

»*Der* hat sie unterstützt! Er war ein toller Mann, der Paul!« Seine hellblauen Augen starrten beinahe ärgerlich den Zwieback an, den er immer noch in der Hand hielt. »Er hat sie bestärkt und ermutigt. ›Ich verdiene genug, Kärrolein‹, hat er gesagt. Er hat sie immer Kärrolein genannt, weißt du noch?«

Ich nickte. Als ob ich das jemals vergessen würde.

»›Ich verdiene genug‹, sagte er. ›Und Ella schicken wir in die Herr-der-Ringe-Zwergen-Gruppe‹, oder wie hieß diese Aufbewahrungsanstalt, in der sie dich morgens abgaben?«

»Die Hobbits«, murmelte ich. Ich kannte die Fotos von mir als Kleinkind, erinnerte mich vage an die aprikosenfarben gestrichenen Räume und an einen Jungen namens Oscar, der mich öfters mal in den Arm gebissen hatte.

»Das hat er zugelassen, obwohl du erst ein Jahr alt warst und er es eigentlich zu früh fand. Damit *sie* schreiben konnte. Die Kölner Wohnung hatte sie ja von ihrem Erbe gekauft, sie zahlten also keine Miete …« Er nahm seinen Tee, trank aber nicht. »›Schreib, was du schreiben musst‹, hat er ihr zugeredet, ›lebe deine Leidenschaft aus!‹ Ich habe es mit eigenen Ohren gehört. Er war ein Künstler und wusste, was wahre Berufung bedeutete. Wir haben uns öfter großartig über das Theater unterhalten. Er kam in meine Stücke, wenn er es einrichten konnte. Oh ja, ich erinnere mich! Er hat mich als Pflanze in *Little Shop of Horror* gesehen. Oder war es der Mitch, in *Endstation Sehnsucht?* Na, wie dem auch sei. Er *meinte,* was er sagte.« Onkel Manfred ging auf die uralten Theaterfotos an der Wand zu und betrachtete sie mit schief gelegtem Kopf. »Ich glaube, für sie war es einfacher, sich als Opfer zu fühlen, als etwas auszuhalten, durchzuhalten. Für etwas zu kämpfen.«

»Aber ich hatte immer das Gefühl, sie ist ganz zufrieden mit ihrem Übersetzerjob«, wandte ich ein.

Er drehte sich wieder zu mir. »Sie fühlte sich abgewiesen und hat Ausreden für sich erschaffen. Was meinst du, warum sie immer zu Lesungen von völlig unbekannten, höchst erfolglosen Autoren geht?«

»Keine Ahnung. Ich weiß nur, dass das ziemlich nervig ist, denen zuzuhören.«

»Weil es ihr sehr vertraut ist, wie sich das anfühlt. Nicht veröffentlicht zu sein, keiner will dich, niemand kennt dich. Damit kann sie sich identifizieren. Haben die Leute es dann irgendwann geschafft, interessiert es sie nicht mehr. Bloß die Aura des Erfolgs meiden! Könnte ja ansteckend sein.« Er seufzte. Ich tat es ihm nach, weil seufzen einfach manchmal guttut.

»Sie nahm es deinem Vater übel, dass die Musik für ihn so wichtig war, dass er so oft weg war.«

»Aber Dad war nun mal Musiker!«, rief ich so laut, dass Ewan von seinem Kissen neben der Kasse hochschaute, auf das er sich zurückgezogen hatte. Ich seufzte, was brachte es, sich jetzt darüber aufzuregen? Ich könnte höchstens mit Mama darüber streiten. »Apropos Musiker, weißt du, wo sein Saxofon ist?«

»Steht es nicht bei seinen Sachen auf dem Dachboden?«

»Nein. Da habe ich schon gesucht. Ob ich Mama danach fragen kann?«

Er runzelte besorgt die Stirn und schaute sich im Laden um, als ob er etwas suchte. »Ach, was soll's? Ich glaube, das können wir jetzt wagen. Sie kommt mir so stark vor, so beschwingt, seitdem sie wieder da ist.«

»Ich glaube, sie ist ein bisschen verknallt.« Lächelnd ließ ich mich auf den Papierberg auf dem Sofa fallen. Ich war so unendlich froh, dass Mama diese ganzen Psychopillen, für die sie Rezepte hatte, nicht nahm! Nicht *mehr* nahm. »Findest du das schlimm?«, fragte ich, als er nichts sagte.

»Nein. Im Gegenteil. Sie soll doch bloß wieder glücklich werden. Sie hat Paul sehr geliebt ... aber sich vielleicht ein bisschen zu sehr auf ihn konzentriert? Da gab es auch Unstimmigkeiten.

Wie gesagt, er war oft weg. Sie hat sich bei mir über ihn beklagt.«

»Und wenn er zu Hause war, klammerte sie sich an ihn …« Ich sah die beiden wieder vor mir an unserem Küchentisch in der Kölner Wohnung sitzen. Mama hielt ihn regelrecht fest, wodurch er kaum meine Kurzgeschichte lesen konnte.

»Ich habe Paul in den letzten Monaten, bevor er dann dieser völlig unbegreiflichen Herzattacke erlag, nicht gesehen. Aber Carolins ewige Zweifel an sich selbst und die Überzeugung, dass allein die anderen schuld waren, wenn sie etwas nicht schaffte … Ihre Larmoyanz …«

»Was ist das?«

»Nun, eine gewisse Rührseligkeit, aber auch, ich sage das nicht gern, eine Art weinerliches Selbstmitleid. Das hat ihn … Vielleicht wäre es zu viel gesagt, wenn ich behaupte, es hat ihn aus dem Haus getrieben. Aber es hat ihn müde gemacht. Sehr müde!«

»Wer ist müde?« Mama kam mit Tüten bepackt durch den Hintereingang.

»Wir. Ein bisschen.« Onkel Manfred drückte mir meinen Teebecher in die Hand und setzte sich neben mich. Die Rezepte raschelten fürchterlich laut, als er sich auf ihnen niederließ.

»Trinkt ihr schon wieder Tee? Ist doch viel zu heiß draußen!« Mit schnellen Schritten kam sie zwischen den Regalen hervor.

»Mama! Du warst beim Friseur. Cool!«

»Nicht zu kurz, oder?« Den Rezepte-Hügel, auf dem wir saßen, schien sie nicht zu bemerken. Glücklicherweise auch nicht die am Boden verstreuten Zettel, auf die sie jetzt die Tüten fallen ließ. Sie fing an, sich wie ein kleines Mädchen vor uns im Kreis zu drehen. Ihr zu einem schulterlangen Bob geschnittenes Haar flog hoch, glänzend und mahagonifarben, wie früher.

»Richtig pfiffig!«, sagte Manfred und rührte begeistert in seinem Becher.

Ich lachte. Ich mochte es, wenn sie so war. Manfred hatte

recht, sie war wieder stark und beschwingt. Na ja. Beschwingter als noch vor zwei Wochen jedenfalls.

»Und ihr?«, fragte sie. »Macht einen kleinen Plausch?«

»Wir haben uns gerade gefragt, wo Dads Saxofon ist«, platzte ich hervor und hielt gleich darauf die Luft an. Doch Mama sah so happy aus und Onkel Manfred hatte ja gesagt, wir könnten es jetzt wagen ... »Ich dachte, vielleicht könnte ich ja Stunden nehmen.« Jeremy tauchte vor meinen Augen auf. Mein Gott, in den letzten fünfzehn Minuten hatte ich tatsächlich kein einziges Mal an ihn gedacht, Rekord. Ich würde ihn nächste Woche ganz harmlos und nebenbei nach seinem Saxofonlehrer fragen. Ein normaler Grund, um mit ihm zu reden, bevor wir uns hoffentlich wieder mit anderen Dingen beschäftigten ...

»Sein ...? Nein, das ist ... weg.« Mama war stehen geblieben und glättete mit den Handflächen ihr Haar.

»Wie, weg? Echt?«

»Das ist irgendwo in dem ganzen Chaos untergegangen«, sagte sie. »Irgendwo in seinem Orchester. Aber das macht ja nichts! Wenn du willst, kaufen wir dir ein neues! Ein Alt, am besten, sein Tenor wäre sowieso zu groß für dich gewesen.«

»Okay? Wenn du meinst.«

*»Ella Ellerbrake erkennt Ausreden nur dann, wenn man sie mit der Nase draufstößt.«*

Ach, Ewan, du bist ja auch noch da! Ich wechselte einen Blick mit ihm. Warum, was ist mit dem Saxofon? Er brachte es fertig, mit den Augen zu rollen, ohne sie zu bewegen. Ärgerlich pustete ich in meinen Tee. Ha! Ich werde schon herausfinden, wo Dads Saxofon geblieben ist. Und du wirst mir dabei helfen!

# 25. Kapitel

Wieder in Köln! Wieder im Hotel, wieder im Team!

Der Himmel war eine milchig graue Decke, es war schwül und ab und zu regnete es, aber das war egal, denn laut Drehplan würden wir die ganze Woche in einem Studio in Hürth drehen.

Fiona lächelte mich schon von Weitem zur Begrüßung an, so schön und ruhig, wie nur sie das konnte. Ich hielt es nicht aus und rannte auf sie zu. Wir umarmten uns.

»Ich habe dich vermisst, war langweilig ohne dich!«, nuschelte sie so dicht an meinem Hals, dass es kitzelte.

»Aber du hattest doch Mika, wie lange war er da?«

»Drei Tage.« Sie hielt mich an ihren ausgestreckten Armen fest und strahlte mich an. »Und meine Mutter ist die ganze Zeit in Düsseldorf geblieben. Bei so was ist sie ja cool … kann man nicht anders sagen!« Ich konnte den Glanz der Erinnerungen an die vergangenen Nächte in ihren Augen sehen.

»Und du? Was Neues von Jeremy?« Langsam schlenderten wir über das Pflaster vor dem Studio. Auch hier standen Lkws und Wohnmobile aufgereiht.

Ich konnte nur mit den Schultern zucken. »Er hat sich zwischendurch nicht gemeldet. Aber wenn er am Ende der Woche kommt, reden wir. Hat er gesagt!« Ich presste meine Hand auf den Bauch, wo immer noch dieses seltsam warme Gefühl entstand, wenn ich an ihn dachte oder wenn jemand nur seinen Namen aussprach. »Ich kann's kaum erwarten! Ich fühl mich immer noch richtig schlecht wegen ihm.«

»Ich glaube, er wird sich für dich entscheiden! Keine Ahnung, aber ich hab da so 'n Gefühl … «

»Ja? Echt? Wirklich?!« Ich fiel ihr um den Hals. »Ich wünsche mir so sehr, dass du mit deinem Gefühl recht hast! Ich vermisse ihn so! Da ist mir auch egal, dass Justina ab übermorgen wieder mit dabei ist, und das will was heißen!«

Fiona hielt mir die Hand hin und ich schlug ein. »So muss das sein! Sehr gut!«

»Und meine Mutter versucht gerade, unsere alte Wohnung wiederzubekommen! Ist das nicht geil?«

»Sag ich doch!«

»Und sie war beim Friseur.«

»Habe ich gesehen. Hammer! Macht sie viel jünger!«

»Jetzt muss ich nur noch das Saxofon von meinem Vater wiederfinden, aber das bekomme ich auch noch hin.«

Als wir an diesem Morgen aus Maske und Kostüm heraus waren, liefen wir, in unseren schicken Latzhosen und mit Ewan an der Leine, hinter Danny in die riesige Halle von Studio 5, wo die Zimmer der *Wohnung Zimt* aufgebaut waren. Beleuchter schleppten Scheinwerfer hin und her und auch die Leute von der Ausstattung arbeiteten noch an den verschiedenen Sets. Die Wände waren auf der einen Seite tapeziert und gestrichen, auf der anderen sah man das rohe helle Holz, aus dem sie gebaut waren. Ein paar dünne Verstrebungen aus eckigen Stäben stützten sie von hinten. Es gab eine altmodische Küche, ein spießiges Esszimmer mit einem grauen Telefon an der Wand und im daran anschließenden Wohnzimmer stand eine Schrankwand voller Porzellanfigürchen, Likörgläser und dunkelbrauner Bände eines uralten Lexikons. Ein paar Meter weiter entdeckten wir ein grün gekacheltes Badezimmer mit einem dreiteiligen Spiegelschrank über dem Waschbecken.

»Wow, es sieht schrecklich spießig aus und so echt, genau wie im Buch!«, strahlte ich und tätschelte Ewan, der auf den Rand der Badewanne gesprungen war. Aus den Wasserhähnen kam natürlich nichts heraus. Ich hatte es ausprobiert.

»Hier wirst du dir den Pony schneiden!«, sagte Fiona.

»Mit der Nagelschere, ich freu mich schon. Und dieses Unkraut werde ich dank dir dann auch endlich los.« Ich ging nahe an den Spiegel und begutachtete die Monobraue, die Esther mir an diesem Morgen wieder stundenlang geklebt hatte. »Ganz schön eng«, sagte ich dann und drehte mich einmal um mich selbst. »Wie soll das ganze Team denn hier reinpassen?«

»Die Wände kann man wegnehmen, je nachdem, welche Seite man braucht. Komm, wir gehen rüber ins *Jugendzimmer Charles!*«

Wir kicherten über das blöde Wort, das heute auf der Dispo stand.

»Aha. Das ist es also«, sagte Fiona, als sie über die Schwelle trat. Ein Bett, zwei verknitterte Poster darüber an der Wand, Postkarten, verteilte Klamotten, ein Schreibtisch mit Laptop (war der echt? Nein, nur eine Attrappe) und viele andere Dinge, die man in jedem *»Jugendzimmer«* finden konnte.

Es sah so normal aus, dass ich schon fast das Gefühl hatte, ich würde bei jemandem einbrechen, nur die fehlende Zimmerdecke, das Gewirr von Stahlträgern und Scheinwerfern hoch über uns und die Geräusche des Teams erinnerten daran, dass wir im Studio waren.

»Hast du so 'n Ding in deinem Zimmer?«, fragte Fiona mit einem Nicken zu dem riesigen Flachbildschirmfernseher. Ich schüttelte den Kopf.

»Hey, Ella, wir können springen. Von 2016 …« Fiona machte zwei Schritte über den Studioboden und trat in die nächste Türöffnung: *»… back to the Eighties!«*

Charles' Zimmer, in dem fünfunddreißig Jahre früher ihre Mutter Marion gewohnt hatte, gab es gleich zweimal.

»Der gleiche Raum, aber hier sieht man, wie man ein Zimmer mit alten Tapeten und den falschen Möbeln verunstalten kann. Oha, der Schrank ist wirklich hässlich und guck mal, die Retro-Schreibtischlampe!«

»Irgendwie aber passend für Marion«, sagte ich und stieg mit Storchenschritten über den flauschigen Flokati-Teppich, der auf dem Boden lag und auf dem sich Charles und Marion zum Spaß prügeln würden. Ewan schnupperte an den weißen Zotteln und nahm dann einen sicheren Abstand dazu ein. Wahrscheinlich roch er ihm noch zu neu, auch wenn er dank der Requisite ausgetreten aussah.

»Ja, voll das Marion-Zimmer. Aber ich finde, bei mir drüben hätten sie ruhig noch ein bisschen mehr Chaos machen können. Mehr Poster, mehr Zeug auf dem Boden. Hoffentlich kommt das noch. Oder ist es bei dir jemals so aufgeräumt?«

»Nö. Aber fast«, sagte ich und betrachtete die gelben Reclam-Bändchen im Bücheregal. Wenn sie von meinem Handstaubsauger wüsste …

»Hast du den Ausblick gesehen? Schau mal raus!«

Ich drehte mich um. Vor dem Fenster sah man blauen Himmel, ein paar entfernte Ziegeldächer und … »Der Kirschbaum!«, rief ich. »Wow, der sieht aber echt aus.«

»Das nennt man Prospekt. Oder Rücksteller. In meinem Zimmer gibt es auch einen, da hat die Baumkrone aber schon ganz schön Blätter gelassen. Und Kirschen gibt es auch nicht.«

Wir guckten uns noch in Dagmars Zimmer um: Viele alte blaue Fischertechnik-Kästen im Regal, ein Stapel Lateinbücher und ein altmodischer Taschenrechner auf dem Schreibtisch – die Dagmar aus dem Buch würde sich hier sehr wohlfühlen. Justina eher nicht.

Wir ließen uns von Sylvain mit Mikro und Sender ausrüsten, Ewan wedelte mit dem Schwanz und sprang auf seinen Hocker, kaum dass er ihn sah, doch ich zog ihn mit mir, hinaus zum Catering.

»Da seid ihr ja endlich wieder!«, rief Niklas. Ihr? Meinte er Ewan und mich oder hatte er Mama und ihre tollen neuen Haare schon gesehen? Obwohl ich neugierig war, fragte ich nicht nach. »Ach, ich war eigentlich froh, ein bisschen ausschlafen zu können, ich habe höchstens deine Käsebrötchen vermisst«, erwiderte ich grinsend. Ja, da waren wir endlich wieder! Wie ich das alles liebte! Auch Zucker, den Café-Hund, der gerade von seinem Trainer aus dem Auto gelassen wurde. Und die vielen Menschen, die um uns herumliefen, auch die offenen Licht-Lkws, die Bierbänke, die rot-weißen Warn-Kegel, die Wohnmobile. Alles.

»Wenn ich endlich wüsste, was jetzt zwischen mir und Jeremy ist …«, murmelte ich Fiona zu, »dann wäre ich das glücklichste Mädchen der Welt!«

»Oh *shit,* geht's noch kitschiger, Baby?«

Ich schubste sie leicht, sodass sie einen Satz machen musste, um den Kaffee nicht auf ihre gelbe Latzhose zu verschütten.

Ein paar Minuten später holte uns der ewig gut gelaunte Danny zur Stellprobe. »Guten Morgen, Prinzessin!« Er plinkerte mir zu, was Fiona veranlasste, mir dann hinter seinem Rücken ihren Ellbogen in die Rippen zu kicken. »Siehst du, der ist cool.«

*»Von dem wird Stöckchen-Schmeißer nichts über Ella Ellerbrakes Fehltritt hören!«*

Danke, Ewan! Mein kleines Zukunftsorakel!

Am ersten Drehtag hatten wir die Szene gedreht, in der Marion und Charles sich das erste Mal im Café begegneten. Nun standen sie eine halbe Minute später in Marions Zimmer. In unserer Dreh-Realität hatte dieser kleine Zeitabstand aber zwei Wochen gedauert. Ich erinnerte mich daran, wie sorgfältig Kostüm und Maske uns damals fotografiert und alles in dicken Ordnern genau festgehalten hatten. Sie wuselten ständig um uns herum, damit sich bloß kein Anschlussfehler einschleichen konnte. Nach einer ersten Stellprobe, nur mit Regisseur, Regie-Assi und Kameramann, wurde in einer kurzen »Wir machen drehfertig«-Pause die Wand, an der mein Bett stand, von den Jungs der Baubühne zur Seite getragen. Nun war dort ein Loch, in dem sich mindestens dreißig Menschen zusammendrängten und uns anstarrten. Zucker wurde hineingebracht und legte sich brav auf den Flokati.

Jedes Mal wenn die gewohnte Abfolge von »Ruhe bitte, wir drehen, Ton läuft, Kamera läuft«, dann die zuschnappende Klappe und nach einer kurzen Stille das »Und bitte!« kamen, blendete ich das Team und das Loch in der Wand aus und versetzte mich mit gesenktem Blick wieder in das Gefühl vor zwei Wochen, das ich für meine Marion erfunden hatte. Und es funktionierte.

Nach jedem »Aus!« brauchte ich immer kurz, um in die Realität zurückzukommen, so gut konnte ich mich mittlerweile in dieses Mädchen aus den Achtzigern hineinversetzen.

Der ganz normale Drehalltag setzte ein. In den nächsten drei Tagen wurde ich abgeholt, umgezogen, geschminkt, besprüht, beklebt, gekämmt.

Die Dispo sagte mir, was ich am nächsten Tag spielen sollte, der Text dazu kam aus meinem Drehbuch. Ich aß das leckere Essen, das Niklas vom »Göttliche Speisen«-Catering uns aus dem Wagen reichte, und wurde erschöpft nach Drehschluss wieder ins Hotel gefahren. Niemand von unserer Klassentruppe war da, so fielen die nächtlichen Parkausflüge aus und wir bekamen ausreichend Schlaf. Justina hatte ihr »Praktikum« abgebrochen und war mit ihrem Vater nach München zurückgeflogen.

Obwohl ich tief in mir drin immer noch ein schlechtes Gewissen gegenüber Jeremy hatte, war ich ein bisschen ruhiger. Ich würde ihn wiedersehen. Und hatte Ewan nicht gesagt, der Stöckchen-Schmeißer würde nichts von meinem Fehltritt erfahren?

Auch meine Mutter war gut drauf. Nicht durchgängig, aber doch ganz anders als in den letzten zwei Jahren. Mal summte sie schon morgens vor sich hin, dann war sie wieder stiller, mal stand sie früher auf und zog sich sorgfältig an, dann wieder blieb sie bei der Jogginghose. Aber auch die sah plötzlich cooler an ihr aus. Und die Sache mit Niklas?

Ich fragte nicht, das wäre peinlich gewesen. Doch ich sah ja, wie sie ihn anlächelte, wie sie sich aufrichtete und sich ihr Kopf verführerisch neigte, sobald sie mit ihm redete. Ich hatte aufgehört, jede Minute ihren Gesichtsausdruck und den Klang ihrer Stimme zu interpretieren. Es ging ihr einfach langsam wieder besser. Und es war ein verdammt gutes Gefühl, sich nicht mehr ständig Sorgen um sie machen zu müssen!

Am Abend des dritten Tages saß ich auf dem Bett, blätterte zwischen Dispo und Drehbuch hin und her und schrieb mir kleine Notizen neben meinen Text. Ewan lag neben meinem rechten Oberschenkel, Mama erlaubte eigentlich nicht, dass er ins Bett kam, doch sie konnte uns nicht sehen, denn sie lag in der Badewanne. Später wollte ich mich mit Fiona auf dem Flur treffen und Text machen. »Text machen« … Wahnsinn, wie schnell ich mich an diese Ausdrücke gewöhnt hatte.

Als ich meine Zeilen auswendig konnte, scrollte ich auf dem Rücken liegend durch meine Handyfotos und Chats. Nix Neues. Keine Nachricht von Jeremy, natürlich nicht. Erst übermorgen war es so weit! Seine Mütze würde wieder am Set auftauchen, sein Name an einem der Wohnmobile stehen … Noch zweimal schlafen und wir sehen uns wieder, sagte ich telepathisch zu Ewan, damit Mama uns nicht hörte. Doch was soll ich zu ihm sagen?

*»Wie wäre es mit einem frischen, unverfälschten ›Hallo‹?«*

Okay? Supertipp! Ich kraulte Ewan, zupfte an seinen hübschen weichen Ohren und wurde immer aufgeregter: Wir werden erst ein bisschen schüchtern sein, klar. Und es wird sich total komisch anfühlen, wieder miteinander zu reden … was sage ich denn nach dem »Hallo«?

*»Wie war das Mittagessen?«*

Fantastischer Vorschlag. Aber natürlich! Wir werden über das Mittagessen reden, den Dreh, seinen russischen Saxofonlehrer … zählte ich Ewan auf.

Mensch, das Saxofon! Schon lange hatte ich im Internet nach

dem *Saxofon-Orchester Köln* suchen wollen, bei dem mein Vater unter anderem gespielt hatte. Auf meinem Handy gab ich den Namen bei Google ein. Das Foto der Website zeigte ungefähr dreißig fröhlich grinsende Leute, die ihre goldenen und silbernen Instrumente in die Kamera hielten. Ich zog das Foto mit Zeigefinger und Daumen größer und suchte nach seinem Gesicht, doch er war natürlich nicht mehr dabei. Dafür entdeckte ich ein paar seiner Freunde: Klaus und Theo, keine Ahnung, wie sie mit Nachnamen hießen, und Roy, der hatte ein Tonstudio irgendwo in Ehrenfeld. Dad hatte mich manchmal dorthin mitgenommen. Sollte ich Mama nach den Familiennamen seiner Freunde fragen, um herauszufinden, ob einer von ihnen etwas über das Saxofon wusste? Lieber nicht.

Oder soll ich einfach unter *Kontakt* eine Mail an alle losschicken?, fragte ich Ewan. Aber wer weiß, wo die landet! Ob die wirklich bei den einzelnen Musikern ankommt? Ewan schaute zu mir hoch, leckte sich über die Nase und legte seinen Kopf dann mit einem kleinen Hundeseufzer wieder auf seine Vorderpfoten.

»Ich möchte Dad wiederhaben!«, flüsterte ich unhörbar und tätschelte Ewans Rücken. Ich weiß zwar, dass das nicht möglich ist, aber ich will wenigstens so viel es geht von ihm wiederhaben. Über ihn sprechen, mich mit anderen an ihn erinnern, alte und neue Geschichten darüber hören, wie er so war. Ich habe es so satt, mit Mama nicht über ihn zu reden. Das ist so, als wäre er nie da gewesen. Ich atmete tief ein. Vielleicht konnte sie das ja bald wieder!

Ich sah mir das Impressum an. Die Seite wurde von der Inhaberin eines Musik-Verlags geführt. Copyright Oktober 2012. Als ich ihren Namen las, hätte ich beinahe laut aufgeschrien.

»Ricarda Oelgeschläger? Diese Journalistin vom *Kölner Stadtanzeiger?*« Fiona ließ ihr Drehbuch zwischen Zimmer 314 und 316 auf den Teppich des Hotelflurs fallen.

»Genau die!«, sagte ich. »Sie hat einen Musik-Verlag und managt wohl auch das Orchester oder nur die Website, keine Ahnung. Beim Interview hat sie behauptet, sie kenne den Namen Paul Aerosmith zwar, aber sie selber habe nie mit ihm zu tun gehabt.«

»Verstehe ich nicht. Warum lügt sie? Sie hätte doch einfach sagen können, hey, ja klar, er hat in dem Saxofon-Orchester gespielt, für das ich jahrelang die Presse gemacht habe und immer noch mache ... blablabla ...«

»Eben. Sie lügt.«

»Sehr seltsam ... Und deine Mutter hat was gegen Journalisten, aber speziell diese Ricarda kannte sie nicht?«

»Nein. Garantiert nicht. Mama hat sie ja gesehen und auch bei dem Namen auf der Visitenkarte nicht reagiert. Ich hätte es gemerkt, wenn sie die kennen würde.«

Wir schwiegen einen Moment.

»Und wie jetzt weiter?«

»Keine Ahnung!«

»Frag doch Ewan!«

»Mmmh.« Ich bedachte Ewan mit einem zärtlichen Blick. »Es ist kein Frage-und-Antwort-Spielchen zwischen uns, da kann ich ihn so oft fragen, wie ich will. Er mischt sich nur ein, wenn er der Meinung ist, ich mache gerade alles falsch ...«

Fiona verschränkte die Arme wie eine Ermittlerin in einem Fernsehkrimi und ging auf und ab. »Also gut. Was wissen wir? Deine Mutter behauptet, das Saxofon sei *irgendwie* weg.«

»Im Chaos untergegangen«, korrigierte ich sie. »Sie benutzte das Wort ›untergegangen‹.«

»Im Rhein oder was?« Fiona lachte, doch sie klang ernst.

»Ewan hat gesagt, das wäre eine Ausrede.«

»Sehe ich auch so. Auch *sie* sagt nicht die Wahrheit. Und was hat sie noch behauptet? Das *Wir vermissen dich*-Steinherz auf seinem Grab kommt angeblich von den Orchesterfreunden? Ein Herz vom Orchester? Sorry. Hört sich für mich komisch an!«

»Ich werde diese Ricarda anrufen«, sagte ich. »Sie wollte sowieso noch ein Interview mit mir machen.«

»Siehst du!« Fiona zeigte aufgeregt mit dem Finger auf mich. »Wahrscheinlich, um in Ruhe mit dir reden zu können! Vielleicht ist sie ja *doch* die Geliebte ...«

»Nein!«, rief ich laut und schüttelte den Kopf. »Hör auf, so war mein Vater nicht!«

# 26. Kapitel

Hast du sie angerufen?«, fragte Fiona, sobald sie ins Auto stieg. Wir hatten Glück, unsere beiden Mütter hatten gestern noch lange an der Bar gesessen und waren um diese Uhrzeit noch nicht mit an Bord.

»Nein. Hab mich noch nicht getraut. Oh Mann«, stöhnte ich. »Diese Heimlichtuerei stresst mich total. Und heute haben wir auch noch das Küchenbild mit Justina!«

»Jetzt beruhig dich mal! Warum rufst du Ricarda nicht in Ruhe in der Mittagspause an? Das schaffst du. Und im ersten Bild sind nur wir«, sagte Fiona. »Und dann kommt erst noch die Szene mit den Eltern Zimt. Justina ist also frühestens ab Mittag in der Maske, um sich in Die Doofe Dagmar zu verwandeln, dabei ist mir DDD sogar wesentlich sympathischer als Justina.«

»Richtig. *Zwölf Uhr Abholung durch Knut«,* las ich von der Dispo ab.

»Und ich sehe meinen besonderen Liebling wieder, Frau Eva-Maria Dohse. Oh mein Gott, geht die mir auf den Sack, die Alte!«

»Fiona!«

»Nein, im Ernst! Ich hatte in der letzten Woche drei Küchenbilder mit ihr und glaub mir, sie hat die Requisite und unsere kleine Continuity-Daniela in den Wahnsinn getrieben: Ihre Rolle könne doch währenddessen ein *Soufflee* backen. Alter! Ein *Soufflee?* Ihre Rolle könne doch einen rosaroten, selbst gehäkelten Topflappen in der Hand halten. Was? Ihr habt so etwas nicht? Und wie gekränkt sie dann immer guckt …«

Sie gab mir den Diva-Blick, ich musste lachen und fühlte mich schon viel besser.

»Kein Wunder, dass kaum einer mit der drehen will … Aber jetzt lass uns noch mal Text machen, solange wir noch fahren«, bat Fiona. »Haben wir ja gestern dank Ricarda Oelgeschläger nicht mehr geschafft. Du fängst an, glaube ich.«

»Erstes Bild für heute, 67?« Ich suchte im Drehbuch nach der richtigen Seite und ließ Marion sagen: »Ich habe die Abi-Rede aus Dagmars Zimmer geklaut. Total langweilig, wenn du mich fragst …«

Als wir uns nach den ersten beiden Küchenszenen vor dem Cateringwagen in die Warteschlange einreihten, stand Justina zwei Meter vor uns. Sie trug ihre Dagmar-Perücke und laberte anscheinend die arme Jeanette vom Kostüm voll. Etwas weiter vorne sah ich Mama, die anscheinend mit einer späteren Fahrt zum Set gekommen war. Sie bekam von Niklas gerade ihren Teller gereicht und schäkerte ganz offen mit ihm herum.

»Geht ja ganz schön ab zwischen den beiden«, sagte Fiona.

Ich senkte meine Stimme. »Sie freut sich so und ich, die miese Tochter, versuche hinter ihrem Rücken, eine Journalistin zu treffen!«

»Ich drück dir die Daumen, Baby!«

In diesem Moment drehte Justina sich um, entdeckte uns und winkte uns zu: »Hallooo! Wollt ihr vor? Ich muss gleich noch mal in die Maske, habe gar nicht richtig Zeit zum Essen!«

Wir schauten uns alarmiert an. »Nee, alles gut! Aber danke!«, rief Fiona. »Alter!«, sagte sie leise zu mir. »Was ist mit *der* los?«

»Normal ist das nicht«, stimmte ich ihr zu. »Irgendwas hat sie vor …«

Nach dem Essen holte ich Handy und Visitenkarte aus meinem Wohnwagen und gab Ricarda Oelgeschlägers Nummer ein. »Oel-ge-schlä-ger … was für ein megalanger Nachname«, sagte ich zu Ewan, während wir über das Studiogelände gingen, um ja nicht von jemandem belauscht zu werden. Ich räusperte mich, holte tief Luft, traute mich aber nicht, auf den Telefonhörer zu drücken. Was wollte ich eigentlich genau von ihr? Ob ich ihr erst schreiben sollte? Hallo, ich suche das Saxofon meines Vaters? Hallo, ich wäre jetzt bereit für ein kleines Interview? Hallo, sind Sie die Geliebte … Nee. Niemals. Sollte ich sie duzen? Beim Film duzten sich alle. Ich überlegte noch ein bisschen hin und her, bis die Uhr auf meinem Handy mir sagte, dass die Mittagspause zu Ende sein musste. Mist. Mit meinem magischen Hund an der Leine rannte ich zurück und schlüpfte noch schnell in die Damentoilette der Halle 5. Und wenn ich heute Abend einfach in die Stadt fahre, um sie zu treffen? Dann brauche ich aber ein gutes Alibi, dachte ich. Von Fiona? Von Hannah und Antonia? Die sind immer noch in der Toskana. Tolle Freundinnen, wenn man die mal braucht …

Als ich aus der Kabinentür trat, zuckte ich zusammen. Dicht vor mir stand Justina mit verschränkten Armen an die Wand gelehnt. »Langweilig, so ohne Jungs am Set, was?«

Was sollte dieser neue, zuckersüße Tonfall?

»Ich nehme an, mit Jeremy läuft's noch prima?«

Aha, um den ging es also.

»Klar.«

Sie verfolgte mich bis zu den Waschbecken, wo Ewan auf mich wartete, und schaute sich im Spiegel an, während sie weitersprach: »Aber ich habe gesehen, du bist ja noch nicht mal auf Facebook mit ihm befreundet. Ist das Absicht?« Ein einstudierter Seitenblick. Ich wusch mir die Hände und griff nach einem Papierhandtuch. »Ganz ehrlich, Justina? Müssen wir unbedingt jetzt auf dem Klo darüber reden?«

Doch sie wollte mir offenbar auf die Nerven gehen.

»Ich frag ja nur. *Ich* bin mit ihm befreundet und *ich* schreibe manchmal auf WhatsApp mit ihm!«

»Toll! Ich auch.« Unsere Pause ging sie gar nichts an.

»Ach ja?! Und schreibst du auch mit Leevi?«

»Selten. Eigentlich kaum.«

»Na ja, morgen sind beide ja wieder da.« Sie grinste. »Leevi. Und. Jeremy.«

»Ja. Genau.« Was sollte diese bescheuerte Betonung? Ich nahm Ewans Leine, verließ mit ihm die Toilette und machte mich auf den Weg zum Set. Immerhin kam sie nicht hinterher.

Ich biss die Zähne vor Wut zusammen. Sie schrieb sich mit Jeremy? Auf Facebook und auch WhatsApp? Ob das stimmte?

*»Sie ist wahrlich ein unausstehliches Mädchen.«*

Danke, Ewan! Ich hoffe, das unausstehliche Mädchen hält endlich die Klappe, wenn sie mich morgen wieder mit Jeremy sieht!

Über der schweren Hallentür hing ein Schild: *Achtung! Filmaufnahmen! Bei Rotlicht bitte Halle nicht betreten!* Ich drückte sie auf und führte Ewan ein paar Meter durch schummrige Dunkelheit, bevor es heller wurde und die Wände des Aufbaus und damit die Scheinwerfer näher kamen.

Auf Jans Requisitentisch stapelten sich leere Konservendosen. Seine Assistentin Jana erwärmte offenbar gerade »feinstes Hühnerfrikassee« auf einer Herdplatte. Die Requisite hatte das Frühstücksgeschirr aus dem ersten Bild inzwischen abgeräumt und das Mittagessen in der *Küche Zimt* aufgetragen. Dunkelbraune Platzdeckchen, Teller, Besteck, auch eine große Terrine stand für das Dosenzeug von eben parat. Aber Fiona und ich würden nicht wirklich davon essen müssen. Die Doofe Dagmar würde uns laut Drehbuch schon vorher gehörig den Appetit verderben.

»Alles gut? Du guckst so grimmisch«, fragte Sylvain, während er meinen Sender prüfte.

»Ja-haa«, sagte ich. »Das wird eine hervorragende Szene … Ich bin gerade in der richtigen Stimmung!«

»Mama, ich geh noch mal weg!«

»So spät noch? Du musst doch morgen früh raus.«

»Ja, aber es ist erst sieben, es ist Sommer, es ist hell und Manuel könnte mich gleich mit in die Stadt nehmen.«

»Wer ist noch mal Manuel?«

»Der Regie-Assi.«

»Und wie kommst du wieder zurück? Und wann?«

»Um neun? Mit der S-Bahn. Das ist nicht weit zu laufen. Bitte, Mama! Ich bin fünfzehn, bald sechzehn und drehe den ganzen Tag. Ich muss auch mal alleine rausgehen dürfen!«

»Du hast recht!« Jetzt lächelte sie mich auch noch an. Warum musste ich sie anlügen? Ich hasste es zu lügen. Prompt stellten sich die dazu gehörigen Bauchschmerzen ein.

»Und alleine bin ich ja nicht!« Angeblich traf ich Antonia und Hannah zum Eisessen. »Ich ruf an, wenn irgendwas ist, und nehme Ewan mit.«

Puuh. Als ich in Manuels Auto saß, war ich völlig am Ende. Zum Glück redete er gerne. Ich ließ mich von seinem bayrischen Akzent einlullen, der bei ihm richtig nett klang, und versuchte, nicht an Mama im Hotelzimmer zu denken.

Vor dem *Café Feynsinn* blieb ich stehen und ließ Ewan ausgiebig an einem Laternenpfahl schnuppern. Es war halb acht. Draußen waren alle Tische besetzt. Wo war Ricarda? Ich sah sie nicht. In meinem Bauch kribbelte es nervös, als ob ich zu einem Casting müsste. Stimmte nicht, ein Casting wäre in diesem Moment eine angenehme Abwechslung gegen das, was ich vorhatte … Ich ging hinein. Waren Hunde erlaubt? In der Ecke neben der Tür stand ein Trinknapf. Guter Laden. Obwohl die vielen Spiegel an den Wänden und die leeren Tische mich verwirrten. Sie kam auf mich zu, groß, blond, Lederjacke, abgewetzte Jeans, hohe Schuhe, die sie noch größer machten. »Hallo, Ella! Und Ewan ist auch dabei. Schön.«

Wir setzten uns. Ewan sprang neben mich auf die Bank und guckte neugierig über die Tischplatte. Ich streichelte seinen Kopf und beruhigte mich ein wenig, wusste aber nicht, wo ich hinschauen sollte. Sie anscheinend auch nicht, denn sie kramte erst einmal nach ihrer Brille und dann nach einem Notizbuch, einem Stift, einer Haarspange; am Ende legte sie ihr Handy mit einem kleinen Aufstell-Mikrofon zwischen uns.

»So!« Endlich sah sie mich an. Eine Sekunde, zählte ich, zwei, drei. Sie lehnte sich zurück, unsere Blicke immer noch ineinander verhakt. Moment mal … Woher …?

»Sie kennen Ewans Namen?« Nervös spielte ich mit seinen Ohren. Dies war der Moment *davor,* wusste ich plötzlich. Gleich würde sie etwas sagen oder ich würde eine Frage stellen, und das würde alles ändern, mein ganzes Leben wäre danach nicht mehr wie früher.

»Du weißt es also nicht?«

»Nein! Was?« Ich lehnte mich vor. Warum sagten Erwachsene nicht einfach mal die Wahrheit?

»Warum bist du hier?«

»Äh … weil ich das Saxofon meines Vaters suche?«

Sie verbarg ihre Stirn kurz in der Handfläche, schaute dann aber wieder auf und lachte. »Ach so! Pauls Saxofon.«

Sie kannte meinen Vater also doch!

»Wir können uns übrigens ruhig duzen. Ich bin Ricarda.« Sie reichte mir über den Tisch die Hand. Ich wollte sie nicht nehmen, aber weil ihre Stimme so warm und melodisch war und in diesem Moment auch noch die Bedienung an unseren Tisch kam, tat ich es dann doch. Wir wurden gefragt, was wir trinken wollten. Ich hatte absolut keine Ahnung. Champagner vielleicht, auf die Neuigkeiten, die noch ausstehen, dachte ich. Ricarda bestellte einen Milchkaffee für mich mit.

»Sie waren mit ihm … du warst mit ihm … zusammen?« Es klang viel dünner, als ich beabsichtigt hatte.

»Ich? Nein.«

»Warum sagen Sie nicht einfach Ja?!« Ich bekam das nicht hin mit dem Scheiß-Duzen. War aber auch egal.

»Was ich dir jetzt erzähle, wird dir vielleicht wehtun.«

»Es tut mir schon zwei Jahre was weh. Darauf kommt's auch nicht mehr an.«

»Er hat sich in meine Freundin Inka verliebt. Sie ist beim *Kurier*. Kurz vor seinem Tod sind die beiden zusammengekommen.«

Inka? *Kurier?* Deswegen hasste Mama also Journalisten.

»Wie kurz?«, fragte ich.

Sie verstand sofort, was ich meinte. »Sechs Monate. Aber er hatte sich ernsthaft verliebt. Er wollte, dass du es weißt.«

»Er wollte ...? Nein, das glaube ich nicht!«

»So was passiert, Ella.«

Tolle Weisheit. »Warum ist sie denn nicht hier? Diese Inka?«

»Na ja. Sie weiß nicht, wie du zu alldem stehst.«

»Ich weiß auch noch nicht, wie ich zu alldem stehe! Es ist ... ziemlich ... scheiße.« Ich hatte einen fetten Kloß im Hals, der nie wieder weggehen würde. Warum war Fiona nicht bei mir? Warum hatte ich behauptet, das hier alleine machen zu müssen, und sie gedrängt, ruhig mit ihrer Mutter ins Kino zu gehen?

»War diese ... war sie auf der Beerdigung?« Auf einmal erschien es mir ganz wichtig, das zu wissen.

»Inka? Nein. Sie konnte das damals nicht.« Ricarda nahm die französischen Kaffeeschalen entgegen und zahlte auch gleich für uns. »Aber ich war da.« Sie lächelte mich an. »Na ja. Ich sah vor zwei Jahren anders aus. Dreißig Kilo mehr ...«

»Sie sind ...« Die dicke Frau von der Beerdigung, hätte ich beinahe gesagt, doch dann nickte ich nur und nahm einen Schluck Kaffee. Er war nicht zu heiß, aber auch nicht lauwarm. Ich trank die halbe Schale in einem Zug leer, um Ricarda nicht anschauen zu müssen. Ewan, was machen wir jetzt? Ist es richtig, hier bei dieser Ricarda zu sitzen? Oder ist das Verrat an Mama? Irgendwie schon, gab ich mir selbst die Antwort. Dabei wusste ich gar nicht, was ich fühlte, was man in so einer Situation fühlen sollte.

»Inka würde dich gerne treffen. Natürlich nur, wenn du das willst. Sie hat auch sein Saxofon für dich aufbewahrt.«

Diese Unbekannte hatte also das Saxofon meines Vaters für mich »aufbewahrt«! Wie nett!

»Es tut mir leid, dass das jetzt so überraschend für dich kommt. Aber er wollte mit ihr zusammenleben und er wollte auch, dass du es weißt.«

Dad, was bist du für ein Idiot, dachte ich. Du hast Mama also wirklich betrogen? Das Bild unserer kleinen, glücklichen Familie stürzte mit einem Krachen in sich zusammen.

»Das hat er Inka jedenfalls im Krankenhaus gesagt.«

Die neue Frau war auch im Krankenhaus gewesen? Die neue Frau. Unglaublich. Ich stand auf. »Ich will diese Frau nicht sehen, die sich in unsere Familie gedrängt hat und meinen Dad entführt hat. Darum hat er wahrscheinlich auch nur den Herzinfarkt bekommen! Die hat alles kaputt gemacht! Denn er war nicht so. Er hätte uns *nie, wirklich niemals,* verlassen!«

Ich stand auf, zog Ewan hinter mir her und ging so schnell durch das Café, dass ich an einige leere Stühle donnerte, die laut über den Holzboden schrappten. Scheiß drauf!

Draußen rannte ich los, unter den dicht belaubten Bäumen entlang, die den Rathenau-Platz einsäumten. »Was hat er sich dabei gedacht?«, rief ich immer wieder. Ob mir jemand zuhörte, war mir egal. Eine neue Frau … Dad mit einer anderen Frau? Also hatte Fiona doch recht. Ich wollte nicht, dass sie recht hatte! »Verdammt, Ewan, was sollen wir jetzt tun?«

*»Weitere Informationen könnten Ella Ellerbrake nützlich sein.«*

Ich blieb abrupt stehen. »Eigentlich möchte ich nichts mehr davon hören.« Ich ließ seine Leine fallen und rieb mein Gesicht in den Händen, als ob ich eine dicke Schicht Dreck hinunterschrubben musste. Dann stützte ich mein Kinn in die Hände. »Aber okay. Du bist der Profi. Also zurück zum Café.«

Als ich wieder vor dem *Feynsinn* stand, wollte ich Ricarda unbedingt anschreien und ihr alles vorwerfen, was mir durch den Kopf gegangen war. Ich schaute durch die Scheibe, doch die ehemals dicke Frau von der Beerdigung, an die ich in den vergangenen zwei Jahren manchmal hatte denken müssen, saß nicht mehr am Tisch. Dort standen nur noch zwei halb volle Kaffeeschalen. Dann würde ich sie eben anrufen. Jetzt sofort! Ich suchte nach meinem Handy, bis mir einfiel, dass es im Hotel an seinem Ladegerät hing.

Ich hasste diese Inka, ich hasste auch Ricarda. Wahrscheinlich hatte sie Inka meinem Vater sogar vorgestellt. Und dann legten die beiden Freundinnen dieses Steinherz auf sein Grab. Wir vermissen dich. Was für zwei miese Schlampen! Unmöglich. Unglaublich.

Ich schaffte es. Keine Tränen bis zum Hotel! Keine im Aufzug, im Flur, an der Zimmertür, doch als ich Mama vor dem Fenster stehen sah, so einsam und so fürchterlich allein, das Gesicht verkniffen und enttäuscht, schossen sie aus meinen Augen. Es war kein Weinen, nur Wasser.

Zunächst merkte sie nichts, sondern wedelte nur mit meinem Handy herum. »Ich wollte ja nicht drangehen, aber dann rief Antonia an … und ich … ich befürchtete, ihr hättet euch in der Stadt verpasst oder so. Sie ist in der Toskana, Ella! Du hast mich angelogen, du hast sie gar nicht … Ella, was …? Ach, mein Gott, was ist passiert?!«

Sie kam auf mich zu und schloss mich in ihre Arme. »Ganz ruhig, was ist los, tut dir was weh, hat jemand dir was getan?«

»Es tut mir so leid, Mama! Es tut mir so leid!« Jetzt wurde die Nässe auf meinen Wangen zu Tränen und ich weinte so heftig und gewaltig wie seit Langem nicht mehr.

»Was tut dir leid?!«

»Das mit Dad! Warum hast du es mir nicht einfach gesagt?« Ich zitterte am ganzen Körper, schluchzte und drückte mich noch fester in ihre Arme. Ich konnte sie nicht ansehen. Ihre Hände streichelten über meinen Rücken und taten so gut, so verdammt gut, aber sie blieb stumm. »Warum hast du mir nicht gesagt, dass Dad sich trennen wollte?«

»Ach, Ella! Ach, Ella ...«

Sie klang so liebevoll, so sanft. Ich spürte, wie sie mich leicht auf das Bett drückte und sich neben mich setzte. Noch immer klammerte ich mich an ihre Schulter und versteckte mein Gesicht. Links neben mir spürte ich Ewan, der die Gunst der Stunde nutzte und ebenfalls auf das Bett gesprungen war.

»Ja. Es ist wahr«, sagte sie mit leiser Stimme, während sie mir zart über meine kurzen Haare strich. »Er hat mich verlassen wollen, und noch bevor ich mit ihm darüber reden konnte, starb er einfach!«

»Oh Mama!« Jetzt wusste ich, warum sie nie nur traurig sein konnte. Weil sie sich so betrogen fühlte. Verraten. Verletzt. Ich schaute auf, ihre Augen schwammen vor Tränen. Sie weinte vor mir! Endlich weinte sie vor mir.

»Du hast sie heute Abend getroffen?« Ihre Nase war zu, ihre Stimme rau, aber frei von jedem Vorwurf.

»Ja«, sagte ich. »Also nein. Ich habe nur das Saxofon gesucht.« Immer noch weinend erklärte ich ihr den Umweg über Ricarda.

»Meine süßeste, liebste Lieblingstochter!«

Ich lachte schluchzend auf. Darüber hatte ich schon früher immer gelacht, denn sie hatte doch nur mich als Tochter!

»Du warst doch so traurig, dass er nicht mehr da war. Mit dem anderen wollte ich dich nicht auch noch belasten.«

Ich weinte wieder heftiger, ich wollte aufhören, konnte es aber nicht.

Auch nicht als Mama mir einen Tee mit unserem Wasserkocher machte, auch nicht als Ewan unschlüssig ein wenig herumtrampelte und sich dann mit einem kleinen Satz quer über meine Seite legte. Mit geschlossenen Augen tastete ich nach ihm, der da so warm an meinem Rücken, auf meiner Taille lag. Er tat das, um mich zu trösten, doch viel erreichte er damit nicht. Ich hatte immer noch das Gefühl, in mir täte sich das Loch auf, in dem Mama zwei Jahre verschwunden gewesen war. Sie war mühsam hinausgeklettert, nun fiel ich hinein. Ich fiel und fiel und war noch nicht einmal unten am Boden angekommen.

Plötzlich saß Fiona an meiner Seite. »Hey, aufhören!«

»Ich hör ja schon auf!« Ich schob Ewan von mir herunter, setzte mich auf und lächelte sie an. Mein Kinn zitterte, während ich versuchte, die Tränen zu unterdrücken. Wir umarmten uns.

»Sorry, wenn ich so pragmatisch bin, aber wenn du das Weinen jetzt nicht sein lässt, kannst du morgen unmöglich drehen. Oder Esther muss dir Hämorrhoiden-Salbe unter die Augen schmieren, und das willst du doch nicht, oder?«

Ich schüttelte den Kopf. »Hat Mama dich geholt?«

»Ja. Sie ist extra unten geblieben, damit wir quatschen können. Sie ist total lieb, Ella. Ihr habt bestimmt noch ganz viel über die Vergangenheit miteinander zu reden, aber jetzt musst du erst mal schlafen. Morgen drehen wir die Eifersuchtsszene am Lagerfeuer nach und du wirst Jeremy wiedersehen.«

»Oh Gott, ja. Und Leevi auch noch …«

»Siehst du, da musst du fit sein!« Fiona gab mir einen Kuss auf die Wange, wünschte mir eine gute Nacht und ging.

»Hey, *magic dog*«, flüsterte ich mit einem Blick auf Ewan, »sag's nicht Mama, aber du darfst in meinem Bett bleiben. Und morgen …« Meine Stimme drohte wieder in Tränen zu versinken. Ewan sah mich mit seinen intelligenten dunklen Augen an: *»Morgen wird Ella Ellerbrake wissen, was zu tun ist!«*

# 27. Kapitel

*Bild 34 Feldweg / Marion und Charles fahren zur Schule*
*Bild 128 Baggersee / Charles wird von Matti geküsst*
*Bild 128.b Baggersee / Marion läuft eifersüchtig davon*

Meine verquollenen Augen huschten wieder über die drei Bilder der Dispo und doch nahmen sie nicht auf, was da stand. *»Morgen wird Ella Ellerbrake wissen, was zu tun ist!«*, hatte Ewan gestern gesagt, doch die Erleuchtung ließ auf sich warten. Ich wusste nichts. Ich hatte mich die ganze Nacht herumgewälzt, hatte von Dad geträumt, hatte ihn ganz real vor meiner Schule und im Stadtgarten gesehen, überall dort, wo wir oft zusammen gewesen waren. Nie hatte er *diese Frau* dabeigehabt, aber ich wusste es im Traum und hatte Angst davor: *Diese Frau* konnte jeden Moment um die Ecke kommen!

Erst in den Morgenstunden war ich in einen leichten Schlaf gefallen, um beim Aufstehen dann von einem anderen Gefühl durchgeschüttelt zu werden: Jeremy. Heute würde ich ihn wiedersehen!

Die Sonne knallte vom Himmel, an der Basis roch es lecker nach Wald, Kiefernnadeln, nur der Geruch von Frühstücksspeck aus dem Cateringwagen störte, ich konnte absolut nichts essen. Irgendwie war es tröstlich, dass alle Lkws und Wohnmobile wieder an ihrem alten Platz standen. Ewan machte kleine Luftsprünge, während wir von Danny zum Kostüm geleitet wurden, sodass ich sogar etwas wie ein Lachen über ihn zustande brachte, doch als ich an einem der Wohnmobile das Schild KONRAD/HAMMERZAHN entdeckte, wären meine Beine fast eingeknickt.

Ich umarmte Mama, bevor wir zur Maske abbogen – seit dem

gestrigen Abend hatte ich den Wunsch, sie alle zwei Minuten zu umarmen –, und sah ihr hinterher, als sie in meinem Wohnwagen verschwand.

»Mann, ich hab's doch irgendwie geahnt«, sagte Fiona, sobald wir nach der Maske einen Moment alleine herumstanden.

»Ja, leider«, murmelte ich.

»Hast du das Gefühl, dass dein Vater auch *dich* …«

»… verlassen, belogen und betrogen hat?«, brachte ich den Satz für sie zu Ende. »Dass er sich was Neues gesucht hat, weil ich nicht mehr gut genug war? Ja. Natürlich! Und endlich verstehe ich Mama auch besser.«

»Ist sie deswegen mit dir so überstürzt nach München abgehauen?«

»Ja. Sie wollte *dieser Frau* auf keinen Fall begegnen, hat sie mir gestern Abend noch erzählt.« Mein Traum von heute Nacht fiel mir ein und ich musste einen Moment warten, bis meine Stimme wieder normal war. »Und als herauskam, dass ich in Köln drehen sollte, hatte sie Angst, *diese Frau*, diese Inka, könnte versuchen, mit mir Kontakt aufzunehmen. Sie wollte bei mir sein, um es zu verhindern, also ist sie mitgefahren.«

»Und hat gemerkt, dass Köln gar nicht so schlimm ist.«

»Ja klar.« Aber du glaubst gar nicht, wie ängstlich sie war, dachte ich und musste an meinen ausgedachten Spaziergang mit ihr durch das Belgische Viertel denken.

*»Ella Ellerbrake sollte nicht vergessen, dass die Mieter der Wohnung sich gerade um eine neue Bleibe bemühen.«*

Ja richtig, Ewan. Das mit der Wohnung hat sie tatsächlich geschafft.

»Eigentlich doch ganz gut, dass es rausgekommen ist. Jetzt weißt du es. Was Schlimmeres kann doch nicht mehr passieren.« Fiona schaute mich eindringlich an.

»Und irgendwann werde ich mich vielleicht an den Gedanken gewöhnt haben, dass Dad fremdgegangen ist. Und dann …« Ich seufzte. Alles, was ich bisher über Dad gedacht hatte, stimmte nicht mehr. Der Film über ihn, den ich auswendig kannte, war in einzelne, unverständliche Szenen zerfallen und ich hatte keine Ahnung, ob und in welcher Reihenfolge ich sie jemals wieder aneinanderreihen können würde. Mit Mamas Film war es andersherum. Das traurige Durcheinander von früher ergab auf einmal einen Sinn.

»Wirst du dich mit dieser neuen Frau verabreden?«, fragte Fiona.

»Nein! Das fehlt mir gerade noch! Ich will nur das Saxofon haben. Sie soll es mir an die Rezeption bringen oder vor ihre Tür stellen und ich hole es ab. Aber *sehen* muss ich diese Tussi, die die Ehe meiner Eltern zerstört hat, bestimmt nicht!« Ich schüttelte mich. »Und nun will ich den ganzen Scheiß erst mal vergessen und möchte einfach nur noch Marion sein, um drehen zu können. Hilfst du mir dabei?«

»Klar, meine kleine Konditorin! Immerhin steht dir eine zweite Persönlichkeit zur Verfügung, in die du dich flüchten kannst.« Fiona umarmte mich und hielt mich ganz lange fest, bis Danny kam und wir zum Set gefahren wurden.

Wo ist er, wo ist er, wo ist er?! Das erste Bild hatte sich verzögert, die Kranfahrt über das Getreidefeld war aufwendiger gewesen, als die Regieanweisung *Charles und Marion fahren durch die Felder zur Schule* im Drehbuch erahnen ließ. Nun war schon wieder Mittag, wir wurden zurück an die Basis gefahren und ich hatte Jeremy immer noch nicht gesehen. Mein albernes Herz raste los, sobald ich an ihn dachte, deswegen verkrampften sich meine Muskeln auch sofort, als Fiona mich mit einem »Guck mal!« anstieß.

»Das gibt's doch gar nicht!«, stöhnte ich, als ich sah, was Fiona meinte. »Was macht *sie* denn schon wieder hier?!«

»Frage ich mich auch. Am Lagerfeuer hat Die Doofe Dagmar doch nichts zu suchen. Die ist doch erst morgen dran.«

»Und ich frage mich auch, warum sie jedes Mal weit vor uns in der Schlange steht.« Ich starrte auf Justinas Rücken, sie trug diesmal keine Perücke und machte reichlich davon Gebrauch, ihre orangerote Walle-Mähne in alle Richtungen zu schütteln.

Mit einem Teller voller Salat kam sie eine Minute später an uns vorbei. »Naa?«

Wie bekam sie nur diesen Blick hin, so überlegen, so von oben herab? Fast konnte man neidisch werden.

»Hallo, Justina. Erzähl! Welche Abteilung konnte dich diesmal als Praktikantin gewinnen?«, fragte Fiona ernst.

»Praktikantin? Nee. Mich haben sie extra schon eingeflogen. Ich hab doch heute Nachmittag Training für meine Kampfszene morgen. Du doch auch.« Sie hob das Kinn und zeigte damit auf mich.

Ich nickte, obwohl ich das auf der Dispo glatt überlesen hatte.

»Diese ganzen Schoner, an den Schienbeinen und so, die tun so weh, die habe ich gerade schon mal anprobiert, aber Torsti hat gesagt, die brauche ich bei den Proben.«

Ich fand es bescheuert, wenn man alle Menschen nach fünf Minuten mit ihren Spitznamen ansprach, ohne dass sie einen dazu aufgefordert hatten.

»Außerdem sieht Torsti von den Stuntmännern am besten aus. Er bringt mir bei, wie man sich filmreif schlägt und an den Haaren reißt!«

Als Justina sich mit ihrem Salat endlich verzogen hatte, sagte Fiona: »Sie spricht immer nur von sich, sie sagt nie ›wir‹, ist dir das mal aufgefallen?«

»Ein ›wir‹ möchte man mit ihr ja auch vermeiden, oder?«, fragte ich zurück. »Oh Gott, da ist er!« Ich klammerte mich wie der letzte Trottel an Fionas Arm und starrte sie an. »Oh nein, was soll ich machen?«

»Stehen bleiben. Weiteratmen«, sagte Fiona ruhig.

*»Das Leben ist schön, auch ohne die Stöckchen-Schmeißer dieser Welt.«*

Danke, liebes Berater-Team, was wäre ich ohne eure Tipps!, dachte ich, doch in diesem Moment kamen auch Luca, Johanna, Marie und Fanny zwischen den Lkws hervor und es entstand ein allgemeines Umarmungsdurcheinander. Mein kurzer Drücker mit Jeremy drohte darin unterzugehen, wenn ich nicht sofort etwas sagte. Aber was? »Hallo!«

»Hallo!«

Und jetzt und jetzt? Wie weiter? »Wie war das Mittagessen?« Mist, hatte ich das gerade tatsächlich gefragt? Jetzt hörte ich anscheinend schon auf die Flirt-Tipps von meinem Hund.

»Keine Ahnung, hab noch nichts gegessen.« Er grinste ein bisschen, doch da war Justina auch schon von ihrem Salat aufgesprungen und hing im nächsten Moment an ihm: »Haiiiiii! Jerry! *I missed you,* Baby!«

Oh Gott, ich wandte mich ab, um mich nicht übergeben zu müssen. Als ich wieder hinguckte, hatte sie beide Arme immer noch um seine Taille geschlungen. Ich schaute auf den Boden, ich schaute wieder hin. Eifersucht war ein extrem beschissenes Gefühl! So brennend im Magen, so lähmend in der Lunge. Ich wollte Justina einfach nur von ihm wegreißen! Wie lange wollte sie da noch so stehen? Plötzlich ertappte ich mich dabei, wie ich die Sekunden zählte.

*»Weibliche Attraktivität besteht auch darin, nicht immer verfügbar zu sein.«*

Woher hatte dieser Hund solche Weisheiten? Las er etwa Frauenzeitschriften? Nach einem tiefen Durchatmer gab ich meine Starr-und-Glotz-Position auf, strubbelte durch Lucas blonden Haarschopf, freute mich mit Johanna lautstark über unser Wiedersehen, fragte Fanny, was sie in ihrer drehfreien Zeit unternommen hatte, und zuckte lässig mit den Schultern, als Marie fragte, ob Leevi schon am Set sei. Siehst du, Ewan, ich bin nämlich nicht immer verfügbar! Zumindest soll Jeremy das von mir denken.

»Hab ihn noch nicht gesehen.« Und könnte auch heute gut auf ihn verzichten, dachte ich. »Vielleicht sitzt er in der Maske.«

»Leute, habt ihr schon gegessen?«, rief Fiona. Wir stellten uns als ungeordneter Haufen hinten an der Schlange an.

»Ach, dann hol ich mir auch noch was«, hörte ich Justina, »ich hatte ja nur Salat.« Wen interessiert das?, dachte ich böse.

*»Wohldosiertes weibliches Taktieren erreicht bei jungen Männern oft sehr rasch sein Ziel.«*

Davon merke ich aber noch nichts, sagte ich zu Ewan, doch da hörte ich Jeremys Stimme schon hinter mir. »Hey.«

»Hey«, gab ich über die Schulter zurück. Freundlich. Aber nicht zu interessiert.

»Die Bierflasche ist nicht mehr in meinem Schrank. Das gemeine Zimmermädchen hat Schuld.«

Ich lachte und drehte mich zu ihm um. »Bist du etwa wieder auf deinem alten Zimmer?«

»Nein.«

»Na, dann kannst du das doch gar nicht wissen.« Ich lächelte breit.

Er wurde rot. »Ich befürchte, wir müssen eine neue Sammlung anlegen.«

Wir! Jetzt wurde ich rot. Und er lachte. »Hast du heute Abend Zeit?«

»Für deine Bierflaschensammlung?«

Ich redete nicht weiter, da ich mich angeblich für das Menü auf der Tafel interessierte. Gemüselasagne. Rheinischer Sauerbraten mit Rotkohl und Klößen. Rosmarinkartoffeln aus dem Ofen und Kräuterquark. Was sollte ich bloß nehmen?

Die blöde Menütafel war sofort vergessen, als er nach meiner Hand griff: »Bierflaschen … Reden …« Seine Augen versenkten sich in meine.

»Ja.« Ich drückte seine warme kräftige Hand. Alles andere, die Sache mit Dad und Mama und *der Frau* … und auch Justinas kalter *lapsi*-Blick, der mich in diesem Moment traf, war mir völlig egal. Er war wieder hier und ich wollte nur noch bei ihm sein!

»Ella, hast du eigentlich schon dein Double kennengelernt?«, fragte Tim, als ich gerade mit der ganzen Truppe bei Angel einsteigen wollte.

»Nein.« Ich zog verwirrt an der Leine, hob Ewan wieder aus dem Van und gab dem Mädchen die Hand.

»Das ist Sophia.«

Krass. Ich hatte eine Doppelgängerin! Sie trug exakt meine Klamotten, allerdings waren ihre Augen kleiner, die Wangen insgesamt runder, der Mund ... irgendwie anders, nur die Haare waren perfekt. Um im Hintergrund als Marion am Lagerfeuer zu sitzen, würde es reichen.

»Hallo. Kann ich später ein Autogramm von dir haben?«, hauchte Sophia.

»Ja. Klar.« Aber bitte hör auf, mich so bewundernd anzuschauen. »Also, so ganz kapiere ich das nicht«, sagte ich zu Tim. »Soll ich denn nicht selbst die Szene spielen ...?«

»Oje, sie weiß nicht mal, dass sie jetzt das Stunttraining hat!« Justina stand mit in die Seiten gestützten Händen neben Manuel und verzog abfällig ihr Gesicht.

»Wir drehen mit deinem Double jetzt die Nahe von Leevi und Fiona. Den Teil, den wir neulich nicht mehr geschafft haben. Steht auch so auf der Dispo.« Tim schaute mich fragend an. Hinter ihm entdeckte ich Leevi, der grinsend auf uns zukam. Auch das noch, ich versuchte, nicht zu verstört zu schauen, obwohl mein Kopf plötzlich wehtat. Die Müdigkeit und die Aufregung vom gestrigen Abend fielen in meinem Gehirn ein wie ein zäher Nebel. Am liebsten wollte ich mich einfach mit Jeremy ins Auto setzen und irgendwohin fahren, Hauptsache, weg von diesen beiden Idioten: Justina und Leevi.

»Kommst du mal kurz mit?«, sagte Tim und führte mich ein paar Meter weg. »Ella, am Anfang warst du so schüchtern und zurückhaltend, doch schon beim Casting habe ich gemerkt, wie wunderbar du spielst. Am ersten Tag hatte ich allerdings wirklich Bedenken, ob du es packst. Dann hast du einen wahnsinnigen Schritt gemacht und bist innerhalb der ersten Woche über dich hinausgewachsen … und jetzt?« Er schaute mich ernst an und ich musste seinem Blick ausweichen, denn sonst hätte ich losgeweint. Genug Übung von gestern Abend hatte ich ja noch.

»Deine Konzentration scheint in letzter Zeit von vielen anderen Dingen absorbiert zu werden.«

»Entschuldigung. Ich habe schlecht geschlafen.«

»Weil du wieder die halbe Nacht mit Leevi unterwegs warst?«

»Nein!« *Shit,* das Foto im *Kurier* hatte er natürlich nicht vergessen.

»Diese Eifersuchtsszene, die du gleich spielen musst, ist nicht einfach. Aber sehr wichtig für die Geschichte! Sollen wir das Stunttraining lieber auf morgen verschieben, damit du dich vorher ein bisschen ausruhen kannst?«

Wie peinlich, er war enttäuscht, aber trotzdem so verdammt nett zu mir. »Nein. Ich schaffe das! Wirklich. Du kannst dich auf mich verlassen.«

»Das muss ich auch, Ella!« Er lächelte unter seinem Bart und legte seinen Arm um meine Schulter. Gemeinsam gingen wir zu den anderen zurück.

»Na, komm schon!« Justina setzte ihr arrogantestes Grinsen auf und hielt Torstis Armbanduhr hoch in die Luft. »Hol sie dir doch!«, sagte sie hämisch.

Ich machte einen Schritt nach vorne und trat leicht auf ihren Fuß.

»Nein, stopp. Das war zu schnell, du hast das Hochspringen ausgelassen«, sagte der Stuntman und hielt meinen Arm fest, mit dem ich gerade ausholen wollte. »Also noch mal, Ella: Auf sie zu, an ihrem ausgestreckten Arm hochspringen, ausholen, auf ihren Fuß treten, Ohrfeige. Und Justina: Hand hoch, Ellas Tritt abwarten, zusammenklappen, Schlag erwarten, Kopf nach hinten, Uhr entreißen lassen. Und jetzt zusammen. Langsam!«

Und wieder nahm die Kampfchoreografie auf dem kleinen

Wiesenstück hinter dem Cateringwagen ihren Lauf, bis Torsti uns unterbrach.

»Mehr Power, Ella, komm, was ist los? Vor dir steht deine fiese Schwester! Sie ist deine größte Feindin in diesem Moment! Das muss ich sehen können!«

Ich weiß, dachte ich und lächelte. Mein Herz ist leider gerade bis obenhin voller Liebe, ich kann nicht zuschlagen, auch nicht zum Spaß! Bevor er ins Auto gestiegen war, hatte Jeremy mich noch mal angeschaut. Ich musste immer an diesen Blick denken, er sagte alles. Justina hatte ihn gesehen, darum war sie auch so wütend.

*»Auch der Herr Regisseur und sein Assistent haben die greifbare Erregung zwischen Ella Ellerbrake und Wollmütze gespürt.«*

Seit wann nennst du ihn »Wollmütze«, Ewan? Was ist mit »Stöckchen-Schmeißer« passiert? Aber danke. Gut, dass du so ein aufmerksamer Beobachter bist! Mist. Alle haben's gemerkt? Bist du sicher? Manuel? Und Tim auch? Ich rieb mir die schmerzende Stelle an meinem Oberschenkel und merkte, dass ich immer noch vor mich hin lächelte. Justina hatte mir eins mit dem Knie verpasst. Natürlich aus Versehen … Das würde ein dicker blauer Fleck werden.

Zu spät bemerkte ich Torstis langsam verzweifelten Blick, als Justina auch schon sagte: »Mein Gott. Wo starrt sie denn jetzt wieder hin? Die ist ja völlig verpeilt.«

Ich blinzelte Ewan zu, der uns aufmerksam zuschaute, und zog meine Schienbeinschoner höher. »Wir können!«

»Okay. Noch mal!« Der Stuntman zeigte mir erneut, wie er sich unseren Kampf um die Zeitreise-Uhr vorstellte. Justina schmiss den Kopf genau im Timing nach hinten, als er ihre Wange leicht touchierte. »Wunderbar, Justina!«, lobte er auch sofort. »Vielleicht könnt ihr heute Abend noch ein bisschen miteinander üben, dann klappt das morgen schon.«

Ich schüttelte unmerklich den Kopf. Heute Abend hatte ich

garantiert etwas Besseres vor, als mit Justina irgendwas »miteinander« zu machen.

Torsti petzte meine schwache Performance natürlich gleich an Tim weiter. Beide schauten mich während einer kurzen Umbaupause am Set an und der Stuntman fuchtelte frustriert mit den Armen herum.

In mir kroch die Angst hoch. Was, wenn Tim mit der Eifersuchtsszene nicht zufrieden war? Ich durfte ihn nicht enttäuschen! Zunächst schaffte ich es, Leevi normal und professionell mit einem Wangenküsschen zu begrüßen, was sich ungefähr so anhörte: »Hallo!« – »Hallo!« – »Alles okay?« – »Alles okay.«

Er zwickte mich zwar kumpelhaft in die Seite und ich zuckte zusammen, doch außer Fiona bekam das niemand mit.

Vor der Szene holte ich meine Eifersucht vom Vormittag hervor und versuchte, mich komplett hineinfallen zu lassen. Ich bildete mir ein, dass mein Magen brannte und ich kaum mehr atmen könnte, und beschwor den fürchterlichen Drang, ununterbrochen auf das zu starren, was so wehtat. Doch die Eifersüchtige zu spielen, ist doppelt so schwer, wenn man seit ungefähr zwei Stunden keinen Grund mehr hat, es zu sein. So was von gar keinem Grund, denn Jeremy war irgendwie dauernd bei mir. Oder wir schauten uns über das Set hinweg an. Ich konnte nichts dafür, es passierte einfach so.

Selbst Fiona, die doch von Anfang an alles mitbekommen hatte, war überrascht: »Habe ich euch da gerade Hand in Hand am Lagerfeuer stehen sehen?«

Ich nickte und wusste, dass mein Gesicht ein leicht debiles Vollmondgrinsen zeigte.

»Das ist ja schon fast ein ›Hey, wir sind jetzt zusammen‹.«

»Keine Ahnung. Ich hatte noch nie einen Freund.«

»Ich würde sagen: Bald hast du einen!« Fiona nahm meinen Kopf in beide Hände und gab mir, ganz gönnerhafte Tante, einen Schmatzer auf die Stirn.

Auch Tim sah nach der Szene einigermaßen zufrieden aus und ich atmete auf.

Ein echt genialer Platz, dachte ich, als ich mit Ewan durch das Wäldchen ging. Hier an der kleinen Lichtung kommt niemand vorbei, der zum Baumstamm will. Ich schaute mich um. Jeremy wollte um neun da sein. Aber diesmal nicht mit allen anderen. Der Mond war abnehmend, leuchtete aber immer noch hell genug.

Heute würden die exklusiven Küsse Wirklichkeit werden. Nach dem Drehen hatte ich mich in aller Ruhe geduscht und geschminkt und mir extra noch mal die Zähne geputzt. Mama dagegen war aufgeregt durch das Zimmer gelaufen und hatte den nudefarbenen Nagellack gesucht, den sie neu gekauft hatte. »Date?«, hatte ich nur gefragt. »Vielleicht.« Grinsen.

Pff. Ich musste lachen. Je weniger wir beide heute über Dad und seine … seine, ach, keine Ahnung, nachdachten, desto besser!

*»Sollte Ella Ellerbrake nicht doch einen Aufschub erwirken? Was schwer erreichbar ist, wird für Wollmütze umso wertvoller.«*

Nee, Ewan! Heute wird nichts mehr aufgeschoben! Wir haben beide doch so lange darauf gewartet. Ich werde ihn küssen. Und diesmal so richtig!

Genau einundzwanzig Uhr zeigte mein Handy. Warum war ich immer so peinlich pünktlich? Jetzt müsste er aber so langsam mal kommen, dachte ich um fünf nach neun. So lange lässt man sein Date doch nicht im dunklen Park stehen!

Ich ging auf den Chat von Jeremy und mir. Wann war er zuletzt online gewesen? Doch stopp mal, was war das denn? Da war kein kleines rundes Profilbild mehr von ihm zu sehen. Sein hübsches männliches Gesicht war verschwunden, stattdessen sah ich nur ein Standardbild von einem grauen Kopf. Ich wartete noch ein paar Minuten. Aus der Entfernung hörte ich Musik. Sie waren wieder alle am Baumstamm und Hammerzahn hatte seine Box dabei. Um zehn nach neun rief ich Fiona an. Die Bässe der Musik dröhnten durch ihr Handy. »Hast du noch ein Profilbild bei Jeremy?«, platzte ich hervor. »Bei mir ist das plötzlich weg. Und ich warte hier auf ihn. Ich verstehe gerade gar nichts mehr!«

»Oh Scheiße, Ella.« Sie machte eine ihrer Pausen.

»Was? Was ist los?! Ist er bei euch?«

»Nein. Er ist nicht hier. Aber es ist ein Foto aufgetaucht. Das macht gerade die Runde.«

»Ein … was?«

»Von Leevi und dir. Ich kann's dir weiterleiten. Ist ziemlich eindeutig. Und ziemlich katastrophal, wenn Jeremy es kennt. Und davon gehe ich mal aus …«

Ich konnte nichts sagen. Mein Herz klopfte, als ob ich gerannt wäre.

»Ich schicke es dir, dann reden wir weiter, okay?«

»Okay«, sagte ich dünn, legte auf und wartete auf das Pling des Klingeltons, das alles kaputt machen würde.

Oh ja, da kam der Ton schon und da waren wir! Leevi und ich. Es hatte nicht mal was von einem verschwommenen, grob gepixelten Erwischt-Foto, das die Paparazzi von irgendwelchen heimlichen Pärchen machen. Nein, es war ein perfekt ausgeleuchtetes, romantisches Knutsche-Foto, von zwei Menschen, die in diesem Moment viel Spaß miteinander hatten. So sah es zumindest aus. Wie eklig und aufgedrängt sein Kuss tatsächlich gewesen war, zeigt das Bild nämlich nicht im Geringsten.

Es musste aus dem ersten Stock des Hotels gemacht worden sein oder oben auf der Galerie der Lobby. Mir wurde schlecht, doch ich schaute genauer hin. Meine Hände umschlossen Leevis Schultern, als ob sie ihn gierig heranziehen wollten. Unsere Münder lagen aufeinander, Leevis rechte Hand lag schon auf meinem Po, das war eine Sekunde bevor er sich in meine Hose gedrängelt und ich ihn weggeschubst hatte. In seiner anderen Hand konnte man Fionas superhohe Sandalen erkennen.

Ich konnte es nicht glauben, mir war auf einmal eiskalt, doch unter den Achseln schwitzte ich. »Aber Ewan, du hast doch gesagt, er findet es nicht heraus ...!« Fassungslos schaute ich zu ihm hinab.

*»Das unausstehliche Mädchen rächt sich.«*

»Das unausstehliche Mädchen? Also war es nicht Danny, sondern ... Justina!«

Natürlich, das war eindeutig Justinas Werk! Wahrscheinlich hatte sie mit Danny draußen gesessen und war dann auf die Galerie abgehauen, als wir kamen. Deswegen hatte er immer so um sich geguckt.

»Oh Gott, das ist wirklich eine Katastrophe! Wenn Jeremy das gesehen hat, denkt er, ich hab mir Leevi sofort als Ersatz geschnappt! Dann ist er für immer weg!« Ich kontrollierte mein Handy. Nur der hässliche graue Kopf. »Er hat mich auf WhatsApp blockiert, Ewan. Er will nie mehr mit mir sprechen.« Der Schmerz drückte mir meine Kehle zu und ich brachte keinen Ton mehr heraus, während mir die Tränen aus den Augen schossen. Was soll ich jetzt tun? Oh verdammt, Ewan, was soll ich nur tun?

# 28. Kapitel

Aufhören zu heulen. Ihm schreiben. Ella bleiben. Schließlich hast du niemanden umgebracht. Nur den Falschen geküsst.«

»Fiona! Was gibt's denn da noch zu schreiben?!« Ich schrie fast. »Hast du das Foto gesehen?«

»Ja«, sagte sie trocken. »Jetzt schauen wir erst mal, was wir hier haben, und dann denken wir uns aus, was du schreiben sollst.« Fiona hockte vor unserer Minibar und klickerte sich durch die kleinen Fläschchen im Seitenfach der Tür. »Wie gut, dass deine Mutter mit Niklas unterwegs ist.«

*»Alkohol ist keine Lösung.«*

»Da gebe ich dir ausnahmsweise mal recht, Ewan«, sagte ich.

»Was hat der magische Hund gesagt?« Fiona schaute sich zu uns um.

»Dass ich besser nichts trinken soll. Durch den Scheißalkohol ist ja alles erst so weit gekommen.«

»Siehst du, und das schreiben wir Jeremy gleich.« Es zischte, als Fiona die Coladose öffnete. Sie verteilte sie auf zwei Gläser und schaute mich beschwörend an. »So was kann mal passieren. Ist dumm gelaufen. War ein Fehler. Aber du bist immer noch Ella, das tolle Mädchen, das sich durch mehr definiert als einen missglückten Abend mit einem aufdringlichen Superstar.«

*»Dem ist nichts mehr hinzuzufügen.«*

»Durch mehr definiert?«

»Natürlich! Zum Beispiel bist du eine tolle Jungschauspielerin, die morgen einen guten Job zu machen hat. Du hast zwei schwierige, beschissen traurige Jahre hinter dir. Sorry. Und einen heftigen Abend, an dem du etwas über deinen Vater herausgefunden hast. Weiß Tim eigentlich davon?«

»Soll ich jetzt mit meinem toten Vater hausieren gehen? Und

als Sonderbonus erwähnen, dass er auch noch fremdgegangen ist?«

*»Die Sprüche des unausstehlichen Mädchens tragen Früchte bei Ella Ellerbrake.«*

Ich stöhnte auf. »Ja. Ist doch so!«

»Ich finde, du müsstest es ihm sagen. Damit er weiß, was los ist.«

Ich biss auf meiner Unterlippe herum und für einen kleinen Moment schob sich Jeremy vor meine Augen, bei dem das mit der Unterlippe immer so cool aussah. Prompt stiegen mir wieder die Tränen in die Augen.

»Hör auf!« Fiona schaute mich ein paar Sekunden so böse an, dass ich wirklich glaubte, sie wäre sauer auf mich, doch dann lächelte sie. »Heulen ist rein passiv. Oh, ich bin so verliebt, aber jetzt ist alles zu Ende, oh, ist das alles so schrecklich ungerecht ... Oh, ich bin ja selbst schuld, bin schlecht, bin ein furchtbarer Mensch. Nee! Bist du nicht!«

»Bin ich nicht?« Ich musste unter den Tränen tatsächlich lachen.

Fiona grinste. »Also: Du schreibst ihm. Du bettelst nicht. Du laberst ihn nicht voll. Du schreibst ihm eine einzige Nachricht.«

Ich zog die Nase hoch: *»Hallo, Jeremy! Ich war betrunken. Leevi ist ein Arschloch. Und Justina sowieso. Hochachtungsvoll: Ella«*

»Ausgezeichnet. Aber wie wär's mit: *Das war ein komischer Abend. Das war ein furchtbar falscher Kuss. Das war viel zu viel Alkohol.«*

»Und wo ist da eine Entschuldigung?«

Fiona zuckte mit den Schultern. »Stimmt. Ein kleines Sorry könnte vielleicht nicht schaden.«

»Okay. Das schreibe ich ihm. Und was mache ich mit Justina?«

»Na, was wohl. Verprügeln. Gleich morgen früh!«

Zehn Stunden später stand ich barfuß in einem Blümchen-Pyjama in dem altmodisch eingerichteten *Zimmer Dagmar*. Das Riesenrad-Modell aus grauen Fischertechnik-Steinen lag am Boden. Zwischen meinen immer noch kleinen Brüsten klebte ein noch kleineres Mikrofon, hinten im Hosenbund klemmte der Sender, über mir schwebte ein Mikrofon an einer langen Angel. Im Türrahmen warteten die Eltern Zimt mit Hund Zucker. Es war warm, die Luft dick, wie schon mal geatmet. Gleich würde ich Dagmar in der Totalen zum dritten Mal die Uhr entreißen und ihr danach ins Gesicht schlagen.

Ein ganz normaler Drehtag eben.

Scheißegal, dass Dad uns damals verlassen wollte, scheißegal, dass Jeremy und ich nie mehr zusammenkommen würden, scheißegal, dass die größte Bitch aller Zeiten, die das verhindert hatte, mir gegenüberstand. Ich hatte Fiona versprochen, Profi zu sein. Mich zusammenzureißen. Alles zu spielen. Meine Gleichgültigkeit. Meine Wut. Meinen Kampfgeist, den Marion zu später Stunde im Schlafzimmer ihrer Schwester plötzlich zeigte.

»Und Achtung, wir drehen!«, sagte Manuel in sein Funkgerät. Kamera, Ton, Klappe. Er, Tim und dreißig weitere Leute guckten uns erwartungsvoll an.

»Und bitte!«

»Eure albernen Spielchen sind mir so was von egal!«, rief Dagmar alias Justina.

»Na, umso besser! Dann gib sie her!«

»Kinder, Kinder, was ist denn hier los?« Mutter Zimt entrüstete sich.

Das war mein Zeichen zum Angriff: Ich machte einen Schritt auf Justina zu, sprang vergeblich an ihrem nach oben gereckten Arm hoch, nahm wieder Anlauf, tat so, als ob ich auf ihren nackten Fuß trat, landete aber knapp daneben, Justinas Oberkörper klappte nach vorne, ich gab ihr eine leichte Ohrfeige, deren schüchternes Klatschen in der Postproduktion nachbereitet werden würde, sie schmiss theatralisch ihren Kopf zurück, ich riss ihr die Uhr aus der Hand.

»Die gehört mir, mach so einen Scheiß nie wieder!« Ich rauschte auf die Tür zu, schob mich zwischen Dietmar Berg, Zucker und der Diva Dohse hindurch und ging noch einen Schritt über den kurzen Flur, bis ich auch schon neben Kabeln und Kisten auf dem Beton des Studiobodens stand. Heftig atmend, aber ohne mich zu rühren, hörte ich zu, wie Fiona die letzten beiden Sätze der Szene sprach: »Ist echt 'ne wichtige Sache für Marion, das mit der Uhr!«, und wartete auf Tims »Aus!«. Da kam es auch schon: »Und danke. Aus!«

Immer noch etwas außer Atem, ging ich wieder ins Zimmer zurück und grinste Fiona an. Sie blinzelte mir zu. Bin stolz auf dich, sollte das wohl heißen.

»So, das hatte schon sehr viel Schönes, ganz wunderbar, aber die Kamera hätte gern noch eine«, sagte Tim. »Wenn die Maske fertig ist, gehen wir auf Anfang.«

Ich machte einen Schritt auf Justina zu und gab ihr die Uhr zurück. Reden musste ich ja nicht mit ihr. Sie anschauen auch nicht. Kaum hatte ich ihr den Rücken zugewandt, sagte sie leise: »Naa? Wo ist denn unser süßes Set-Liebespaar heute?«

Langsam drehte ich mich um und schaute ihr voll in die Augen.

»Och, nee? Schon vorbei? Nicht weinen, nimmst du eben Leevi ...« Sie grinste und ließ die Uhr an ihrem Armband um den Zeigefinger kreisen.

Ich holte aus und schlug ihr mit der flachen Hand hart ins Gesicht. Für das Geräusch brauchte man keine Postproduktion, es war laut genug.

»Ella!«, rief Fiona.

Alles war plötzlich still, dreißig Leute hielten inne bei dem, was sie gerade machten, und schauten zu uns herüber.

Erst als wir die ungeteilte Aufmerksamkeit hatten, brach Justina zusammen, sie ging in die Knie und dann auch noch ganz zu Boden, als ob ich sie etappenweise bewusstlos geschlagen hätte.

Plötzlich war ich ganz ruhig. Müde. Erschöpft. Irgendwie erleichtert und gleichzeitig leer. Mit kleinen Schritten ging ich durch die fehlende Zimmerwand, hinter mir riefen auf einmal alle durcheinander und stürzten auf Justina zu.

Die Sonne und der leichte Wind taten gut nach der verbrauchten Luft im Studio. Ewan folgte mir auf dem Fuß. Fiona war neben mir und schüttelte beim Laufen unentwegt den Kopf. »Ey.« Mehr konnte sie anscheinend nicht sagen. Immer nur dieses empörte Ey.

*»Ella Ellerbrake ist gewalttätig geworden. Keine nachahmenswerte Reaktion. Aber eine nachvollziehbare schon.«*

»Ich gehe in meinen Wohnwagen, falls jemand mich sprechen will«, sagte ich zu Fiona und »Hey, Mama« zu meiner Mutter, die sich am Cateringwagen gerade einen Kaffee aus der Maschine ließ und Niklas anlächelte.

»Wohnwagen ist auf«, rief sie. Na, wenigstens hatte sich meine Tat noch nicht bis zu ihr herumgesprochen. Danny dagegen wusste es dank seinem Headset garantiert schon.

»Ella, warte doch mal!« Katja kam keuchend angelaufen. Jetzt hatte ich schon drei *follower*. »Tim will dich sprechen. Und ich auch, was war *das* denn?! Du kannst doch nicht einfach … Was war denn vorher los zwischen euch beiden?«

Ich ließ sie und Fiona stehen, stieg mit Ewan in den Wohnwagen und streckte mich auf dem Sofa aus. »Ihr könnt alle mit mir reden. Macht 'ne Liste und lost um die Reihenfolge. Ich bin hier.« Ich angelte mein Handy vom Tisch und checkte meine Nachrichten. »Ach, wie toll, Ricarda Oelgeschläger will mich übrigens auch sprechen. Soll ebenfalls ganz dringend sein.«

»Du entschuldigst dich bei ihr!«

»Okay.«

»Du konzentrierst dich ab jetzt nur auf die Schauspielerei, du schlägst nicht mehr um dich! Mein Gott, Ella, bei dir hätte ich am allerwenigsten gedacht, dass wir nach dem gestrigen Tag heute schon wieder so ein Gespräch führen würden …«

»Ich auch nicht.«

»*Ella Ellerbrake scheint nicht gerade sehr geknickt über ihren Image-Wandel.*«

»Ella, das ist nicht lustig!«

»Nein. Sorry.«

»Zu Anfang habe ich dir gesagt, du sollst dich von deinen Gefühlen beim Spielen leiten lassen, aber mittlerweile denke ich, du bist zu abhängig von ihnen! Wenn du gerade nicht so empfindest, wie die Szene es erfordert, spielst du in den letzten Tagen manchmal recht hölzern. Sorry, dass ich das jetzt so sage.«

Ich schaute ihn entsetzt an. Hölzern?!

»Wir müssen sehen, ob wir mit Justina heute noch drehen können. Du hast ihr einen ziemlichen Abdruck verpasst.«

»Das tut mir leid.«

»Warum glaube ich dir das nicht?«, fragte er streng.

Weil sie eine blöde Kuh ist, hätte ich am liebsten gerufen. Doch Tim wusste jetzt wenigstens von dem Foto. Und ein bisschen was von Dad.

Er stand so schnell auf, dass der Wohnwagen wackelte. »Kommt jetzt noch was? Irgendwelche offenen Rechnungen im Team, die du mit deinen Fäusten begleichen musst? Andere Enthüllungen? Skandale?«

»Nein. Versprochen.« Er hatte gesagt, dass ich hölzern spielte. Ich spürte, wie der Satz in mir wucherte wie dorniges Gestrüpp.

»Na, dann los. Lass uns weiterdrehen!«

Fiona erwartete mich vor dem Studio und hakte sich bei mir unter. »Mensch, welch brutales Wesen in dir steckt! Unfassbar.«

»Ganz ehrlich, Fiona: Ich fühle mich überhaupt nicht schuldig.«

»Ganz ehrlich, Ella: Du *bist* auch nicht schuldig.«

Die Stimmung im Studio war angespannt. Alle sprachen mit

gedämpfter Stimme. Niemand schaute mich richtig an. Ich sah mich nach Katja um. Sie wollte an mir vorbeigehen, doch ich hielt sie fest: »Tim hat gesagt, Justina sei nicht ernsthaft verletzt. Habe ich ihr jetzt doch den Kiefer gebrochen oder so?«

Katja schüttelte den Kopf. »Sie ist in der Maske. Dort haben sie reichlich Kühlpacks.«

Ich sah, wie sie nach dem Satz sofort die Lippen zusammenpresste.

Und sich abwandte. Dann hörte ich ihr Kichern. Sie bemühte sich, es nicht zu tun, doch sie lachte hinter vorgehaltener Hand.

Ich ging hinüber zu Sylvain, wo Ewan schon wieder auf seinem Stuhl saß. Der Tonmeister schaute auf dem Boden herum.

»Sylvain?«

»Ella? 'ör mal. Isch bin nicht amüsiert ...« Er schnaubte durch die Nase, als würde er an etwas schnüffeln. Auch in seinen Augen sah ich das Lachen, das unbedingt aus ihm hinauswollte.

Überall grinsten sie. Verstohlen natürlich. Schüttelten die Köpfe, um zu vertuschen, dass sie sich eben doch königlich amüsierten.

Nur Madame Dohse stimmte nicht in den Chor der heimlichen Lacher ein. »Man kann doch ein junges Mädchen nicht auch noch darin bestärken, ein anderes zu schlagen«, hörte ich, als ich hinter ihr am Cateringwagen stand.

»Kommt meiner Meinung nach ganz auf das andere Mädchen an ...«, sagte Dietmar Berg und ich liebte ihn dafür.

Mama hatte das Licht ausgemacht und wir starrten in die Dunkelheit. Sie schlief noch nicht, das hörte ich an ihrem Atem. Auf meinem Nachttisch leuchtete es, denn mein Handy war noch an. Ich griff über Ewan hinweg und wollte es schon ausstellen, da fiel mir Ricarda Oelgeschlägers Nachricht ein. *Liebe Ella, melde dich doch noch mal bei uns. Es ist dringend. Gruß R.*

Bei euch? Den Steinherz-Betrügerinnen? Was konnte bei euch dringend sein?

*Melde mich morgen. Auch wegen dem Saxofon.*

So. Jetzt wussten sie Bescheid, dass ich in WhatsApp-Nachrichten nicht den Genitiv benutzte und auf Dads Instrument nicht verzichten würde.

»Womit hat Justina dich eigentlich so provozieren können? Was war mit diesem Foto? Wolltest du mir das nicht noch zeigen?«

Nein, ganz bestimmt nicht. Mist, was sagte ich Mama bloß? »Äh ...«

»Ich habe es schon gesehen, Ella. Ich glaube, *jeder* im Team hat es mittlerweile auf seinem Handy.

»Echt?! *Oh fuck.«*

*»Language!«*

Ich lächelte. Das hatte Dad immer gesagt.

»Komm, zeig es mir trotzdem noch mal. Und erklär's mir. Manchmal sieht eine Sache ja von außen komplett anders aus.«

»Scheiße ja ... Oh sorry!«

Mit dem Handy in der Hand schlüpfte ich zu ihr unter die Decke. Wow. Ich hatte ganz vergessen, wie warm und gemütlich es immer bei ihr war.

»Na gut. Also das da, das ist deine Tochter ...«

»Mit diesem Leevi. Aha.«

Ich nickte. »Ich wollte den gar nicht küssen. Erst war noch alles lustig und eigentlich ein ganz cooler Abend, aber dann war dieser Kuss echt ekelhaft und ich habe ihn sofort weggeschubst. Sieht man aber alles nicht.«

»Nein. Das macht tatsächlich einen anderen Eindruck. Und wann war das? Da ist es schon so dunkel im Hintergrund.«

Stockend erzählte ich ihr von der Premiere.

»Was?!« Sie setzte sich auf.

»Ich weiß, es war falsch, dahin zu gehen, ohne dich zu fragen.«

»Du? Allein mit diesem ...? Bis spät in der Nacht ...?«

*»Wer verweigerte in den vergangenen zwei Jahren oft die Mutterrolle und hat deswegen vieles nicht mitbekommen?«*

Na ja, aber das war nun mal der Abend, an dem sie so glücklich mit Niklas auf der Terrasse gesessen hat, Ewan …

*»Ein nebensächliches Detail.«*

»Du wolltest da wohl vieles nicht mitbekommen.«

Sie schnalzte ein paarmal mit der Zunge, seufzte, legte sich aber wieder neben mich. »Da hast du wahrscheinlich recht.«

Ich wischte das Foto schnell weg und machte das Handy aus. Mama griff nach meiner Hand. »Aber den Jeremy, den findest du gut. Das habe ich immerhin geschnallt.« Jetzt redete sie wie Marion im Drehbuch.

»Mama! Er hat das Foto als *Erster* von Justina bekommen!«

»Ja, aber du findest ihn doch immer noch gut, oder?«

Nun war ich an der Reihe zu seufzen.

»Männer mögen es, wenn eine Frau ihr Ding macht und ihnen nicht hinterherläuft«, sagte sie.

»Ja, aber was ist denn dann mein Ding? Ich habe freiwillig mit Leevi geknutscht. Also, das denkt Jeremy jedenfalls.«

»Wenn er nicht ganz doof ist, wird er trotzdem noch mit dir zusammen sein wollen.«

»Glaubst du?« Jetzt setzte ich mich auf. »Also, wir waren an dem Abend ja auch nicht zusammen, er hatte da noch seine Freundin.« Ich wollte es unbedingt noch einmal aus ihrem Mund hören: Jeremy und ich hatten noch eine Chance!

»Männer mögen es, wenn eine Frau nicht nur so tut, als lebe sie ihr Leben, sondern es auch wirklich macht.«

Hä? Musste ich das verstehen?

»Ich habe das bei Paul nie kapiert. Zwei Jahre habe ich dazu gebraucht. Doch es war schon zu spät.«

»Aber Mama! Wir sollten unser Leben doch nicht auf eine bestimmte Art leben, nur weil Männer es mögen.«

»Ganz genau, Ella! Habe *ich* dich etwa so wunderbar erzogen?!« Sie gab mir einen Kuss auf die Stirn. »Vielleicht habe ich deinen Dad in die Arme dieser Frau getrieben. Vielleicht konnte die gar nichts dafür. Ich war ja nur noch am Nörgeln über ihn.«

»Nein! Warst du nicht! Du warst doch immer so froh, wenn er zu Hause war. Ist doch normal!«

»Ich war eine Klette und habe ihn für meinen fehlenden Ehrgeiz und meine Planlosigkeit auch noch verantwortlich gemacht.«

Meinte sie jetzt die Sache mit dem Roman? Ich musste unbedingt Onkel Manfred anrufen.

»Ich … ich sollte dir …« Sie nahm einen tiefen Atemzug. »Ich sollte in Zukunft vieles anders machen. Ich werde in Zukunft vieles anders machen!«

# 29. Kapitel

Diese Mütter«, stöhnte Fiona. »Als Kind denkst du, sie wissen alles, und dann wirst du größer und stellst plötzlich fest, sie können gar nicht so gut malen, wie du immer dachtest, sie können außer Fischstäbchen nichts kochen oder sie haben sich ganz kindisch in jemanden verliebt, der nicht dein Vater ist, und leiden offen vor dir rum, als ob *sie* die Teenies sind …«

Ich nickte. Fiona hatte auch nicht gerade die pflegeleichte Standard-Ausführung einer Mutter zu Hause.

»Und du denkst: Sie soll sich nicht verlieben, sie soll nicht weinen, sie soll immer stark sein. Alles andere macht dir Angst.« Sie schaute mich an. »Na, bei dir ist das ja noch ein Sonderfall.«

»Sie hat zugegeben, eine Klette gewesen zu sein und ihn in die Arme von *dieser Frau* getrieben zu haben. Aber das glaube ich nicht!«

Fiona zuckte mit den Schultern. »Wir wissen einfach nicht, was für Menschen unsere Eltern einmal waren, bevor sie uns bekamen.«

Ich nickte. »Das befürchte ich auch. Übrigens: Ich hab jetzt Pause.«

»Na geil. Und mit mir drehen sie gleich die ganzen langweiligen Inserts. Meine Hand, die die Liste schreibt, ein *Close-up* von Dagmars Tagebuch auf meinem Schoß, ein *Over-shoulder* von der Abi-Rede in der Schreibmaschine … Rufst du sie an? Sag mir dann, was sie gesagt hat!« Sie drückte mich kurz und lief zurück in Richtung Studio 5.

Ja, ich würde Ricarda anrufen. Aber erst einmal war Onkel Manfred dran.

Er nahm sofort ab. »Nun, meine liebe Nichte, was gibt es Neues bei euch?«

Ich erzählte ihm, was ich von Ricarda und auch von Mama in den letzten Tagen erfahren hatte. »Ach! Ach!«, hörte ich am anderen Ende der Leitung.

»Du wusstest es, oder? Lüg mich bitte nicht an, das ertrage ich nicht!«, sagte ich leise.

»Ich wusste es, ja. Habe Carolin aber versprechen müssen, es dir nicht zu erzählen, obwohl ich es nicht richtig fand. Aber nun …«

»Habe ich es selbst herausgefunden.«

»Gehst du … gehst du zu ihr?«

»Zu dieser Inka? Eigentlich kann ich auf die verzichten, aber sie hat das Saxofon. Ich werde ihr sagen, sie soll es an der Rezeption abgeben. Dann muss ich sie nicht sehen.«

»Ich finde, du solltest sie wenigstens mal kennenlernen.«

Irgendwas machte mich an dem Ton unruhig.

»Du bekommst das hin. Und lass dich von deiner Mutter nicht erpressen oder deprimieren. Ich liebe meine Schwester, aber das Abladen von Schuld bei anderen beherrscht sie nun einmal recht gut.«

»Sie hat gar keine Schuld abgeladen. Nur auf sich selbst.«

»Oh. Das ist neu.«

Gemeinsam schwiegen wir durch die Leitung und dachten über diese bemerkenswerte Wendung nach.

»Ella! Schön, dass du dich meldest. Wie geht es dir? Was macht Ewan?«

»Gut. Alles gut.« Warum war sie immer so nett?

*»Und sogleich schmilzt Ella Ellerbrakes Vorsatz, motzig und schlecht gelaunt zu sein, wie ein Stück Leberwurst in der Sonne dahin.«*

Leberwurst, Ewan?!

»Ich will nicht lange drum herumreden, Ella. Es geht um mehr als das Saxofon, weswegen Inka dich treffen will.«

»Inka?« Was wollte die denn von mir? Wenn hier jemand Forderungen stellen konnte, dann doch wohl ich!

*»Ella Ellerbrake wird nun doch motzig.«*

»Inka arbeitet in der Bildredaktion vom *Kurier* und da sammeln sich wohl gerade ziemlich viele unerfreuliche Fotos von Leevi Mäkinen an …«

*Kurier*, das ist doch keine Zeitung!, hörte ich Mamas Stimme in meinem Kopf.

»Und du bist da auch drauf. Ein bisschen zu oft, Ella.«

»Was? Was mache ich denn auf diesen Fotos?« Blöde Typen küssen?

»Sie würde dich gerne treffen.«

»Hört sich für mich bisschen nach Erpressung an«, sagte Fiona, während wir im Aufzug nach oben fuhren. Mama war in der Stadt, um irgendwas mit unserer alten, bald wieder neuen Wohnung zu regeln, und Fionas Mutter hatte es mal wieder nicht an der Hotelbar vorbei geschafft.

»Hört sich an nach: Triff dich mit mir oder morgen ist ein *unerfreuliches* Foto von dir und Leevi im *Kurier.«* Ich schüttelte den Kopf. »Meinst du, Justina hat das Knutsch-Foto etwa auch dorthin geschickt? Das traue ich ihr nun wirklich nicht zu! Sie kennt da doch keinen.«

»Hast du 'ne Ahnung! Da gibt es diese Leser-Reporter-App, kennst du die nicht? Da kann jeder Idiot sein Handyfoto hochladen und verdient auch noch fünfzig Euro, wenn es irgendeinen Promi bloßstellt.« Fiona lehnte sich an die Fahrstuhlwand und nahm endlich ihre Kopfhörer aus den Ohren. »Für eine gute Story geht diese Art Journalisten über Leichen.

Wo seid ihr verabredet?«

»Im *Feynsinn*. Das kennen Ewan und ich ja schon. Und ich möchte so gut und selbstbewusst wie möglich aussehen, wenn ich *dieser Frau* das erste und wahrscheinlich auch das letzte Mal gegenübertrete. Irgendwas will ich ihr beweisen, ich kann nur nicht genau sagen, was.«

»Okay. Da werde ich dich nicht alleine hinlassen!«

»Du bist so süß, Fiona, aber du hörst dich an wie Mama«, sagte ich und merkte, wie meine Nervosität gleich etwas abnahm. Wie kann ich mich dafür eigentlich mal revanchieren?«

»*Knock* die Dohse-Diva am Set aus. Du weißt ja, wie das geht.«

»Die dahinten in der Ecke, das muss sie sein«, raunte Fiona mir zu. Sie war hübsch und wirkte irgendwie jünger als Mama, obwohl sie genauso alt war. Wir hatten sie gegoogelt. Glatte blonde Haare, helle Augen, irgendwie grün oder blau, ein breiter Mund, auf dem im Moment ein unsicheres Lächeln lag.

»Hallo! Ella?« Sie stand auf und gab mir die Hand. Ihre Augen scannten meine Gesichtszüge ein, ihr Blick sprang darauf hin und her. Fiona beachtete sie gar nicht.

»Hallo.« Ja, Ella, wer sonst? Und ja, ich sehe ihm ähnlich. So überraschend ist das jetzt nicht. Kein Grund, mich anzustarren!

»Und Ewan! Ja, du feiner Hund!«

Ewan wedelte mit dem Schwanz, schaute mal wieder goldig und sprang sofort auf einen der Stühle am Tisch. Bist du etwa damals auch dabei gewesen, Ewan? Ja natürlich. Dad hat dich doch überall mit hingenommen. Auch zu ihr. Du hast dir wahrscheinlich in ihrer Küche den Bauch vollgeschlagen, während die beiden miteinander ins Schlafzimmer verschwunden sind … Im Schlafzimmer … Nee. Bloß nicht daran denken. Mann, Dad! Was hast du dir dabei gedacht?!

»Also, was sind das für Fotos?«, fragte Fiona sofort, nachdem wir uns gesetzt hatten.

»Tja.« Die blöde Kuh lächelte Fiona an. »Du bist Fiona Käthe von Scheerbach. Du spielst die andere Hauptrolle, nicht wahr?«

Fiona lächelte zurück und gab ihr die Hand. »Fiona reicht.«

Ey, warum war sie so nett zu der?

»Hier.« Inka holte ein Tablet aus ihrer Handtasche und wischte ein paarmal darüber, bis Fotos erschienen. »Unsere Rechtsabteilung prüft gerade die Echtheit der Bilder, Herr Mäkinens

Anwälte auch, aber ich denke, die werden spätestens übermorgen veröffentlicht.«

Wir starrten auf die Bilder. Aus den Augenwinkeln sah ich, dass die doofe Journalistin mich immer noch anglotzte wie das siebte Weltwunder. Konnte die nicht mal damit aufhören? Plötzlich verstand ich Mamas Wut auf Journalisten.

Ich versuchte, mich auf die Bilder zu konzentrieren. Da war Leevi mit einem zugedröhnt aussehenden Mädchen (nicht ich!), das er in einer Tiefgarage hinter sich herzog, Leevi in einem Kapuzenpullover bei einer Polizeikontrolle. Leevi mit aufgeknöpftem schwarzem Hemd über ein Waschbecken gebeugt.

»Und was hat das mit mir zu tun?!«

»Hier.«

Okay. Das war vor dem Kino. Meine Augen waren halb zu, und ich hing an Leevis Arm, als könnte ich mich kaum auf den Beinen halten. Wie gemein! Das war doch nur wegen Fionas hohen Schuhen gewesen! Und wenn einen der Fotograf gerade beim Blinzeln fotografierte, sah jeder nun mal wie bekifft aus. Nächstes Foto: Ich, lachend zwischen Leevi und dem alten Horst Becker auf dem Sofa. Das Obstsalat-Gläschen nicht zu vergessen! Alle drei wirkten wir gut gelaunt. Niemand von uns guckte in die Kamera.

»Na und? Das war auf der Premieren-Party. Find ich jetzt nicht sonderlich schlimm!«

»Aber wenn man jetzt ›unter Drogen‹ drunterschreiben würde …?«, warf Fiona ein. »Guck, er trägt dasselbe schwarze Hemd wie auf dem Kokser-Foto!« Sie tippte auf das Tablet.

»Was für ein Kokser-Foto? Er beugt sich über ein Waschbecken!«

»Ja, und vermutlich föhnt er sich gerade am Handtrockner seinen Hemdkragen trocken …«

Inka nickte. »Es tut mir leid, aber so läuft das nun mal. Nur ein Verdacht, nur ein Foto. Damit kann man Karrieren vernichten.« Sie zeigte weitere Fotos. Ich konnte es nicht ertragen, in ihr scheinheiliges Gesicht zu sehen! Wenn ich mir vorstellte, wie sie Dad küsste und noch mehr … Du verlogene Ehe-Vernichterin!, hätte ich am liebsten geschrien.

»Ella, guck doch, hier ist er auf seinem Gang zum Klo … dann noch mal auf der Toilette, in verdächtiger Position vor dem Waschbecken. Eine hübsche kleine Serie«, sagte Fiona. »Und wenn man die Fotos mit dir dazwischenschiebt, bist du mittendrin.«

»Na toll! … Darf man jetzt auf Partys nicht mehr lachen oder was?!«

»Doch.« Inka hatte aufgehört, mich anzustarren, und machte nun auf sehr ernst: »Aber wenn die Unterschrift hier hieße: *Leevis neue Freundin. Die minderjährige Jungschauspielerin Ella Ellerbrake.*«

»Genau«, sagte Fiona so leise, dass es gefährlich klang, »und schon stehst du in Verbindung mit Drogen, ob er nun welche nimmt oder nicht. Hast du an dem Abend nichts an ihm bemerkt?«

»Ich weiß nicht, nein!« Ich verschränkte meine Arme vor der Brust. Leevi hatte bisschen streng gerochen. Und geschwitzt. Nahm man da gleich Drogen?

»Die Riechschleimhaut des Menschen hat ungefähr die Größe einer Briefmarke. Die des Hundes entspricht einer DIN-A5 -Seite.«

Ja, Ewan, du Verräter! Warum hast du Dad nicht abgehalten, mit dieser, dieser …? Aber danke, du hättest Leevi bestimmt auf Koks getestet und mir sofort Bescheid gesagt!

»Und nun? Was können Sie für Ella tun? Was soll Ella machen?« Fiona beugte sich vor. Super. Die beiden schienen sich ja glänzend zu verstehen.

»Ich werde nichts für sie machen. Und sie soll auch nichts für *mich* tun!« Meine Stimme war nun richtig laut, von den anderen Tischen schaute man sich nach uns um.

»Ey, beruhig dich mal!« Fiona sah mich erstaunt an. »Sie will dich doch nur warnen!«

»Hab nicht darum gebeten!«

»Ich weiß, dass du das jetzt schwierig finden musst ...«, setzte die Ehe-Zerstörerin an.

Schwierig, ja. Ganz leicht untertrieben!

»... aber ich werde alles versuchen, um zu verhindern, dass du in diese Geschichte mit reingerätst.« Sie schaute mich nur ganz kurz an.

»Danke. Ich bin begeistert.« Ich schob meinen Stuhl zurück und stand auf.

*»Begeisterung zu heucheln, fällt der minderjährigen Jungschauspielerin Ella Ellerbrake an diesem Abend schwer.«*

Das war ironisch gemeint, du Hund eines Fremdgehers!

»Jetzt bleib mal hier!«, sagte Fiona, erwischte einen Zipfel von meinem T-Shirt und hielt mich daran fest. »Sind Sie die Chefin von der Abteilung oder wie wollen Sie das anstellen?«, fragte sie.

»Nein, ich bin da nicht die Chefin. Wäre ich fast geworden ... Aber dann kam etwas dazwischen.« Sie vermied jeden weiteren Blick in meine Richtung.

Oh yeah! Natürlich kam was dazwischen. Mein Dad. Und seine Familie, die man kurz mal auseinanderbrachte. Gleich würde ich mich übergeben. Direkt vor ihre Füße! »Können wir jetzt bitte gehen?«

»Ich werde unseren Chefredakteur bitten, Ella zu schwärzen, sie unkenntlich zu machen, na, eben einfach rauszuhalten. Keine Ahnung, mir fällt schon was ein.«

Fiona stieß die Luft aus. »Es gibt da nämlich noch ein Foto. Auf dem Leevi mit Ella knutscht.«

»Aber ich habe nichts mit ihm! Scheiße.« Ich nahm Ewan hoch und riss mich von Fiona los. »Sie hätten sich von Anfang an aus meinem Leben und dem von meinem Dad raushalten sollen! Denn dann säßen wir jetzt garantiert nicht hier!« Damit ging ich hinaus.

Am Rande des Rathenauplatzes wartete ich unter den Bäumen auf Fiona. Nach fünf Minuten kam sie endlich.

»Warum hat das so lange gedauert?«, fuhr ich sie an.

»Mensch, Ella. Ich glaube, du unterschätzt das gewaltig, was da gerade gegen Leevi anläuft!«

Ich zuckte mit den Schultern. »Ist doch sowieso alles fürn Arsch. Mag sein, dass Frau Super Journalistin die Bilder in ihrer Zeitung verhindert, aber falls die BILD sie kriegt, kann sie auch nichts machen.«

»Immerhin versucht sie es wenigstens hier für Köln. Ich glaube, Tim wäre nicht besonders happy, wenn er dich schon wieder in der Zeitung sehen müsste.«

Mir war mit einem Mal schlecht. »Sorry. Jetzt streiten wir schon, das ist doch voll blöd. Ich mag diese Inka eben nicht!«

»Ich verstehe ja, warum. Ich soll dir ausrichten: Die Sache mit dem Saxofon würdet ihr später erledigen.«

»Danke.« Ich schnaubte durch die Nase. »Hat keine Eile für mich!«

»Aber eine Frage hat sie noch an dich.«

Ich zog die Augenbrauen hoch. Was kam jetzt noch? Ob ich Dad vermisste, blablabla?

»Sie fragt sich, ob deine Mutter dir den Brief nicht gegeben hat oder ob du einfach keinen Kontakt aufnehmen wolltest …«

»Welchen Brief?«

»Von deinem Vater.«

Ich schüttelte nur den Kopf. Mein Vater? Was zum Teufel … »Ist sie noch da? Das will ich jetzt aber wissen!«

»Ella!« Fiona rannte hinter mir her, als ich mit Ewan an der Leine wieder ins Café lief.

*»Einmal hinaus, dann wieder hinein. Der Abend verkommt langsam zu einer Slapstick-Komödie.«*

Halt doch bitte deine kleine Schnauze, Ewan! Und was bedeutet *Slapstick* überhaupt?

Inka saß noch am Tisch. Ich stürmte hin und schlug mit der Hand auf die Tischplatte: »Was ist das für ein Brief, mit dem Sie da jetzt kommen?!«

Inka schaute erschrocken auf. Waren das Tränen oder warum blinzelte sie so mit den Augen?

Sie räusperte sich: »Das ist ein Brief, den dein Vater im Krankenhaus an dich geschrieben hat. Kärrolein, also deine Mutter, hätte ihn dir geben sollen.«

*Kärrolein.* Sie nannte Mama so, wie Dad sie immer genannt hatte! Mein Blick war anscheinend völlig entsetzt und nicht gerade intelligent, denn sie sagte: »Ich habe mir schon gedacht, dass sie nicht die beste Überbringerin für diese Art von Post sein würde.«

# 30. Kapitel

Warum hintergehst du mich denn immer wieder, Ella? Warum tust du mir so weh?«

Natürlich. *Ich* tu dir weh. »Mama! Ich *musste* sie treffen. Da sind Bilder von mir unterwegs und nur sie kann verhindern, dass die gedruckt werden.« Na, super, jetzt verbündete ich mich schon mit dieser Journalistin und benutzte ihre Argumente …

»Was für Bilder? Etwa dieses eine harmlose Kuss-Foto?«

»Harmlos?!«

»Na ja, ich glaube, außer Jeremy und dir nimmt die restliche Weltbevölkerung wenig Anstoß daran!«

Ach, jetzt interessierten meine Probleme also niemanden! Wie gemein war *das* denn? »Du hast doch keine Ahnung! Da sind noch andere. Auf denen ich nichts Schlimmes mache, die mich aber mit Drogen in Verbindung bringen könnten.«

»Drogen?«

»Ja, Mama. Die ich nicht nehme! Aber das wäre einfach total beschissen, wenn so was jetzt öffentlich würde!«

»Du lügst mich doch an!«

Ha! Wer log hier wen an? »Nein, verdammt! Das ist die Wahrheit! Von der *du* ja anscheinend nicht viel hältst. Ich will jetzt endlich alles wissen! Ich will das alles endlich verstehen!« Ich schrie so laut, dass Ewan sich im Sessel aufsetzte. In seinen schwarzen Knopfaugen glänzte so etwas wie Bewunderung oder bildete ich mir das ein?

»Was ist mit dem Brief? Warum hast du ihn mir nicht wenigstens gegeben, als ich Dads Fremdgehen herausbekommen habe?«

»Ich wollte dich damit nicht auch noch belasten.«

»Nicht auch noch belasten? Auf einmal! Dass ich alle Einzelheiten nach und nach zufällig herausfinde, ist *nicht* belastend? Und der Umzug nach München nach seinem Tod und dein beleidigtes Schweigen über ihn? *Nicht* belastend?«

»Beleidigtes Schweigen?« Sie starrte mich an, zwei senkrechte Falten waren rechts und links neben dem Mund aufgetaucht, die ich noch nie an dieser Stelle gesehen hatte. »Diese Frau hat mir deinen Vater weggenommen!«

»Gestern hast du noch gesagt, du hättest ihn wahrscheinlich in ihre Arme getrieben.«

»Ella …« Sie sank auf ihrem Bett zusammen.

Oh Gott, dieses kraftlose »Ella …«.

»Wo ist denn nun dieser Brief, den er mir geschrieben hat? Mir!«

Ewans Ohren bewegten sich, wie immer, wenn er aufmerksam lauschte. Mama gab keine Antwort. Dann eben nicht! Ich ging zur Tür und wartete, bis Ewan angelaufen kam, und warf sie dann hinter uns zu.

Mein Handy hatte ich in der Eile auf dem Zimmer vergessen. Mist. Jetzt konnte ich Fiona nicht einmal anrufen. An der Rezeption holte ich mir meine Dispo für morgen. Es war schon zehn, ich war todmüde. Und traurig. Und leer. Hinten in der Bar erkannte ich einige vom Team. Ich schaute schnell weg, doch es war zu spät. Justinas hellrote Haare leuchteten unübersehbar und daneben – viel zu dicht daneben – eine graue Wollmütze. Der Stich war heftig. Aber ich musste einfach noch mal hingucken. Sie gestikulierte, die Mütze beugte sich ganz nah an ihr Gesicht, wahrscheinlich um zu sehen, ob man meinen Handabdruck noch sah oder sonstige irreparable Schäden entstanden waren.

»Ich wünsche eine gute Nacht«, sagte der Nachtportier.

»Danke«, sagte ich tonlos und flüchtete mit Ewan zu den Fahrstühlen.

*»Erst wenn man ganz tief auf den Grund des Sees gesunken ist, kann man sich abstoßen und nach oben gelangen.«*

Ja, *shit*. Aber da bin ich doch längst angekommen, oder?

Fiona machte sofort auf. »Hey! Was hat sie gesagt?« Sie trat auf den Flur und zog die Tür etwas hinter sich zu, die Melodie von *Wer wird Millionär?* aus dem Fernseher wurde leiser.

»Mann, es war so schlimm wie nie. Wir haben uns wahnsinnig angeschrien.«

»Was ist mit dem Brief?«

»Nichts. Sie hat ihn nicht, sie will ihn mir nicht geben, keine Ahnung. Ich bin fertig, Fiona! Ich kann morgen unmöglich drehen!« Ich fiel in ihre Arme. »Ich muss immer an meinen Dad mit dieser Inka denken und dann habe ich gerade auch noch Jeremy an der Bar mit Justina gesehen.«

Der Grund des Sees ist erreicht, Ewan. Definitiv!

Fiona hielt mich an ihren ausgestreckten Armen von sich weg, um besser mein Gesicht studieren zu können. Ich hatte es noch nie besonders toll gefunden, wenn sie das machte, und schaute zu Boden.

»Ich glaube, sie ist die Einzige, die dir aus allem raushelfen kann.«

»Wer? Justina? Oder diese Journalistin?«

»Nein. Deine Mutter!«

»Meinst du?«

»Sicher.«

»Okay. Ich mach mir zwar keine große Hoffnung, aber da du mich nicht in deinem Bett schlafen lassen willst …«

Sie grinste, gab mir noch eine letzte Umarmung und schubste mich dann Richtung Aufzüge. *»Go for it!«*

Das Zimmer war dunkel, als ich wieder hineinkam. Nur eine kleine Lampe brannte neben dem Sessel, in dem meine Mutter zusammengekauert saß. Ich ging langsam auf sie zu. Ewan verzog sich in sein Körbchen unter dem Fenster.

»Es tut mir leid!«, sagten wir gleichzeitig.

»Oooh, Mama!« Diesmal landete ich in ihren Armen. »Es tut mir leid, dass ich so gemein war.«

»Mir auch. Mir auch.« Sie lag mit ihrem Kopf an meiner Schulter und wischte an ihren Augen herum. »Ich habe Manfred vor zwei Tagen gebeten, mir den Brief aus München zu schicken. Er ist heute angekommen.«

Dads Brief? Ich presste mich nur noch fester an sie und wusste nicht, was ich antworten sollte.

»Ich weiß, dass es falsch war, ihn dir nicht zu geben. Aber nun sollst du ihn endlich lesen.«

Ich löste mich von ihr. »Lass uns die Betten zusammenschieben. Und dann liest du ihn mir vor!«

»Meinst du …? Meinst du nicht, dass du ihn lieber selbst …?« Sie stand mit herabhängenden Armen da. Ihre Stimme war so traurig, so warm, so zärtlich. »Ich kenne ihn doch schon … aber da bin ich nicht gerade stolz drauf.«

»Lies ihn mir bitte vor!« Wenn sie das schaffte, würde ich ihr verzeihen. Aber nur dann. Schon zog ich den Stecker der Lampe heraus und den Nachttisch vor. War viel schwerer, als es aussah, das Ding.

»Na komm, ich helf dir«, sagte sie und packte mit an. »Vielleicht eine gute Idee, vorher näher zusammenzurücken.«

Als die Betten nebeneinanderstanden, ließ ich mich in die Mitte der großen Fläche fallen. Mama legte sich dicht neben mich. Ewan kam mit einem eleganten Sprung an meine Seite. Sie sah es, sagte aber nichts, sondern holte einen Umschlag aus dem Nachttisch, der nun links von ihr stand. Knisternd entfaltete sie das Papier. »Okay. Also, er ist vom … vom 12.7.2014.«

Ich bekam eine Gänsehaut. 12.7.2014. Sein Todestag!

*»Meine beloved Pippa Kakadu!«* Sie machte eine Pause. »Soll ich die Fehler mitlesen …? Na ja, du weißt ja, wie gern er immer auf Deutsch geschrieben hat.«

»Ja. Und wie falsch …« Wir lächelten uns an. Sie atmete schwer aus.

*»Dies ist eine verdammt schwere Brief, die ich dir jetzt schreibe werde. Warum überhaupt schreiben? Ich hoffe, wir werden auch viel und gerne miteinander reden, reden, reden, aber ich glaube, ich finde nicht für die Anfang sonst die richtigen Worte.* As everytime … *Wie du vielleicht schon dir denkst: Wir Erwachsene machen auch Fehler, wir sind nicht vernünftig die ganze Zeit, wir sollten aber, genauso wie jüngere Mensch, folgen unseren Gefühlen.«*

Sie räusperte sich, bevor sie fortfuhr:

*»Ich habe mich neu verliebt. Sie heißt Inka und alles andere über sie ich erzähle dir später.«*

Mamas Stimme zitterte und kippte, dann fing sie sich wieder:

*»Ich liebe auch deine Mutter noch, aber ich bin trotzdem nicht mehr glücklich mit ihr, wie in den ersten Jahren, als wir waren zusammen. Ich bin nicht gut im Streiten. Du kennst mich. Aber ich denke, ich bekomme das hin mit ihr.«*

Sie stockte. Hielt sie den Atem an?

*»Vergiss nicht: All das hat nichts mit dir zu tun. Nichts. Du bist meine Tochter und ich würde dich nie weg-nehmen der Carolin, aber mit-nehmen in mein anderes Leben, das jetzt beginnt, möchte ich dich, meine Pippa! Wie oben schon geschrieben: Wir werden reden noch viel darüber, dieser Brief ist nur der Anfang, ich denke. So ist es erst einmal leichter.*

*Ich liebe dich und das werde auch immer so bleiben! Love, Dad«*

Die Tränen liefen mir über die Wangen, es war nicht schlimm, ich schluchzte nicht. Nur Tränen eben. Weil der Brief so traurig war. Und schön. Und weil es Dad war, der da zu mir gesprochen hatte. Ich schluckte. Schniefte. Schnaufte etwas.

»Danke, dass war echt mutig, dass du ihn mir vorgelesen hast!«

# 31. Kapitel

Man kann bei einem Film mitspielen und überhaupt nicht wissen, was daraus wird. Ein toller Film, ein langweiliger Film? Zwei Schauspieler können auch zusammen an einem Film drehen, müssen sich aber nicht unbedingt am Set treffen. Früher hatte ich nie darüber nachgedacht, heute wusste ich: So etwas kam vor. Gott sei Dank!

Während Fiona alias Charles draußen im Schlosspark und schönsten Sonnenschein mit Jeremy (dem bösen Konrad) und seinem im Rollstuhl sitzenden Bruder Karten spielte, hetzte ich mit Der Doofen Dagmar durch die abgedunkelten Gänge der Burg, bis wir auf Dümpelmann in seiner Nachtwächterkabine treffen würden. Zwei Stunden drehen und immer wieder ein paar Meter durch die Gänge laufen. Dafür reichte die *Second-Unit,* die nicht so wichtige Zweit-Garnitur der Kamera-Abteilung.

Nach unserer Begegnung mit Dümpelmann würde Fiona dann noch ein langes Bild in einem der Säle haben, denn die arme Charles war dort stundenlang eingeschlossen und ihre Versöhnung mit Dagmar stand in einem weiteren Bild auch noch auf der Dispo. In dem würde ich aber nicht mit dabei sein. Und Jeremy auch nicht.

Ich lief mit Justina durch die Gänge des alten Gemäuers, ohne ein einziges privates Wort mit ihr zu wechseln. Ab und zu mussten wir anhalten und um eine Ecke schauen, dann weiterlaufen. »Los, hier entlang!« Wir rannten nur durch das Erdgeschoss, weil die Fenster dort leichter von außen zu verdunkeln waren. Es war schließlich Nacht.

Dann gab es eine Umbaupause, in der ich mich mit Ewan schnell in meinen Wohnwagen verzog. Schlimm genug, dass direkt neben mir Dagmar Zimt in Person von Justina ihren Aufenthalt hatte.

Mama ging draußen irgendwo spazieren. Das Schloss und der dazugehörige Park waren ja auch wirklich schön und das Wetter einfach geil. Doch ich hatte keine Zeit dafür. Außerdem wäre die Gefahr zu groß gewesen, Jeremy zu treffen.

Ich ging auf und ab. Setzte mich, stand wieder auf. Ewan schnüffelte ausgiebig unter dem Tisch herum.

Plötzlich hörte ich von nebenan eine tiefe Stimme, die mir bekannt vorkam. Ich hielt mein Ohr näher an die papierdünne Wand, die mich von Justina trennte.

»Hey, na ja, das kann man wohl sagen! Aber keine Ahnung, ob der heute noch läuft.«

Jeremy?! War Jeremy etwa bei Justina nebenan? Justina sagte irgendwas, sie sprach leiser, ich konnte nichts verstehen. Dann wieder er, lauter: »Keine Ahnung. Mal sehen.«

Das *war* er! Ich meinte, platzen zu müssen vor Sehnsucht. Justina lachte hoch und lange. Was machten sie da drüben? Wo saß er? Wo saß sie? Ich spürte keine Erschütterungen mehr. Niemand bewegte sich anscheinend und es war wieder still. Ich legte mich auf das Sofa. Mein Körper war bleischwer, ich krümmte mich wie ein Embryo zusammen und bedeckte mein Gesicht mit dem Unterarm. Mein Leben schien sich auf etwas geeinigt zu haben: Wenn irgendetwas gut lief (die Sache mit Mama seit gestern Abend zum Beispiel), musste etwas anderes (die Sache mit Jeremy) umso schlimmer werden.

Es klopfte drüben an Justinas Tür. Der Trailer wackelte. Stimmengemurmel, dann Gelächter von Katja und Justina. Jeremy konnte ich nicht mehr heraushören. Es wackelte erneut, jemand verließ nebenan den Wagen. Es klopfte, diesmal bei mir. Könnte er es sein? Jeremy? Der zu mir kam? Ein kleiner Hoffnungsschimmer zwar nur, aber … »Ja?«, sagte ich matt unter dem Arm hervor.

Katja kam herein und schaute mich unter ihren dunklen Ponyfransen forschend an. »Müde? Geht's dir gut? Darf ich?« Erst nach meinem dreifachen Nicken setzte sie sich auf den Schreibtischstuhl, dabei zog sie eine zusammengefaltete Zeitung unter dem Arm hervor und ließ sie mit Schwung auf den kleinen Tisch fallen. *Oh no!* Der *Kurier*.

Ich richtete mich auf. »Steht was drin? Über mich? Oder Leevi? Hat Tim das schon gesehen?! Ich kann nichts dafür, Katja!«

»Was?! Nee. Alles gut, ich habe das Ding nur aus dem Hotel mitgenommen und schleppe es schon den ganzen Tag mit mir rum, keine Ahnung, wieso.«

»Ach so.« Ich ließ mich wieder zurück auf das Sofa fallen.

»Ella, was ist los?«

»Nichts. Ich bin nur paranoid.«

Sie lachte.

»Was macht Justina?«, fragte ich möglichst unbefangen.

»Warum? Habt ihr immer noch Streit? Ich weiß, sie provoziert dich ständig, aber trotzdem …«

»Nein, wir haben keinen Streit.« Ich verdrehte die Augen. »Und ich werde sie auch nie mehr schlagen. Versprochen! Geht es ihr gut?«

Katja zuckte mit den Schultern.

»Meine Güte, warum wollen mich immer alle vor der Wahrheit verschonen?«, rief ich wütend. »Oder warum ist es so schwer, einfach zu sagen, dass er bei ihr drüben ist?«

»Wer?« Katjas Augen wurden noch größer.

»Na, wer wohl?«, zischte ich so leise es ging. »Jeremy!!«

»Bitte? Nein! Sie sitzt da allein und macht nichts Besonderes.« Katja tat, als ob sie mit zwei Daumen Nachrichten auf einem Handy schreiben würde.

Oh nee. Wie peinlich! Sie bekam nur Sprachnachrichten von Jeremy. Dennoch blieb der Stachel in meinem Herzen hängen und pumpte weiter sein Gift in mich hinein. Er schickte ihr Sprachnachrichten. Dieser Idiot. »Sorry.«

»Ella? Es gibt keinen Grund auszurasten, okay?«

Ich sah ihn nicht. Nicht in der Maske, nicht beim Essen, nicht vor seinem Wohnmobil.

Es war gut, ihn nicht zu sehen.

Es war schrecklich.

Als Mama mir vorschlug, nach Drehschluss zusammen in die Stadt zu fahren, sagte ich dankbar zu. Wie eine Verstoßene schlich ich mich vom Set. Drüben im Park sah ich die Scheinwerfer, im nächsten Bild würde das Team ins Schloss umziehen. Und Jeremy hätte Drehschluss. Ja und? Mir doch egal, sollte er halt mit Justina ins Hotel fahren.

Nachdem wir ein paar Minuten unterwegs waren und das Taxi immer weiter den Ring hinunterfuhr, sagte ich verwundert: »Das ist aber nicht mehr das Belgische Viertel.«

»Nein. Kleine Überraschung. Ich habe gedacht, wir schauen mal, was die Südstadt nach all den Jahren so macht«, sagte Mama und lächelte mich an. Doch ich sah, wie sie die Hände in ihrem Schoß knetete.

Irgendwo hinter dem Chlodwigplatz bogen wir rechts ab und sie bat den Taxifahrer anzuhalten.

Wir stiegen aus. Es war warm. In den zahlreichen Restaurants und Bars saßen die Leute draußen. Ewan zog mich auf das Grün des Kreisverkehrs, in dessen Mitte eine einsame Bananenstaude stand. *Alteburger Straße* las ich auf einem Straßenschild.

»Und nun?«, fragte ich, als ich die orange Hundetüte in einen Abfalleimer entsorgt hatte.

»Holen wir das Saxofon!«

»Was? Aber … Mama … echt?«

»Besser gesagt, du holst es und ich warte hier auf dich.« Sie zeigte auf das Café an der Ecke.

»Hast du das abgemacht? Mit ihr?!«

»Ja. So eine Journalistin ist ja leicht zu finden im Netz … Sie heißt Freiburg mit Nachnamen. Und sie weiß, dass du kommst.«

Mein Herz pochte laut gegen meine Rippen, als ich vor dem Haus stand. Hier hatte Dad sie also besucht. Und nicht nur besucht … Ich schaute hoch. Hässlich. Noch nicht mal ein Altbau. Ich hielt Ewan nicht davon ab, sein Bein am Hauseingang zu heben. Mensch, Mama. Erst sagst du zwei Jahre lang gar nichts und dann denkst du, es muss alles in vierundzwanzig Stunden gehen … Dabei hätte ich gut darauf verzichten können, sie heute schon wieder zu treffen. Ich will sie nicht wiedersehen, ich will kein entschuldigendes Gestotter hören. Ich will keine »Freundschaft« oder so einen unnötigen Mist. Nur das Saxofon. Das will ich.

Mein Finger drückte die Klingel. *I. Freiburg*. I. wie Inka. Zwei Jahre lang hatte dieser Name für Mama den Horror bedeutet. Die Frau, die ihr den Mann weggeschnappt hatte. Die Frau, in deren Arme er sich geflüchtet hatte. Nach dem Brief wusste ich, er hatte das nicht unüberlegt getan. Und es war ihm nicht leichtgefallen. Doch irgendwann hatte er sich entschieden. So wie Jeremy sich für mich entschieden hatte. Also, so hat es sich zumindest angefühlt, als wir beim Catering angestanden haben. Und am Lagerfeuer. Oder etwa nicht?

*»Lange nichts von Wollmütze gehört.«*

Ach, hör auf, meine Gedanken zu lesen, Ewan. Oder zumindest, sie zu kommentieren!

Die Haustür schnappte auf, langsam stieg ich die Treppe hinauf. Es roch nach Zwiebeln und schweißigen Socken. Ewan sprang auf seinen kurzen Beinchen voran.

Die Tür war angelehnt. Eine Lampe mit langen Glasperlen hing im Flur und warf Muster an die Wände. Ich hörte schnelle Schritte, dann stand sie vor mir. »Hallo. Komm rein.« Inka gab mir nicht die Hand, sie lächelte mich nur an. In ihren Augen sah ich einen misstrauischen Glanz, als ob sie Angst habe, dass ich gleich wieder losschreien würde.

Ewan marschierte munter weiter, wollte in die Küche. Er war schon hier gewesen, ganz sicher. Ohne ein weiteres Wort führte sie mich ins Wohnzimmer. Am Sofa lehnte der große schwarze Saxofonkoffer, eher ein eckiger Rucksack, den man auch auf den Rücken nehmen konnte. Mit ein paar Schritten war ich da und legte meine Hand darauf. Das gehörte mir! Ewan kam herbei und schnupperte daran. Ob er Dad noch riechen konnte? Auf dem Tischchen davor lag ein Stapel Noten.

»Die sind auch noch von ihm.«

»Ich nehme alles mit!« Ich hob die Noten hoch. »Haben Sie vielleicht eine Tüte? Ich muss dann auch schnell wieder los. Ich drehe morgen früh.«

»Ja, na klar. Verstehe.«

Ich schaute mich um, während sie weg war. Dies hier war kein von der Ausstattung eingerichtetes Filmset, hier lebte keine Figur, sondern eine echte Person. Was konnte man über diese Person sagen? Viele Bücher, klar, Journalistinnen lasen viel, ein dicker Teppich, ein flaches Designer-Sofa mit ein paar kahlen Stellen. Der Raum wirkte fast ein bisschen leer. Aus der Wand ragten zwei Nägel. Hatten dort Bilder von ihm gehangen, die sie abgenommen hatte, bevor ich kam? Wortlos stopfte ich die Noten in die Tüte, die sie mir reichte, und schleppte Tüte und Saxofon auf den Flur, Richtung Wohnungstür. Hier vor dieser Tür hatte er sich die Schuhe angezogen, die Jacke, was auch immer. Sollte ich ihm jetzt böse sein? Er hatte mich mitnehmen wollen in sein neues Leben. Ich hatte seinen Brief gestern Nacht noch zwanzig Mal gelesen. Mindestens.

Inka stand mir gegenüber, wir sahen uns an. Respekt, dachte ich. Sie jammert nicht, entschuldigt sich nicht, sie lächelt nur. Wenn sie das jetzt noch durchhält, bis ich aus der Tür bin … aber nein, schon setzte sie an, etwas zu sagen. Schloss dann doch wieder den Mund.

Besser so.

»Ich wusste nicht, ob ich es dir zeigen soll. Zeigen will.«

Also doch. Verloren, dachte ich. Sie kann es nicht lassen.

»Wie albern von mir. Ich habe alles von ihm weggeräumt, was

hier so rumlag.« Sie schaute sich um und beschrieb einen Kreis mit der Hand. »Aber jetzt, wo du da bist, kommt es mir völlig falsch vor …« Sie ging zu einer Tür am Ende des Flurs und öffnete sie vorsichtig, als ob sie Angst habe, jemand könnte dahinter stehen.

Wie von einem unsichtbaren Band gezogen, machte ich ein paar Schritte hinter ihr her. Nein, dachte ich, nein, das nicht auch noch, aber ich roch es schon. Sie haben diesen ganz eigenen Geruch, wenn sie klein sind, das war ja nichts Neues.

Ein Kinderzimmer, ein Gitterbettchen. Ich schloss kurz die Augen. War das wirklich …? Wusste Mama das? Hatte sie mich deswegen hierhergeschickt? Und wenn nicht? Wie sollte ich ihr das jemals beibringen?

Der Raum schrumpfte um mich herum, schon stand ich an dem Bettchen. Das Kind darin lag ganz still auf dem Rücken, die Arme rechts und links von sich gestreckt, die eine Hand umklammerte einen Schnuller. Es starrte mich mit offenen Augen an.

»Ja, was ist denn mit dir?« Inkas Stimme neben mir war ganz verändert, so sanft und unglaublich zärtlich, dass es mir fast peinlich war. »Du sollst doch *schlafen!*«

Das Kind starrte mich weiter an. Es war klein, keine Ahnung, nicht mal zwei Jahre alt. Junge? Mädchen? Schwer zu sagen, seine braunen Haare waren halblang. Es hatte meine Augen, meine Güte, es sah aus wie ich; wie ich auf den vielen Kinderfotos! Plötzlich glucksten drei hohe Lacher aus ihm heraus, perlten aus seinem kleinen Mund hervor, wie aus einem kleinen menschlichen Lachsack. Was war das denn!? Mein Herz machte einen Satz und ich musste auch lachen.

Nun kam Leben in das Kind, und obwohl es in einem langen Schlafsack steckte, der es dabei behinderte, drehte es sich um, war erstaunlich schnell auf den Knien und zog sich an den Gitterstäben hoch.

»Junne!«, sagte es und zeigte mit einem seiner dicken Fingerchen auf mich. Vier kleine Zähne blitzten weiß aus seinem sonst zahnlosen rosa Mund. »Da! Junne!«

»Das ist kein *Junge,* das ist die Ella!«, sagte Inka neben mir. »Ella, das ist Paul.«

»Mensch, Ewan! Dieser Tag kommt mühelos auf Platz drei der Liste der heftigsten Ereignisse in meinem Leben.« Ich ging langsam die Stufen hinunter, der schwere Saxofonrucksack schlug bei jedem Schritt gegen meinen Rücken. »Dads Tod, seine Beerdigung, die Entdeckung von … ihm!«

*»Dem Halbbruder, mit dem Ella Ellerbrake fünfundzwanzig Prozent ihres Erbgutes teilt.«*

»Meinem Halbbruder. Ja. Ich habe einen Halbbruder.« Ich sprach das Wort ein paarmal aus, bis es noch komischer klang. Halbbruder. Dads Sohn. Es war unfassbar! Ich nahm den Rucksack ab, legte die Noten beiseite, setzte mich auf eine der Stufen und überprüfte in meinem Taschenspiegel mein Gesicht. »Nur fünfundzwanzig Prozent? Das da sind doch Dads Augen, seine Nase, die Haare … wie bei dem Kleinen, Ewan. Dad hat uns beiden seine Gene für das komplette Körperprogramm hinterlassen.«

*»Sieht Ella Ellerbrake nun ein, dass man zusammen mit der Vergangenheit auch viel Schönes begräbt?«*

Ich klappte den Spiegel zusammen. »Absolut. Oh Mann! Wie er sofort auf meinem Schoß sitzen wollte und meine Finger festgehalten hat! Und mir seinen Schnulli in den Mund zu stecken versuchte. Danach wollte er natürlich nicht mehr in sein Bett. Der ›Junne‹ kommt ganz bald wieder, hat Inka zu ihm gesagt, trotzdem hat er geweint.« Mir kamen sofort auch die Tränen. War das Glück? Ich wischte sie weg. »Er ist so süüüß! Ich bin total verliebt!« Mein Halbbruder war ein Teil von Dad, von Dad, auf den ich plötzlich nicht mehr sauer sein konnte. Denn er hatte mir das Beste aller Geschenke hiergelassen. Große Schwester zu sein!

Ich schulterte das Saxofon und nahm die Tüte. Wir sprangen die letzten Stufen hinunter und traten hinaus auf die Straße. Es waren nur ein paar Meter zum Café, also blieb ich erst mal stehen:

Weiß Mama von ihm?, fragte ich Ewan. Wenn nicht, kann ich ihr das doch unmöglich erzählen! Was, wenn sie es nicht erträgt, mich so glücklich über ihn zu sehen? Wenn sie wieder so traurig wird wie in den letzten zwei Jahren?

*»Ella Ellerbrake wird das herausfinden. Dennoch sollte sie sich nicht den Kopf anderer Leute zerbrechen, auch wenn sie mit ihnen fünfundzwanzig Prozent des Erbgutes teilt.«*

Ich grinste und war schon ein bisschen beruhigt, doch als ich Mamas Gesicht dann sah, wurde mir ganz warm im Bauch und das neue Glücksgefühl von der Treppe explodierte in mir. In ihren Augen konnte ich sehen: Sie hatte mich zu Inka geschickt. Und zu Paul. Inkas und Dads Sohn.

# 32. Kapitel

»Wir gehen noch mal auf Anfang.« Das Megafon verzerrte Manuels Stimme, als ob er sich die Nase zuhielt. Die Assistentin scheuchte die Komparsen auf ihre Positionen. Die Farben ihrer Kostüme leuchteten in der hellen Sonne und taten meinen Augen weh. Langsam senkte sich der Arm des Krans mit der Kamera, gleich nachdem unser vietnamesischer Pingpong die Klappe geschlagen hatte, würde er sich wieder heben und in einer Totalen einmal über den Schulhof schwenken. Regisseur Tim starrte in seinen mit schwarzem Tuch abgedunkelten Monitor. Matti hielt sich am Fahrradstand bereit und der fiese Konrad nahm den dicken Ecki wieder locker in den Schwitzkasten.

»Und bitte!«

Die Komparsen waren aufgeregt und bewegten sich unnatürlich steif und viel zu schnell. Welche Schüler rennen denn so hektisch durch die Zehn-Uhr-Pause und machen dabei so viel Lärm?, dachte ich. Das hier soll ein Gymnasium darstellen, keinen Kindergarten. Aber nun Konzentration: Du bist Marion und das da vorne ist Konrad, er trägt eine Nazi-Frisur und eine blöde Cordhose. Natürlich schreibt er keine WhatsApp-Nachrichten mit Der Doofen Dagmar, die sind im Jahr 1980, in dem wir uns gerade befinden, nämlich noch nicht erfunden. Das macht er nach Drehschluss, wenn er wieder Jeremy heißt und sie Justina …

Aber egal. Ich bin professionell, einfach nur professionell, sagte ich mir und kam mir irgendwie größer und erwachsener vor als gestern. Ich dachte an den kleinen Paul und wie es wäre, wenn ich ihn nicht mehr sehen dürfte, und schon hatte ich die eifersüchtige Miene im Gesicht, die ich brauchte, und sah

Charles hinterher, während sie auf meinen Schwarm Matti am Fahrradstand zusteuerte.

Marion hatte noch ein zorniges Aufeinandertreffen mit Charles und jede Menge Text, den ich an diesem Morgen auf der Fahrt und in der Maske gelernt hatte. Kein Problem, ich hatte meine Marion wieder parat, auch Tim merkte das und sein Daumen zeigte nach der Nahen auf mich nach oben. Gut, so deutlich hätte ich das jetzt nicht gebraucht, aber trotzdem freute ich mich, dass er wieder zufrieden mit mir war!

Sobald die Szene abgedreht war, haute ich mit Ewan ab in mein Wohnwagenabteil. Die anderen standen jetzt am Catering und redeten, wie wir eben immer redeten; mit allen möglichen Witzen und so. Doch ich konnte das heute nicht, ich war so voll mit dem, was ich gestern Abend erfahren hatte, ich wollte ernst sein und alles endlich einer Person erzählen: Fiona.

Nach einigen Minuten trampelte und rumpelte es neben mir. Justina. Sie hatte Besuch mitgebracht. Ich hörte ein Lachen, männlich, okay, aber wer war es? Der Wagen erzitterte, dann rumste etwas gegen die Wand. Hohes Justina-Gekicher. Vielleicht war Luca-Hammerzahn bei ihr. Oder Leevi? Sie hatte doch immer einen A-Promi in ihrem Wohnwagen haben wollen, egal, wie er sie behandelte. Mach dir nichts vor, Ella, dachte ich. Mit wem schreibt sie denn die ganze Zeit? Eben.

»Hmmh.«

»Auuoh.«

»Pschschscht!«

Nee, wollten die mich verarschen? Da drüben stöhnte jemand! Und unterdrückte gerade ein Lachen. Wieder ein Wackeln. Offenbar wälzte sich derjenige mit Justina auf dem Sofa herum. Ich sandte Ewan einen Hilfe suchenden Blick. Er gähnte. Genau. Einfach nur peinlich das Ganze, Jeremy.

Es klopfte an der Tür, dann ging sie auch schon auf.

»Fiona!« Ich zog sie hinein und umarmte sie.

»So, jetzt haben wir endlich Zeit. Booaah, ich bin heute Morgen um zehn nach sechs Uhr abgeholt worden. Aber jetzt erzähl mir alles, alles, alles!«

Ich wies mit dem Daumen auf die Wand. »Justina!«, flüsterte ich. »Sie hat da jemanden bei sich.«

»Wen?«

»Keine Ahnung.«

*»Den Stöckchen-Schmeißer, so wird hier jedenfalls vermutet.«*

»Sollen wir nachgucken?«

Fiona lachte. »Wenn jemand mit Justina rummachen will, selber schuld! Jetzt komm, erzähl! Du hast einen kleinen Bruder?! Und deine Ma hat das die ganze Zeit gewusst?!«

Ich erzählte den Hergang meines Besuchs immer und immer wieder. Zwischendurch weinte ich auch, warum, das wusste ich selber nicht so genau. Weil es so schön war? Weil es so schön war.

»Ist die Pause nicht längst zu Ende?«, sagte Fiona irgendwann. »Na egal, die werden uns schon holen.«

»Puuh, aber ich brauche vorher noch mal bisschen frische Luft. Bin ich sehr verheult?«

»Na ja … Esther wird begeistert sein, die darf dein Gesicht gleich noch mal schminken.« Ich stand auf und öffnete die Tür. *Fuck!* Da standen sie zu dritt direkt vor mir und wollten wohl gerade zum Set. Leevi, Justina und auch … Jeremy. Wieso waren die alle drei mit einem Mal da? Ich hatte nicht gemerkt, dass Justina nicht mehr nebenan in ihrem Abteil saß. Ich hatte in den letzten Minuten, während ich mit Fiona geredet hatte, gar nichts mehr gemerkt. Sie sahen mir direkt ins Gesicht, sahen natürlich auch, wie verweint ich war, denn Justina fing sofort an zu singen: *»Goodbye my almost lover, goodbye my hopeless dream.«* Und klimperte mir mitleidig zu.

Danke. Ich hatte den Song bisher eigentlich gemocht … Ich spürte Fiona hinter mir.

»Hart, oder?« Justina grinste mich unter ihrer strähnigen Dagmar-Perücke an, sie legte Leevi kurz die Hand auf die Schulter, dann auch Jeremy, als ob sie zeigen wollte, dass ihr nun beide Jungs gehörten. Sie sah mich mit ihren *lapsi*-Augen an, um ihren Mund zuckte es schadenfroh, dann drehte sie sich um und tänzelte davon. Ja wirklich, sie tänzelte. Leevi blinzelte mir zu, dann folgte er ihr. Ich sah Jeremy in die Augen. Er wollte etwas sagen, das sah ich ihm an, doch stattdessen klemmte er wieder seine Unterlippe zwischen die Zähne. Wie hatte ich das nur jemals cool und sexy finden können? Warum sagte er nichts? Warum sagte ich nichts? Doch da schüttelte er schon den Kopf und ging den beiden hinterher.

»Sorry?! Aber was war das denn? Was für ein Idiot!«, rief Fiona, als wir alleine waren.

»Es macht mir nichts aus, das ist das Gute an der Sache …«

Fiona glaubte mir nicht, behielt das aber für sich. Dafür liebte ich sie. »War es wirklich *er*, da bei ihr im Wohnwagen?«

»Also ganz sicher bin ich nicht. Aber da sind zwei echt übereinander hergefallen. Zwei, die dabei keine Geräusche machen wollten.«

»Jeremy …?« Fiona rümpfte skeptisch die Nase.

»Na ja, wo er doch jetzt keine Freundin mehr hat, gönnt er sich eben …« Meine Verteidigung klang bitter. Das hörte ich selbst.

»Ich werde das herausbekommen. Verlass dich auf mich.«

»Ach, vergiss es, Fiona. Jeremy kann sich jetzt aussuchen, wen er will, und wenn es Justina ist, dann ist er sowieso ein Idiot. Den brauche ich nicht, ich habe doch gerade so ein Glück! Ich habe das Gefühl, ich kann wieder spielen. Meine Mutter ist die süßeste, coolste Mama *ever*. Wir gehen nach Köln zurück. Und ich … ich habe …«

»Du hast einen kleinen Bruder, das ist so was von krass!«

»Wahnsinn, oder?!« Ich sah mein Gesicht im Spiegel aufgehen wie eine große überbelichtete Sonne.

# 33. Kapitel

Die bunten Lichterketten schaukelten im Wind und die Äste der Bäume bogen sich tief hinunter bis über die verwaisten Tische des Biergartens. Die Hälfte des Drehs war vorbei, das wurde heute gefeiert, doch weil ein Gewitter vorhergesagt war, musste unser Bergfest im Landgasthof stattfinden.

Es gab eine kurze Rede von der Producerin Ulli, die von den drei fantastischen Wochen handelte, die wir schon hinter uns gebracht hatten, und von den dreien, die noch kommen würden, es gab ein Buffet und irgendjemand schaffte es, in unsere Cola Rum hineinzumischen. Hammerzahn, jede Wette.

Auf einer Leinwand wurden ein paar Szenen des Films gezeigt und die *Outtakes,* also die *Takes,* die schiefgegangen waren. Fiona, die die Armbanduhr gegen den Fensterrahmen statt nach draußen schleuderte, Hammerzahn, der »matschige Mozzarella« auch beim vierten Versuch nicht herausbrachte, Frau Dohse, der sämtliche Knetgummi-Pralinen vom Tablett rutschten, und vieles mehr. Alles klatschte, lachte und johlte.

Am Ende hatte der Cutter die unabsichtlichen Lacher hintereinandergeschnitten, die den Dreh immer wieder unterbrochen hatten: Leevi, der losprustete, Fiona, die fast weinte vor unterdrücktem Lachen, Jeremy, der sein Gesicht hinter den Händen versteckte, um endlich mit dem Gelächter aufzuhören, auch ich, grinsend und mit den Augen rollend in der Backstube, eine gackernde Justina und natürlich Frau Dohses »Petti-furz« mit dem lauten Gekicher des unsichtbaren Teams.

Plötzlich setzte romantische Musik ein *(Je t'aime,* wer hatte denn *diese* peinliche Idee gehabt …?), das Bild wurde schwarzweiß und da waren Leevi und ich, die wir uns beim Engtanzen auf der Stelle drehten. Begeisterte Pfiffe von allen Seiten.

Man hörte ein »Danke, Aus!«, die Musik stoppte abrupt und man sah das erstaunte Gesicht, das ich zog, als ich nicht von ihm wegkam, weil die Schnalle meiner Latzhose an einem seiner Hemdknöpfe hing. In dem Moment, als Leevi und ich in Lachen ausbrachen, hielt das Bild an und ein Text lief darüber: *Vielen Dank, ihr seid ein tolles Team! Wir freuen uns auf die nächsten drei Wochen mit euch!*

Wenig später setzte ich Ewan auf einen Hocker an die Bar und ließ meine Blicke über die Menge schweifen. Leevi und Hammerzahn standen mit Tim und Manuel am Kicker. Justina tat so, als ob sie das Regieteam anfeuerte, dabei ließ sie Leevi nicht aus den Augen. Warum war Jeremy denn nicht bei ihr? Heute am frühen Abend, als ich hinunter zu Fiona wollte, hatte ich sie vor seinem Zimmer im Flur stehen sehen. Es war mir egal. Ich streichelte Ewan. Ich sah Esther, ich sah Katrin, ich suchte ihn nicht, warum auch? Aber wippte dort vorne nicht eine graue Mütze? Mist. Ich suchte ihn doch …

Fiona kam zu mir an die Bar. »Ewan, was trinkst du?« Sie tätschelte ihm den Kopf. Es schien ihm zu gefallen. »Manuel ist schon ziemlich betrunken. Der lässt die Griffe vom Kicker nur noch durchdrehen …«

Dankbar für die Ablenkung, nippte ich von meiner aufgepimpten Cola. »Ja, und hast du Danny gesehen? Der sieht komisch aus, so ohne Headset, Cap und Funkgerät.«

»Mein Gott, ich glaube, ich sehe heute zum ersten Mal seine Haare«, erwiderte Fiona. »Und … hat er sich nicht auch rasiert?«

»Scheint so …« Ich schluckte. Danny umarmte gerade Jeremy, sie schlugen sich gegenseitig auf die Schulter, wie Jungs das nun mal gerne tun, und prosteten sich zu. Fieberhaft suchte ich nach einem lustigen nächsten Satz, doch mir fiel nichts ein.

Jeremy. Und Justina. Unfassbar. Sie bekam immer, was sie wollte. Was für ein Scheiß!

»Sowieso sehen heute alle irgendwie so fein aus, man kennt sie ja nur in ihren praktischen Arbeitsklamotten. Sogar Lisa hat eine saubere Hose an«, sagte Fiona.

»Oh Wunder ... aber natürlich wieder eines ihrer Kniekehlen-Modelle ...«, sagte ich. Fiona lachte. Es ging doch!

Wir sahen, wie Fionas Mutter sich mit einem gehäuften Teller ihren Weg vom Buffet bahnte.

»Und dann beschwert sie sich, wenn sie zunimmt«, sagte Fiona kopfschüttelnd. »Wo ist deine Mutter?«

»Hier irgendwo ...«

Wie auf Kommando tauchte Niklas neben uns auf.

»Hey. Ist das Buffet von euch?«, fragte ich.

»Nein. Von dem Laden hier.«

»Dann essen wir nichts! Nö!« Fiona verschränkte ihre Arme vor der Brust.

»Danke für eure Solidarität. Aber Carolin habe ich es auch erlaubt ...« Niklas zeigte auf die Stehtische, an einem davon stand Mama und winkte mir mit ihrer Gabel zu. »Sie sieht verdammt cool aus«, wisperte Fiona. Ich stieß sie mit dem Ellbogen an und wandte mich dann an Niklas: »Du bist gut für sie, weißt du das?«

»Das will ich doch hoffen!«

»Achtung, halt dich fest, Ewan!« Ich nahm ihn mitsamt seinem Hocker und schleppte ihn hinüber zu Mama. Er streckte die Schnauze nach oben und hielt sich elegant aufrecht.

*»Ella Ellerbrake weiß, was sie ihrem Retter schuldig ist.«*

Retter? Na ja, da reden wir noch mal drüber, Sportsfreund.

Mama umarmte mich fest, als hätte sie mich seit Stunden nicht gesehen, und dann ging auch ich zum Buffet, um mir etwas zu essen zu holen, obwohl ich keinen Hunger hatte.

Fiona kam hinter mir her, packte mich am Ärmel und flüsterte in mein Ohr: »Du spielst diese Verdrängungsnummer ganz tapfer, Süße, aber ich sage dir, Justina hat was mit Leevi, nicht mit Jeremy! Ich habe Beweise, außerdem ... habe ich sie heute nach dem Drehen, bevor wir zur Party rübergegangen sind, aus Leevis Zimmer kommen sehen!«

»Was für Beweise?«

»Solche Beweise!« Sie tippte sich an die Nase. »Die täuscht mich nicht. Sein Parfüm …« Plötzlich verstummte sie, grinste dann: »Hallo, Jeremy!«

»Hey!«

»Möchtest du Lachs, Ella? Ich hol dir welchen.« Sie nahm mir den Teller aus der Hand und ging.

Moment …! Aber sie war schon weg. Da stand ich nun und natürlich galoppierte mein Herz sofort los. Hey, es ist nur Jeremy, dachte ich, aber es glaubte mir nicht.

»Kommst du mal?«, fragte er.

»Nein, warum?«

Doch da führte er mich schon am Ellbogen zur Seite, bis wir in einer schummrigen Ecke, dicht an einer holzgetäfelten Wand standen. Warum lässt du das zu, Ella?, fragte ich mich, als er zu reden begann: »Siehst du das?« Er zeigte in den Raum vor uns. Ich zuckte mit den Schultern. Was meinte er? Dass Justina hinter Leevi herlief, er aber einfach weiterging, als sie ihn anlächelte und ihre Hand nach ihm ausstreckte? Das war ja nichts Neues. Stets und ständig versuchte sie, die Typen anzufassen.

»Das nennt man Übersättigung. Oder: die Langeweile *danach*«, sagte Jeremy.

»Ich würde mich ja gerne deiner Meinung anschließen. Aber nicht jede hat was mit Leevi. Auch wenn das manchmal so aussieht.«

Ich sah, wie Fiona sich mit meinem Teller in der Hand suchend nach mir umschaute, bevor sie mich entdeckte. Wieder tippte sie sich an die Nase und hielt den Daumen hoch. Häh? Was sollte das bedeuten?

Jeremy guckte mich böse an: »Ja? Kann sein. Trotzdem hatte ich mir unseren Abend im Park anders vorgestellt.«

Unseren Abend im Park … musste er unbedingt damit anfangen? Aber eigentlich auch gut. Endlich. Endlich war der Zeitpunkt gekommen. Jetzt war ich dran: »Ganz ehrlich, Jeremy? Ich mir auch. Und ich habe mich bei dir für dieses bescheuerte Foto ja auch entschuldigt. Aber du hast nicht geantwortet.«

»Mmmh.« Er fuhr sich durch die kurzen Haare. »Ich war ziemlich frustriert darüber. Mehr als ich dachte ... Andererseits war ich an diesem Abend, als das Foto entstand, ja auch noch ...«

»... mit deiner Freundin zusammen?«

»Genau.«

Wir schauten uns an. Ein Moment, der alles entscheiden würde. Konnte er mir verzeihen? Konnte ich ihm die Sache mit Justina verzeihen?

»Naa, wofür hat sie sich heute entschieden?« Justina stützte ihre Hände in die Seiten und baute sich mit einem neckischen Seitenblick zu Jeremy vor mir auf. »Heult sie dir gleich was vor oder schlägt sie dich?«

Ich war einen Moment sprachlos, doch dann sah ich Fiona näher kommen, die wieder wie ein Kaninchen ihre Nase kräuselte und mir mit pantomimischen Gesten zu verstehen gab, an Justina zu riechen. Okay. Auch schon egal, machte ich mich eben lächerlich.

»Ich bin mir noch unsicher. Aber danke, dass du dich um meine Psyche sorgst!« Ich beugte mich leicht zu ihr und sog dabei die Luft ein. Leevi! Ich roch Leevi, sein Aftershave, alles ... Stolz über ihre gelungene Leevi-Verführungsnummer, hatte sie sich seinen Geruch natürlich nicht abgewaschen. Ich traf Fionas Augen. Stimmt's?, fragte ihr Blick. Stimmt!

»Was ist, hast du nicht noch ein paar fiese Fotos zu verschicken, Justina?!« Jeremy nahm mich um die Taille und drehte mich weg von ihr. Aus den Augenwinkeln sah ich, wie Justina beleidigt davonstolzierte.

»Und jetzt zu dir«, sagte er. »Ich weiß, dass du Leevi nicht freiwillig geküsst hast. Danny musste dich an diesem Abend vor ihm retten.«

»Danny? Aber er hat mir geschworen, er erzählt niemandem was!«

»Ich weiß es auch erst seit gerade. Er wollte nicht damit rausrücken, also habe ich ihm Prügel angedroht.«

»Aha!« Ich musste grinsen.

»Jetzt habe ich aber gar kein Bier dabei ...«

»Dann wird das wohl wieder nichts mit deiner Sammlung«, flüsterte ich und starrte auf das M seines Mundes, doch diesmal kam er mir zuvor. Er zog mich an sich und küsste mich.

*»Läuft bei dir, Ella Ellerbrake. Oder wie sagen die jungen Menschen das heute so treffend?«*

Oh bitte, Ewan. Misch dich nicht auch noch dabei ein!, dachte ich. Bei meinem ersten, richtigen Kuss!

Und dann dachte ich sehr lange gar nichts mehr.